Gerd H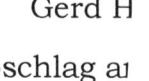

Abschlag a
ein Thriller n.

Buch

Tritt nie den falschen Leuten auf die Füße! So hatte sich Thorsten das Date mit Melanie nicht vorgestellt. Erst schlittert er mitten in eine irrwitzige Schnitzeljagd, während der ihm Golfbälle um die Ohren fliegen und er seine Angebetete aus den Fängen eines Wikingers befreien muss, bevor beide in getunten Rollstühlen entkommen. Dann wird er auch noch von der Polizei und einem Geheimbund gejagt. Skrupellose Männer und geheimnisvolle Frauen setzen dem Schreibtischhelden auf seiner Odyssee durch ein Labyrinth aus Intrigen, Familienfehden und den Abgründen der menschlichen Seele zu. Thorsten muss all seine Erfahrung, die ihm der jahrzehntelange Konsum von Krimis und Agentenfilmen beschert hat, in den Ring werfen, denn für seine Häscher geht es um nichts Geringeres als das ewige Leben. Wer ist der ruchlose Schurke, der Thorsten zum Golf herausfordert - zu einem Spiel, von dem er keinen blassen Schimmer hat?

Autor

Gerd Henze lebt seit 1995 in Weinheim an der Bergstraße. Auf seinen vielen Reisen bis in die entlegensten Winkel der Erde zwischen Lüneburger Heide und Salzkammergut hat er die Abgründe der menschlichen Seele studiert und beschreibt diese in vielschichtigen Krimis und Kurzgeschichten.
Geboren wurde er in Rüthen, am nördlichen Rand des Sauerlands, wo er zwischen endlosen Wäldern und fruchtbaren Rübenäckern die Liebe zur Literatur und Philosophie entdeckte.

Gerd Henze

Abschlag an Loch 19

ein Thriller mit Stacheln

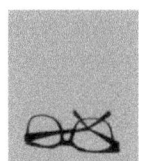

1. Auflage, Oktober 2020

© 2020 Gerd Henze, www.gerd-henze.de
Lektorat: Infojet Gerd Henze, www.infojet.de
Umschlaggestaltung: Verena Kessel

Herstellung und Verlag: BoD – Books on Demand,
Norderstedt

Bibliografische Information der Deutschen
Nationalbibliothek:
Die Deutsche Nationalbibliothek verzeichnet diese
Publikation in der Deutschen Nationalbibliografie;
detaillierte bibliografische Daten sind im Internet
über http://dnb.dnb.de abrufbar.

ISBN: 978-3-7526-2668-1

„Angst ist die Flucht nach hinten, Zorn die nach vorn."

Thorsten

Der Tod ist ein guter Anfang..................................9
Eine Welt voller Barbies und Kens........................18
Hip-Hop auf dem Cembalo...................................28
Keine Helmpflicht für Igel......................................38
Shitstorm war auch schon mal lustiger.................50
Homöopathie auf einem Ohr.................................65
Frösche werden jetzt gemolken............................77
E-Mobilität – schamlos und unzensiert.................88
Ein Fall für die Paketbotengewerkschaft...............96
Ein Tatortreiniger für den Swingerclub................110
Hinter Gobelins pinkeln.......................................121
Zwerge sind konzentrierte Riesen.......................138
Bücher haben ihr eigenes Parfüm.......................151
Taxifahrer müssen nicht jeden mitnehmen.........167
Das Lamm hinter der Zentralheizung..................175
Hände weg von Studienrätinnen.........................186
Pfadfinder des Monats..214
Im Kittchen gibt's kein Boxspringbett..................234
Ich hab schon mit Jungs geknutscht...................242
Die Kampfkunst der alten Leute..........................256
Maßnahme zur Verbesserung der CO2-Bilanz.....283
Löcher in der Aura schaden dem Ätherkörper......305
Der Floh im Bärenpelz...324
Krötentunnel im Regenwald................................341
Dünger auf den Gottesacker...............................358
Eine Gleichung mit zu vielen Unbekannten.........366
Gummi, das von Felgen fault..............................382
Pac-Man im Rausch der Hormone......................389
Bogey an Loch 19..399

DER TOD IST EIN GUTER ANFANG

„Ich öffne die Augen und wache doch nicht auf aus diesem fürchterlichen Alptraum. Wer hätte gedacht, dass sie bis zum Äußersten gehen würden ... Wo ich ihnen mein Leben geopfert habe: als Frau, als Mutter, als Freundin?"
„Dann setz dich doch in dein Auto und fahr fort! Schau nach vorn, lass alle Enttäuschungen einfach hinter dir und fang woanders ganz neu an!"
„Abhauen und nach vorn schauen? Etwas Besseres fällt dir nicht ein? Über die Schulter müsste ich blicken, immerzu. Oder glaubst du, sie würden mich so einfach ziehen lassen, bei alldem, was ich über sie weiß? Nein, mein Leben ist verbrannt. Nur im Tod könnte ich Frieden finden."
„Dann zieh einen Schlussstrich und bring dich um!"
„Den Gefallen will ich ihnen nicht tun. Steht mir denn nicht auch ein bisschen Glück zu? Soll ich sterben, wie ich gelebt habe – als Opferlamm?"
„Das ist wohl dein Schicksal."
„Ihn müssten sie bestrafen und nicht mich! Mit ihm hat schließlich alles Unheil seinen Lauf genommen."
„Die Täter werden geschützt, so ist das nun einmal. Was geschehen ist, kann nicht wieder rückgängig gemacht werden. Warum sollte man ihn wegen einer Entgleisung seiner jugendlichen Triebe richten – nach so vielen Jahren?"
„Entgleisung nennst du das, was er mir angetan

hat? Und für diese kleine Unbeherrschtheit soll ich an seiner Stelle auf dem Scheiterhaufen brennen? Verstehe ich dich da recht?"
„Du bist freundlich zu ihm gewesen, hast ihn angelächelt, ihm ein Trinkgeld gegeben."
„Hast du noch nie Trinkgeld gegeben?"
„Nicht in einem Geräteschuppen."
„Ich habe eine Bürste gesucht, um meinen Golfsack zu säubern."
„Du hast die Tür hinter euch geschlossen."
„Sie ist von allein ins Schloss gefallen."
„Um Hilfe gerufen hast du aber nicht."
„Hättest du auch nicht, mit seinen Daumen fest gegen deinen Kehlkopf gepresst."
„Er war gerade mal sechzehn Jahre alt."
„Du weißt ja nicht, wie stark ein junger Bursche sein kann. Es war schrecklich, einfach widerlich, diesem wilden Tier hilflos ausgeliefert zu sein. Als es vorbei war, wollte ich nur noch unter die Dusche und ihn mir aus dem Schoß waschen."
„Da warst du wohl nicht gründlich genug."
„Heute gibt es bessere Möglichkeiten."
„Du hättest es wegmachen lassen können."
„Es konnte am wenigsten dafür. Und außerdem hatte sich Rüdiger so innigst ein Kind gewünscht. Es war ein Geschenk des Himmels, überreicht von einem Teufel."
„Meinst du Josef war glücklich über das Geschenk, das Maria mit himmlischem Beistand empfangen hatte?"
„Es steht zumindest nichts darüber geschrieben, dass er ihr Vorwürfe gemacht oder sie gar wie ein Flittchen behandelt hätte."
„Glaubst du an den Himmel?"
„Ich kenne nur die Hölle."
„Verbrannt siehst du aber nicht aus."

„Dort lodert kein ewiges Feuer. Die Hölle, das sind die anderen."
„Und für wen warst du die Andere?"

Die Sonne strahlte warm vom wolkenlosen Himmel herab. Eine sanfte Brise wehte den Duft des frisch gemähten Grases vom Feld neben der Pferdekoppel herüber und die Forellen in dem kühlen Bach, der sich durch den Park schlängelte, schnappten gierig nach den Fliegen, die auf seiner kräuselnden Gischt tanzten.
Sie stellte ihre Sporttasche quer in den engen Kofferraum. Eigentlich könnte sie auch zu Haus trainieren. Sie hatte sich oben im Ostflügel einen hellen Fitnessraum mit Blick auf die gelben Rapsäcker einrichten lassen. Doch sie musste unbedingt gesehen werden. Schon in den vergangenen Wochen hatte sie sich überall gezeigt, bei bester Gesundheit, frohgelaunt, das blühende Leben und der Zukunft zugewandt: im Theater, beim Shoppen, beim Golf, beim Plausch mit Bekannten. Sollte ihr etwas zustoßen, durfte nicht der geringste Zweifel an ihrer Lebensfreude aufkommen.
Lautlos senkte sich der Kofferraumdeckel und das Schloss rastete leise klackend ein. Nicht die Technik verlangte dieses metallische Geräusch, sondern das Sicherheitsbedürfnis des Fahrers, denn ohne akustische Rückmeldung würde er den Schließmechanismus mit den Händen überprüfen und dabei die glänzende Versiegelung der Karosserie beflecken.
So aber richtete sie mit den Spitzen ihrer roten Nägel lächelnd die blonden Haare im Widerschein des unbefleckten Lacks, der ebenso makellos poliert war wie sie ohnehin schon frisiert war. Die vereinzelten grauen Härchen hatte sie erst gestern dezent übertönen lassen, so dass nicht einmal sie ihr Alter andeu-

ten würden.
Sie öffnete die Fahrertür, beugte ihre Knie bis zur Hocke und ließ sich seitlich auf dem tiefen Sportsitz nieder. Sie schlängelte die schlanken Beine unter dem Lenkrad hinweg auf die silbernen Aluminium-Pedale im Hades ihres Achtzylinders, wobei die flachen Hände auf den Oberschenkeln zufällige Aussichten eines nicht anwesenden Beobachters unter ihren knielangen Rock, den sie heute ausnahmsweise nicht trug, verhinderten. Sie ließ den Motor aufheulen.

Herr Hubert hatte aufgetankt, bevor er das Auto nach der Inspektion zurück in die Garage gestellt hatte. Als rechte Hand ihres Gatten musste er sich nicht darum kümmern, doch er liebte den Wagen genau so innig wie sie selbst – wohl die einzige Gemeinsamkeit, die sie noch teilten. Er hatte sie beim Kauf beraten: limitierte Auflage, eine sichere Wertanlage, pries der Verkäufer.
„Wenn man die denn brauchte", hatte sie nur gedacht.
Sie hatte Herrn Hubert immer gemocht, sich für ihn starkgemacht, als ihr Rüdiger ihn eingestellt hatte, ihn unterstützt, bis er schließlich zum Privatsekretär ihres Mannes aufgestiegen war. Dann hatte sie der scheinheilige Intrigant aus der Firma gedrängt und selbst die Geschäftsführung übernommen. Doch sie war darauf vorbereitet gewesen. Sie wusste noch immer, wie die Geldströme flossen. Sie hatte Dossiers darüber angelegt, wer welche Summen bekam. Selbst an die sensiblen Daten im gesicherten Firmennetzwerk gelangte sie durch eine Hintertür. Manchmal kam man weiter, wenn man sich dummstellte.

Zärtlich strich sie über das lederne Lenkrad und liebkoste den griffigen Schaltknauf. Die breiten Reifen verdichteten den Kies unter ihrer Lauffläche, als sie mit Standgas die Auffahrt hinabrollte. Das Verdeck versank surrend im Schacht hinter ihrem Sitz. Die ersten Meter der Landstraße, in die sie unten einbog, waren schwarz vom Gummiabrieb, den sie bereits in den Asphalt radiert hatte. Sie liebte ihr Auto und hegte wenig Sympathie für Geschwindigkeitsbegrenzungen, doch heute zügelte sie das Drehmoment, das willig an der Antriebswelle lauerte.

Sie war früh dran gewesen und hatte jede Stunde ausgekostet. Sie hatte nach den Fohlen gesehen und war schon vor dem Frühstück ausgeritten. In der Vorlesung über mittelalterliche Freskenmalerei am Vormittag, an der sie als Gasthörerin teilnehmen durfte, wurden gotische Wandbilder in den Kirchen und Klöstern des Alpenvorlands referiert.

„Wusstest du, dass die Malereien häufig nicht nur einen Moment im Leben eines Heiligen darstellen, sondern sein ganzes Wirken in einem einzigen Bild erzählen? Welche Szenen aus meinem Leben würde ein frommer Maler wohl für meine Geschichte auswählen?"

„Wie du die wurmstichigen Äpfel schälst, die dir der Bauer vom Marktstand geschenkt hat ... Wie du in deinen zerrissenen Strumpfhosen auf dem rostigen Fahrrad durch die Gassen strampelst ... Wie du dein Anwaltsdiplom entgegennimmst, mit dem schicken Akademikerhut auf dem Kopf ... Wie du dir die Platzreife erarbeitest, im Clubrestaurant, auf der Toilette, auf den Knien, vor deinem Golflehrer ... Wie du deinen Rüdiger verzauberst, am achtzehnten Loch, das du ihm beim Gleichstand geschenkt hast ..."

„Fallen dir denn keine bedeutsameren Augenblicke

ein?"

„Ich finde, du solltest dir nichts vormachen. Der Papst wird dich bestimmt nicht heiligsprechen."

Dieses verschrumpelte alte Weib nörgelte ständig an ihr herum. Doch sie war die Einzige, der sie noch vertrauen konnte – ganz gleich, wie sehr sie ansonsten auch nervte.

Sie würde sie vor dem Training am Marktplatz absetzen. Dort konnte sie an einem Eisbecher sabbern, während sie sich auf dem Laufband schindete.

* * *

Trotz des Fußballfiebers allerorts war erstaunlich viel los im Fitness-Studio. Auch Jennifer hatte sich, wie jeden Freitag Nachmittag, in die jubelfreie Oase geflüchtet. Ihre junge Haut war braungebrannt und in ihrem Bauchnabel glitzerte ein Edelstein.

Sie liefen nebeneinander und schauten von den Bändern aus über den Parkplatz hinweg zu den Bergen in der Ferne.

„Ist das dein Sportwagen dort unten?", fragte Jennifer.

Sie nickte.

„Wie viel PS hat er denn?"

Sie zuckte bescheiden mit den Schultern.

„Ich stelle es mir unheimlich geil vor, wenn man mit der Karre richtig Gas gibt und dir die Kraft des Motors bis in den Unterleib vibriert", löcherte Jennifer sie mit einem anzüglichen Grinsen.

Die Walzen zogen unbarmherzig surrend Meter um Meter Laufstrecke unter ihren Sohlen hinweg. Sie tupfte sich mit dem Handtuch die Schweißperlen von der Stirn. Von der Seite her penetrierte schon seit geraumer Zeit eine rockige, verdammt emanzipierte, florale Duftexplosion ihre Nasenlöcher.

„Ich wäre auch gern eine so elegante Frau wie du",

nahm Jennifer die Unterhaltung wieder auf.
„Als ich dich das erste Mal gesehen habe, hast du dir Klamotten gekauft. Ich habe dich von draußen beobachtet, wie du in der Boutique ein schlichtes, langweiliges Kostüm anprobiert hast. Zunächst war ich enttäuscht, dass du es tatsächlich genommen hast, …"
Sie erinnerte sich an den Nachmittag. Sie brauchte den faden Fetzen fürs Theater. Am Abend wurde Brechts Proletariats-Drama *Die Heilige Johanna der Schlachthöfe* aufgeführt. Sie hatte es, dem Anlass entsprechend, einem glänzenden Abendkleid vorgezogen. Ihren Zynismus trug sie lieber im Herzen statt auf dem Hintern. Die Kleine hatte so getan, als ob sie die Auslage begutachten würde.
Ein paar Tage später, sie war mit Sybylle zum Brunch verabredet gewesen, hatte Jennifer im Vorbeigehen gegrüßt, als ob sich die beiden kennen würden. Und neulich erst hatte sie sich auf dem Marktplatz mit Herrn Huberts Tochter und einer anderen Frau unterhalten. Ja, ihre Wege hatten sich in jüngster Vergangenheit häufiger gekreuzt, als es statistisch erwartbar gewesen wäre.
„… doch dann wurde mir klar, dass man sich nach dir umdreht, ganz gleich, ob du wie eine Diva oder wie eine Vorstandssekretärin rumläufst. Ich hingegen muss meine Haut zu Markte tragen, wenn ich auf mich aufmerksam machen will", schmeichelte ihr Jennifer.

Beim Ausziehen in der Umkleide präsentierte sie stolz ihr erstes Tattoo. Ein Sternenschweif schwang in sanftem Bogen von der Hüfte aus sich nach unten hin verjüngend und lief in immer kleineren Sternchen auf ihrem Schambein aus.
„Was bedeutet diese Tätowierung?", fragte sie höflich

interessiert.

„Nun, die Sterne sind Abenteurern und Reisenden schon seit Jahrtausenden zuverlässige Wegweiser gewesen", erklärte Jennifer augenzwinkernd.

„Wer einmal dort unten angekommen ist und immer noch nautische Unterstützung benötigt, den kann man getrost zum nächsten Hafen schippern lassen", meinte sie milde lächelnd.

„Selbst Matrosen, die wissen, wie man Segel setzt, merken häufig nicht, dass die Flaute vorüber ist – und denen muss man in den Nacken blasen ...", wandte Jennifer ein.

„... sonst ende ich noch wie meine beste Freundin."
„Was ist mir ihr?"
„Sie hat alles, was einem Mann gefällt, doch der, dem sie gefallen will, begreift einfach nicht, wie sehr sie ihm gefällt."

Als sich Jennifer nach dem Duschen die Schuhe band, krallte sich die Spitze ihres Höschenbundes tapfer an den Beckenknochen, während die pinken Shorts unaufhaltsam in Richtung Steiß strebten und das vulgäre Detail entblößten.

* * *

Die Bäume entlang der Allee warfen kühle Schatten auf das glänzend orange Cabrio. Die hellblond gefärbte Mähne wirbelte wild im Fahrtwind. Sie reckte die sonnengebräunten Arme weit in den Himmel und die warme Brise streichelte die nackte Haut unter ihrem luftigen Shirt. Heute Abend würden alle nur Augen für sie haben. Ihre Hände griffen gierig nach dem vollen, runden, steifen Leder des Steuerrades. Ihre nackten Schenkel vibrierten wohlig, als sie den Fuß auf dem Gaspedal senkte. Das Fahrwerk krallte sich kompromisslos an den Asphalt.

Ein anderes Auto schlingerte ihr in der Kurve entgegen. Sie reagierte routiniert, doch die Lenkung wollte nicht gehorchen. Der Wagen raste wie auf Schienen geradeaus über den Straßenrand hinaus. Das dumpfe Krachen scheuchte die Vögel vom Acker auf. Die Airbags rundherum waren schon wieder erschlafft. Ihre Beine waren unter dem Lenkrad eingeklemmt, doch sie konnte ihre Zehen bewegen. Hastig griff sie nach dem Gurtschloss, aber es ließ sich nicht öffnen. Feuer schlug aus der Karosserie. Zappelnd wand sie sich in den Gurtbändern.
Der Fahrer des anderen Autos rannte auf sie zu. Flehend streckte sie ihre Arme nach ihm aus. Er war noch so weit weg, inmitten dicken, qualmenden Rauchs. Dann ein lauter Knall. Noch bevor der Fremde den Feuerlöscher auf den Brandherd richten konnte, schlug ein infernalisches Flammenmeer, in dem der Blechklumpen bald verglühen würde, bis über die Baumkrone hinaus. Nein, er würde sie nicht mehr retten können, doch sein Gesicht beschwor Bilder einer fernen Vergangenheit herauf.

Wir alle müssen einmal sterben, aber niemand möchte es kommen sehen. Der Tod macht dir ein Geschenk, wenn er ohne Anklopfen mit der Tür ins Haus fällt. Nicht jeder wird so großzügig beschenkt, doch jetzt war es so weit. Sie musste diesen Ort verlassen. Ihr letzter Gedanke drehte sich um ein Golfspiel, das sie abseits des Parcours gespielt hatte.

EINE WELT VOLLER BARBIES
UND KENS

Thorsten ging in die Hocke und hob den Teller von der Fußmatte auf. Er schnüffelte an der Alufolie, unter der ein dezenter, ungemein verführerischer Duft von Vanille in seine Nüstern kroch. Käsekuchen! Seine Nachbarin aus dem Erdgeschoss mischte immer ein paar Löffel Vanillepudding unter den Quark. Seit er ihrem Enkel mit der Bewerbung geholfen hatte, stellte sie ihm jeden Samstag frischen Kuchen vor die Tür. Sie war so stolz, dass sich der Junge wieder gefangen und nach seiner Gefängnisstrafe nun endlich eine anständige Arbeit gefunden hatte. Fünf Jahre hatte er eingesessen, weil er eine Tankstelle ausgeraubt und dabei den Kassierer mit einem Messer schwer verletzt hatte. Jetzt arbeitete der junge Mann in einer Steuerkanzlei und unterstützte ehrbare Klienten, den Staat ganz legal auszunehmen.

Die Straßenlaternen leuchteten seine Wohnung schummrig aus. Er knipste das Licht nicht an. Seine Augen dankten ihm für die Reizarmut, die er ihnen nach einem langen Tag des Starrens auf flimmernde Monitore in der Redaktion gönnte. Er fläzte sich in einen Sessel und hörte die Mailbox auf seinem Handy ab.
„Huhu Thorsten, hier ist Verena. Vergiss unsere Verabredung nicht! Du wirst es nicht bereuen. Bis mor-

gen! Träum was Schönes!"
Verena hatte ihn noch nicht aufgegeben. Bestimmt hatte sie wieder eine aussichtsreiche Kandidatin aufgetan, die sein Singledasein beenden könnte.
Er lächelte. Die Kuscheldecken lagen sauber aufgefaltet an einem Ende seiner Sofalandschaft, die Kopfkissen ordentlich über die Länge aufgestellt. Der zarte Hauch des sinnlich-fruchtigen Eau de Toilettes hatte sich längst verflüchtigt und über den aufgefrischten Polstern schwebte wieder der Geruch einsiedlerischer Enthaltsamkeit. Natürlich würde er hingehen. Er hatte sie seit diesem Abend nicht mehr getroffen.
Keine weitere Nachricht. Er nahm den Teller mit dem Käsekuchen und stach mit der Gabel die Spitze des ersten Stücks ab. Die fluffige Quarkmasse zerschmolz auf seiner Zunge und seine Zähne mahlten selig den knusprig-mürben Boden zu kleinsten Krümeln, die ein himmlisches Butteraroma in seine Geschmacksknospen massierten, welches sich in geradezu göttlicher Harmonie mit der unaufdringlichen Note echter Bourbon-Vanille vermählte.

Wer wohl die Frau in dem schnittigen Coupé mit Hamburger Kennzeichen war, die allem Anschein nach schon eine Zeit lang schräg gegenüber unterhalb des Weinbergs ausharrte? Sie hatte den Kopf gesenkt, als er an ihrem Wagen vorbeigeradelt war. Außer schmalen Schultern, langen Haaren und einer tief ins Gesicht gezogenen Baseballkappe hatte er nichts weiter hinter den beschlagenen Scheiben erkennen können. Ob sie sich seinetwegen die Nacht in der Kälte um die Ohren schlug?
Er schaltete das Regionalfernsehen ein und lud ein weiteres Stückchen Kuchen nach. Tränen des puren Glücks fluteten seine Augäpfel. Kein Bäcker weit

und breit konnte es mit der alten Frau Nolte aufnehmen. Auch Franz Knobloch nicht, der ihn aus einem tief gefurchten Gesicht, das von großen Ohren flankiert wurde, vom Bildschirm her angrinste. Der ehemalige Bäckermeister und davor Grenadier der 6. Armee, der seinen Laden am Rand der Innenstadt gehabt hatte, feierte seinen hundertsten Geburtstag.

„Seit Stalingrad habe ich keinen so saukalten Winter wie diesen erleben müssen", krächzte er den aufgesetzt fröhlichen Reportern zu.
Der Bürgermeister, der Vorsitzende der Bäckerinnung, der Vorstand des Kriegervereins und andere, die es in die Medien zog, nickten brav und gratulierten dem alten Kameraden, der in seinem Fernsehsessel aus speckigem Leder kauerte und nachdenklich mit dem Kopf schüttelte, wobei die eigens zu dem besonderen Anlass angelegte, aber nur notdürftig fixierte Zahnvollprothese das eingefallene Wangenfleisch wölbte.
Das kauzige alte Männlein, das da aufgedreht im Blitzlichtgewitter herumfeixte, hatte sie alle überlebt: die Gesellen, die er zeitlebens in der Backstube drangsaliert hatte, die Verkäuferin, die er bedrängt, geschwängert und dann entlassen hatte, seine Ehefrau, die nur ein einziges Mal gewagt hatte, sich zu beschweren, und die man danach nie mehr lachen sah, und selbst seine Kinder. Einzig seine jüngste Tochter lebte noch. Zu seinem großen Tag war sie nicht gekommen. Thorsten wusste, warum. Er hatte die gebrochene Frau vor einigen Jahren interviewt.
Die Kulturstiftung des Mittelstands, die ihn mit der Studie beauftragt hatte, ließ über ihr Vorstandsmitglied Hubert anfragen, ob man die aus seiner Sicht nicht repräsentativen, polarisierenden Passagen dieses Kapitels nicht etwas abschwächen könne. Si-

cher, der Veteran sei bestimmt nicht in allen Lebenslagen ein leuchtendes Vorbild gewesen, doch dürfe man darüber nicht vergessen, welche Grauen er in Krieg und Gefangenschaft habe miterleben müssen. Thorsten mochte sich gar nicht erst vorstellen, welche Schrecken der hochdekorierte Soldat seinerseits entfesselt und unter das Feld von Blut und Ehre gepflügt hatte. Am Ende informierte man ihn, dass man seine Abhandlung über die *Zeitzeugen von Krieg und Wirtschaftswunder* vorerst nicht herausgeben würde.

Der rassige Zweitürer parkte noch immer am Straßenrand. Er stand am Fenster und ließ die Kuchengabel andächtig in das zweite Stück Backwerk sinken. Ob er der Frau unten eine heiße Tasse Tee und Kekse bringen sollte? Sie musste doch frieren.
Nicht, dass es ihr am Ende so erging wie dem elegant gekleideten Herrn, der an einem Februarwochenende, auf dem Höhepunkt der Kälteperiode, gänzlich freud- vor allem aber leblos in seinem schwarzen Stutzer und brandneuen italienischen Glattlederschuhen auf der Sitzbank im Wartehäuschen der Bushaltestelle Bismarckplatz aufgefunden wurde.
Müde schlurfte Thorsten hinüber zur Pinnwand und betrachtete im Flackerlicht des Fernsehers die Fotos. Eine wirklich seltsame Sache war das mit dem Erfrorenen gewesen. Seine steif gekrümmten Finger klammerten sich an eine Flasche edelsten Highland-Malts, dem verschwenderische siebzehn Jahre umsorgte Ruhe in einem Fass aus amerikanischer Weißeiche gegönnt worden waren, in dem zuvor ein nicht minder vornehmer, halbtrockener Portwein herangereift war, dessen leichte Süße das würzige Holz imprägniert hatte, und nun das mild-torfige

Bouquet des Whiskys mit einem Anflug von Vanille und Karamell aufs Vorzüglichste abrundete. Dass diese praktisch unbezahlbare Köstlichkeit nicht in angemessenem Rahmen bei Zimmertemperatur oder gar leicht erwärmt genossen wurde, um ihr auch wirklich alle Geschmacksnuancen zu entlocken, sondern to go und quasi on-the-rocks, erregte den Argwohn der Ermittlungsbehörden. Wäre sie wenigstens mit weichem Quellwasser von den abgefüllten einundsechzig Volumenprozenten auf trinkbare vierzig Prozent verdünnt gewesen, hätte das Schlimmste wohl vermieden werden können.
Die gerichtsmedizinische Untersuchung indes ergab keinerlei Anzeichen von Fremdeinwirkung, die auf ein herbeigeführtes Ableben hindeuteten. Festgestellt wurden lediglich ein Promillewert von zwei Komma sieben und eine Fettleber, die aber nach Sachlage eigenverschuldet waren. Aus Sicht der Ärzte war der Tote stark alkoholisiert im Freien eingeschlafen und infolgedessen an Unterkühlung gestorben.

Thorsten prüfte die goldgelbe Färbung des Macallen, den er in seinem Tumbler schwenkte. Das Lebenswasser benetzte dabei die Innenseite des Glases und ölte in gediegenen Schlieren zurück in die Pfütze, die auf dem massiven Kristallboden schwappte. Er verdünnte den fünfzehn Jahre gelagerten Single-Malt mit einem Schuss handwarmen Wassers und stellte ihn zu seinem Kuchen, wo er noch etwas atmen sollte.

Das im Magen des verblichenen Fremden sichergestellte Menü aus Austern, rohem Thunfisch, Kalbsbries und Champagner-Sorbet deckte sich exakt mit der Speisefolge, die anlässlich eines Gala-Abends

auf dem herrschaftlichen Landsitz vor den Toren der Stadt kredenzt worden war. Zu diesem waren neben dem Bürgermeister auch der Polizeipräsident sowie weitere Würdenträger des Ortes geladen.
Der Privatsekretär des Schlossherrn erinnerte sich noch lebhaft an den Gast, dem er zu später Nachtstunde höchstpersönlich ein Taxi gerufen hatte. Er bedauerte Herrn Peeters plötzliches, wenn auch unter Abwägung seiner offen zur Schau getragenen Leidenschaft für alles Alkoholische absehbares, Dahinscheiden sachlich. Man habe den renommierten Genetiker der Universität Nimwegen eingeladen, um ihn für die Mitarbeit an einem Forschungsprojekt zu gewinnen. Die Flasche Malt, die nun unglückseligerweise in der Asservatenkammer der Polizei vor sich hin dümpeln würde, stamme zweifellos aus dem Bestand seines Arbeitgebers.
Der Taxifahrer bestätigte über den von der Behörde bestellten Dolmetscher, den angetrunkenen Effendi trotz anfänglicher Bedenken in die Stadt gefahren zu haben. Beim City Döner sei er ausgestiegen und zu Fuß in Richtung Hotel weitergegangen. Vielleicht sei ihm schlecht gewesen, vielleicht habe ihn auch eine Notdurft hinaus in die Kälte getrieben – verstanden habe er ihn nicht. Er habe während der Fahrt in einem Kauderwelsch – womöglich sei es so etwas wie Deutsch gewesen – vor sich hin geflucht.
An der Bushaltestelle, die auf dem Weg lag, musste er sich wohl ausgeruht haben. Nachdem alle Fakten zusammengetragen waren, ebbten sowohl der Aufklärungsdrang als auch die mediale Wertschöpfung rasch wieder ab und der Fall wurde als tragisches Missgeschick ad acta gelegt.

Der Fernseher in seinem Rücken informierte Thorsten über das Verschwinden eines totgeborenen Em-

bryos aus dem örtlichen Krankenhaus. Es war nur deswegen aufgefallen, weil sich die trauernde Mutter umentschieden hatte und ihr totes Kind nun doch würdevoll bestatten wollte, statt es zusammen mit dem anderen infektiösen Krankenhausmüll verbrennen zu lassen.
„Wirklich seltsame Dinge gehen hier auf einmal vor sich", befand er.

Dem Rätsel um den toten Holländer war er weiter auf der Spur geblieben. Vor vier Wochen lag ein USB-Stick, der ohne Absender mit der Post gekommen war, auf seinem Schreibtisch im Büro. Darauf waren auch Daten eben jenes Wissenschaftlers gespeichert. Sie beschrieben haarsträubende Experimente am menschlichen Erbgut. Thorsten hatte ihn kontaktiert, um die Glaubwürdigkeit des Materials zu prüfen. Dieser hatte ihn jedoch wenig überzeugend abgewiesen, woraufhin er nach Nimwegen gefahren war, um den Mann von Angesicht zu Angesicht zur Rede zu stellen.
„Hören Sie, das mag ja alles sein, doch das hier stammt definitiv nicht von mir!"
„Aber da steht doch Ihr Name und der Ihres Instituts taucht auch auf."
Thorsten erinnerte sich, wie der Holländer mit fahrigen Fingern die Daten überflogen und die Urheberschaft vehement bestritten hatte. Kurz drauf lag er hier tot im Städtchen. Das roch nach einer handfesten Story.
Er ließ die Aufnahme, die er heimlich von ihrem Gespräch gemacht hatte, weiter abspielen.
„Sie behaupten also, dass Sie nicht an einem Verfahren forschen, wie man Teile des menschlichen Genoms verändern kann, so dass Defekte dauerhaft ausgemerzt oder aber gewünschte Eigenschaften

verstärkt werden?"

„Nein, doch, ja ... Aber das, woran wir hier forschen, ist reine Theorie. Stellen Sie sich doch einmal vor, wie eine derartige Genoptimierung die natürliche Evolution beschleunigen, vielleicht sogar eines Tages ersetzen könnte!"

„Wenn ich mir die Tabellen und Testreihen anschaue, dann scheint mir, dass Ihre Arbeit längst über den theoretischen Ansatz hinaus gediehen ist."

„Wir bewegen uns immer noch im Rahmen der gesetzlichen Vorgaben."

„Einer Ihrer Fachkollegen, dem ich das Material vorgelegt habe, ist da ganz anderer Meinung."

„Das kommt auf die Interpretation an. Sehen Sie denn nicht, welche Chancen sich aus unserer Forschung ergeben? Starke, gesunde Kinder mit herausragenden intellektuellen Fähigkeiten!"

„Und wer pflegt die Alten und Kranken, wer schneidet die Haare, wer repariert das Wasserrohr und wer backt das Brot – in einer Gesellschaft voller Dichter und Denker?"

„Auch diese Eigenschaften könnte man gezielt herausarbeiten."

„Was ist mit dem Recht des Einzelnen, selbst über sein Schicksal bestimmen zu dürfen? Das bleibt dann wohl auf der Strecke."

„Das Selbstbestimmungsrecht wird unnötig romantisiert. Wie weit reicht es denn, wenn man in das falsche soziale Umfeld hineingeboren wird? Welche Wahl hat ein Kind denn schon, wenn es bei ungebildeten Eltern aufwächst? Was spricht dagegen, wenn wir künftig wertvolle Veranlagungen fördern und optimieren, statt sie wie bisher unnötig zu verschwenden?"

„Und wer soll schöpfergleich darüber entscheiden, welche Anlagen künftig wünschenswert sind und

welche nicht? Wie wollen Sie vorhersehen, ob die Mutation, die Sie gerade ausschalten, die Spezies insgesamt nicht einmal voranbringen würde?"
„Das können Computersimulationen übernehmen."
„Genau so zuverlässig wie Wettervorhersagen?"
„Die werden auch immer genauer."
„Und doch wird man oft genug nass, wenn man sich darauf verlässt. Mann, hören Sie doch auf! Menschen am Reißbrett entwerfen – normiert, zweckoptimiert ... Wer will schon in einer Welt voller Barbies und Kens leben?"
„Sie übertreiben maßlos, weil Sie Angst haben."
„Vor skrupellosen Autokraten, die sich Soldaten mit aggressiven Erbanlagen zusammensetzen lassen, um ihre Macht zu zementieren, während alle anderen zu handzahmen, willenlosen Lämmern gezüchtet werden? Natürlich habe ich davor Angst."
Thorsten stoppte das Band. Angesichts der nur mäßig begeisterten Ermittlungen zum Tode des Holländers hatte er davon abgesehen, dem Staatsanwalt die Unterlagen zu übergeben. Handfestere Beweise, die eine Vertuschung unmöglich machten, mussten her. Vielleicht war diese Story ja endlich sein großer Durchbruch.

Im Fernsehen stellten sich die Kandidatinnen für das Amt der diesjährigen Weinkönigin vor. Die jungen Frauen waren fachlich, charakterlich und optisch bestens auf ihre bevorstehenden Aufgaben vorbereitet. Wie sie wohl ausschauen würden, wenn sie von eingestaubten, engstirnigen Wissenschaftlern entworfen worden wären?
Thorsten schlüpfte in seine Schuhe und schlappte zur Wohnungstür. Er wollte die Frau in dem Auto fragen, ob sie ihm den USB-Stick mit den Forschungsdaten zugesteckt hatte.

Ein Ploppen in seinem Rücken erschreckte ihn. Dumpf wie ein Sektkorken, doch Silvester war lang vorbei. Vielleicht ein kleiner Vogel, denn für Insekten und Fledermäuse war es noch zu kalt? Doch statt eines verirrten Nachtschwärmers war der Kunststoffpfeil einer Kinderarmbrust von seiner Fensterscheibe gebremst worden und klebte nun dort an einem Saugnapf. Um den Schaft herum war ein Zettel gewickelt und mit einem Gummiband befestigt. Er löste das Geschoss und las:

„Wenn du meinst, es sei schwierig, neue Leute kennenzulernen, dann heb doch mal einen falschen Golfball auf!"

Thorsten rannte runter auf die Straße. Als er die Haustür öffnete, war die Frau im Coupé verschwunden. Zurück in seiner Wohnung lümmelte er sich grübelnd in seinen Sessel. Ein Anflug von kaltem Rauch störte sein Wohlbefinden. Er schnüffelte an seinem Pulli. Keine Spur von Nikotin in den Baumwollfasern – stattdessen rangelte ein fernes Rauschen der Meeresbrise seines Weichspülers noch wacker mit den Ausdünstungen eines arbeitsreichen Tages. Irritiert griff er nach dem Teller. Das angestochene Stück Käsekuchen war weg, auch das Whiskyglas war leer. Dafür lag auf dem Beistelltisch ein großer brauner Umschlag. Er sprang auf und lief zurück ins Treppenhaus. Unten fiel die Haustür ins Schloss.

HIP-HOP AUF DEM CEMBALO

„Neben meiner Arbeit ist Golf meine große Leidenschaft, obwohl ich schweren Herzens eingestehen muss, dass ich bei meinen Geschäften sicherer abschlage als auf dem Platz", erzählte der großgewachsene, gutaussehende Herr, der ihr gegenüber saß und wohl dreißig Jahre älter sein mochte als sie.
„Mein Vater war ein ausgezeichneter Golfer. Er hat als Profi sogar ein paar bedeutende Turniere gewonnen. Mir hingegen gelingen die besten Schläge am neunzehnten Loch, geistvoll parlierend und mit einem Glas Champagner in der Hand", erklärte Rüdiger von Herrenhagen und neigte das schlanke, hohe Stielglas unaufdringlich zum Prosit.
„Ich fürchte, mein Handicap kann ich nicht durch Training, sondern nur durch Schummeln verbessern", flüsterte er ihr scherzend zu, wobei er sich konspirativ umschaute.
Er hatte sie zum Dinner eingeladen. Er war der wichtigste Kunde der Grafikagentur, bei der sie erst wenige Stunden zuvor einen lukrativen Arbeitsvertrag unterschrieben hatte.

Das Schicksal und der Zufall hatten Melanie hierher geführt. Vergangene Woche hatte sie den Umschlag mit dem Jobangebot aus ihrem Briefkasten gezogen. Das beigefügte Bahnticket erster Klasse und die Einladung zum Vorstellungsgespräch schmeichelten ihr, machten sie aber auch misstrauisch. Sicher, sie

gestaltete leidenschaftlich gern, kannte sich ausgezeichnet mit der Software aus und sie war, bei aller Bescheidenheit, wirklich gut in ihrem Job. Dass aber eine renommierte Agentur am anderen Ende der Republik auf ihre Arbeiten aufmerksam geworden war, überraschte sie dennoch.
Statt eines Interviews setzte man sie gleich vor einen Bildschirm und bat sie, ein Plakat für ein Cembalo-Konzert zu entwerfen. Stilsicher wählte sie einen modernen Ansatz für das angestaubte Thema und nach nicht einmal vier Stunden hatte sie ihr Werk vollendet.

„Ich bin geradezu begeistert von ihrem kühnen Entwurf. Das barocke Schloss im Fluchtpunkt des Bildes wird von den flankierenden Wohntürmen und Wolkenkratzern geradezu erdrückt. Und dennoch drängen die geschwungenen Formen, die vorgelagerten Säulen und die variantenreiche Dachkonstruktion in ihrer streng geometrischen Komposition die massive Präsenz von Stahl, Glas und Beton in den Hintergrund."
„Die Vergangenheit reißt die Wände des Denkmals nieder und erkämpft sich seinen Platz in der Gegenwart. Das, was als Geschichte eingemottet wurde, stellt sich dem Dialog mit der Moderne", erklärte sie selbstbewusst und griff nach dem quadratischen Teller, auf dem ihr Gastgeber das orange Hummerfleisch herüberreichte, das er zuvor mit geübten Handgriffen aus den Scheren des Tieres gelöst hatte.
„Einfach großartig! Deswegen steht das Cembalo im Vordergrund wohl auch mit seiner Klaviatur auf einem Parkplatz mit Parkbuchten und Richtungspfeilen, während sein Klangkörper in einem streng durchkomponierten Barockpark endet, der das Auge zu dem überdimensionierten Schlossportal lenkt ..."

„Nun, ich will das historische Instrument weg aus dem exklusiven Pomp einer privilegierten Klasse in den urbanen Raum überführen, wo es auf einer Insel vom Zeitgeist umspült und schließlich zu einem Teil von ihm wird."
„Genau so habe ich das auch verstanden. Und der Hip-Hopper, der es spielt, mit der Baseballmütze auf seinem perückierten Kopf und der großzügig geschnittenen Kleidung, führt den Betrachter aus seiner Welt in unsere und spielt dabei den Museumsmief aus unseren Mauern."

Selbst wenn ihr Gegenüber gerade nicht in eine derart mitreißende Unterhaltung verwickelt gewesen wäre, hätte es die Etikette dem vornehmen Herrn vermutlich untersagt, die schwarzhaarige Dame in ihrem wadenlangen, tief geschlitzten Kleid, die von einem unverhohlen grinsenden Kellner an ihnen vorbei zum Nachbartisch geleitet wurde, auch nur eines Blickes zu würdigen. Sie war in Begleitung eines alterslosen Mannes Anfang Fünfzig, der in seinem lässigen Outfit so gut zu ihr passte wie Mayonnaise auf einen Erdbeerkuchen.

„Ja, progressive Gesellschaftskritik statt reaktionäre Rückwärtsgewandtheit", nahm Melanie das Gespräch wieder auf.
„Denken Sie, dass der mit Blättern und Ranken ziselierte Bilderrahmen, durch den das Instrument hindurchgeht, vom Betrachter als Tor zwischen den beiden Zeit- und Sinnebenen verstanden wird?", fragte sie unsicher.
„Unbedingt! Mir ist auch aufgefallen, dass er seine Schmuckelemente verliert, wenn man den Blickwinkel verändert, und so zu einer geradlinigen, fast schon futuristisch unterkühlten Form übergeht –

einfach raffiniert, diese optische Spielerei."

Rüdiger von Herrenhagen spülte den letzten Löffel des gebratenen weißen Pfirsichs, der ihm mit Lavendelblüteneis und Pinien-Honig-Sirup in einem Pokal gereicht worden war, mit einem Schluck Champagner hinunter und tupfte sich mit der schweren Stoffserviette über den Mund. Sie kratzte den verbliebenen Rest Crème Brûlée mit Nougatkirschen aus dem irdenen Dessertschälchen und fuhr fort.

„Ich muss zugeben, dass mir das Cembalo und die Barockmusik nicht gerade geläufig sind. Doch wie ich es verstehe, repräsentiert es wohl eher die heiterbeschwingte, die spielerische Seite einer Epoche, die ansonsten von Krieg, Hunger, Elend und Pestilenz geprägt war. Das ganz große Drama wie auf einem Klavier oder gar auf dem Syntheziser lässt sich, soweit ich das sehe, damit nicht aufführen."

„Und dennoch werden wir dank Ihrer Kreativität neue Zielgruppen erschließen, da bin ich mir sicher", freute er sich, wobei die Spitzen seines schmalen Schnauzbartes vergnügt zappelten.

„Unter der Gefahr, dass man die Nostalgiker vergrätzt", gab sie zu bedenken.

„Dieses Risiko will ich gern eingehen. Mit Ihnen kommt frischer Wind auf. Das ist auch der Grund, warum ich unbedingt Sie für unsere Projekte gewinnen wollte. Es wird allerhöchste Zeit, dass wir unsere Köpfe lüften und moderner werden, statt weinerlich in Nostalgie zu schwärmen."

Am anderen Ende des Saals hastete ein Koch mit blutverschmierter Schürze und einem weißen Lamm, das strampelnd unter seinem Arm vor sich hin mähte, durch eine Schwingtür in die Küche. Melanie zwinkerte, um ihre trockenen Augen zu befeuchten.

„Wie sind Sie eigentlich auf mich gekommen, wo es doch Grafiker wie Sand am Meer gibt?", fragte sie in Erwartung einer vertrauensbildenden Antwort.

„Algorithmus heißt das Zauberwort. Ich verfüge über ein recht leistungsstarkes Rechenzentrum. Auf der Suche nach geeigneten Kandidaten habe ich einen Bot mit allen für diesen Aufgabenbereich wichtigen Parametern programmieren lassen und ihn auf die Reise durch das Internet und die sozialen Netzwerke geschickt."

„Und mit welchen Eckdaten haben Sie ihn gefüttert?"

„Ich habe jemanden gesucht, der mit dem Herzen verführt und nicht manipuliert, ehrlich und ohne strategische Berechnung, denn wir wollen die Menschen für unsere Sache gewinnen und sie nicht hintergehen."

„Soll heißen?"

„Unser Kandidat sollte Emotionen einbringen und sie nicht gezielt wecken. Dafür schien mir eine Frau geeigneter als ein Mann. Sie sollte mehr aus dem Bauch heraus gestalten als ausgetretene Pfade akademisch verkopft noch tiefer auszutreten. Dafür bot sich aus meiner Sicht eine Quereinsteigerin ohne abgeschlossenes Design-Studium und ohne thematische Vorbelastungen am ehesten an. Außerdem sollte sie gesellschaftliche Spannungsfelder ausloten können, weswegen sie am besten Waise oder aber fernab eines behüteten Elternhauses aufgewachsen sein sollte. Das waren in groben Zügen die wichtigsten Kriterien."

Das Pärchen am Nachbartisch war lebhaft miteinander beschäftigt. Die Schwarzhaarige benahm sich ihrer eleganten Aufmachung und dem noblen Rahmen des Restaurants alles andere als angemessen. Sie fand, dass die glattgeschliffenen, grünen, blauen, roten und gelben Edelsteine der Tischdekoration ebenso gut ihr üppiges Dekolletee schmückten. Er schien sie in ihrem frivolen Spiel noch zu bestärken, indem er ein paar Tropfen von dem Premium Olivenöl extra vergine auf seine Fingerkuppen träufelte und diese dann unter der lang herunterhängenden Tischdecke verschwinden ließ, was sie mit einer entzückten Maßregelung quittierte.

„Und damit sind die Bots bei mir gelandet? Beunruhigend, was man heute übers Internet alles herausfindet", meinte Melanie abgelenkt.

„Beunruhigend, wie viele private Informationen man gedankenlos preisgibt, finden Sie nicht?", entgegnete ihr Gegenüber.

Sie entschuldigte sich und suchte die Toiletten auf, wo sie ihr Gesicht mit kaltem Wasser erfrischte und tief durchatmete. Vielleicht war dies ja eine neue Chance – weit weg von ihrer Tante und ihrem Onkel. Sie hatten sie wie ihre eigene Tochter aufgezogen, doch all die Liebe, die sie ihr geschenkt hatten, vermochte den dunklen Schatten, der sie zu ihnen geführt hatte, nicht vertreiben. Vielleicht fand sie hier ja die Heimat, die man ihr als Mädchen gestohlen hatte – und vielleicht sogar jemanden, den sie in ihr Herz lassen konnte.

Als sie wieder herauskam, stieß sie gegen den Mann vom anderen Tisch und zuckte wie von einem Stromschlag getroffen zusammen.

Sie tauchte in seinen Blick ein und sah sich auf ihrem Roller durch die engen Gassen ihres Dorfes düsen. Später dann ihr erstes Fahrrad, der starke Arm, der sie aufgefangen und geführt hatte, bis sie schließlich ganz allein fahren konnte. Die sanfte Stimme, die ihr Gute-Nacht-Geschichten erzählt und die Welt erklärt hatte. Das gütige Lächeln, das sie getröstet hatte, wann immer sich das Leben gegen sie gewandt hatte.

Sie legte den Kopf auf die Seite, ihre Wange suchte die Schulter, in die sie ihre Tränen gedrückt hatte, wenn sie sich unverstanden fühlte. Doch was war das? Ein widerwärtiges, verschlagenes Grinsen wischte jede Herzenswärme hinfort. Die Augen stier und lüstern, die Lefzen triefend, die Krallen nach ihr ausgestreckt, bereit, sich zu nehmen, was ihm nie gehören durfte. Sie musste dieses Ungeheuer endlich erlegen. Nie wieder sollte es ein Leben zerstören.

Der Fremde bat sie formvollendet um Verzeihung für seine Ungeschicklichkeit, die eigentlich sie verschuldet hatte, und lächelte sie selbstbewusst an. Seine tiefe Stimme fuhr ihr geradewegs in den Bauch und bügelte ihre aufgewühlten Erinnerungen samtig glatt. Er schloss die Tür, öffnete aber eine andere, die sie sich für immer verriegelt gewünscht hatte.

„Sind Sie wohlauf?"

Rüdiger von Herrenhagen war aufgestanden und hatte ihr den Stuhl zurechtgerückt, als sie wieder an den Tisch kam.

„Wie bitte? Ich? Oh, ja. Sicher. Es ist wohl nur die Erschöpfung eines langen, aufregenden Tages."

„Ich bin untröstlich. Entschuldigen Sie den Egoismus eines alten Mannes, der das Vergnügen Ihrer Bekanntschaft partout nicht aufschieben wollte."

Am Ende des Abends verbeugte sich der elegante Herr tief, küsste ihre Hand und verabschiedete sich herzlich. So sehr Melanie gutes Benehmen bisweilen auch vermisste, hatten sie der gestelzte Tonfall und die ausufernden Höflichkeitsfloskeln ihres Gastgebers doch angestrengt.

* * *

Gerade mal eine Woche später trat sie ihre neue Stelle an. Bereits an ihrem ersten Arbeitstag wartete ein Auftrag auf sie. Sie sollte ein Werbekonzept für eine Caravaggio-Ausstellung entwerfen. Sie stürzte sich auf die Arbeit und schon bald hatte sie ein Feuerwerk an Einfällen für Flyer, Plakate, Zeitungsanzeigen und Banner für die Online-Promotion präsentiert. Die Retrospektive der Kunsthalle konnte nur ein Erfolg werden, zumal die Kunstgeschichte den Barockmaler über die Jahrhunderte hinweg als Enfant Terrible, Unzucht treibenden Totschläger und Raufbold mystifiziert hatte, was sich in allen Epochen ganz ausgezeichnet vermarkten ließ.
Jede neue Aufgabe, die man ihr übertrug, meisterte sie mit originellen Ideen, die sie handwerklich geschickt umzusetzen wusste. Allerdings wurde ihr der rege Kontakt zu ihrem Mäzen bald unangenehm, zumal dieser verheiratet war. Einmal hatte er sie durch sein Anwesen geführt, ein anderes Mal waren sie im Theater gewesen, später dann im Kunstmuseum. Sie hatte ihm diskret zu verstehen gegeben, dass eine väterliche Freundschaft, wie er es nannte, sehr leicht missgedeutet werden könnte. Er konnte ihre Bedenken nachvollziehen und nahm sich fortan zurück.

Dann starb seine Ehefrau bei einem schrecklichen Autounfall. Nach dieser Tragödie mied ihr Mentor fast gänzlich die Öffentlichkeit und Melanie hatte Gelegenheit, ihr eigenes Leben aufzubauen. Sie ging mit Kollegen aus, lernte Männer übers Internet kennen, schickte sie aber allesamt wieder fort. Sie engagierte sich ehrenamtlich im Verein *Selbstbestimmt Leben*, wo sie kostenlose Taxifahrten mit dem vereinseigenen Van anbot. Beim Yoga hatte sie Verena kennengelernt, die sie zum Grillfest eingeladen hatte. Als sie vorfuhr, führte der faszinierende Mann aus dem Restaurant gerade eine Blondine durchs Gartentürchen. Die Schwarzhaarige hatte offensichtlich ausgespielt.

Ob er sie wiedererkennen würde? Hatte sie sich verraten? Bestimmt hatte er ihre Begegnung schlichtweg vergessen. Melanie nahm die Hand vom Türgriff und tippte mit den Fingerspitzen aufs Lenkrad. Was in aller Welt machte sie nur hier? Was ging es sie an, wenn der Kerl die Gefühle wildfremder Herzen niedermetzelte?

Vielleicht war da aber auch gar nichts, das er zertrampeln konnte. Bei ihrem Nebenjob hatte sie genug Frauen beobachtet, die sich nur zu willig jeder erdenklichen Schamlosigkeit hingaben. Sollte dieser alte Jäger, der fast schon ihr Vater sein könnte, doch in fremden Revieren wildern. Sie würde seinen Opfern nicht zu Hilfe eilen – nicht schon wieder. Es hätte sie schon einmal beinahe zerrissen. Sie musste sich schützen. Sie griff zum Zündschlüssel.

Was aber, wenn er nun doch kein wildes Tier war, sondern nur ein in die Jahre gekommener Junge, der sich nicht entscheiden kann, weil er noch nie ernsthaft vor eine Wahl gestellt wurde? Was, wenn sie ihm Unrecht tat? Was, wenn er selber mehr litt als die, die er verführte? Sie lehnte sich in ihrem Sitz zurück und schloss die Augen.

Es war nach Mitternacht, als er mit seiner Begleitung aus dem Garten auf die Straße trat. Seine Hand umschloss ihre Pobacke, sie hatte ihren Kopf an seine Schulter gelehnt. Sie stiegen in einen Peugeot. Melanie folgte ihnen bis zu einem Mietshaus. War dort ihre Wohnung oder seine? Sie würde es herausfinden, alles würde sie über diesen Mann herausbekommen.

In den folgenden Monaten notierte sie jeden seiner Schritte, führte Protokoll über die vielen Nächte, die sie in ihrem Wagen vor seiner Tür ausgeharrt hatte. Einmal, es regnete in Strömen, klingelte Verena an seiner Haustür. Durchs Fenster beobachtete sie, wie sie sich umarmten. Dann ließ er die Jalousien im Wohnzimmer runter. Er hatte sie vorher noch nie runtergelassen.

Sie durfte nicht eingreifen. Noch musste sie sich gedulden. Bald war der Tag gekommen. Sie strich beschwörend mit den Fingern über das Amulett, das an einem Lederband um ihren Hals hing.

„Zur Frühlingsgleiche, dann, wenn das Licht die Dunkelheit vertreibt und die Knospen sprießen, wäre der perfekte Zeitpunkt für einen Neuanfang", hatte in ihrem Horoskop gestanden.

„An diesem Tag würde sich entscheiden, in welche Richtung das Pendel ausschlägt."

In einem dunklen Hauseingang gegenüber flammte ein Feuerzeug auf und eine dünne Rauchsäule kräuselte sich zwischen Regentropfen den Nachthimmel hinauf. Heute durchbohrten wohl nicht nur Melanies wachsamen Augen den Schleier der Nacht.

* * *

Bis ins eiskalte Frühjahr hinein hatte sich ihr Mäzen nicht mehr bei ihr gemeldet. Dann läutete es an der Haustür und ein Bote brachte eine große Schachtel. Darin lag, sorgsam zusammengelegt, ein strahlend grünes Cocktailkleid, passend zur Farbe ihrer Augen, sowie ein Paar Pumps und eine Einladung zu einer Soiree auf seinem Anwesen.

Er begrüßte sie überschwänglich und suchte trotz seiner repräsentativen Verpflichtungen als Gastgeber immer wieder ihre Gesellschaft. So schaffte es Melanie auch mit großem Geschick, den unpässlichen Herrn abzuwimmeln, der ihr mehrmals zum Tanzen nachstellte. Dieser polterte nicht nur unangemessen zwischen den Gästen herum, überdies war er, da sie höhere Absätze trug, noch fast einen Kopf kleiner als sie. Enttäuscht über ihre Zurückhaltung tat er sich schließlich großzügig an dem ihm geflissentlich gereichten Champagner gütlich, wodurch er seine Gesellschaftsfähigkeit weiter untergrub.

Der Schlossherr hingegen hatte weniger Glück beim Versuch, dem unangenehmen Gast aus dem Weg zu gehen. Nur mit Mühe konnte er den erregten Mann am Ärmel seines Jacketts ins benachbarte Musikzimmer zerren, wo dieser dann, wild wie ein Rumpelstilzchen gestikulierend, auf ihn einredete. Einige Wortfetzen des Gesprächs drangen bis in den Ballsaal und es fiel der Name, den Melanie schon tausendmal kalligraphiert hatte. Schließlich gelang es einem Angestellten, den aufgebrachten Besucher hinauszukomplementieren.

Aus der Zeitung erfuhr sie am nächsten Tag, dass er ein holländischer Wissenschaftler war. Man hatte ihn tot in einem Wartehäuschen aufgefunden. In seiner Hosentasche steckte ein aufgeschnittener Golfball, in den ein Fetzen Haut eingeschweißt war.

KEINE HELMPFLICHT FÜR IGEL

Thorsten wäre gern noch liegengeblieben, doch ein Albtraum hatte seinen Schlaf perforiert und trieb ihn aus den Federn. Ganz gleich, wohin er sich auch wendete, blickte er in die gesichtslosen Gesichter von Frauen und Männern, standardisiert, makellos glattgepixelt und weichgezeichnet, ohne Falten, Ecken, Kanten und Charakter: in der Bahn, beim Metzger, auf dem Amt, in der Stadt, einfach überall. Als ihn dieselbe Fratze dann auch noch im Spiegel auslachte, wachte er entsetzt auf.

Noch schlaftrunken lupfte er den Rollladengurt, durch dessen Lamellen sich die ersten Sonnenstrahlen eines neuen Tages zwängten. Er löste seinen Griff und fuhr erneut mit der Hand nach oben. Ein beherzter Zug und das Morgenlicht brach sich in der von den Regenfällen der vergangenen Wochen noch fleckigen Fensterscheibe, bevor es sich über die zerwühlten Laken seines leeren Bettes streute.

Es war nicht immer leer gewesen. Doch seit nunmehr drei Jahren war er faktisch allein. Die große Liebe war es wohl nie gewesen – für beide nicht. Er hatte sie beim Urinieren kennengelernt. Es war nach der Maiwanderung gewesen, am Rand der großen Festwiese im Wald über den Weinbergen. Sie hockte hinter einem Holzstapel. Er hatte sich höflich entschuldigt und wollte sich zurückziehen, doch sie meinte, es stünden genügend Bäume für sie beide herum. Auf dem Kiesweg hatte sie auf ihn gewartet. Sie hörten sich noch die letzten beiden Bands an, tranken Weißwein und flirteten. Sie fanden, dass sie gut zueinander passten, und probierten es. Eine Beziehung ohne Risiko, aber auch ohne Zukunft. Sie hatten viel Spaß miteinander, lebten in Wahrheit aber zwei verschiedene Leben. Im Bett gelang es ihnen manchmal, zueinander zu finden. Meist folgte jedoch auch hier jeder seinem eigenen Weg zum selben Ziel. Wie zwei Golfer, die sich denselben Platz teilen und am Ende eher zufällig gemeinsam ins letzte Loch putten.

Seitdem war sein Bett leer. Nicht durchgängig, denn

quantitativ hatte sein Sexleben nicht gelitten. Nicht selten fiel das Morgenlicht auf ein nacktes Bein, eine schmale Schulter oder eine wallende Mähne, die unter den zerknitterten Decken hervorlugten. Bevor er sich an solchen Tagen zu ein paar zärtlich dahingehauchten Worten nötigte, sammelte er die schlaffen Präservativschläuche vom Boden auf und entsorgte sie sachgerecht mit dem Restmüll.
Er suchte in den Wasserflecken nach vertrauten Mustern, fand auf der putzmittelbedürftigen Fensterscheibe aber nur eine chaotische Anordnung von Tropfen, Schlieren und Streifen. Ein letzter kühner Zug an dem rauen Gewebe des mittlerweile vom Handschweiß feucht gewordenen Rollladengurts und die Welt lag ihm zu Füßen. Es versprach, endlich dieser erste nennenswerte Frühlingstag zu werden. Er riss die Fensterflügel weit auf und der Duft von nassem Gras und feuchter Erde mischte sich unter die Ausdünstungen der Nacht.

Im Wohnzimmer klingelte das Handy.
„Legen Sie nicht gleich wieder auf!", hechelte der Anrufer.
„Wieso sollte ich? Ich hab doch gerade erst abgehoben."
„Wissen Sie eigentlich, wie schwer es war, Ihre Nummer herauszufinden?"
„Ich hoffe, Sie hatten einen guten Grund, diese Mühsal auf sich zu nehmen."
„Es geht um meine Tochter. Der Norweger stellt ihr nach und bedrängt sie, dass sie mit ihm kommt."
„Welcher Norweger?"
„Ich weiß nicht, ob er wirklich Norweger ist. Ein riesiger Kerl, er heißt Hallgrim oder so."
„Bedroht er sie? Zwingt er sie, irgendwas zu tun, was sie nicht will?"

„Nicht so direkt. Er kurvt dauernd in seinem großen, schwarzen Auto durch unsere Straße. Geht sie raus, verfolgt er sie und spricht sie an."

„Finden Sie nicht, Sie sollten besser zur Polizei gehen?"

„Da war ich schon. Die haben nur gemeint, so lang nichts passiert ... Sie ist doch mein einziges Kind und ich bin krank. Soll ich denn warten, bis ihr etwas zustößt?"

„Und wie kann ich Ihnen da helfen?"

„Sie könnten recherchieren, einen Artikel schreiben. Vielleicht vertreibt ihn das. Sie ist Krankenschwester und im Krankenhaus verschwinden doch seit einiger Zeit Leichen und tote Embryos. Bestimmt hängt der Kerl da mit drin ..."

Thorsten wurde hellhörig.

„Wissen Sie mehr darüber?"

„Nein, wenn ich sie darauf anspreche, weicht sie mir aus. Ich fürchte, sie ist da in irgendwas Übles hineingeraten. Sie ist so ein gutes Kind."

„Verhält sie sich in letzter Zeit merkwürdig?"

„Nein, eigentlich ist alles so wie sonst. ... Außer, dass sie jetzt Golf spielt."

„Hoffentlich hat sie beim Spiel nicht versehentlich einen falschen Golfball aufgehoben", grübelte Thorsten und legte auf.

Auf dem Beistelltisch lagen noch der bunte Kunststoffpfeil und der braune Umschlag. Nachdenklich sah er sich die Fotos an, die man ihm gestern auf so mysteriöse Weise zugestellt hatte. Eines zeigte einen großen Saal, in dem Bottiche aus Edelstahl mit Bullaugen aufgereiht waren. Sie sahen aus wie Taucherglocken. Das zweite zeigte ein Gemälde mit nackten, runzeligen Paaren, die händchenhaltend in einen Tümpel abtauchen. Auf der anderen Seite steigen

junge Pärchen ans Ufer. Thorsten datierte es in die Renaissance. Was aber hatte das alles mit Golf zu tun? Und warum behelligte man gerade ihn damit?
Ratlos trottete er ins Bad und machte sich gesellschaftsfähig. Zurück in seiner Kemenate wählte er eine sportlich schicke Garderobe. Ein ehrliches, schnörkelloses Basic-T-Shirt, einfarbig, gerade geschnitten und gänzlich ohne Botschaft, fand er im Kleiderschrank. Eine Cargohose und einen Pulli zog er aus dem Stapel der praktisch ungetragenen Wäsche der vergangenen Woche auf dem Stuhl neben der Nachtkonsole. Zum Abschluss noch ein hauchfeiner Spritzer leichtes, frisches Eau de Toilette und er war bereit für die Abenteuer, die da draußen auf ihn warteten.

* * *

Er war zum Frühstück verabredet, auf dem pittoresken Marktplatz im Zentrum. Umrahmt von teils windschiefen, teils stattlichen, altehrwürdigen Bürgerhäusern war er der soziale Brennpunkt des Städtchens. Fast jedes beherbergte im Erdgeschoss ein Café, ein Bistro oder ein Restaurant. Sobald sich der erste Sonnenstrahl zeigte, wurden Tische und Stühle aufs abschüssige Kopfsteinpflaster gestellt. Doch noch war es zu früh. Um acht begannen gerade mal die Vorbereitungen hinter den Kulissen. Daher wollte er den Weg am Waldrand oberhalb der Weinberge nehmen. Dort konnte man die Natur genießen, ohne sich zu weit von der Zivilisation zu entfernen.
Gut gelaunt und mit federndem Schritt tänzelte er die beiden Stockwerke bis zur Haustür hinab. Ein kurzer Blick zum Briefkasten versicherte ihn, dass ihn die Discounter, Möbel- und Elektromärkte nicht vergessen hatten. Einfach unfassbar, wie viel man

beim Geld ausgeben sparen konnte. Zwanzig Prozent beim Sofa, zwölf Prozent beim Fleisch, acht Prozent beim Fernseher – reich durch Konsum. Solch eine Rendite warf nicht einmal sein Aktienfonds ab.
Dynamisch riss er die Haustür auf und rannte in seinen Nachbarn Hendrik. Der hatte den Arm voller Papiertüten, die rücksichtslos den Duft von frischem Backwerk verströmten.
„Morgen, Thorsten!"
„Morgen, Hendrik!"
„Hast Du gehört? In der Stadt haben sie vier Rollstühle geklaut. Direkt von der Ladestation beim Rathaus."
Die Papiertüten raschelten, als Hendrik sie mit seinen behaarten Armen noch enger an das karierte Flanellhemd drückte.
„Weiß man, wer's gewesen ist?"
„Nein, aber die Bereifung war wohl ganz neu."
„Dann sollten die Diebe ja bald gefasst sein. Viele Grüße an Katja und die Kinder!"

Er wandte sich zu den Weinbergen und stieg einen schmalen Pfad zwischen den noch blattlosen Rebstöcken hinauf. Der Split unter seinen Sohlen knirschte verhalten, als er mit lässigem Schritt den ebenen Weg in Richtung Stadt marschierte. Er war nicht der Einzige hier oben. Ein junger joggender Vater lenkte seinen ausladenden, dreirädrigen, geländegängig bereiften Kinderwagen, in dem sein Sprössling selig vor sich hin döste, hart über die Rabatte, als sie sich begegneten.
Hinter sich hörte er bereits seit geraumer Zeit das Schleifen von Walking-Stöcken, die durch den Schotter gezogen wurden, was nur gelegentlich von einem klackenden Stöckeln unterbrochen wurde. Der Träger des Sportgeräts benötigte die Länge eines

Tennissatzes, um ihn zu überholen. Danach entfernte er sich mit der Geschwindigkeit der Plattentektonik, so dass Thorsten ausreichend Zeit hatte, den Athleten zu betrachten. Der Beinbund der engen, kurzen Laufhose schnitt sich tief in die weichen Oberschenkel. Die Sohlen der High-Tech Laufschuhe, in denen in Kompressionsstrümpfe gepresste Füße steckten, verloren nur selten die Bodenhaftung, so dass neben den Stockenden auch die Absätze flache Furchen in den Kies schnitten.

Ein kratzendes Rascheln rechts am Waldboden weckte seine Neugier. Er ging in die Hocke und entdeckte einen Igel, dessen spitze Schnauze und kurzen Vorderfüßchen in einem karamellbraunen Kaffeebecher aus Pappe steckten, den er durchs trockene Vorjahreslaub vor sich herschob. Er legte seine Handfläche mit dem Strich auf die Borsten, drückte den kleinen Kerl behutsam zu Boden und bremste so seinen Lauf. Die andere Hand zog den Becher sacht mit einer Drehbewegung vom Kopf. Ein paar Stacheln hatten sich hinter einer Trinklippe am oberen Rand festgeklemmt, so dass sich das possierliche Tierchen nicht aus eigener Kraft hatte befreien können. Jetzt wippte es selig mit gekrümmten Rücken in seiner Hand und schaute ihn aus schwarzen Knopfaugen dankbar an.
Er entließ den Igel in die Geborgenheit des schattigen Waldes, wo er, seines Helmes aus Zellulose befreit, wieder nach Würmern scharren konnte. Dann spazierte er weiter, entsorgte den Pappbecher aus Togo im nächsten Papierkorb und setzte sich auf eine Holzbank, die, laut Messingplakette, erst zwei Jahre zuvor vom Skatklub im *Goldenen Löwen* gespendet worden war.

„Golf ist doch wirklich dekadent. Ein paar Reiche spazieren durch eine gestutzte Landschaft, die eigens für sie auf links gedreht, getrimmt und manikürt wurde. Ganze Wälder werden gerodet, Felsen gesprengt, Hügel abgetragen, Teiche angelegt. Was dem Fürsten früher sein Park war, ist dem Geldadel heute der Golfplatz. Man ist unter sich, auf Kosten der Ressourcen aller", trug ihm der laue Südwind ins Ohr.

„Man könnte das Golfspiel ja auch in den Alltag holen und die baulichen oder landschaftlichen Gegebenheiten nutzen, so wie man sie vorfindet. Dann müsste man nicht bewässern und würde die Natur schonen. Fußball wird ja auch in Hinterhöfen gespielt und Kletterer krabbeln an Fassaden hoch."

Gemessen gestikulierend und ins Gespräch vertieft schlenderten zwei Spaziergänger heran.

„Schlage den Ball so, dass du ihn nicht suchen musst!", warnte ihn einer der beiden unheilvoll. Dann entfernten sie sich angeregt diskutierend und ließen ihn grübelnd zurück.

Vielleicht war heute ja der *Versenke-Golfweisheiten-in-18-Löchern-Tag*? Gar nicht so abwegig, wenn bereits der *Tag der Rohrleitungen*, der *Welt-Nackt-Gärtnern-Tag* und der *Tag des mit Schokolade überzogenen Insekts* gefeiert wurde.

In den Schulferien, viele Jahre war es her, war Thorsten dem Greenkeeper eines Golfclubs zur Hand gegangen. Selbst hatte er nie gespielt. Angesichts der skurrilen Leute, die da in ihren altmodischen Gewändern durch die Landschaft stiefelten, hatte er sich vorgenommen, mit dem Golf zu beginnen, wenn er mit dem Sex aufgehört hätte. Dabei hatte er gerade erst seine Unschuld verloren. Es war eine einmalige Geschichte gewesen. Erinnern konnte er sich nur, dass sie fast zehn Jahre älter war als er, ihn geradezu überrumpelt hatte und dass es vorbei war, bevor bei ihr so etwas wie Freude aufkommen konnte. Daher verwunderte es ihn nicht weiter, dass sie sich trotz seiner dezent signalisierten Bereitschaft mit ihren spontanen Bedürfnissen fürderhin nicht mehr an ihn gewandt hatte.

Die Zeit, in der die Hormone den Jungen übermannt und sich seinen freien Willen einverleibt hatten, war längst vergangen. Heute schwebte er weit über den fleischlichen Verlockungen und keine noch so verheißende Versuchung konnte seinen erhabenen Gleichmut ins Wanken bringen.
Außer vielleicht die beiden Joggerinnen, die sich aus der Ferne näherten – die eine eher knabenhaft mit elfengleichem Schritt, die andere kurviger, ebenfalls sportlich, jedoch mit einer, nicht nur dem ästhetisch geschulten Auge auffallenden, Unwucht im Laufstil, die Bestzeiten wohl nie hergeben würde.
Er spazierte den beiden Läuferinnen gedankenverloren hinterher. Ihre aufreizenden Hinterteile füllten die engen Laufhosen formschön. Die Pobacken der einen strebten als Nektarinen von den Oberschenkeln weg, während die birnenförmigen der anderen, nicht weniger ansprechend, nach unten etwas fülliger ausliefen.
Derart hingebungsvoll in die Proportionslehre versunken, erreichte er bald darauf die Stadtmauern aus rotbraunem Sandstein. Nur noch spärliche Reste waren von der mittelalterlichen Wehranlage geblieben. Was nicht im Zuge des Dreißigjährigen- und der Napoleonischen Kriege geschleift worden war, fiel industriellen Ansiedlungen und den Bausünden moderner Stadtentwicklung zum Opfer. Mittlerweile hatten sich die Fabriken jedoch unten in der Ebene ausgebreitet und auch vom Beton-Brutalismus der

siebziger Jahre störte kaum mehr etwas die beschauliche Kulisse spätmittelalterlicher Romantik, die sich innerhalb der Mauern erhalten hatte und werbewirksam gepflegt wurde.

Das protzige Blubbern eines großzügig mit Hubraum ausgestatteten Motors weckte seine Aufmerksamkeit. Die vorgeschriebene Schrittgeschwindigkeit bedrohlich genau respektierend, hielt ein schwarzer Kastenwagen auf dem Seitenstreifen. Auf der Fahrerseite stieg ein finster dreinschauender, einschüchternd hochgeschossener Muskelberg aus und stapfte auf einen kompakten Kleinwagen zu. Eine anmutige Frau in weißem Kittel mit lockigem Rothaarschopf wartete an der geöffneten Heckklappe auf ihn. Wortlos übergab sie ihm zwei Kühlboxen. Die Türen wurden wieder geschlossen und die Autos fuhren davon.

„Rot ist die Farbe des Feuers, weswegen der Teufel eine Vorliebe für rothaarige Frauen hat", sinnierte Thorsten.

In diesem speziellen Fall konnte er die Begehrlichkeiten des Gehörnten sehr gut nachvollziehen. Vor nicht allzu langer Zeit hätte die Holde nach solch einer konspirativen Aktion vermutlich auf dem Scheiterhaufen gebrannt. Wenn das die Tochter des verzweifelten Anrufers von eben war, gab es einen guten Grund mehr, sich richtig in die Story reinzuknien. Er würde, falls nötig, jedwede weibliche Verderbtheit tapfer über sich ergehen lassen, um dieses Rätsel zu lösen.

Er schlenderte zu dem schiefergedeckten Torhaus beim alten Schloss und folgte der Gasse, die hinunter zum Marktplatz in die Altstadt führte. Einige der mächtigen Platanen, die noch vor ein paar Jahren kühlen Schatten in heißen Sommern gespendet, mit ihren Wurzeln jedoch das Kopfsteinpflaster aus sei-

ner Fügung gedrückt hatten, hatte man nach und nach gefällt. An ihrer Stelle hatte man junge Bäume gepflanzt, die zwar erst in zehn Jahren nennenswert vor der Sonne schützen, dafür aber tiefbauamtlich korrekt wurzeln würden. Trotz alledem nahm dieses saubere Ensemble farbenfroher Fachwerkhäuser und herrschaftlicher Sandsteinbauten ferner Epochen, das sich um den abfallenden, schlauchförmig angelegten Platz gruppierte und auch in die angrenzenden Gassen ausstrahlte, jeden Besucher auf Anhieb gefangen. Hier wurde flaniert, präsentiert, kommuniziert und eine fast schon mediterran anmutende Gelassenheit zelebriert.
Noch waren die Lokale geschlossen. Er stieg den Platz weiter hinab. Das Personal arrangierte in Erwartung eines ertragreichen Tages emsig Tische und Stühle und dekorierte sie mit Decken und Blumenvasen. Er schaute sich die Schnitzereien am Fachwerk an. An einem Eckbalken hatte ein pausbäckiger, bierbäuchiger Zecher, der einen Krug zum Prosit hob, eine Nische gefunden. Weniger ausgelassen blickte an einem anderen Haus eine Madonna in die Unendlichkeit. Aus jüngerer Vergangenheit stammte der Schlafwandler, der als Firstziegel mit Nachtmütze und ausgestreckten Armen vom Giebelspitz hinunterzustürzen drohte.

Eine grau-weiß gescheckte Katze sprang aus einer Kellerluke in die Gasse. Zwischen ihren Zähnen klemmte ein Finger mit rotbraun lackiertem Nagel und glitzerndem Strass. Sie huschte an ihm vorbei und duckte sich unter einem Maschendrahtzaun hindurch in ein schmales Gartenstück.
„Dem Gott der Hausarbeit ist dieser Finger bestimmt nicht geopfert worden", dachte Thorsten und suchte an den Fenstern des Hauses hinauf nach Zeichen

von Verzweiflung. Im ersten Stock bewegte sich hinter einem noch leeren Blumenkasten eine Gardine. Eine raumfüllende Silhouette baute sich dahinter auf und verschwand wieder. Im Nachbarhaus wurde ein Rollo hochgezogen und das dazugehörige Fenster geöffnet. Wie von Geisterhand legte sich eine Bettdecke über die Fensterbank. Ansonsten war alles ruhig. Niemand schien aktuell ein Körperteil zu vermissen.

Er entdeckte den Räuber auf Samtpfoten in einer Ecke des Gartens kauernd. Den Finger hatte er sauber entbeint. Nun schmatzte er argwöhnisch auf dem Fleisch herum. Annähen würde man den nicht mehr können.

Thorsten zuckte mit den Schultern und stieg die Treppen am alten Hospiz hinauf zum Marktplatz, wo sich zwischenzeitlich die ersten Gäste zum Frühstück eingefunden hatten. Neben der alten Apotheke sang ein Musiker mäßig talentiert von der Suche nach der Liebe und dem Glück. Er legte ihm großzügig einen Geldschein in den aufgeklappten Gitarrenkasten, in der Hoffnung, der Barde würde seine Darbietung unterbrechen, um sich irgendwo anders zu stärken. Dieser bedankte sich und raunte ihm geheimnistuerisch zu, dass er am Abend noch in der Alten Börse spielen werde. Thorsten nickte und stieg hinauf zum anderen Ende des Platzes, wo er sich an einen Tisch des Altstadt-Cafés setzte. Weiter unten erklang eine Weise, in der ein Mann seiner Holden zuschmachtete, dass er alles, was er jemals in seinem Leben getan habe, allein für sie getan habe. Er fand, die Liste umweltbelastender Faktoren sollte um den einen oder anderen Song sowie den Anblick deformierter oder schlecht gepflegter Füße, die schamlos in Flip Flops zur Schau getragen werden, erweitert werden. Kaum hatte das Thermometer die zwanzig

49

Grad erreicht, schmatzten und schlurften die ersten Exemplare übers Pflaster und enthüllten schamlos Überbeine, Hornhäute, Nagelpilz sowie brüchige oder eingewachsene Fußnägel.

„Sind Sie Thorsten?"
Er zuckte zusammen und schaute verdutzt in das bärtige Gesicht eines Paketzustellers.
„Sind Sie nun Thorsten?"
Wortlos bejahte er. Der Bote händigte ihm ein Kuvert aus, ließ sich die Sendung quittieren und verschwand, bevor er ihm auch nur eine Frage stellen konnte. Als Adressat stand da zweifellos sein Name. Der Absender war mit Handicap e.V. angegeben. Er hatte noch nie von dem Verein gehört. Neugierig öffnete er den Umschlag und las:
„Viele Golfer stehen zu nah am Ball, selbst nachdem sie geschlagen haben. Am Ende dieses Par-Vier-Lochs findest Du Antworten und viele neue Fragen. Folge der *Grünen Meile* und suche zwischen dem Blech, bei der Asche, beim ältesten Kreuz und unter dem großen Nadelhaufen!"

SHITSTORM WAR AUCH SCHON MAL LUSTIGER

Thorsten schaute verwirrt um sich. Er suchte die versteckte Kamera und den Moderator, der gleich lachend an seinen Tisch treten und fragen würde, ob er seinen dummen Gesichtsausdruck senden dürfe.
„Hey, Thorsten! Ich hab dich gestern ja gar nicht auf

der Ü30-Party im Winzerkeller gesehen."
Er schreckte auf und blickte in die braunen, übernächtigten Augen von Cora.
„Wie mir scheint, hattest du viel Spaß. Der postkoitale rosige Teint um die dunklen Augenringe herum steht dir unverschämt gut. Gibt es einen Grund zur Eifersucht?"
Sie legte eine Hand auf seine Schulter, strich mit den Fingern der anderen über seinen entblößten Unterarm und ein provozierendes Grinsen umspielte ihre Mundwinkel, als sie sich zu seinem Ohr hinunterbeugte, wobei die Spitzen ihrer langen, glatten Haare über seinen Hals und Nacken strichen.
„Niemand kann dir das Wasser reichen, auch wenn du den Brunnen noch nicht einmal angezapft hast."
„Der ist viel zu kostbar, als dass sich ein rastloser Vagabund an ihm laben dürfte."
„Warum nur muss gerade ich an den letzten edlen Ritter geraten? Wisse mein herzensreiner Held: Solltest du die Suche nach dem heiligen Gral einmal aufgeben, wäre ich gern der Kelch aus dem du schlürfst. Süßer Nektar und köstliches Ambrosia warten auf dich."
Der sanfte Lufthauch ihrer säuselnden Anspielungen kreiselte in seiner Ohrmuschel und sandte elektrisierende Impulse durchs Rückenmark bis hinunter in den kleinen Zeh.
„Was hättest du denn gern?"
„Ein Kaffee, holde Schöne, würde mich beglücken."
„Schwarz, so wie der wolkenverhangene Himmel in einer mondlosen Nacht?", hinterfragte sie seinen Wunsch.
„Schwärzer noch – so schwarz wie meine nichtswürdige Seele."
Er schaute ihr hinterher. Sie nahm drei Tische links von ihm eine weitere Bestellung auf. Glücklicherwei-

se hatte sie zugenommen. Die paar Pfunde verliehen ihrer Silhouette gleich mehr Profil und ihrem Gesicht weichere Züge.

Der Job als Bedienung täte ihr gut, obwohl oder gerade weil er sie intellektuell unterfordere, hatte sie ihm erzählt, als er ihr eine Mitarbeit in der Redaktion vorgeschlagen hatte.

Kurz nach ihrer Scheidung hatten sie bei einem Glas Wein zusammengesessen. Vom Leben angezählt hatte sie ihm ihr Herz ausgeschüttet. Sie hatte Trost gesucht an diesem Abend – nach dem dritten Pinot Noir auch körperlich. Sie rechnete ihm hoch an, dass er sie nicht wie waidwundes Wild behandelt und stattdessen mit einem freundschaftlichen Kuss in die Nacht entlassen hatte.

Mehr und mehr Menschen bevölkerten den Platz und es herrschte mittlerweile eine entspannte Betriebsamkeit. Junge Frauen in Trägerleibchen und Röckchen, die nackten Füße in bequemen Sneakers steckend, brachten Kaffee, Latte, Cappuccino, Orangensaft, Körbe mit Brötchen, Teller voll duftenden Rühreis mit Speck, Käse, Wurst, Marmelade und Müsli an die Tische der Cafés und Bistros rundherum.

„Les Allemands adorent leur petit-déjeuner et ils se rencontrent pour le célébrer comme un véritable menu", wurden am Nachbartisch ein paar französische Touristen über die Gepflogenheiten der Eingeborenen aufgeklärt. Es stimmte tatsächlich: Im Gegensatz zu Frankreich und anderen südlicheren Ländern wurde dem Frühstück nördlich der Alpen eine größere, mitunter gar eine übertriebene Bedeutung beigemessen. Doch irgendjemand sollte den Franzosen, Italienern, Spaniern und Türken mal erklären, dass Deutschland aus dem Zusammenschluss vieler germanischer Volksstämme hervorgegangen ist und nicht aus dem relativ kleinen Grüppchen der Alemannen, das überdies mehrheitlich im benachbarten Ausland ansässig ist, fand er.

Er legte sich gerade ein paar Sätze aus seinem ganz passablen Schulfranzösisch zurecht, die er zur Verbesserung der Völkerverständigung beitragen wollte, als ihm eine junge Frau den Kaffee brachte.

„Wo ist denn Cora?", fragte er verdutzt.

„Sie hat diesen Tisch unter uns versteigert."

„Und, was mussten Sie zahlen?", flirtete er sie an.

„Nichts, ich darf dafür früher gehen ..."

„... Cora musste kurz weg und hat mich gebeten, ihren liebsten Gast fürsorglich zu betreuen", klärte sie ihn auf.

Erst jetzt nahm er sie richtig wahr. Sie hatte mittelbraunes, leicht gelocktes, etwas mehr als schulterlanges Haar. Es war gescheitelt und auf der rechten Seite hinter das Ohr drapiert. Es umrahmte ein offenes, natürliches Gesicht ohne besondere Merkmale: die Stirn nicht zu hoch und nicht zu flach, die Augen nicht zu groß und nicht zu klein, die Nase nicht zu spitz und nicht zu breit, die Lippen nicht zu schmal und nicht zu voll, die Zähne ebenmäßig. Ihre konzentrierte Durchschnittlichkeit ließ sie ausgesprochen anziehend wirken.

„Lang arbeiten Sie aber noch nicht hier?"

„Ich bin nur zur Aushilfe da, während der Semesterferien."

„Was studieren Sie?"

„Software Engineering."

„Das ist ja interessant. Ich hatte mir Nerds immer etwas nerdiger vorgestellt."

„Die Zeiten ändern sich. Kann ich Ihnen sonst noch etwas bringen?", lenkte sie die Kommunikation auf ihren eigentlichen Zweck zurück.

„Ein Wasser bitte, mit Kohlensäure."
Sie zückte einen kleinen schwarzen Plastikstift und reckte den rechten Arm über den Kopf. Der kurze Pulli wurde bei der Bewegung beiläufig ein Stück hochgezogen und entblößte einen flachen Bauch, in dessen Mitte ein makellos ungepiercter Nabel gefasst war. Ein gutes Stück südwestlich davon, hart über dem Bund der unanständig tief sitzenden Hüfthose, blitzte ein winziger Leberfleck auf. Sie tippte die Bestellung in ein Tablet, wobei der Saum den Hosenbund wieder touchierte. Dann ging sie wieder.

Ja, die Zeiten änderten sich und sein antiquierter Charme war offensichtlich nicht mehr kompatibel mit den Erwartungen der unter Dreißigjährigen. Nichtsdestoweniger übermannten ihn zutiefst unkeusche Gedanken, die ihn bis ins Mark beschämten und für die, um Abbitte zu leisten, ein Rosenkranz bei weitem nicht gereicht hätte. Er drehte den Kopf wie eine Schneeeule und sah ihre schmale Silhouette gerade noch in der Tür zum Lokal verschwinden.
„Zu jung für dich, Thorsten!"
In flagranti ertappt, zuckte er zusammen. Verena und Jost hatten sich an seinen Tisch geschlichen.
„Schaust du dir nicht manchmal auch Juwelen an, die du dir nicht leisten kannst?", begrüßte er seine Freundin und küsste ihre Wangen.
„Schon, die liegen dann aber hinter dickem Panzerglas. Vor dir ist allerdings nichts sicher ..."
„Den einstigen Glanz trübt eine graue Patina, die fleischliche Genüsse nur noch weit jenseits der Jungfräulichkeit zu erobern erlaubt. Aber setzt euch doch! Das Essen ist die wahre Leidenschaft des weisen Mannes", lud er sie an den Tisch und reichte Jost die Hand.

„Hört, hört, Poesie aus der Suppenküche", grinste Verena.

„War er denn der Einzige, der gestern Nacht keinen Spaß hatte?", fragte sich Thorsten und beobachtete neidisch, wie das Pärchen turtelnd und händchenhaltend die Frühstückskarte studierte.
„Was nimmst du?", flötete Verena und schmiegte ihre Wange an Josts Schulter.
„Das gleiche wie du", versuchte ihr Freund seinen Kopf aus der Schlinge zu ziehen.
„Aber du weißt doch gar nicht, was ich nehme", lauerte sie weiter.
„Das spielt auch keine Rolle, denn ich möchte einfach nur frühstücken, ohne dass sich deine neugierigen Finger laufend auf meinen Teller verirren", schnaufte er angespannt aus.
„Sei doch nicht so langweilig! Bei zwei verschiedenen Menüs könnten wir mischen. So hätten wir beide mehr davon", startete sie einen neuen Angriff auf seine souveräne Herrschaftsgewalt über die zu erwartende Gaumenfreude.
„Na gut, dann nehme ich Bratkartoffeln mit Speck, Pilzen und Spiegeleiern – und von deinem Teller das Croissant und die Marmelade zum Nachtisch. Dann habe ich mehr davon", parierte Jost selbstbewusst.
„Du Scheusal weißt genau, dass ich so was auf nüchternen Magen nicht essen kann. Thorsten, wollen wir unser Frühstück nicht optimieren?", versuchte sie das Schlachtfeld zu verlegen.
„Keine Chance. Einen Vorteil muss das Singledasein ja haben."
Er folgte amüsiert der Diskussion zwischen Verena und Jost, die abwechselnd mit allerlei Verweisen, die in die jüngere, zunehmend aber auch in eine weit zurückliegende Vergangenheit reichen, ihre Stand-

punkte vertraten. Inzwischen war die junge Bedienung wieder an den Tisch herangetreten und harrte geduldig auf ein wenig Aufmerksamkeit, die er ihr, seiner Meinung nach unbemerkt, schon längst hatte zuteil werden lassen.

An den äußeren Rändern des weiten, aber nicht tiefen Ausschnitts bemerkte er die schwarzen Träger eines BHs. Die griffigen Brüste, die ihrer primären Bestimmung vermutlich noch nicht nachgekommen waren, hätten sicher auch ohne hebendes Geschirr mit einer heiter beschwingten Leichtigkeit der Schwerkraft getrotzt. Doch formvollendet in textile Schalen gebettet, ignorierten sie das natürliche Streben zum Erdmittelpunkt vollends und reckten sich stattdessen keck gen Himmel, um Newton und der Mechanik des Weltalls höhnisch ins Gesicht zu lachen. Ihre schlanken Finger, die in gepflegten, klar lackierten Nägeln ausliefen, hielten Tablet und Stift locker umfasst.

„Ich hätte gern das Gute-Laune-Frühstück – und einen Mediator für die beiden Herrschaften dort", versuchte er seine niederen Instinkte hinter einer Fassade lässiger Intellektualität zu verbergen.

„Wir nehmen einmal das Zaunkönig-Frühstück mit extra vielen Körnern und das Matrosen-Frühstück – mit gefüllten Avocados statt des Rühreis, bitte", beendete Verena den Disput, was Jost augenrollend zur Kenntnis nahm. Seine Nachgiebigkeit würde er später bei der Gestaltung des Fernsehabends zur Sprache bringen.

„Hast du gehört, Thorsten? Beim Rathaus haben sie vier elektrische Rollstühle gestohlen", erzählte Jost.

„Hab ich. Wo waren denn die Besitzer, als es geschah? Man sollte doch meinen, dass sie sich nicht allzu weit entfernt hatten."

„Hm, darüber wurde nichts berichtet. Klar, Rollstühle stellt man ja üblicherweise nicht wie Fahrräder ab."

„Vielleicht sind die Fahrer ja nur leicht behindert und benutzen sie aus Bequemlichkeit", warf Verena ein.

„In diesem Fall wären sie leicht gehbehindert", witzelte Jost.

„Etwas mehr Sorgfalt bei der Sprachwahl darf ich von dir schon erwarten, wo du doch bei der Genderisierung immer in der ersten Reihe marschierst. Schließlich gibt es noch andere sprachlich benachteiligte Gruppen als Frauen."

„Ist ja schon gut, Herr Chefarzt. Du musst nicht gleich einen Shitstorm lostreten."

„Zu spät. Schon gepostet. Du solltest deine Worte künftig sorgsamer wählen oder besser noch, sie lektorieren lassen, bevor du sie zum Besten gibst. Obendrein würde das deinen Redefluss etwas eindämmen."

„Du Ekel!"

„Chefarzt?", hakte Thorsten überrascht nach.

„Ja, Jost wurde erst vor ein paar Tagen befördert", erzählte Verena stolz.

„Da, die ersten Reaktionen aus den Foren kommen schon rein", wechselte Jost bescheiden das Thema.

„Unerhört, dass diese Bitch alle Leute mit Einschränkungen über einen Kamm schert! Und der nächste Tweet: Voll daneben!!! Der blöden Plunze sollte man die Beine abhacken! Vielleicht begreift sie dann, was gehbehindert ist. Und noch einer – den lese ich jetzt aber nicht vor. Sinngemäß mutmaßt der Urheber, du seist aus der Beziehung eines anatolischen Hirten mit seiner Lieblingsziege hervorgegangen, wobei er dich mit der ordinären Bezeichnung für das weibliche Geschlechtsorgan tituliert."

Am Rand der Bestuhlung schlängelte sich ein älteres Paar durch die Gäste zu einem der letzten freien Tische. Sicher, es gab durchaus triftige Gründe, den ersten warmen Sonnenstrahlen, die auf die vom langen Frost ausgekühlte Erde trafen, zu misstrauen. Doch in ihrem Kaschmirmantel und dem Kopftuch wollte die Dame den spärlicher Betuchten wohl die allgemeine Frühlingsheiterkeit vergrätzen. Daran änderte auch die übergroße Sonnenbrille nichts, die das Aufbringen von UV-Schutz-Creme aufs Gesicht überflüssig machte. Ihr unscheinbarer Begleiter wirkte in seinem akkurat gebügelten weißen Oberhemd, das er unter einer dunkelgrauen Anzugweste trug, weitaus draufgängerischer. Sie setzte sich auf einer Seite ihres Stuhls ab und schwang ihre Beine elegant unter die Tischplatte. Er zog sein Handy aus der Tasche und nahm mit dem Rücken zu ihnen Platz.

„Tja, nie war es einfacher, seine Ansichten in die Welt hinauszuposaunen – ganz gleich, wie wenig fundiert sie auch sein mögen", pflichtete Thorsten seinem Kumpel bei.
„Oder sich einfach nur mal auszukotzen", meinte der.
„Exakt. Ich möchte wetten, dass es mittlerweile hauptberufliche Entrüster gibt, die mit Bots gezielt nach verbalen Entgleisungen suchen und so die sozialen Netzwerke anheizen", ergänzte Thorsten.
„Wundern würde es mich nicht ... Früher war zwar nicht alles gut, einiges doch zumindest besser. Der Shitstorm gehört zweifellos dazu, denn der wurde noch wörtlich genommen", nahm Jost seine Überlegung wieder auf.
„Was soll das schon wieder bedeuten?", wollte Verena wissen.

„Der Shitstorm hieß damals Pranger und in so gut wie jedem Ort stand diese äußerst praktische Einrichtung. An selbigen wurden all diejenigen gestellt, die in Wort, Tat oder Meinung von den Vorstellungen der Gemeinschaft abwichen."
„Und was hat das gebracht?"
„Die in ihren Grundfesten erschütterten Bürger konnten ihre Entrüstung mittels Beschimpfung, Anspucken oder Ankeifen aktiv ausleben. Mitunter war es sogar gestattet, auf den Übeltäter einzuprügeln oder ihn mit Fallobst, faulen Eiern und Fäkalien zu bewerfen. Das war doch spaßiger als der virtuelle Kram heutzutage", erklärte Jost.
„Jetzt macht aber mal halblang! Ihr könnt doch diese primitive Form des Strafvollzugs nicht mit den modernen Mitteln der öffentlichen Diskussion vergleichen. Endlich hat jeder eine Stimme, mit der er an der Meinungsbildung teilhaben kann ..."
„... Oder die Massen aufwiegelt. Nennst du das modern, wenn man jeden nach Herzenslust beschimpfen oder ungestraft Lügen in die Welt setzen kann, die dann gedankenlos weitergetragen werden?"
Unterdessen hatte die junge Bedienung das Frühstück gebracht und die drei machten sich über die kross gebackenen Brötchen her. Die Krümel spritzten beim Aufschneiden weit über den Tellerrand hinaus. In einem Glasschälchen hatte man Thorsten eine halbe, geschälte Blutorange hingestellt. Die beiden oberen Segmente bildeten außen ein fast perfektes Rund. Das dünne Häutchen auf ihrer flachen Seite war beim Teilen abgelöst worden. Auf dem nackten, tiefroten Fruchtfleisch schimmerte ein dünner Film von Saft. Die nach innen konkaven, wulstigen Teilstücke formten mit den darunter liegenden einen geradezu unanständigen, länglichen, ovalen Spalt. Er führte die Orange zum Mund und

strich sinnlich mit der Zunge über das schlüpfrige Fruchtfleisch. Dann zog er eines der Segmente sacht mit den Schneidezähnen von der Mitte her ab, lutschte es genüsslich im Mund aus und schluckte es hinunter.

„Na, wieder eine neue Meldung zu #*Verena-schert-alle-ueber-einen-kamm*?", witzelte er, als Josts Smartphone pingte.

Jost prüfte seinen Posteingang und sah ihn wenig amüsiert an.

Thorsten widmete sich wieder der Nahrungsaufnahme. Inzwischen hatten sich im Innern des ovalen Spalts Tröpfchen gesammelt, die er geradezu liebevoll mit der Zungenspitze aufnahm, bevor er fortfuhr. Aus den Augenwinkeln heraus bemerkte er, wie Verena sein Ritual unruhig verfolgte.

„Ich habe noch nie jemanden gesehen, der eine Orange so hingebungsvoll isst", räusperte sie sich.

„Ja, wenn er Hand anlegt, blüht selbst eine Trockenpflaume wieder auf", murmelte Jost kaum hörbar vor sich hin.

Thorsten köpfte sein Frühstücksei, streute Salz über die beiden Hälften und tauchte seinen Löffel tief ins Eigelb. Das Vakuum, dass dieser beim Bergen des Dotters hinterließ, erzeugte ein appetitliches, leicht anzügliches Schmatzen in der geronnenen Hülle des Eiweiß. Verena rutschte hibbelig auf ihrem Stuhl herum. Plötzlich schnellte sie hoch, drängte sich durch die Tische, umarmte eine groß gewachsene Brünette und kam nach ein paar gewechselten Worten mit ihr zurück. Die attraktive Frau, die ihm als Melanie vorgestellt wurde, umarmte Jost. Als Thorsten aufstand, schaute er geradewegs in strahlend grüne Augen, deren Pupillen sich zusammenzogen, als sie ihn fixierte.

„Wollt ihr euch setzen oder sollen wir auch aufstehen?", fragte Jost und zündete sich eine Zigarette an.
Die beiden erwachten aus ihrer Trance. Man rückte eng zusammen und fand einen Platz für Melanie zwischen Verena und Thorsten. Als sie sich setzte, rutschte ihr knielanger Rock ein Stück hoch, was er wohlwollend zur Kenntnis nahm.
„Hattest du nicht mit dem Rauchen aufgehört?", staunte er.
„Ich hab wieder angefangen."

Melanie wollte kein Frühstück. Es gäbe eine große Auswahl an vegetarischen Menüs, versuchte Verena sie zu überreden. Ein Jasmintee würde ihr reichen. Sie hätte bereits gegessen, da sie früh aufgestanden und schon eine Stunde durch den Wald gejoggt sei.
„Ich liebe die frische Morgenluft. Der Boden ist in der Früh noch feucht und es duftet nach dem Harz der frisch geschlagenen Stämme."
„Als ich eben hierher spaziert bin, haben mich zwei Joggerinnen überholt. Ein Anblick voller Anmut, wie sie in grazilem Schwung über die Kieselsteine getänzelt sind."
„Ich laufe meist allein, doch zu mehreren macht es einfach mehr Spaß. Heute früh waren wir zu viert", überhörte sie seine Schmeichelei.
„Willst du nicht auch mal Joggen gehen?", gab Verena der Schnupperphase neue Impulse.
„Das wäre bestimmt eine reizvolle Abwechslung zum Müßiggang am Sonntag Vormittag – ganz besonders, wenn man in anregender Gesellschaft unterwegs ist", nahm er den Ball auf, der jedoch erneut im Aus landete.
Während er sich eine neue Strategie überlegte, sog er den zarten Duft, den ihr Dekolletee unter dem

verheißungsvoll ausgeschnittenen T-Shirt verströmte, tief in seine Nase ein und schickte ihn zur pheromonalen Auswertung direkt ans Zentrale Nervensystem. Sein Bewusstsein derart erweitert, fiel ihm der goldene Anhänger mit keltischem Motiv auf, der an einem dunkelbraunen Lederband um ihren schlanken Hals hing und das Sonnenlicht reflektierte.

„Die Sonne ist der Motor allen Lebens", schob er die holpernde Unterhaltung wieder an und blinzelte dabei in den Himmel. Zwei Augenpaare folgten seinem Blick, das dritte heftete sich an seine Lippen.

„Doch nur, weil das Magnetschild der Erde die kosmische Energie zu zähmen vermag. Hätten wir es nicht, würde sie uns erbarmungslos verbrennen", philosophierte er weiter.

Melanie fingerte nervös an ihrem Amulett.

„Keltisch, nicht wahr?"

Sie nickte erwartungsvoll.

„Für die Kelten war die Spirale nicht nur ein Symbol der Sonne, sondern auch des Lebens. Die Seele kreist von innen nach außen und kehrt dann wieder zurück zu ihrem Ursprung in der Mitte. Sie steht für Erkenntnis und Entwicklung – beides Pfade, auf denen wir zu einer höheren Bewusstseinsform reisen können."

Melanies Pupillen weiteten sich.

„Folgerichtig löst die Doppelspirale Gegensätze wie Geburt und Tod auf und sorgt für die ausgewogene Balance auf dem Weg vom Anfang bis zum Ende. Diese zeigt sich im steten Kreisen der Ewigkeit in sich selbst. Betrachten wir den Lauf der Sonne, dann finden Werden und Vergehen ihr Gleichgewicht in der Tagundnachtgleiche. Somit offenbart sich die Ewigkeit hier auf der Erde an genau zwei Tagen im Jahr: einer davon ist heute."

Gefesselt von seinem Vortrag hatte Melanie ihren

Atem zurückgehalten. Nun lehnte sie sich auf ihrem Stuhl zurück und stieß ihn tief aus.
„Tja, das sind Sphären, in die wir euch gerade nicht folgen können", meldete sich Jost zu Wort. Er gab der jungen Bedienung zu verstehen, dass er zahlen wolle.

* * *

„Stehst du auf Bäume?", fragte Thorsten, als die beiden gegangen waren.
Melanie schaute ihn abwesend an.
„Sie waren den Kelten heilig. Sie wurzeln tief in der Erde, recken ihre Äste in den Himmel und verbinden das Jetzt mit der Unendlichkeit."
„Ich mag Bäume."
„Wie wär's dann mit einem Spaziergang?"
„Ich fühle mich gerade wie das Wild im Wald. Doch so prosaisch hat noch kein Jäger seine Flinte auf mich angelegt", nickte sie.
„Wir könnten entlang der *Grünen Meile* flanieren und uns die Parks und Gärten der Stadt anschauen."
Melanie hakte sich bei ihm ein.
Sie schlenderten durch die engen Gassen. Er spielte den Fremdenführer und erzählte von der wechselvollen Geschichte der Gegend. Die fruchtbare Ebene diesseits und jenseits des Rheins habe seit jeher die Begehrlichkeiten von Eindringlingen geweckt, doch ganz besonders arg habe der Dreißigjährige Krieg die Stadt gebeutelt. Die Befestigungsanlagen seien fast komplett geschleift und die Bevölkerung sei sprichwörtlich ausgeblutet worden. Nur diejenigen, die mit den Besatzungstruppen kooperiert hätten, seien einigermaßen verschont geblieben. Einige hätten die Wirren genutzt, um mit ihren Nachbarn abzurechnen, und hätten diese durch Denunziation oder falsches Zeugnis in den Tod oder Ruin getrieben.

Am Parkplatz beim botanischen Garten stieg ein Pärchen, beide in den Sechzigern, aus einem schwarzen BMW-Cabrio. Er war wie ein Zeitungsjunge aus dem Berlin der Zwanziger-Jahre gekleidet: grauer Blazer, darunter ein derbes weißes Oberhemd, schwarze Krawatte und eine graue Ballonmütze mit kurzem Schirm. Eine olivgrüne Kniebundhose und grob gerippte Kniestrümpfe, die in altmodischen, schwarz-weißen Schuhen steckten, komplettierten seine altertümliche Garderobe. Die Dame trug ein knielanges weißes Kleid und einen weißen Hut mit breiter Krempe. Auch sie hatte ihre Füße in schwarz-weiße Schuhe versenkt.
Der Mann öffnete den Kofferraumdeckel, holte einen Golfschläger heraus und gab ihn seiner Frau. Danach kniete er ab, steckte ein Tee in die Ritzen des Kopfsteinpflasters und platzierte einen Golfball obendrauf. Sie trat näher, holte weit mit dem Eisen aus und schlug ab. Der Ball prallte etwa fünfzig Meter weiter gegen die rechte obere Ecke eines Parkschein-Kassenautomaten, was seine Flugbahn im stumpfen Winkel änderte. Schließlich landete er knackend im Gebüsch hinter dem gusseisernen Gatter des Parks.
Aufgeschreckt davon sprang ein Kaninchen auf die Straße und kreuzte den Weg einer Radfahrerin, die recht zügig von oben herangerollt kam. Sie riss ihr Lenkrad herum, geriet bei dem waghalsigen Manöver ins Schlingern und stürzte. Thorsten und Melanie eilten der Verunglückten zu Hilfe. Sie hatte glücklicherweise nur ein paar Schrammen abbekommen. Zwischenzeitlich hatten die Golfer ihre Ausrüstung wieder verstaut und fuhren grüßend davon.
„Ich finde, Golf sollte man weder auf dem Golfplatz noch in den Städten spielen", bemerkte er.
„Ein Truppenübungsplatz wäre ein geeigneter Ort.

Dort tragen die Besucher einen Helm. Und stell dir mal die Herausforderung vor, wenn sich das Gelände wegen all der Panzer und schwerem Gerät laufend ändert", führte Melanie seinen Gedanken fort.
Nachdem sie die Radfahrerin versorgt hatten, öffnete er das kleine schmiedeeiserne Tor zum Park. Sie bogen gleich dahinter ab. Er suchte zwischen den Sträuchern und jungen Trieben und fand den Golfball.

HOMÖOPATHIE AUF EINEM OHR

Thorsten holte den Golfball aus dem Gestrüpp hervor und zeigte ihn Melanie. *P7* war auf das weiße Hartplastik gedruckt. Damit war dann wohl das Loch zwischen dem Blech aus dem Rätsel gefunden. Er steckte den Ball in die Hosentasche und sie schlenderten weiter.
Das Gras der großen Wiese war frisch gemäht. In ihrer Mitte reckte eine majestätische Magnolie ihre ausladende Äste weit übers Grün. Noch waren ihre Zweige kahl, doch bald würde auch sie mit ihren verschwenderischen Blüten prahlen. Sie setzten sich auf die Holzbank, die um den Baumstamm herum angeschraubt war, und schauten hinüber zum kleinen Teich.
„Tut es manchmal noch weh?"
Melanie senkte betreten den Kopf. Er strich mit dem Finger über ihren Arm. Sie zuckte wie elektrisiert zusammen, ließ es aber geschehen.
„Wann?"

„Als Mädchen habe ich angefangen ... nicht lang."
Er zog eine weitere Linie auf dem anderen Arm.
„Sie sind schon verblasst", bemerkte er.
„Doch dir sind sie aufgefallen. Ich selbst sehe sie schon nicht mehr, aber vergessen kann ich sie nicht."
„Sie sind ein Teil deiner Geschichte."
„Über das ein oder andere Kapitel hätte ich gern hinweggelesen."
„Sicher, da sie nun aber da sind, musst du mit ihnen leben."
„Ich war allein. Alle hatten Mitleid, doch niemand konnte mich trösten. Vielleicht wollte ich das ja auch gar nicht."
„Hat es dir geholfen?"
„Ich glaube schon. Ich wusste einfach nicht wohin mit meiner Wut. Der Schmerz schenkte mir jedes Mal einen kurzen Moment des Glücks."
„Ja, das kenne ich. Ich habe meinen Zorn jedoch gegen andere gerichtet."
„Frauen?"
„Nein, niemals. Dazu mag ich sie zu sehr."
„Und warum verlässt du sie, kaum dass du mit einer zusammen bist?"
„Ich verlasse sie, bevor ich mit einer von ihnen zusammen bin."
„Wir sind uns schon einmal begegnet. Du warst mit einer Schwarzhaarigen unterwegs. Weißt du noch?"

Sie meinte die aufgedrehte Lilly. Das war nicht mal ein Jahr her. Dass sie Spielchen über alles liebte, hatte er gleich gemerkt. Sie hatte ihn geneckt, sie würde nur dann mit ihm kopulieren, wenn er sie zuvor mit Zungenfertigkeit zur Glückseligkeit geleitet hätte. Viel Zeit hatte er sich genommen, um jeden Quadratzentimeter ihrer porzellanen Haut zu erkunden. Seine Berührungen, die er mit delikaten Wortspielen direkt in ihr Triebzentrum schleuste, jagten ihr wohlige Schauer über den Rücken und brachten sie im Galopp ins Ziel. Als sie sich ihm, wieder bei Besinnung, erkenntlich zeigen wollte, erklärte er lapidar, dass er sich nicht gern Vorschriften machen lasse, schlüpfte in seine Jeans und wandte sich zur Tür. Erst schaute sie verdutzt an ihm hoch, dann warf sie sich ihm flehend zu Füßen und klammerte sich an seinen Oberschenkel. Er zog sie ein paar Meter übers rustikale, pflegeleichte und frisch gebohnerte Eichen-Kopfholz-Parkett, bevor sie sich schluchzend bäuchlings niedersinken ließ. Drei Tage lang beantwortete er ihre Nachrichten nicht und gleichwohl sie ihre Wünsche im Anschluss weniger bestimmt formulierte und sie viel Freude aneinander hatten, reichte es am Ende dann doch nicht für ein längerfristiges Engagement.

„Es war in einem Restaurant. Du sahst verwirrt aus – als ob ich dich an jemanden erinnert hätte, den du lieber vergessen hättest."

„Du hast es gespürt?", fragte sie ungläubig.

„Ja, und daher wundere ich mich auch, dass du jetzt hier neben mir sitzt."

Sie senkte die Augen.

„Vielleicht hoffe ich ja, dass du der Pfad bist, auf dem ich zu mir selbst finde."

„Vielleicht bin ich aber auch ein Holzweg, der dich nur noch tiefer in den Urwald führt."

Sie drückte seine Hand, stand auf und entschuldigte sich. Sie müsse sich frischmachen.

„Wie kann man sich das vorstellen?", überlegte er.

„... Steht sie gleich in der öffentlichen Toilette im BH vor dem Spiegel und rubbelt sich mit einem nassen Seiflappen den Hals und die Achselhöhlen? Sie

hockt wohl eher mit hochgezogenem Rock und heruntergelassenem Höschen über der Schüssel, sorgsam bedacht, den nackten Po gerade so weit über der Brille schweben zu lassen, dass er nicht von fremden Kolibakterien geentert wird."
Er fand dieses Bild reizend und wollte es bis zu ihrer Rückkehr konservieren.

Vor ihm auf der Wiese rannten ein Mädchen und ein Junge um einen älteren Herrn herum und wollten von ihm gefangen werden. Der Großvater hatte Mühe, mit dem Tempo seiner etwa zehnjährigen Enkel mitzuhalten. Erschöpft setzte er sich in einigem Abstand zu Thorsten auf die Bank. Sogleich kamen die beiden angesprungen und zerrten den Opa an den Armen.
Von weiter hinten schwebte Melanie über das kurz geschnittene Gras auf sie zu. Rund um ihren Rocksaum machte Thorsten Seile mit Enterhaken aus, an deren Ende sich winzige Koli-Piraten mit bunten Tüchern auf dem Kopf und Säbeln zwischen den Zähnen hochhangelten.
„Seht ihr die Frau dort drüben?", sprach er die Kinder an und wies dabei in Melanies Richtung.
Die beiden drehten sich erst zu ihm, folgten dann seinem Zeigefinger und nickten schüchtern.
„Sie ist eine echte Prinzessin. Ich habe sie aus einer längst vergangenen Zeit mit hierher gebracht."
Sie schauten ihn ungläubig an. Melanie setzte sich zu ihm.
„Ich habe den beiden dein Geheimnis verraten, Prinzessin."
„Hast du das, mein edler Ritter?"
Die Kinder machten große Augen.
„Wollt ihr die Geschichte hören?", fragte er.
Sie nickten ganz aufgeregt. Der Opa signalisierte

dankbar sein Einverständnis.

* * *

„Wart ihr schon an dem kleinen Teich?"
„Ja, da gibt es Frösche und Libellen."
„Die Frösche sind keine gewöhnlichen Frösche. Das sind Soldaten, die das Tor durch die Zeit bewachen. Und das befindet sich auf dem Grund des kleinen Teichs."
Die Kinder rissen die Köpfe herum.
„Es öffnet sich aber nur alle zehn Jahre um Mitternacht, genau dann, wenn die Erde, der Mond, der Mars und der Jupiter in einer Linie stehen. Das weiß aber niemand und ich wusste es damals auch noch nicht, als ich in solch einer Nacht aus bewusstseinsverändernden Gründen über den Zaun gestiegen bin und dort am Teich einen Schwächeanfall erlitt. Ich stürzte hinein und fiel, und fiel, und fiel. Um mich herum war alles schwarz, nur hin und wieder blitzten gleißende Lichter kurz auf. Dann wurde ich ohnmächtig. Als ich wieder zu mir kam, war es bereits früher Morgen. Ich lag rücklings am Ufer. Dichte Nebelschwaben waberten über der Wiese, die plötzlich ganz anders aussah. Der Park war weg und um mich herum breitete sich ein modernder Sumpf aus. Ich ging ein paar Kilometer und gelangte zur Stadt, die ursprünglich nicht hier oben war, sondern weiter unten am Fluss.
Alles war so fremd. Erst dachte ich, ich wäre an einem anderen Ort gelandet, doch langsam dämmerte es mir, dass ich in einer anderen Zeit herumirrte. Die Gassen waren eng und schmutzig und aus jeder Ecke stank es bestialisch. In einem Haus sah ich einen jungen Mann auf einem Stuhl sitzen. Er wurde von drei kräftigen Männern gehalten. Ein vierter machte sich mit einer langen Zange in seinem Mund

zu schaffen. Man hörte das Knirschen, Knacken und Brechen bis nach draußen. Der bedauernswerte Kerl schrie erbärmlich. Endlich hielt der Zangenmann sein Werkzeug in die Höhe und präsentierte stolz einen faulen Backenzahn. Ja, früher putzte man sich die Zähne noch nicht und sie mussten gezogen werden, wenn sie schlecht waren. Mit einem glühenden Eisen wurde die blutende Wunde im Kiefer ausgebrannt und danach war der Ärmste entlassen."
Entsetzt pressten sich die Kinder die Hände vor den Mund.

„Ich war hungrig und fragte einen Scherenschleifer, wo ich etwas zu essen bekommen könne. Er sagte, in den Silberminen gebe es Arbeit und auch Verpflegung. Ha! Verpflegung? Dass ich nicht lache! Als ich dort ankam, gab man mir eine Holzschüssel mit lauwarmen Hirsebrei und ein Stück steinhartes Brot. Ich weichte es in eiskaltem Wasser auf und steckte es mir in den Mund. Es schmirgelte mir beim Kauen den Zahnschmelz runter. Der Bäcker hatte das Mehl wohl mit Gips verlängert. Als Bezahlung für die Mahlzeit schickte man mich mit einer qualmenden, in Pech getauchten Fackel in einen dunklen Schacht, wo ich mit einem Pickel den Fels aufschlagen und nach Silber buddeln musste. Dort hörte ich von den anderen Bergleuten die tragische Geschichte von einer schönen Prinzessin mit magischen Kräften, die an einen Wikingerfürsten verheiratet werden sollte."
Die Kinder horchten auf.
„Kannst du zaubern?" fragte das kleine Mädchen Melanie.
„Das kann sie", kam er Melanie zur Hilfe.
„Seht mal in ihre Augen! Sie sind ganz grün. Wenn sie einen öden Acker anschaut und dabei an etwas

Schönes denkt, wächst kurze Zeit später dort Getreide. Guckt sie sich in der Wüste eine Sanddüne an, verwandelt sich diese in eine grüne Oase. Gestern war sie schon einmal hier, da gab es noch nicht eine einzige Blume weit und breit. Und heute, seht euch nur um, sprießt es überall!"
Die Kinder sprangen auf und krochen Melanie neugierig ins Gesicht.
„Das warst alles du?"
Melanie nickte. Ihre Wangen waren gerötet.
„Jung bist du aber nicht mehr", bemerkte der kleine Racker vorlaut.
„Aber immer noch schön", wies Thorsten ihn zurecht.
„Der Vater der Prinzessin, der König, war sehr krank. Ein Druide, den man von weit her kommen ließ, prophezeite, der König könne nur geheilt werden, wenn er den Sud des ausgekochten linken Ohrs von Fürst Harald, einem Wikingerherrscher, trinken würde."
„Igitt, wie ekelig!"
„Woher wollt ihr das wissen? Oder habt ihr schon mal Ohrensuppe mit Schmalz probiert?"
Die Kinder schüttelten sich wohlig angewidert.

„Man schickte Harald einen Brief und bot ihm zum Tausch die Hand der Prinzessin. Die Prinzessin war darüber sehr traurig, fügte sich aber in ihr Schicksal, weil sie ihren Vater retten wollte. Fürst Harald kam. Er war ein gewaltiger Krieger, größer noch als ein Scheunentor. Mit seiner mächtigen Streitaxt konnte er mit einem Streich einen Baum fällen. Er sah die schöne Prinzessin und begehrte sie sofort. Er dachte aber nicht im Traum daran, für sie sein Ohr herzugeben. Wie ein echter Wikinger wollte er alles für nichts und das Königreich noch obendrein.

Er schnappte sie sich und brachte sie auf sein Schiff, das weiter unten auf dem Fluss mit vielen anderen Wikingerschiffen ankerte, auf denen allesamt furchteinflößende Krieger ungeduldig darauf warteten, ihre Schwerter und Speere in Blut zu tauchen. Hier wollte Fürst Harald warten, bis der König gestorben wäre. Niemand wagte es, die Flotte anzugreifen."
Die Kinder hielten sich gespannt bei den Händen und selbst ihr Großvater klebte an seinen Lippen. Melanie indes wandelte durch eine ferne Welt und ganz gleich, wohin sie sah, spross es satt-grün aus dem kargen Boden. Sie erschuf Wälder auf nackten Felsen und saftige Weiden, wo sich vorher nur Sand und Geröll erstreckten.

„Ein paar Wochen schon scharrte ich Silber aus dem Berg, als ich eines Tages in einer Felsspalte ein Messer fand. Wie das so weit unter die Erde gekommen war, wusste ich nicht. Vielleicht hatten es ja uralte Erdgeister dort versteckt. Ich zwängte meinen Arm in die enge Ritze und zog die glänzende Waffe heraus. Gleich, als ich sie in der Hand hielt, merkte ich, dass sie etwas ganz Besonderes war. Ich drehte sie zwischen den Fingern und hielt sie in den Schein meiner Fackel. Dabei zeigte die Spitze auf einen Bergmann, der in einer Nische vor sich hin hämmerte. Ihr werdet es nicht glauben, aber in dem Moment hörte ich alles, woran er gerade dachte. Schnell versteckte ich den Dolch unter meiner Weste und schmuggelte ihn so am Abend aus der Mine. Ich hatte einen Entschluss gefasst. Ich wollte mit der magischen Waffe die schöne Prinzessin aus den Klauen dieser barbarischen Nordmänner befreien."

Thorsten lehnte sich zurück, legte den Kopf in den

Nacken und schloss die Augen. Eine Minute später spürte er ein leichtes Knuffen in der Seite.
„Hey, Onkel, was passierte dann?"
Thorsten öffnete seine Lider einen schmalen Spalt weit. Er genoss die Neugierde der Kinder. Er schnaufte tief aus, steckte Daumen, Zeige- und Mittelfinger einer Hand in die Hosentasche und zog die Ecke eines karierten Taschentuchs hervor. Ruckweise zerrte er es umständlich Zentimeter für Zentimeter ans Tageslicht und reichte es dem Jungen.
„Ich habe viel in diesem Kampf opfern müssen. Meine Jugend, meine Stärke und beinahe mein Leben. Seht mich an! Obwohl ich erst fünfundzwanzig Jahre alt bin, habe ich schon Falten auf der Stirn und die ersten graue Haare. Würdet ihr das Tuch bitte am Brunnen ins Wasser tauchen, damit ich mich erfrischen kann? Seid aber vorsichtig, es ist ein ganz besonderes Tuch!"
Die Kinder rannten los und kamen wenige Sekunden später mit dem tropfenden Taschentuch zurück. Feierlich übergaben sie es Thorsten, der sich damit theatralisch das Gesicht abtupfte, wobei er herzerweichend seufzte. Dann gab er es dem Jungen zurück und erzählte weiter.

„Ich wanderte also den Fluss zu den Wikingerschiffen hinab. Es mussten mehr als hundert gewesen sein. Vorn am Bug ragten hölzerne Drachenköpfe gefährlich fauchend in den Himmel. Die Segel waren gerafft und man hörte Brüllen, Kriegsschreie und das Klirren von Schwertern, die aneinander schlugen. Zwei große Krieger hielten mich an und wollten wissen, was ich bei ihnen zu schaffen hätte. Es waren schaurige Hünen. Sie trugen lederne Rüstungen und stählerne Helme, an deren Seiten lange spitze Hörner bedrohlich in den Himmel stachen. Mit fester

Stimme rief ich:
'Ich fordere euren Fürsten zum Zweikampf! Ich werde mir sein Ohr holen und die schöne Prinzessin zurückbringen!'
Die beiden Kolosse brachen in schallendes Gelächter aus. Sie brachten mich zu einem großen Platz in dessen Mitte ein Lagerfeuer brannte. An einem Spieß über dem Feuer brutzelte ein riesiger Ochse. Einer der Krieger verschwand auf dem größten der Schiffe.
Kurz darauf tauchten hinter der Reling zwei mächtige Stierhörner auf. Dann ein mit Totenschädeln verzierter Helm. Buschige rote Augenbrauen und ein langer, rauschender Bart folgten. Fürst Harald entstieg dem Bauch seines Kriegsschiffes. Mit jeder Treppenstufe wuchs der gigantische Wikinger. Er überragte seine größten Krieger noch um zwei Kopflängen. Die Reling ging ihm gerade mal bis zu den Knien. Er stapfte die Rampe hinunter, die sich unter ihm bog. Das Holz ächzte und drohte unter der Last von Muskeln und stählernen Waffen zu bersten. In der rechten Pranke hielt er seine gefürchtete Streitaxt. Mit jedem Schritt, den er auf mich zuging, sank ich ein Stück weiter in den Boden, bis er sich schließlich wie ein Titan vor mir aufbaute. Ich reichte ihm nicht einmal bis zur Brust. Meine Knie schlotterten und kalter Angstschweiß perlte von meiner Stirn.
'Du willst also mit mir kämpfen, du Wicht?', verhöhnte er mich von oben herab.
'Ich werde dich wie eine Wanze zerquetschen.'
Mein Mut verflog wie ein Furz im Wind und ich spähte bereits nach einer Möglichkeit zur Flucht, als man die Prinzessin an den Haaren herbeizerrte. Von ihrem Liebreiz geblendet und von ihrem Elend zutiefst gerührt, hätte ich es in diesem Augenblick mit

jeder Armee der Welt aufgenommen. Ich zog mein Messer und blähte mich wie ein Ochsenfrosch auf. Statt vor Ehrfurcht zu zittern, krümmte sich Fürst Harald vor Lachen. Er fasste sich den Bauch und Tränen kullerten aus seinen Augen, als ich meinen Dolch auf ihn richtete. Der magische Stahl sagte mir sogleich, was er vorhatte. Er würde seine Streitaxt heben, mir den Schädel von oben spalten und danach zu seinem Braten zurückkehren. Was die Prinzessin dachte, sah ich auch ohne Zauberei. Selbst der letzte Funke Hoffnung war aus ihrem Blick gewichen.

Donnernd und unter lautem Kampfgebrüll schlug die Axt in den Boden ein. Ich war zur Seite gesprungen und stach Fürst Harald in den Arm. Er schrie auf vor Zorn. Um uns herum drängten sich die anderen Wikinger zu einem Ring und schlossen den Kampfplatz mit ihren Schilden. Harald hob seine Waffe und hieb seitlich auf mich ein. Ich duckte mich und spürte den Luftzug des scharfen Stahls in meinem Nacken. Dabei stach ich ihm in den Schenkel. Ganz gleich wie er mich angriff, ich wusste es vorher. Ich schlug Haken wie ein Hase, tauchte weg, sprang über seine Klinge. Nach einer Weile blutete der Fürst aus vielen kleinen Wunden. Er tobte, rasend vor Wut, und fuchtelte wild mit seiner Axt um sich. Jetzt war der Augenblick gekommen. Ich nahm Anlauf und stieß mich von einem der hochgehaltenen Schilde ab. Ich flog durch die Luft, drehte eine Pirouette, wand mich in Richtung Helm, hieb Fürst Harald beim Landen das linke Ohr ab und reckte es triumphierend zum Himmel.

Die Nordmänner raunten anerkennend. Sie schlugen mit ihren Schwertern gegen die hölzernen Schilde. Mit gemessenem Schritt ging ich zur Prinzessin und nahm sie bei der Hand. Die Krieger öffneten

ehrfürchtig die Reihen und wir entfernten uns majestätisch. Ich nahm mein Taschentuch und wickelte das Ohr darin ein."
Erschreckt ließ der Junge das karierte Tuch fallen.
„Ja, genau dieses. Gibst du es mir bitte wieder?"
Mit spitzen Finger fasste der Kleine das Tuch, inspizierte den Stoff noch einmal sorgfältig und gab es ihm zurück.

„Als wir außer Sichtweite waren, rannten wir um unser Leben. Keuchend erreichten wir das Schloss des Königs, wo ich dem Druiden das Ohr übergab. Der König schickte uns jedoch gleich wieder fort, da wir in seinem Reich niemals sicher vor der Rache des rasenden Wikingers sein würden. Er bat mich, auf die Prinzessin aufzupassen. Wir liefen hinauf zu dem kleinen Teich und warteten auf die Nacht. Als der Vollmond aufging und die Wölfe in der Ferne heulten, sprangen wir ins Wasser und landeten in unserer Zeit. Seitdem beschütze ich die schöne Prinzessin mit meinem Leben."
Völlig fasziniert schauten die Kinder abwechselnd zu Melanie und ihm. Ob er das Messer noch habe, wollten sie wissen.
„Der magische Dolch liegt drüben im Museum in einer Vitrine. Ich habe ihn gespendet. Da bei einer Reise durch das Tor der Zeit alles altert, was nicht lebt, ist er allerdings arg angelaufen. Vielleicht geht der Opa ja mit euch hinüber und zeigt ihn euch."
„Oh ja, Opa! Lass uns ins Museum gehen!"
Die Kinder sprangen auf und zupften dem Großvater an der Jacke.

Als die drei gegangen waren, atmete Melanie tief aus. Sie legte schüchtern die Hände in den Schoß, senkte demütig ihren Blick und fragte feierlich:

„Nun, edler Ritter und Bänkelsänger, eine wahrlich schaurig-schöne Mär habt Ihr uns zu Gehör gebracht. Wie kann sich eine in einer fremden Zeit gestrandete Prinzessin ohne Königreich erkenntlich zeigen für so viel Wagemut und Opferbereitschaft?"
„Schöne Prinzessin, Euer Königreich tragt Ihr im Herzen und im Höschen. Als Euer ergebener Knecht bin ich nicht würdig, alles zu beanspruchen. Gewährt mir daher Zugang zu der Hälfte, die nicht im Organspendeausweis eingetragen ist."
Weiter herumalbernd standen sie auf. Dort, wo der Großvater gesessen hatte, entdeckte Melanie einen Notizblock. Sie schlug ihn auf. Nur die oberste Seite war beschrieben. Darauf stand:
„Alte Bilder führen zu neuen Erkenntnissen."
Und zwei Zeilen weiter unten:
"Wenn es im Inneren eines Menschen eine dunkle Stelle gibt – beim Golf tritt sie zutage."

FRÖSCHE WERDEN JETZT GEMOLKEN

Thorsten steckte den Block mit der mysteriösen Botschaft ein.
Die Wächter des Tors zur Zeit quakten munter im Teich vor sich hin. Die erste Wärme hatte sie aus den Komposthaufen, Erdhöhlen und Mauerspalten zurück an ihren Tümpel gelockt, wo sie sich sogleich an die Streuung ihres Erbguts machten. Die kleineren Männchen klammerten sich Huckepack an die Weibchen und harrten auf den richtigen Zeitpunkt

zum Ejakulieren. Wer noch keines gefunden hatte, suchte lauthals mit aufgeblähter Schallblase. Melanie steckte sich ein Pfefferminz in den Mund und reichte ihm auch eins.

„Frösche werden jetzt gemolken, um Depressionen, Alzheimer, Alkoholprobleme und Darmleiden zu heilen", sinnierte sie in das Gequake hinein.

„Diese Frösche hier?"

„Nein, ein spezieller Frosch aus dem Amazonas-Dschungel. Die Indianer nutzen sein Sekret als Medzin."

„Gegen Depressionen und Alzheimer?"

„Quatschkopf! Gegen Malaria, Gelbfieber und Schlangenbisse."

„Interessant. Die Anwendungsgebiete hängen also davon ab, ob man das Mittel im Dschungel oder in der Stadt verabreicht bekommt? Wie kommt man denn an die wundersame Substanz?"

„Das Tierchen wird mit Bändern an den Beinen zwischen vier Stäbe gespannt. Danach klopft man ihm auf den Kopf, woraufhin es sein Sekret über den Rücken abgibt."

„Etwas umständlich, nicht wahr? Eine Schlange beißt einfach zu, wenn sie Beute machen will."

„Der Frosch ist aber nicht der Jäger, sondern selbst die Beute. Sobald er im Maul eines Fressfeindes landet, sondert er sein Gift ab, woraufhin er wieder ausgespien wird. Also muss man ihn nur davon überzeugen, dass er gerade gefressen wird."

„Na, wenn das so ist ... Wie soll das Zeug denn heilen?"

„Dem Patienten werden mit einem glühenden Holzscheit kleine Brandwunden auf der Haut zugefügt, in die das Gift eingetragen wird."

„Warum pinselt man es nicht gleich hinter den rechten Augapfel?", nahm er sie hoch.

„Das Gift wirkt sofort und erzeugt eine heftige Reaktion mit Durchfall, Erbrechen, Hitzewallungen und Panikattacken, die alles Übel aus den Zellen spülen soll."

„Medizin muss bitter schmecken – es kann gar nicht grausig genug sein. Hast du es schon mal probiert?"

„Nein, ich habe bloß darüber gelesen. Wenn ich mich mal doppelseitig entleeren will, trinke ich lieber eine Flasche Wodka und kippe einen gehörigen Schuss Rizinusöl hinterher", erklärte sie.

„Die Amazonas-Frösche werden es dir danken."

„Was meinst du? Wie viele Prinzen haben sich wohl nach einem Kuss in einen Frosch verwandelt?", fragte sie.

Sie drehte sich zu ihm und ließ ihre Lippen wie einen Windhauch über die seinen säuseln.

„Wenn du so küsst, wird sich ein Frosch nicht einmal in einen Frosch verwandeln."

„Noch ist der Tag nicht vorüber", munterte sie ihn auf.

Sie zottelten gemächlich zum hinteren Ausgang des Parks. Draußen war ein Plakat an einen Laternenmasten gebunden, das für eine Theateraufführung warb. Molières *Tartuffe* sollte es geben, von einer Laienspieltruppe aufgeführt. Unter den abgelichteten Akteuren erkannte er Melanie.

„Ich wusste gar nicht, dass du Theater spielst", sagte er überrascht.

„Ich auch nicht."

„Das bist du doch? Die zweite hinten links."

Er deutete auf das Plakat.

„Ich wusste gar nicht, dass ich schwarz bin."

Er drehte den Kopf und starrte ungläubig auf das Poster. Sie war verschwunden. Er hätte schwören können ...

79

Melanie richtete sich den Pferdeschwanz. Sie löste das Gummi, schüttelte sich einmal wie ein nasser Hund und zurrte die Mähne wieder fest zusammen. Dabei präsentierte sie eine üppige Achselbehaarung, die wie Steppengras im lauen Frühlingslüftchen wogte. Moment! Eben war sie doch noch makellos epiliert gewesen. Er blinzelte nervös. Jetzt waren die Achselhöhlen wieder nackt und ebenmäßig glatt.
„Bist du okay?", fragte sie besorgt.
„Ich habe dich gerade mit einem Busch unter den Armen gesehen."
„Das ist noch gar nichts gegen meine Bikinizone", witzelte sie.
Sie hakelte sich bei ihm ein und zog ihn mit sich. Beim Weggehen sah er sie wieder auf dem Theaterplakat, schwieg aber.

„Verena hat mir geraten, ich sollte mich spröde geben und es dir nicht zu leicht machen", unterbrach sie seine konzentrierte Zerstreutheit.
„Verena ist eine kluge Frau."
„Sie ist vor allem eine Frau, die ihre Wünsche und Bedürfnisse nicht im Keller der Gewohnheit wegschließt."
Er stutzte und suchte in ihrem Gesichtsausdruck nach Zeichen, worauf sie hinauswollte.
„Gewohnheiten schaffen Sicherheit", tastete er sich vor.
„Doch sie knirschen im Räderwerk des Verlangens. Glaubst du, sie betrügt ihren Jost?"
Das war es also. Wusste Melanie etwas oder hatte sie nur mal ins Blaue geschossen?
„Sie steht hinter ihm – ohne Wenn und Aber", eierte er herum.
„Das ist keine Antwort auf meine Frage."
„Hat man jemanden schon betrogen, bloß weil man

sich mal versichert, dass man auch den Richtigen liebt?"

„Braucht die Liebe denn eine Versicherung?", bohrte sie nach.

„Sicher mehr als Heuchelei ... Was ist schon gegen etwas Neugier auszusetzen? Wo sie doch der Stock sein kann, der einer humpelnden Romantik wieder auf die Beine hilft", rechtfertigte er sich.

„Würde dich eine Beziehung, die am Stock geht, glücklich machen?", zweifelte sie.

„Wenn man es so betrachtet, eher nicht."

Ihr Spaziergang führte sie zur Grünanlage beim Tennisplatz, wo ein strubbeliger, verschlafen dreinblickender Mann vor sich hin gähnte. Eine Hand hatte er tief in die Tasche seiner Jogginghose versenkt, wo sie rastlos herumwerkelte. In der anderen hielt er eine Leine, an deren Ende sich ein Hund mit gekrümmtem Rücken zur Darmentleerung in Stellung gebracht hatte. Beide spähten die nähere Umgebung aus, hatten Melanie und ihn aber nicht kommen sehen. Als sich der Vierbeiner wieder entspannte, schickten sie sich an, den Tatort ohne Spurenbeseitigung zu verlassen.

Aus dem Nichts klackte ein Geschoss an den Ast der Kastanie, unter der sie standen. Der Übeltäter riss den Kopf hoch und rieb sich dann laut aufheulend die Augen. Dabei torkelte er rückwärts gegen den Randstein, trudelte und fiel, wild mit den Armen kreisend, auf den Hosenboden. Hoch über ihm hob eine Taube, zu Tode erschreckt, in den blauen Himmel ab und flatterte panisch gurrend davon. Der Hund schnüffelte besorgt an seinem Herrchen und fing zu kläffen an. Selbiges hatte sich unter lautem Wehklagen aufgesetzt und betrachtete angewidert die geschmeidig braune, noch körperwarme Paste an seinen Händen.

„Ein Kotbeutel vom Spender dort drüben hätte es auch getan", meinte Melanie.

„Gleichwie, Hauptsache er ist seiner Bürgerpflicht nachgekommen."

Nicht weit vom Ort des Geschehens entdeckten sie im Rindenmulch der Wegbepflanzung einen Golfball. *H5* war in schwarzer Farbe aufgedruckt.

„Golf ist weitaus spannender als ich gedacht hatte."

Er hatte Gefallen an der Schnitzeljagd gefunden.

„Was soll das Ganze eigentlich?", wollte sie wissen.

Er zeigte ihr den Zettel, den ihm der Bote überbracht hatte.

„Treibt hier jemand Schabernack mit dir? Wo soll die nächste Station sein?"

„Wenn ich das richtig interpretiere, müssen wir zum alten Friedhof hinter der katholischen Kirche."

Dieser Tag fühlte sich richtig gut an. So wie sie durch die Straßen flanierten, musste sie jeder für ein Liebespaar halten. Sie bummelten an den Schaufenstern in der Einkaufsstraße entlang und amüsierten sich vor der Auslage eines Schuh-Paradieses über den Einfallsreichtum, mit dem man gegen die Anatomie eines Damenfußes arbeiten oder eine geschmackvolle Garderobe konterkarieren kann. Melanie trug flache schwarze Lederstiefel, in denen sie nur unwesentlich kleiner war als er.

„Trägst du auch höhere Absätze?", wollte er wissen.

„Nur, wenn ich mit großen Männern unterwegs bin."

„Ich dachte immer, Frauen käme es nicht auf die Größe an."

„Ein weit verbreiteter Irrtum, doch sei beruhigt mein tapferer Held, ich bevorzuge bequemes Schuhwerk. Gut sitzen muss er, vorn sollte er nicht anstoßen, zu den Seiten hin aber stramm anliegen – so erklimmt

man jeden Gipfel ohne Blasen."
Sie zupfte vor der spiegelnden Glasfläche den Ausschnitt ihres T-Shirts zurecht, was Thorsten gebannt verfolgte. Sie schien sich nicht sicher, ob sie ihn ein paar Zentimeter in die Breite ziehen sollte, um den sanft abfallenden Schwung ihres Trapezius und die weiche Wölbung innerhalb ihres Schlüsselbeins zu betonen, oder ob sie die Aufmerksamkeit in das weite Tal, das die kegelförmigen Zwillingskuppen etwas unterhalb davon ausformten, lenken sollte. Am Ende der kurzweiligen Prozedur saß das Shirt exakt wieder so wie vorher.

Hohe Brombeersträucher überwucherten die Sandsteinmauern rund um den alten Friedhof. Das rostige Eisentor stand weit offen. Die Stadtverwaltung ließ das Gelände nur sporadisch pflegen, weil man den Besuchern ein morbid-romantisches Flair bieten wollte. Halb verwitterte Grabsteine wuchsen schief und krumm unter mächtigen Kastanien und Linden aus dem Boden. Manch einer hatte sich nach Starkregen aus dem schweren Erdreich gelöst und lag nun umgestürzt zwischen den Gräsern und Unkräutern. Die Gebeine und die Särge, in denen sie in der Tiefe gebettet waren, mussten längst verrottet sein. Seit einem Jahrhundert war hier niemand mehr beigesetzt worden. Dennoch belebte heute eine Gruppe von etwa fünfzig jungen Frauen und Männern diesen historischen Ort. Manche von ihnen diskutierten miteinander, andere wiederum machten sich Notizen. Melanie und er fragten eine ältere Dame, die in ein Buch vertieft war, was denn hier los sei.
„Ich bin Professorin an der germanistischen Fakultät. Wir sind mit meinem Seminar *Lyrik des Volksmunds* hergekommen, um die Grabinschriften zu studieren", klärte sie die beiden verständnislos

dreinblickenden Neuankömmlinge auf.
„Nun, nicht jedes Leben verläuft nach Plan. Verirrte oder strauchelnde Seelen gab es zu jeder Zeit. Manch einer starb aus Übermut, Maßlosigkeit oder durch ein Unglück. Die Schicksale dieser überwiegend einfachen Menschen lesen Sie ungeschönt und aufs Wesentliche komprimiert auf den Grabsteinen."
Seine Neugier war geweckt. Er las eine der Widmungen und konnte sich ein Schmunzeln nicht verkneifen.
„Was aus heutiger Sicht kurios oder gar geschmacklos wirkt, zeugt von den Nöten und der Mühsal der Leute und wie sie mit ihrem entbehrungsreichen Leben umgegangen sind", erzählte die Dozentin weiter.
„Pietätlos ist das aber schon", merkte er an.
„Aus heutiger Sicht scheint das so, doch schauen Sie sich mal diese Inschrift an!"
„Hier ruht die ehrsame Jungfrau Gerlinde Greiner. Gestorben ist sie im siebzehnten Jahr, just als sie zu gebrauchen war", las er vor.
„Klingt makaber, nicht wahr? Doch muss man wissen, dass Kinder bettelarmer Menschen oft als Ware betrachtet wurden. Sie wurden entweder zweckgebunden verheiratet, ob sie wollten oder nicht, oder aber als Mägde und Knechte veräußert. Auch in diesem Fall trauert man mehr um die Ressourcen, die es gekostet hat, die junge Frau großzuziehen, als um das Mädchen selbst – sachlich, pragmatisch, einzig das Überleben der Familie vor Augen."

Sie dankten für den aufschlussreichen Exkurs in die Kulturgeschichte, grüßten und steuerten auf das große Kreuz zu, das auf einem kleinen Platz in der Mitte des Friedhofs stand. Auf dem Weg dorthin lasen sie auf weiteren Grabsteinen.
„Hier liegt der Köhler Franz und seine beiden Buben

nebenbei. Gott sei ihnen gnädig, gestohlen haben sie alle drei."

„Hier ruht Josef Krug, der Kinder, Weib und Orgel schlug."

Nachdenklich wiegte er den Kopf. Kürzer konnte man einen Lebenslauf wirklich nicht zusammenfassen. Plötzlich packte er Melanie und riss sie hinter eine Linde. Dort, wo sie gegangen waren, hörten sie einen Einschlag und Kies aufspritzen.

„Da hast du mich heute schon zum zweiten Mal gerettet, mein Held. Lang werde ich mich wohl nicht mehr zieren können", lächelte sie ihn an.

Er lugte hinter dem Stamm hervor und suchte das Gelände nach der Artillerie ab. Nicht weit vom Eingangstor winkte ihm der seltsam gekleidete Golfer von eben freundlich zu und verschwand. Thorsten nahm den Golfball, der mit *F6* beschriftet war, auf.

„Für die nächste Station besorgen wir uns am besten eine Rüstung."

„Wo soll die denn sein?"

„Einen Nadelhaufen sollen wir suchen. Die meinen wohl die große Zeder im Schlosspark, das ist der imposanteste Nadelbaum weit und breit."

„Wer sind die nur?"

„Ich habe nicht den blassesten Schimmer. Zumindest gibt sich jemand die allergrößte Mühe, mein Interesse für Golf zu wecken."

„Kannst du golfen?"

„In etwa so gut wie ich das Alphorn blase."

Als sie eine Straße überquerten, beschleunigte eine hochpreisige dunkelblaue Geländelimousine und streifte ihn mit dem Außenspiegel. Er nahm den eben erst erbeuteten Golfball und warf ihn dem Vehikel hinterher. Die Wucht des Aufpralls beulte das edle Blech. Mit erhobener Faust schrie er dem Fah-

rer einen markigen Fluch hinterher, der ihn und seine Nachkommen bis in die sechste Generation treffen sollte. Die Bremslichter leuchteten auf. Schäumend vor Wut rannte er los, um den Fahrer zur Rede zu stellen. Kurz bevor er ihn erreicht hatte, fuhr der Wagen mit quietschenden Reifen davon. Er bückte sich nach dem Ball. Das Blut pochte in seinem Hals.
„Was war das jetzt?"
Er schnellte herum, bereit einen neuen Gegner zu attackieren. Melanie verharrte in ihrer Bewegung. Ihre Pupillen verengten sich bedrohlich. Erst jetzt erkannte er sie und die Gischt seiner aufgeschäumten Wut ebbte ab.
„Ein Rüpel sondergleichen."
„Wer denn?", fragte sie, ihn immer noch belauernd.
Seine Fäuste entkrampften und sein Herzschlag nahm den Takt der aufgekeimten Frühlingsgefühle wieder auf. Sie ging auf ihn zu und strich ihm zärtlich über den Arm.
„Hast du das öfter?"
„Schon lang nicht mehr."
„Sobald der Wolf ein Loch im Zaun findet, bricht er aus. Man kann ihn wohl nie ganz bändigen", redete sie vor sich hin.
Sie nestelte verträumt an ihrem Sonnenanhänger herum, dann strahlte sie ihn an. Er suchte Halt in ihren Augen und verlor sich in der mystischen Unendlichkeit ihres unergründlichen Blicks: eine Raubkatze, edel von Gestalt, anmutig in der Bewegung, anschmiegsam, doch mit Krallen und spitzen Zähnen bewaffnet, die jederzeit ausfahren und tiefe Wunden reißen konnten. Er tauchte weiter in ihre Seele ein und sah Häuser brennen, Menschen auf der Flucht, verzweifelt um Hilfe schreien, verfolgt von Pestilenz und Verwesung. Ein Mädchen, ihr Ge-

sicht entsetzt zu einer Fratze verzerrt, wird von einem Golem gejagt, der sie packt. Es schreit hysterisch und das aus Lehm zum Leben erweckte Ungeheuer zerspringt in tausend Scherben. Gestalten ohne Gesicht steigen aus einem brodelnden Tümpel und kreisen ihn ein. Schlanke Arme greifen nach ihm und ziehen ihn ins Licht. Ein Puppenspiel und er als Marionette mittendrin, die wieder andere Marionetten tanzen lässt. Die Schnüre, in denen er hängt, werden gekappt, doch er sackt nicht in sich zusammen. Die hölzernen Glieder wandeln sich zu Fleisch und Blut. Er fühlt die laue Brise auf seiner Haut, zärtliche Berührungen, ein Lachen, ein Kuss, Geborgenheit.

„Wollen wir weiter?"

Ihre samtene Stimme löste den hypnotischen Bann ihrer magischen Augen und schickte seinen Tagtraum mit dem Wind ins Reich des Vergessens.

„Ich war noch nie so weit – und stehe doch erst am Anfang."

„Ah, der Philosoph in dir erwacht?"

„... er schaut in den Himmel und sieht die Grube vor seinen Füßen nicht. Ja, lass uns weitergehen und Obacht geben, dass wir nicht hineinstürzen."

Sie spazierten die Talstraße entlang.

„Dieses betuliche Städtchen steckt voller Überraschungen", stellte Melanie fest.

„Da ist schon die nächste!"

Er zeigte in den Hof beim Kino. Dort standen, sauber eingeparkt und startbereit, vier elektrische Rollstühle.

E-MOBILITÄT – SCHAMLOS UND UNZENSIERT

„Meinst du, das sind die Rollstühle, die heute früh geklaut wurden?", fragte Melanie.
Sie schauten sich die Boliden für Schwer-Gehbehinderte genauer an, denn mit Rollstühlen hatten diese protzigen Muscle-Chairs nicht mehr viel gemein. Der Pilotensessel war aus feinstem schwarzen Lederimitat mit einem mittigen, breiten roten Streifen gearbeitet. Oben sorgte eine verstellbare Kopfstütze für sicheren Halt im Halswirbelbereich. Die Noblesse des Cockpits stand in krassem Gegensatz zum trockenen, rollneigungsresistenten Fahrwerk, das, über die Hinterachse angetrieben, butterzarte Drifts aus den Kurven hinaus versprach. Die aufgeblasenen Gefährte ruhten auf vier praktisch nagelneuen Reifen. Das frisch polierte Chrom der Felgen glänzte verschwenderisch in der Sonne.
„Es wäre mehr als ein Zufall, wenn nicht. Ich rufe die Polizei."
Thorsten zog sein Mobiltelefon aus der Gesäßtasche. Melanie bremste seinen Mitteilungsdrang aus.
„Wir könnten sie den Dieben auch stehlen und selbst zur Polizei bringen. Wäre doch lustig. Die Schlüssel stecken."
„Ist das dein Ernst? Was ist, wenn man uns erwischt? Das glaubt uns doch kein Mensch."
„Ein bisschen Risiko macht doch den Reiz der Aktion aus, du Spießer. Ich wette, du hattest noch niemals Sex in einer Umkleidekabine."

Er bejahte ihre Provokation im Stillen, fühlte sich trotzdem in seiner Ehre gekränkt. Er fragte sich, ob sie je Sex in einer Umkleidekabine hatte. Oder im Kino, im Treppenhaus, im Zug oder auf der Motorhaube auf einem Parkplatz. Vorstellen konnte er es sich – und auch wieder nicht. Er konnte sie einfach nicht einschätzen. Mal wirkte sie verträumt, verspielt oder schüchtern wie ein junges Mädchen. Dann wieder beflügelte sie mit Anspielungen und Andeutungen seine Phantasie oder überrumpelte ihn gar mit einem Frontalangriff. Zeichen sandte sie genug, bedeuten konnten sie alles.

Nein, Sex in einer Umkleidekabine hatte er noch nie, aber ein Vorspiel in einem Riesenrad. Das war doch schon was. Sie waren beide beschwipst. Oben hat er sie dann geküsst. Viel war nicht mehr los zu fortgeschrittener Stunde und nur ein aufmerksamer Beobachter hätte bemerkt, dass in der Gondel statt eines Pärchens plötzlich nur noch eine Frau saß, die Arme quer über der Rückenlehne, die Beine über seine Schultern geklappt, den Blick verzückt zum Kleinen Bären am Sternenhimmel gerichtet.

Das war lange her. Er musste zugeben, dass er tatsächlich etwas bieder geworden war. Er fühlte sich schon als Anarcho, wenn er ohne Helm mit dem Rad zum Bäcker fuhr. Vielleicht war es ja höchste Zeit, aus dem Dornröschenschlaf zu erwachen.

„Weißt du, wie man die Dinger bedient?"

„Schlüssel rumdrehen und den Joystick in die gewünschte Richtung drücken. So schwer kann es nicht sein", mutmaßte sie.

Ganz so einfach war es dann doch nicht. Sie ließen sich in die Sitze sinken und schalteten die Elektrik ein. Neben der Ladestandsanzeige gab es noch einen Tacho, der selbstbewusst bis Tempo Vierzig ausgelegt war. Etwas zögerlich drückte er den Joystick nach vorn. Der direkte Antrieb entfaltete augenblicklich seinen vollen Schub. Überrascht ließ er den Bedienhebel wieder mittig einrasten, woraufhin die Maschine abrupt zum Stehen kam. Eins war sicher: An diese Geschosse musste man sich ranarbeiten. Man musste erst mal verkraften, wie der Motor den Stuhl in Nullkommanix nach vorn katapultierte und dabei die träge Masse des Fahrers in die Polster drückte. Vom Spieltrieb angespornt hantierte er mit dem Joystick bald so virtuos wie auf einer Klaviatur. Fast schon waghalsig manövrierte er seinen Rennstuhl, der die Kurven wie ölige Spaghetti in sich hineinschlürfte, durch die Gassen. Unter verzücktem Jauchzen und mit wehendem Pferdeschwanz überholte ihn Melanie und raste hinunter zum Fluss, über die Brücke hinweg, rechts durch ein Wohngebiet und hinauf in den Wald. An einem Unterstand neben einer Lichtung hielt sie an.

„Hier geht es aber nicht zur Polizei."

„Nur ein kleiner Umweg. Das ist mein Lieblingsplatz. Ich bin gern hier oben."

„Ein verrücktes Huhn bist du schon. Gib mir mal dein Smartphone!"

„Wozu?"

„Ich will dich fotografieren. Ist doch eine schöne Erinnerung."

„Nimm doch deins!"

„Das kann nur telefonieren."

„Farbfernsehen hast du aber?"

„Klar, sogar HD-ready."

Sie hielt ihm das Gerät hin. Er nahm es und schoss ein paar Fotos. In einem Netz hinter ihrem Stuhl klemmte eine weiße Baseballkappe mit aufgestickter Rose. Er setzte sie ihr auf und fotografierte sie im Profil. Er holte sie frontal in den Sucher und hielt inne. Er stellte sie sich hinter einem Lenkrad sitzend

vor, nur schwach von Straßenlaternen beleuchtet.
„Was ist? Hast du schon genug oder willst du mehr?"
Sie warf sich ins Hohlkreuz und legte den Kopf sinnlich in den Nacken. Sie posierte wie ein Model und das schien ihr zu gefallen. Er ging mal in die Knie, mal stieg er auf einen gefällten Baumstamm, mal legte er sich rücklings drauf und schoss Foto um Foto aus verschiedenen Perspektiven.
Dann griff sie den Saum ihres T-Shirts vorn über Kreuz und zog es über den Kopf. Seine Erregung angesichts der überraschenden Freizügigkeit wurde von dem philosophischen Erkenntnisdrang überlagert, warum Frauen ihre Pullis derart gekünstelt ausziehen, statt es den Männern gleichzutun, die pragmatisch hinten am Kragen zerren. Wollen sie vielleicht ihre Frisur schonen oder etwa ihren Busen ins rechte Licht rücken, der sich vorteilhaft hebt, während das Gesicht im Textil verschwindet, was wiederum einem realen oder gedachten Zuschauer einen kurzen Moment reinen ästhetischen Genusses beschert?
Er wollte ihren Enthusiasmus nicht mit solch belanglosen Details ausbremsen und die Frage zu einem günstigeren Zeitpunkt mit ihr erörtern. Stattdessen stierte er gebannt auf das geschmackvoll angerichtete Ensemble von keltischem Sonnenanhänger, der über den Zwillingshügeln aufging, und drückte frohgelaunt den Auslöser.
Die Show ging weiter. Sie kniete sich auf den Rollstuhl, öffnete den BH und verschränkte die Arme hinter dem Kopf. Klick. Sie drehte sich wieder zu ihm, die Arme vor den Brüsten am Körper angelegt, die Hände zu einer Schale geformt, in der sie ihr Kinn bettete. Klick. Sie stand auf, ließ den Rock unter grazilen Hüftschwüngen zu Boden gleiten und

zeigte ein schwarzes Spitzen-Panty, das ihre Pobacken verführerisch zur Hälfte entblößte. Klick. Sie stützte die Unterarme auf eine Lehne und reckte ihr Hinterteil kess gen Himmel. Klick. Sie räkelte sich wie ein Pin-Up-Girl seitwärts über den Stuhl, die Beine lasziv über eine Seite baumelnd, Schulter und Nacken über die andere gebogen. Klick. Ein Bein am Boden, mit dem anderen auf der Sitzfläche kniend hockte sie sich schamlos hinter den Joystick, der nun phallisch bis zu ihrem Nabel aufragte. Klick, Klick. Sie rutschte tief ins Polster, warf ihre Beine links und rechts über die Armlehnen und nestelte ungeniert an ihrem Höschen, wobei sie lüstern in die Linse blickte. Klick, Klick, Klick. Aus einem Erdloch am Wegesrand lugte neugierig eine Maus. Dann war die Session aus. Melanie stieg wieder in ihren Rock und zog das Shirt über.

„Zeig mir mal die Fotos!", forderte sie ihn auf.
Sie blätterte anerkennend durch die Aufnahmen.
„Nicht schlecht, die Bilder."
„Gar nicht so übel, das Motiv."
„Vielleicht werde ich das Covergirl der neuen Ausgabe von *Cool und Barrierefrei*."
„Ich würd das Heft glatt kaufen."

Sie sattelten wieder auf und ließen die lautlosen E-Motoren aufheulen. Sie umkreisten forsch die Lichtung, als sie jemanden rufen hörten. Sie stoppten und spähten ins Unterholz jenseits des Wegs.
„Hallo, hier bin ich!"
Er sah einen grauhaarigen Mann, der bis zur Gürtelschnalle im Laub zwischen Sträuchern und Totholz steckte und wild mit den Armen fuchtelte. Sie rollten ein Stück vor.
„Was ist mit Ihnen? Vor Scham im Boden versunken?", flachste Thorsten.

„Sehr spaßig."

„Ich wollte nur den üblichen Rollstuhlfahrerwitzen zuvorkommen."

„Witze über Rollstuhlfahrer sind für mich ein absolutes No-Go", konterte der Hilflose.

„Ich bin in ein Loch getreten und habe mich zwischen den Wurzeln verheddert. Können Sie mir heraushelfen?"

„Wie in aller Welt sollen wir das anstellen? Sollen wir eine Rampe bauen und wie Stuntmen über den Graben springen? Haben Sie kein Telefon?"

„Doch, aber das liegt da drüben. Ich habe hier einen Geocache gesucht und es bei dem Missgeschick aus der Hand verloren. Würden Sie bitte für mich die Feuerwehr anrufen, das Technische Hilfswerk die Nationalgarde oder sonst wen, der mich aus dieser misslichen Lage befreit?"

„Du könntest aber auch hinübergehen und Indiana Jones einfach herausziehen", schaltete sich Melanie in das Männergespräch ein.

Der Steckengebliebene riss die Augen auf.

„Ich weiß nicht. Meine Beine sind vom ganzen Sitzen eingeschlafen. Nun gut, ich werd es trotzdem versuchen."

„Ihr seid die Diebe, die heute früh die vier Rollstühle geklaut haben!"

Noch nicht ganz aufgestanden ließ sich Thorsten wieder zurück in den Sitz fallen.

„Das hast du nun davon. Er hat uns erkannt."

„Dann müssen wir ihn jetzt wohl oder übel vollends einbuddeln", schlug sie vor.

„Nein, bitte! Ich werde euch nicht verraten."

„Das würde ich an Ihrer Stelle auch sagen – und sobald Sie wieder auf den Beinen stehen, geht's ab zur Polizei, um die Belohnung zu kassieren ...", hielt er den Unglücksraben hin.

„Da wir aber nicht die Diebe sind, sondern nur die Diebe, die die Diebe beklaut haben, wollen wir mal eine Ausnahme machen."

Er stakste mit Melanie im Schlepptau zwischen den Ästen und Zweigen vor, nahm einen stabilen Stock, ging in die Hocke, hebelte das eingeklemmte Bein frei und barg den Abenteurer mit einem kräftigen Ruck an dessen Armen.

Derweil hatte Melanie das Smartphone zwischen den Blättern gefunden. Vom Display las sie laut vor:

„Ein Birkenporling, groß wie das Ohr eines Elefanten, bringt dich weiter."

Nahebei entdeckte sie einen der Baumpilze, der wie ein riesiger Tumor an der Rinde einer umgestürzten Birke wucherte. Unter dem Stamm klemmte eine Erdnussdose. Als Melanie sie hervorzog, klapperte sie. Sie löste den Plastikdeckel und ließ einen silbernen Wolfskopf in ihre Hand kullern. Dann war da noch ein Zettel, auf dem stand:

„Diese Zahl ruht in sich selbst und findet doch kein Ende. Folge ihr nur, wenn Du einen Neuanfang suchst! Geh bis zur dritten, nimm vier von ihr und Du hältst den Schlüssel zum Glück in der Hand! Das Schloss dazu erhebt sich über ..."

Die daran anschließenden Zahlenreihen und Rechenanweisungen sagten beiden nichts. Zum Schluss stand da noch:

„... Zieh mit dem Hahn in den Kampf und rette Dich!"

Melanie legte die leere Dose zurück.

„Hey, das ist mein Schatz!", rief der soeben Befreite.

„Ihren Schatz, werter Gollum, werfen wir in Mordor in einen Höllenschlund voll glühender Lava", triumphierte sie grinsend.

Vor sich hin grummelnd nahm er sein Handy entgegen und trollte sich. Thorsten begutachtete die Dinge aus der Dose und steckte sie zu den anderen in die Tasche.

Die beiden sanken wieder tief in die Sitze ihrer Rollstühle und starteten. Beim Anfahren spritzte der Kies unter den Rädern nach hinten weg. Sie labten sich an dem frischen, unverbrauchten Duft des Waldes, jetzt zu Beginn des Frühlings. Im Sommer wurde es in der Gegend unerträglich schwül und heiß. Dann stand die Luft in dem Becken zwischen Odenwald und Pfälzerwald und die Leute ächzten, stöhnten und maulten. Gut, das taten sie auch, wenn es kalt war. Oder wenn es zu schnell warm oder kalt wurde. Oder wenn es regnete. Oder wenn es länger nicht geregnet hatte. Der eine konnte bei Hitze nicht schlafen, dem anderen fuhr ein Wetterumschwung in die Glieder. Nicht ihnen beiden, denn sie genossen diesen herrlichen Tag unbeschwert und bar aller Wetterfühligkeit.
In bester Laune rollten sie wieder hinunter in den Ort, wo sie direkt die Polizeiwache ansteuerten.
Sie erzählten einem älteren Schutzmann mit gepflegtem Schnauz- und Kinnbart, wo sie die Rollstühle gefunden hatten und wo die noch fehlenden abzuholen wären. Er ging mit dem Beamten hinaus und führte ihn zu den von ihnen erbeuteten Geräten. Als sie wieder ins Wachgebäude zurückkehrten, war Melanie verschwunden. Auf dem Tresen lag der goldene keltische Sonnenanhänger, der an einem dunkelbraunen Lederband befestigt war.

EIN FALL FÜR DIE PAKETBOTENGEWERKSCHAFT

„Hallo, Verena, Thorsten hier."
„Hey, Thorsten, wie lief's?"
„Eigentlich ganz prima. Zuerst habe ich Melanie aus den Fängen wilder Wikinger befreit, dann haben wir Frösche gemolken, Golf gespielt, sind Rollstuhl gefahren, haben einen Abenteurer aus einer Grube gezogen und schließlich habe ich noch Nacktfotos von ihr geschossen."
„Wow, das nenne ich mal ein Date! Und wann seht ihr euch wieder?"
„Das wüsste ich auch nur zu gern. Sie ist auf dem Polizeirevier verschwunden?"
„Auf dem Polizeirevier? Was redest du für wirres Zeug?"
„Dorthin haben wir die Rollstühle zurückgebracht."
„Welche Rollstühle?"
„Die heute geklaut worden sind. Jetzt frag doch nicht so viel! Hast du ihre Telefonnummer?"
„Hat sie sie dir nicht gegeben?"
„Wie denn? Sie ist verschwunden."
„Vielleicht will sie keinen Kontakt mehr mit dir."
„Warum dann das Halsband, das sie dagelassen hat?"
„Was sagt die Polizei?"
„Dass sie es wohl verloren hat."
„Und du glaubst das nicht?"
„Ich denke, sie will mit mir spielen und hat es deswegen für mich liegenlassen. Vielleicht will sie auch nur herausfinden, ob ich es wirklich ernst meine."
Verena gab ihm Melanies Nummer. Ihr Nachname? Fehlanzeige. Und wo sie wohnt, könne sie ihm auch

nicht sagen. Sie kenne sie vom Yoga. Dort kreuze sie aber nur sporadisch auf.
Er wählte die Nummer.
„Dieser Anschluss ist momentan nicht erreichbar", ließ ihn eine Bandansage wissen.

Wenn sie nun aber nicht mit ihm spielen wollte? Womöglich hatte man sie verschleppt und sie war bereits auf dem Weg nach Usbekistan, wo ihr Körper an die Bergleute in den Uranminen verschachert werden würde? Vielleicht hatte er ihr aber auch den letzten Glauben an die Menschheit geraubt und sie war, einer plötzlichen Eingebung folgend, in ein afrikanisches Kloster geflohen, um dort, in freudiger Erwartung eines frühen Todes, Pest- und Leprakranke zu kurieren? Oder sie hatte sich auf der Polizeiwache in einen Räuber verliebt, mit dem sie Banken überfallen und nach Südamerika durchbrennen würde, wo sie sich die nächsten Jahre im Bikini auf dem Bug einer Segelyacht aalen oder ausgelassene Partys feiern würde?
Sowohl seine Vernunft, als auch seine Eitelkeit verwarfen diese Szenarien, kaum dass sie ihm durch den Kopf geschossen waren.
Sie solle es ihm nicht so einfach machen, hatte Verena ihr geraten. Melanie ließ ihn wie einen Esel hinter der Möhre hertraben und je mehr sie sich ihm entzog, desto heißer begehrte er sie. Sie hatte abgeschlagen und nun war es an ihm, nachzuziehen.

* * *

Er setzte sich in einen Bus und fuhr Heim. Vor seinem Notebook sitzend sammelte er alles, was er über Melanie wusste. Sie war groß, schlank, brünett und hatte grüne Augen. Er gab die Eckdaten zusammen mit ihrem Vornamen und dem Ortsnamen in

die Suchmaschine ein. Ein Klick und schon erhielt er unter anderem eine vollständige Liste aller Hobbyhuren der Region, einen soeben exklusiv für ihn freigeschalteten Link zu kostenlosen anonymen Sexkontakten sowie einen Katalog heiratswilliger osteuropäischer Schönheiten, die sowohl sexuelle Flexibilität als auch häuslichen Fleiß annoncierten. Davon, die Suche mit den Parametern lange Beine, runder Knackarsch und stramme Möpse zu präzisieren, versprach er sich eher wenig. Er musste seinen Hormonspiegel niederringen, wenn er etwas Brauchbares herausfinden wollte. Er atmete tief durch die Nase ins Zwerchfell ein und startete einen zweiten Anlauf mit den Stichworten Laufen, Vegetarier und Yoga.
Die Kombination von Vegetarismus und Yoga erwies sich, obwohl die beiden Begriffe nur den Schluss der Sucheingabe bildeten, als übermächtig. Die Frage nach den primären Suchworten Vorname und Ort schien augenblicklich belanglos und ein esoterischer Strudel zog ihn in die Niederungen alternativer Gesundheitskonzepte.
„Fleischlos zur Erleuchtung", wurde versprochen.
„Sind Vegetarier die göttlicheren Menschen?", wurde gefragt und „Yogaferien im Veggiehotel", verhießen kulinarische Nahtoderfahrungen in tiefenentspannter Atmosphäre.
Schließlich wurden noch „Reinigungsrituale mit Meersalz" angepriesen, „mit denen der Zivilisationsmüll aus den vergifteten Zellen gewaschen werden sollte".
Moment mal! Ihm fiel die Sache mit den Amazonasfröschen wieder ein. Er löschte die Yogis und Veggies im Suchfeld und ersetzte sie durch Heilpraktiker.
Auf der zweiten Seite fand er einen vielversprechen-

den Hinweis, der ihn zum Blog einer Heilpraktikerin am Ort führte. Ganz oben stand:
„Heute bin ich in aller Früh mit Kirsten, Jaspar und Melanie durch den Bannwald in diesen wunderschönen Tag hineingelaufen."
Daran schlossen sich ein kurzer Essay über die Chancen der Rückführung einer verirrten Seele in den Schoß der Natur durch Bewegung an der frischen Luft sowie ein Hinweis auf eine vermutlich von Erdgeistern und Wurzelzwergen gesegnete Lichtung im Wald an, zu der die Kräuterhexe in einem Monat unbedingt zur Bärlaucherte zurückkehren wollte.
„Bei Vollmond und mit einer goldenen Sichel", mutmaßte er.
Ein Link am Ende der Seite leitete ihn weiter zu ihrer Homepage im sozialen Netzwerk. Mist! Die Freundesliste war nur für Freunde sichtbar und er hatte nicht mal ein Konto. Wollte er eigentlich auch nicht, denn ihn beschlich das dumme Gefühl, dass seine persönlichen Daten dort so sicher waren wie ein Tütchen Koks in der Hosentasche eines Junkies.
Kurzerhand erfand er eine Identität, bestückte sie mit einigen aus anderen Profilen entliehenen Fotos und füllte seine Chronik mit süßen Welpen, Bildern von üppig mit Gemüse dekorierten Tellern und Hinweisen auf esoterische Veranstaltungen der letzten Monate.
Über die Suchmaschine fand er heraus, dass die Heilpraktikerin erst letzte Woche bei einem Seminar über das Thema *Die Mistel in Mythologie, Geisteswissenschaft und Therapie* referiert hatte. Er schrieb ihr, dass ihn ihr spannender Vortrag fasziniert habe. Er bedauere, dass er an der anschließenden Podiumsdiskussion nicht mehr habe teilnehmen können, da er seinen Zug erreichen musste. An die

Nachricht hängte er noch eine Freundschaftsanfrage. Es dauerte nicht lang und sie waren befreundet.
Aufgeregt machte er sich daran, die Liste der über sechshundert anderen engen Bekannten der offenkundig über die Maße beliebten Frau abzuarbeiten. Eine halbe Stunde später wurde er fündig und studierte Melanies Profil. Viel mehr als ihr Name und dass sie von Beruf Grafikerin war, erfuhr er dort nicht. Er fütterte die Suchmaschine mit den neuen Informationen und landete auf der Homepage einer Grafikagentur, bei der sie als Mitarbeiterin geführt wurde. Eine Handvoll ihrer Arbeiten war auch zu bewundern, darunter die Bucheinbände von mehreren Romanen und das seltsame Theaterplakat, das sie heute beim Botanischen Garten gesehen hatten. Er vergrößerte das Bild und betrachtete es eine Weile. Er ging in die Küche und kam mit einem Pott Pfefferminztee und einem Käsebrot zurück. Da sah er plötzlich wieder Melanie auf dem Plakat. Er setzte sich und die schwarze Schauspielerin erschien.
„Dieses raffinierte Biest hatte sich über ein Vexierbild aufs Plakat geschmuggelt!", traf ihn ein Geistesblitz.
Nur aus einem bestimmten Winkel heraus war sie zu sehen. Er war fasziniert von ihren Fertigkeiten und ihrer Kreativität. Gleichzeitig fragte er sich, womit sie ihn heute wohl noch an der Nase herumgeführt hatte.

Er bemühte nochmals die Suchmaschine und fand weitere Grafiken von ihr im Netz. Auf einer war eine Steppenlandschaft eingefangen. Ein Leopard hatte gerade ein Antilopenkitz gerissen und stand mit spitzen blutigen Zähnen und triefenden Lefzen über dem leblosen Tier, dessen Mutter mit feuchten Augen etwas abseits stand. Am Bildrand unten versteckte sich ein junges Leopardenkätzchen im Gras. „Die Natur kennt nur die Notwendigkeit", assoziierte er. Kein Tier tötet ein anderes aus Habsucht, Langeweile oder niederen Beweggründen. Ganz unparteiisch geht es einzig um die Weitergabe genetischer Information, weswegen die folgende Generation mit allen Mitteln geschützt und durchgebracht werden muss. Das Gute kämpft nicht gegen das Böse. Es gibt nur Gewinner und Verlierer der Evolution. Hier schien der Leopard der Sieger zu sein, doch er gewinnt nicht immer. Wäre es so, gäbe es keine Antilopen mehr. Das Gegenteil ist aber der Fall: Der Leopard ist mehr vom Aussterben bedroht als die Antilope. Es musste einen Mechanismus geben, der das Wechselspiel zwischen Jäger und Beute reguliert. War er nun der Leopard auf der Jagd nach der Antilope oder Melanie die Spinne, die in ihrem Netz darauf wartete, dass er sich in ihren klebrigen Fäden verhedderte?

Er wählte ihre Nummer: immer noch dieselbe Ansage. Er rekapitulierte, was seine Recherche bisher zutage gefördert hatte. Er kannte Melanies Telefonnummer, ihren vollen Namen, ihren Beruf und er wusste, wo sie arbeitete. Durch den Erfolg angestachelt, wollte er seinem investigativen Drang weiter nachgehen und nahm sich den im Wald sichergestellten Geo-Cache vor. Sie musste ihn dort platziert haben, eine andere Möglichkeit fiel ihm nicht ein. Zielstrebig hatte sie die Stelle mit dem E-Rolli angesteuert und ihn dorthin geführt. Wenn es tatsächlich so war, hatte sie sich ganz schön ins Zeug gelegt, um sich interessant zu machen.

Ein silberner Wolfskopf und dazu ein Rätsel. Die Zahl, die endlos ist und trotzdem in sich ruht. Das musste Pi sein. Sie hat unendlich viele Stellen nach dem Komma und beschreibt den Umfang eines Kreises im Verhältnis zu seinem Durchmesser. Ein Kreis wiederum ruht in sich selbst. In Pi verschmilzt demnach die Endlichkeit mit der Ewigkeit. Er analysierte die Rechenanweisungen und extrahierte mit ihrer Hilfe eine vierstellige Zahl und zwei Dezimalzahlen. Er tippte die Dezimalzahlen in die Online-Karte. Sie zeigten auf einen Punkt in der Nordstadt, den *Alten Kornmarkt*. Er zog sich eine leichte Jacke über, holte das Fahrrad aus dem Keller und strampelte verwegen unbehelmt zurück in die Stadt.

* * *

Ein Jugendstilbrunnen aus rotem Sandstein dominierte die Mitte des Platzes. Aus vier goldenen Röhrchen, die in die vier Himmelsrichtungen zeigten und einen stilisierten Raben, eine Unke, einen Uhu und einen Hecht darstellten, plätscherte ein dünner Strahl Wasser in ein umlaufendes Bassin. Hoch oben auf der Spitze der Mittelsäule saß auf einem galoppierenden Pferd, die Lanze bedrohlich zum Kampf gesenkt, der bronzene *Ritter von Rodenstein*.
Jedes Schulkind in der Region kannte die Sage vom Ritter. Er soll ein kriegslüsterner Haudegen gewesen sein. Selbst die Bitte seiner hochschwangeren Frau, gemeinsam mit ihr auf die Niederkunft zu warten, schlug er in den Wind und zog stattdessen in den Kampf. Frau und Kind starben bei der Geburt. Auf dem Totenbett verfluchte sie ihren Gatten, auf dass seine Seele niemals Ruhe finde und er nach seinem Tode, jedes Mal bei einem drohenden Kriegsausbruch, mit einem Geisterheer durch die Lüfte ziehen solle, um die Menschen zu warnen. Schreckhafte Seelen glaubten tatsächlich, in manch eiskalter Nacht das Klirren und Scheppern der stählernen Rüstungen und Waffen gehört zu haben.

Im Wappen derer von Rodenstein auf dem Schild machte Thorsten einen Hahn aus. Auf dem Sockel unter der Statue stand die Jahreszahl 1896, das Jahr, in dem der Brunnen aufgestellt worden war, spekulierte er.
Der Geo-Cache wies ihn an, mit dem Ritter in den Kampf zu ziehen. In nördlicher Richtung, in die die Lanze zeigte, säumten zwei Fachwerkhäuser und daneben ein neueres Wohnhaus den Platz. Er ging hinüber und schaute an den Fassaden hinauf. In einem Fenster im zweiten Stock des neueren Hauses entdeckte er ein keltisches Sonnensymbol. Er prüfte die Klingelschilder und fand Melanies Nachnamen.
Er klingelte. Nichts. Das Haus hatte ein Schloss mit Zahlenkombination. Er tippte die Zahlen eins, fünf, neun und zwei ein, die er gemäß den Anweisungen aus den Nachkommastellen von Pi ermittelt hatte. Ein Klack und die Tür sprang auf.
Sollte er hineingehen? Sie hatte ihm die Hinweise schließlich unter die Nase gerieben, wohl in der Absicht, dass er es tat. Wer weiß, vielleicht würde sie bereits auf ihn warten, sinnlich ein Glas Rotwein in der Hand schwenkend, mit sehnsuchtsvollem Blick lasziv auf dem Sofa ausgestreckt? Erwartungsfroh stieg er hinauf und öffnete auch die Wohnungstür mit der 1592.

„Melanie?", rief er in den langen Flur hinein.
Keine Antwort. Links war eine Garderobe, an der Jacken und Mäntel hingen. Auf dem Boden standen Laufschuhe und ein paar Straßenschuhe, aber keine flachen schwarzen Lederstiefel. Hinter der ersten Tür eine Abstellkammer, danach die Toilette; die dritte Tür führte ins Bad: eine gläserne Dusche, eine Eck-Badewanne, eine hohe Palme, zwei Waschbecken, Waschmaschine, einfarbige Handtücher, zwei

Wandschränke, ein großer Spiegel, auffällig wenige Beauty-Artikel. Auf der anderen Seite des Flurs ein Foto von ihr vor dem Steinkreis von Stonehenge und etwas weiter die Tür zu ihrem Schlafzimmer.
Drinnen war es stockfinster. Er tastete nach dem Lichtschalter. Ein Spot modellierte ein knallgelbes Bild, das über dem Bett hing, geradezu gespenstisch aus der Dunkelheit des Raums heraus. In dem Lichtkreis küssten sich, ganz in schwarz gemalt, eine Frau und ein Mann leidenschaftlich. Doch statt der Haare formten sich ihre Hinterköpfe zu knurrenden Wolfsköpfen, die wütend die Zähne fletschten. Das konnte ja heiter werden!
Er fand einen zweiten Lichtschalter. Das Bett unter dem Bild war umgepflügt wie ein Rübenacker. Die Kissen lagen am Boden, das Laken zerknittert und von der Matratze gerissen. Ein voluminöser weißer Kleiderschrank über eine komplette Wand hinweg, ein blauer Sessel, eine weiße Kommode, das war's.
„Melanie?"
Immer noch keine Antwort. Er nahm sich das Wohnzimmer vor. Sehr geräumig, ganz rechts eine offene Küche, durch eine Bar mit Sitzhockern vom Wohnbereich abgetrennt. An der Wand gegenüber der Sofalandschaft drohte ein gigantischer Fernseher, die Ziegel aus dem Mörtel zu reißen. Keine weitere Tür.
Er wollte gerade wieder gehen, da fiel ihm die Unordnung auf dem Schreibtisch in der Ecke bei den Bücherregalen auf. Er trat näher und schmunzelte. Sie war es also tatsächlich gewesen, die in dem Auto vor seiner Haustür gesessen hatte. Geahnt hatte er es bereits, als er ihr im Wald die Baseballkappe auf den Kopf gesetzt hatte. Er überflog den losen Haufen Fotos. Vor ihm ausgebreitet lag sein Leben, zumindest das vergangene Jahr.

Er zog ein Bild aus dem Stapel und betrachtete es näher. Es zeigte ihn mit Helena. Ach, die schöne Helena! Sie war die bislang Letzte gewesen. Mit ihr hätte es wirklich etwas werden können. Drei Monate waren sie zusammen gewesen. Mitten hinein in die Romantik und hormonellen Dauerbeben ihrer Leidenschaft platzte das Angebot ihres Arbeitgebers, in der New Yorker Niederlassung der Firma ein Projekt zu leiten, das auf drei Jahre ausgelegt war. Unter Tränen gestand sie, wie viel ihr an dieser einmaligen Chance gelegen war. Ob er nicht auf sie warten wolle oder gar mitkommen könne? Falls nicht, werde sie jede Gelegenheit nutzen und ihn besuchen.

Richtig verliebt ist er gewesen. Er freute sich auf ihr Lächeln, das ihre weichen Züge erstrahlen ließ, frühmorgens wenn sie die Augen öffnete, oder am Abend, wenn sie nach der Arbeit zu ihm kam. Sie teilten das Interesse für Sport, die Natur und die Literatur. Wenn sie sich nicht gerade liebten, unterhielten sie sich stundenlang über Dunkle Materie, Bewusstseinsveränderung durchs Atmen in den Unterbauch, die Segnungen der Währungsunion oder die Weinerlichkeit der Popmusik. Das Foto zeigte sie beide als Zuschauer am Rand eines Radrennens. Er hatte seine Hände um ihre Wangen gelegt und drückte ihr gerade einen zärtlichen Kuss auf die Stirn. Sie hatte ihm zuvor ins Ohr geflüstert, welch einfallsreicher Liebhaber er doch sei, und dass sie sich bei ihm so wunderbar zentriert fühle. Ein Alleinstellungsmerkmal schien das nicht gewesen zu sein, denn bereits zwei Monate später durfte er ein Update ihrer Beziehung in Form einer E-Mail herunterladen.

Ein anderes Foto zeigte ihn im Studio beim Krafttraining. Eigentlich mochte er das eintönige Stemmen von Eisen nicht sonderlich, doch glaubte man der Fitnessindustrie, waren Muskeln essentiell, um das Skelett zu stützen, schmerzhaften Rückenleiden und überhaupt allen nur erdenklichen Wehwehchen vorzubeugen sowie Fehlstellungen der Körperstruktur, hervorgerufen durch zu langes Sitzen am Computer, auszugleichen. Gesundheit hin oder her, er trainierte, weil breite Schultern und ein ordentlicher Bizeps die ein oder andere Charakterschwäche ausbügelten.

Er riss die Augen auf. Ein Bild von Verena und ihm, wie er sie in seiner Wohnung im Arm hält. Es war erst kürzlich aufgenommen worden. Sie hatte unangemeldet vor der Tür gestanden, nass bis auf die Haut. Es hatte mal wieder den ganzen Tag über aus Kübeln geschüttet. In Tränen aufgelöst war sie ihm um den Hals gefallen und hatte ihm ins Ohr geschnieft, dass Jost sie nicht mehr liebe. Er komme abends häufig spät nach Haus, drücke Telefonanrufe weg, sobald sie das Zimmer betrete, und wenn sie ihn darauf anspreche, reagiere er mürrisch und gereizt. Am Beifahrersitz, an der Kopfstütze, habe sie ein lockiges, rotes Haar gefunden. Was sie nur tun solle? Sie wolle ihn doch nicht verlieren. Er hatte die Rollos heruntergelassen. Später hatte er ihre nassen Sachen vom Boden aufgesammelt und in den Trockner gesteckt. In der Nacht hatte er sie dann nach Haus gefahren. Josts Wagen hatte noch nicht in der Einfahrt gestanden. Trotzdem hatte sich Thorsten seitdem immer wieder Vorwürfe gemacht, oder zumindest darum bemüht.

Neben den Bildern hatte sie noch einen Stapel Artikel ausgedruckt, die er für das Onlinemagazin, für das er arbeitete, verfasst hatte. In der Redaktion ar-

beitete er genau genommen für die Ressorts Wissenschaft und Gesellschaft. Nicht selten musste er aber für einen erkrankten Kollegen einspringen. Nachrichten waren ihm zu ernst, deswegen mochte er sie nicht sonderlich. Sport dafür um so mehr, ganz besonders Männerfußball. Das machte echt Spaß, weil man sich so richtig austoben konnte, ohne wirklich Ahnung haben zu müssen. Man gab dem Leser mit einer offen zelebrierten Unkenntnis ein Gefühl der Überlegenheit. Dieser bedankte sich dafür mit derben, aber im Grunde herzlichen und wohlgemeinten Tiraden im Forum. Man konnte sicher sein, dass er die Seiten beim nächsten Mal wieder aufrief, nur um nachzuschauen, was der depperte Redakteur jetzt wieder für einen Blödsinn verzapft hatte.
Einmal hatte er zur Steigerung der Spannung gar vorgeschlagen, ein Fußballspiel statt in zwei Hälften in drei Dritteln austragen zu lassen. Bei einem Unentschieden sollte die Mannschaft gewonnen haben, die zwei der drei Drittel für sich entschieden hatte. Gab es auch hier kein Ergebnis, sollte beiden Teams ein Punkt abgezogen werden. Danach liefen die Server heiß.

Verdutzt fand er zwischen den Papieren noch die Abrechnung eines Swingerclubs. Vierhundert Euro hatte Melanie im vergangenen Monat dort verdient. Verdient? Für welche Tätigkeit? Ein Flyer des Etablissements war mit einer Büroklammer angeheftet. Fassungslos steckte er ihn ein.
Da klingelte es an der Haustür. Er ging zum Fenster und sah, wie ein Paketbote zu seinem Kleintransporter flüchtete. Er rief zur Straße hinunter, dass jemand da sei, dieser Jemand jedoch nicht neben dem Türöffner auf sein Läuten gewartet habe. Doch erst beim zweiten, nachdrücklicher formulierten Anruf

107

wollte der Bote Kenntnis von ihm nehmen. Mürrisch schloss er die Fahrertür wieder, machte kehrt und wartete ungeduldig an der Tür.
„Sind Sie Melanie?"
„Sind Sie Komiker? Die steht unter der Dusche. Wollen Sie sich überzeugen?"
„Hier unterschreiben! Die Karte im Briefkasten können Sie zerreißen."
„Die hatten Sie wohl schon eingeworfen, bevor Sie überhaupt geklingelt haben? Seit wann liefern Sie eigentlich sonntags?"
„Is wegen dem Feiertag."
Er verstand zwar nicht, welchen Feiertag er meinte, doch wollte er die Freundlichkeit des Dienstleisters nicht überstrapazieren. Stattdessen würde er sich bei der Paketbotengewerkschaft erkundigen, ob das alles mit rechten Dingen zuging.

In der Hand hielt er ein Päckchen so groß wie eine Schuhschachtel. Als Absender outete sich eine gewisse Sybylle. Im Treppenhaus rang er kurz aber heftig mit seinem Gewissen. Oben in der Wohnung entschuldigte er die Verletzung des Postgeheimnisses damit, dass Melanie ihrerseits auch nur wenig Respekt für seine Intimsphäre gezeigt hatte. In dem Päckchen war ... eine Schuhschachtel, und darin ein grüner Plüschdrache mit einem roten Maul und roten Zacken den Rücken entlang. Dann gab es noch eine CD von einer Sängerin, die er nicht kannte. Er drehte die Hülle und ging die Liste der Titel durch. Sie enthielten durchweg die Begriffe *Love*, *Hope*, *Heart*, *Tears*, *missing*, *Pain* und *Desire* – einige von ihnen sogar Kombinationen davon. Ganz unten in der Schachtel lag scheu und unaufdringlich ein lachsfarbenes, leicht parfümiertes Blatt Papier.

Meine liebste Melanie,
ich schreibe Dir, weil ich Dir nicht persönlich sagen kann, was ich für Dich empfinde. Ich weiß, wir wollten unser Abenteuer nicht wiederholen. Doch so sehr ich es auch versuche, ich kann es einfach nicht vergessen.
Schon lang vor unserem gemeinsamen Ski-Urlaub habe ich Dich begehrt. Dann hatte ich Dich endlich fünf ganze Tage und Nächte für mich allein. Wir haben viel mit Männern geflirtet. Ich hab mich locker und entspannt gegeben, doch jedes Lächeln, das Du einem anderen geschenkt hast, hat mir einen Stich versetzt. Ich war froh, als ich gemerkt hatte, dass Du eigentlich gar nichts von ihnen wolltest.
Abends in der Sauna habe ich Deinen wundervollen Körper mit meinen Augen verschlungen. Ich habe am ganzen Leib gezittert, als ich unter Deine Bettdecke gekrochen bin. Ich war so aufgeregt, weil ich gefürchtet habe, dass Du mich zurückweist. Als ich Dich dann umarmen und streicheln durfte, war ich so unbeschreiblich glücklich. Du musst doch auch gespürt haben, wie vertraut wir eigentlich waren und wie stark die Leidenschaft war, die uns verbunden hat. Dieses Gefühl war so intensiv, so unmittelbar, so unvergleichlich – ich hatte so etwas vorher noch nie erlebt.
Melanie, Du bist die wundervollste Frau, der ich je begegnet bin. Ist es denn für Dich wirklich nur ein Experiment gewesen und nicht mehr? Gib uns doch eine Chance! Du sollst wissen, dass Dir mein Herz immer zu Füßen liegt.
In ewiger Liebe
Sybylle

Gab es eigentlich ein striktes Gebot, wonach Herzensangelegenheiten nur dann lupenrein vermittelt

werden konnten, wenn sie wie frisch aus einer Seifenoper abgekupfert daherkamen? Vermutlich hatte sie für ihren Liebesbrief Textbausteine aus dem Internet zusammengeklaubt. Er notierte Namen und Adresse der Verzweifelten, legte das Paket auf den Schreibtisch und schloss die Wohnungstür hinter sich.
Jetzt brauchte er erst einmal ein Bier. Er fuhr hoch auf den Marktplatz zum Altstadt-Café. Cora kam an seinen Tisch.
„Da bist du ja schon wieder! Hat wohl nicht geklappt mit der Gazelle? Ich hab euch doch heute Mittag zusammen fortgehen sehen. Was war los?"
„Wann hast du Feierabend?"
„In einer halben Stunde. Hoffst du auf einen Ersatzspieler?"
„Wollen wir was essen gehen? Ich muss dir was erzählen."

EIN TATORTREINIGER FÜR DEN SWINGERCLUB

Es war noch erstaunlich warm, jetzt am frühen Abend. Trotzdem war Thorsten froh, dass er die Jacke mitgenommen hatte. Cora brachte ihm das bestellte Schwarzbier. Sie hatte es in einem bauchigen Tulpenglas, das wie ein überdimensionierter Cognacschwenker aussah, serviert. Er ließ den kurzen Stiel zwischen Mittel- und Ringfinger gleiten und umschloss den Glasboden mit der Hand. Er fühlte sich erfrischend kühl an. Feine Tröpfchen von Kon-

denswasser perlten an der Außenseite des Glases herunter und benetzten seine Handfläche. Er drehte es behutsam und betrachtete dieses Kunstwerk gepflegter Gastronomie aus allen Perspektiven. Die Blume war bemerkenswert homogen, die Poren des Schaums dicht wie ein Baiser, nicht etwa flockig und unstrukturiert wie ein zerwühltes Kopfkissen, so, wie es einem viel zu häufig vorgesetzt wurde. Nein, diese Blume war mit viel Sorgfalt und Sachverstand am Zapfhahn modelliert worden und ragte nun in perfekter struktularer Integrität etwa einen oder zwei Millimeter über den sich nach oben verjüngenden goldenen Trinkrand hinaus.
Er schloss die Augen und führte den Schaum an seine gespitzte Oberlippe. Dieser gab zärtlich nach, als küsste man die vollen Lippen einer schönen Frau. Und beinahe so warm war er auch. Er behielt seine Textur und gab nur einen schmalen Spalt am unteren Glasrand frei, durch den nun der kühle, vollmundig malzige Gerstensaft zwischen Zungenwurzel und Gaumen den Hals hinunterrann. Während des Schluckens legte sich ein weiches Bouquet, das in ihm wohlige Heimeligkeit und Geborgenheit weckte, auf die Nasenschleimhäute. Als er den Schwenker wieder absetzte, war die Blume noch immer jungfräulich, jedoch um ein Drittel im Glas hinabgesunken.
Cora holte ihn mit einem geflüsterten „Lass uns gehen!" sanft aus seiner orgiastischen Verzückung.
„Bezahlt ist. Wollen wir runter zum Italiener?"
„Zu welchem?"
„Zu dem, bei dem der Fisch nicht so arg nach Fisch riecht", schlug sie vor.

Der Kellner gab ihnen einen Tisch abseits des Durchgangsverkehrs. Sie hockten sich nebeneinan-

der über Eck nieder, wobei Thorsten peinlich darauf achtete, dass er rechts von Cora saß. Geräusche werden spiegelverkehrt vom Hirn wahrgenommen. Informationen, die beim rechten Ohr ankommen, werden in der linken Hirnhälfte verarbeitet und umgekehrt. Während sich die linke Hälfte um Verständnis und Logik kümmert, werden rechts moralische Fragen und vor allem Bedenken abgearbeitet. Für das, worum er sie bitten wollte, musste er ihre rechte Hirnhälfte unbedingt umgehen.
Er gab ihr einen weitgehend vollständigen Abriss über die Ereignisse bis zu Melanies Verschwinden.
„Wow, gelangweilt hast du dich heute wohl nicht! Ganz schön viel Golf für einen Tag."
„Ja, und das, wo mich diese Form des elitären Tagediebstahls noch weniger interessiert als die Paarungsgewohnheiten der gemeinen Steinlaus."
„Ich habe die Gazelle heute Nachmittag noch auf dem Beifahrersitz eines teuren Sportcoupés gesehen."
„Wer ist gefahren?"
„Konnte ich nicht erkennen."
„Die Gazelle heißt übrigens Melanie."
„Ob sie dahintersteckt?"
„In ihrer Wohnung habe ich nichts gefunden, was darauf hindeuten würde."
Der Kellner brachte die Pizzas. Nebenan bestellte gerade jemand gekräuterte Lammquarrees mit Rosmarinkartoffeln und Fenchelgemüse, dazu eine Cola. Verständnislos schüttelte Thorsten den Kopf.
Nachdem sie ihre Teller zur Hälfte geleert hatten, fasste er sich ein Herz.
„Bist du schon mal in einem Swingerclub gewesen?"
Cora kaute seelenruhig weiter.
„Bin ich. Als berufstätige, alleinerziehende Mutter findet man wenig Zeit für die Erfüllung sexueller

Sehnsüchte", sprach sie durch Artischockenherzen, Oliven und Anchovis hindurch.

„Ja, aber du bist doch den ganzen Tag unter Leuten? An Verehrern wird es dir wohl kaum mangeln."

„Klar werd ich während der Arbeit laufend angemacht, doch holt man sich schnell einen schlechten Ruf, wenn man dem allzu bereitwillig nachgibt. Also gehe ich hin und wieder in einen Swingerclub – früher auch mal mit meiner besten Freundin Jennifer. Der Eintritt ist für Singlefrauen frei, Männer gibt es mehr als Frauen und das ganze Treiben wird überwacht. Wenn dir einer gefällt, hast du genau so viel Spaß, wie du magst. Bei mir passiert allerdings meist nichts."

Er war sprachlos. Er hatte sein Stück Pizza aus der Hand gelegt und fragte sich, ob sie ihm gerade erzählt hatte, wo sie samstags ihr Gemüse einkauft, oder ob sie tatsächlich über ihr Sexleben redete.

Als er sich wieder gefangen hatte, zeigte er Cora den Flyer.

„Den hier habe ich bei Melanie gefunden."

„Den Club kenne ich nicht."

„Ich würde gern hingehen und schauen, ob sie da ist. Würdest du mich begleiten?"

„Traust du dich nicht allein?"

„Doch schon. Nun, ja. Vielleicht auch nicht. Egal. Mir wär einfach wohler, wenn du dabei wärst. Außerdem würde ich mich männlicher fühlen."

„Tja, wer kann da schon nein sagen?"

* * *

Sie fuhren in Coras rotem Polo die zwanzig Kilometer bis zum Club. Sie klingelten und wurden nach kurzer Sichtprüfung eingelassen. Am Empfang löste er ein Ticket für zwei. Man händigte ihnen Spindsch-

lüssel, Handtücher, Bademäntel und Saunaschlappen aus. Sie zogen sich in einem schmucklosen Umkleideraum aus, verstauten ihre Garderobe und gingen zu den Duschen, die nicht nach Geschlechtern getrennt waren. Wozu auch? Während sich Cora frisch, fröhlich, frei den Arbeitstag großzügig von der Haut shampoonierte, hemmte ihn die schlüpfrige Umgebung. Immer wieder schaute er verstohlen zu Cora hinüber. Die hatte sich einen Einmalrasierer aus einem Regal geschnappt und gab, mit einem Bein auf einem Hocker vor dem Spiegel stehend, ihrer Intimzone den letzten Schliff.
„Noch nie 'ne nackte Frau gesehen?", fragte sie.
„Doch, dich aber noch nicht."
„Und, gefällt dir, was du siehst?"
„Siehst du nicht, wie sehr es mir gefällt?"
„Kann ich dir helfen, deine Salonfähigkeit wieder herzustellen?"
„Gern, falls das autogene Training versagt."
Sie hüllten sich ins weiche Frottee ihrer Bademäntel, hinterlegten den Schlüssel beim Concierge und betraten einen bunt beleuchteten Raum. Es lief nicht allzu laute Partymusik. Es wurde getanzt, ein paar Leute saßen an der Bar. Auffällig war der Männerüberschuss. Außer ihnen beiden saß nur noch ein weiteres Paar im Bademantel an der Theke. Alle anderen waren in mehr oder minder gut sitzenden Dessous oder leichter Trikotage unterwegs. Auf einem Podest wand sich eine sportliche Frau unter den Beifallsbekundungen einiger Herren wie eine Anakonda an einer Stange hoch und runter.
Ein Durchlass führte zu einem Speisezimmer, in dem ein Buffet aufgebaut war. Er spähte hinein und entdeckte in Kochschinken gerollten Konservenspargel, einen kalten Schweinebraten, einen Kartoffel-, einen Nudel- und einen Reissalat sowie Teller mit

Käsestückchen, dünnen Salamischeiben, Oliven, Tomaten und Karottenblümchen. Cora hatte derweil Prosecco bei der Barfrau bestellt.

„Es gibt die Dessous- und die Bademantelfraktion", erhellte sie ihn.

„Die mit den Dessous haben sich auf den Abend vorbereitet. Die mit den Bademänteln sind einer spontanen Eingebung folgend hier. Schade, dass ich keine Gelegenheit hatte, meine Wäsche zu holen."

„Ja, wirklich schade aber auch."

Er nippte an seinem Glas und schaute zu dem anderen Bademantel-Pärchen hinüber.

„Was glaubst du, hat die beiden hierher geführt? Aufeinander fixiert sind sie nicht wirklich", flüsterte er Cora zu.

„Die sind wohl schon länger zusammen. Er späht nervös wie ein Erdmännchen die weibliche Kundschaft aus und sie langweilt sich zu Tode", bewertete sie das Duo.

„Selbst die archaische Erotik dieses außergewöhnlichen Ortes scheint sie nicht sonderlich zu erregen", wunderte er sich.

„Erregt sie dich?"

„Die Bestie zerrt an ihrer Kette, doch mein buddhistischer Gleichmut hält sie gelassen in Schach", versuchte er sich selbst zu überzeugen.

„Prosaisch wie immer. Wo ist denn nun deine Melanie?"

Thorsten winkte die Barfrau zu sich. Sie trug eine enge, weiße Leggings, unter der nicht der Hauch von Wäsche auszumachen war, sowie ein bis auf den fünften und letzten Knopf geöffnetes, türkisfarbenes Poloshirt. Er wartete nur noch darauf, dass sie parfümiertes Wasser auf glühende Kohlen goss und dazu ein Handtuch schwang. Auf ihrem Namensschild stand Natascha.

„Hallo, Natascha. Kommt Melanie heute auch noch?"
„Sie war eingeteilt, ist aber nicht erschienen. Daher musste ich kurzfristig für sie einspringen."
Er zuckte mit den Schultern und beobachtete die Sektperlen, die wie an einer Schnur entlang in der Flöte aufstiegen. Diese filigranen Trinkgefäße waren nichts für Hände, die das Zufassen gewohnt waren.
„Was nun?", wollte Cora wissen.
„Willst du tanzen?"
„Im Bademantel? Ne, lass uns lieber eine Ortsbegehung machen!"

Sie zog ihn am Arm in die geheimen Kammern der Wollust. In einem rot beleuchteten Zimmer war ein Herr bäuchlings mit Lederriemen an ein Andreaskreuz geheftet. Catwoman und Batman in Strapse walkten seine hängenden Pobacken mit kurzen Paddeln durch.
Dahinter betraten sie einen weiten, offenen Raum, in den unterschiedlich große Polsterecken eingestreut waren. Auf diesen hatten sich zahlenmäßig verschieden starke Interessengemeinschaften und Projektgruppen zusammengefunden. In der Mitte des Raums stand eine Pritsche, auf der eine Dame lag. Ein Herr bediente sie gerade, während andere dahinter geduldig wie an der Wursttheke auf ihre Nummer warteten. Um das gnädige Fräulein herum hatten sich fünf weitere Kavaliere eingefunden. Abwechselnd schnappte sie mit Hand und Mund nach den ihr dargebotenen steifen Gliedmaßen. Von Zeit zu Zeit löste sich ein Galan aus der Gruppe, befreite sein bestes Stück vom Gummiharnisch und erleichterte sich auf der holden Maid. Er bewunderte die Multitaskingfähigkeit der Grazie, gleichzeitig ängstigte ihn aber auch ihre Ausdauer.
„Ob die nach solch einer Aktion wohl einen Tator-

treiniger kommen lassen?", wollte er wissen.
„Wünschenswert wäre es", meinte sie.
Wieder zurück im Gang drängten sich vor ihnen mehrere Männer, die durch Löcher in der Wand starrten und dabei geschäftig an sich herumhantierten.
„Das ist ein Paarzimmer", klärte Cora ihn auf.
„Hier kommen nur Paare rein. Meist stehen Männer an, die mitspielen möchten, doch dazu müssen sie ausdrücklich eingeladen werden."
„Du könntest glatt eine Gruppe japanischer Touristen führen."
„Griechisch liegt mir mehr."
Sie lugten ebenfalls hinein. Zwei Pärchen spielten filmreif Doppelkopf auf dem Latex. Neben dem nächsten Zimmereingang hing eine Ampel. Sie war erloschen. Wissbegierig schielte er zu ihr hinüber.
„Das ist ein Ampelzimmer. Hier vergnügt sich ein einzelnes Pärchen. Ist die Ampel auf Rot, muss man draußen bleiben. Ist sie auf Gelb, darf man zum Zuschauen hereinkommen. Bei Grün darf man einsteigen. Was ist? Der Raum ist grad frei."
Stutzig blickte er in ihr Gesicht. Ihre Mimik ließ nicht den Hauch eines Zweifels an ihrer Entschlossenheit aufkommen.
„Los, nun zier dich nicht so! Jetzt, wo wir schon mal hier sind."

Er konnte sich ihre Bitte unmöglich abschlagen und ließ ihr den Vortritt. Am Ende eines kurzen Gangs standen vier Kinostühle. Rechts davon, vom Flur her nicht einsehbar, ein großes rundes Sofa. Cora setzte sich auf die Kante und schaltete die Ampel auf rot. Er gesellte sich zu ihr.
„Warum hast du es eigentlich nie bei mir versucht?"
„Ich habe es mir vorgenommen, jedes Mal aufs

Neue."

„Und dann?"

„... bin ich die Liste der gescheiterten Versuche durchgegangen."

„Vielleicht hätte ich sie abgeschlossen."

„Und wenn nicht?"

„Du solltest häufiger ans Gewinnen denken."

„Der Einsatz wäre zu hoch gewesen."

„Wir müssen ja nicht gleich alles auf eine Karte setzen."

„Und uns mit weniger zufrieden geben?"

„Weniger ist immer noch mehr als nichts", ermunterte sie ihn.

„Weniger mit dir ist wahrscheinlich mehr als mit jeder anderen."

Er fasste sie im Nacken und küsste sie, wobei er ihre Lippen verspielt mit der Zungenspitze öffnete. Sie stieg auf sein neckisches Fordern ein und bald schon lieferten sich ihre Zungen ein leidenschaftliches Scharmützel. Japsend schälten sie sich aus ihren weichgespülten Frotteemänteln und fielen wie eine Horde Russen an der Räucherlachsplatte des All-You-Can-Eat-Buffets übereinander her.

An diesem denkwürdigen Abend trafen in dem schlüpfrigen Etablissement zwei wahre Virtuosen der Liebeskunst aufeinander und lieferten eine spannungsvolle, bisweilen abgründige Interpretation des Liebesaktes ab. Mal glutvoll und eruptiv, mal mit beschwingt tänzelnder Leichtfüßigkeit, mal mit kriegerisch auftrumpfender Vehemenz gingen Pas de deux und gekonnte Soli fließend ineinander über. Erstmalig befreit vom Zölibat ihrer platonischen Freundschaft parlierten Violine und Klavier wie entfesselt miteinander, wobei letzteres mir einer brillanten Anschlagsdynamik bestach, während erstere kräftig am Schwungrad drehte und das übermütige

Spiel mit quirliger Energie in bisher unerreichte Ausdrucksbereiche hochschaukelte.

Angelockt von den temperamentvollen Klängen, die die ausdünstungsschwangere Luft in den sündigen Kammern und Gängen zum Vibrieren brachten, drängte sich bald ein vielköpfiges Auditorium vor der immer noch auf rot geschalteten Ampel und konnte nur mit Hilfe der herbeigeeilten Sicherheitskräfte daran gehindert werden, den Konzertsaal zu stürmen, um dieser Sternstunde ekstatischer Verzückung leibhaftig beizuwohnen.

„Das war überfällig!", keuchte sie ihm ins Ohr.
Sie hatte sich an ihn geschmiegt und kraulte die Löckchen auf seiner unbehaarten Brust. Der Tumult vor der Tür war nach Coras letztem Crescendo verebbt und die Schaulustigen wandten sich angeregt, wenn auch leicht eingeschüchtert, wieder ihren eigenen Verrichtungen zu.
„Eine Offenbarung", räusperte er heiser heraus.
„Welcher Art?"
„Dass man nicht in den Himmel starren muss, um die Erleuchtung zu finden."
„Ich nehme das mal als Kompliment. Was aber unternehmen wir jetzt wegen Melanie?"
„Ich bin mit meinem Latein am Ende."
„Was ist mit den Golfbällen? Vielleicht hängt das ja doch alles irgendwie zusammen. So viele Zufälle an einem Tag kann es doch nicht geben."
„Dann müssen wir uns aber beeilen. Der Schlosspark schließt in einer halben Stunde."
Beim Verlassen der Tauschbörse für Zügellosigkeiten drückte ihnen der Concierge Freikarten in die Hand. Draußen tauchte die energiesparende Straßenbeleuchtung die Lagerhallen, Werkstätten und Bürogebäude im Industriegebiet rundherum in ein

funzeliges Licht. Cora klemmte sich hinters Steuer und lenkte den Wagen zurück in die Stadt.

* * *

Sie huschten gerade noch vor dem Parkwächter durchs Haupttor in den weitläufigen Park. Nicht weit davon reckte die gewaltige Zeder ihre Arme nach den Sternen am Nachthimmel aus. Drahtseile am Stamm des Baums verhinderten, dass die weit ausladenden, knorrigen Äste abbrachen. Sie suchten zwischen den Nadeln am Boden und schreckten dabei eine schwarz-weiß gescheckte Katze auf. Sie zog an einer feinen Schnur, die um einen Ball gewickelt war. Geschmeidig klammerte sie sich an die rissige Rinde und kletterte daran hoch. Thorsten hechtete ihr hinterher und erwischte ihre Beute, bevor das Tier sie außer Reichweite zerren konnte.

Der Ball, den er ergattert hatte, war größer als die drei anderen und hohl. Er schraubte ihn auf und schüttelte einen eingerollten Zettel, der sich allerdings schwerer anfühlte, als es ein Stück Papier dieser Größe tun sollte, in seinen Handteller. Je weiter er ihn entrollte, um so klebriger pappte er zusammen. Kreidebleich ließ er ihn zu Boden fallen. Ein sauber abgetrennter Finger mit rotbraun lackiertem Nagel und glitzerndem Strass war in ihn eingewickelt. Entsetzt und am ganzen Leib zitternd entfaltete er folgende Nachricht:

„Hole in One, doch das ist lange her. Deine Vergangenheit und Zukunft tanzen heute im Entenanger 1. Achte auf einen mäßig talentierten Golfer, der sich ins Loch schummeln will. Der Holländer sollte den Caddie machen, düngt nun aber das Grün. Der Schlüssel liegt immer noch hinter den verwunschenen Mauern verborgen. Verlockende Angebote werden mit Lochverlust bestraft."

Entenanger 1? Er hatte noch nie von dieser Straße gehört. Er schaute Cora fragend an.

„Will dich jemand foppen?"

„Das hier geht weit über einen Kinderstreich hinaus. Wollen wir der Spur folgen?"

Sie signalisierte Abenteuerlust und sie fuhren los.

* * *

Die Navigation kannte tatsächlich den beschriebenen Ort. An der Adresse angekommen, parkten sie neben einem eisernen Tor. Flatschen von blätterndem weißem Lack klammerten sich verzweifelt an die rostigen Rohre und Streben und malten ein bizarres Schattenspiel von Kröten, Echsen und Würmern auf den grauen Kies. Eine umweltfreundliche Funzel, die dem Energieversorger die Tränen in die Augen treiben musste, warf ihr schales Licht auf eine rostige Metalltafel am rechten Seitenpfeiler. In selbige war der Name *Golfclub Schloss Herrenhagen* eingraviert.

HINTER GOBELINS PINKELN

Jeder in der Stadt kannte Rüdiger von Herrenhagen, sie gehörte ihm praktisch. Seine Familie hatte über die Jahrhunderte hinweg immense Reichtümer angehäuft, die der aktuelle Spross geschäftstüchtig mehrte. Kleckerbeträge davon spendete er unter medienwirksamer Anteilnahme dem Gemeinwohl. Nicht eine Woche verging, ohne dass sein Konterfei in irgendeiner Gazette abgebildet war. Mal bezahlte er dem städtischen Krankenhaus die modernste Onkologie und Radiologie, mal finanzierte er beitragsfreie Kindergärten, dann wieder ließ er Abenteuerspielplätze anlegen oder sponserte Sportvereine und Kunstveranstaltungen. Gönner, Wohltäter, Menschenfreund – die Medien überschlugen sich mit Lobhudeleien auf den Übervater der Region, der seine Steuergelder lieber selbst unters applaudierende Volk streute, als dass er sie still und bescheiden dem Finanzamt überließ. Mit seinem Geflecht von Unternehmen war er in der Chemie-, der Biotech-, der Finanz- und der IT-Branche vertreten, und selbst sein Steuerberater wusste wohl nicht mit Sicherheit, womit er sein Vermögen noch mehrte.

Thorsten war bestimmt schon einmal an seinem Golfclub vorbeigeradelt, doch hatte er sich nie Gedanken darüber gemacht, was sich hinter den hohen Hecken und Mauern verbarg. Jetzt, in der Nacht, schienen die struppigen Sträucher im böigen Wind zum Leben zu erwachen und tausend Augen starrten sie aus der Dunkelheit heraus an. Gerade noch im Rausch der Glückshormone, schlich sich nun die Furcht wie ein Leopard an ihn und Cora an. Unschlüssig musterten sie die rostige Metalltafel am Seitenpfeiler des Tores. In sie war ein Loch eingelassen und darüber stand ein verschnörkeltes *H*.

„Das muss wohl die Türklingel sein", vermutete er.

„Und wo ist die Klingel?"

Er kramte die drei Golfbälle, die er zusammen mit Melanie gefunden hatte, aus seinen Taschen und zeigte sie ihr. Er nahm den Ball mit der Beschriftung *H5* und steckte ihn in das Loch. Er passte genau hinein. Ein hohles Plopp echote zurück, dann war es wieder still. Nur ein laues Lüftchen rauschte durchs Gehölz und ein leises Rascheln jenseits davon: viel-

leicht ein Vogel oder eine Maus?
Das Schloss am Eisentor klackte. Als sich die beiden Flügel öffneten, bohrte sich ein langgezogenes Quietschen, wie ein Stück Kreide, das genüsslich über eine Schiefertafel gezogen wird, mitten ins Gefahrenzentrum ihres Stammhirns und versetzte ihrer Entdeckerfreude einen Nasenstüber. Sie rückten auf Tuchfühlung zusammen, in der Hoffnung, ihrer beider Angst miteinander multipliziert ergebe frischen Mut. Die natürlichen Instinkte mühsam niederringend, wagten sie sich ein paar Schritte vor. Der weiße Kies auf einem schnurgerade in die Finsternis führenden Weg reflektierte den hellen Schein des Vollmonds, der satt an den klaren Sternenhimmel getackert war. Links und rechts des Wegs hatten Gräser, Disteln, Brennnesseln und dorniges Gestrüpp bereits die Landnahme eingeleitet. Hier hatte schon lang kein tüchtiger Gärtner mehr gejätet, gemäht und den Wildwuchs zurückgestutzt. Sie zuckten erschreckt zusammen. Ohne seine Absichten wie beim Öffnen ächzend anzukündigen und damit die Möglichkeit eines geordneten Rückzugs endgültig zunichte machend, fiel das Eisentor hinter ihnen scheppernd ins Schloss zurück.
„Frauen und Kinder zuerst", versuchte er die Anspannung mit nur mäßigem Erfolg zu lösen.
Man hieß ihn, mit einem illustrierenden Querverweis auf das wegweisende cineastische Meisterwerk *Die Nacht der Tausend Schrecken* und mit Anspielung auf die geschlechtsspezifische Rollenverteilung, gefälligst selbst vornweg zu schreiten.
Die Kieselsteine unter ihren Sohlen knerbelten wie harscher Pulverschnee. Der Weg mündete in den Hof eines unbeleuchteten, über einem U-förmigen Grundriss errichteten Gebäudes, dessen Dimensionen sie selbst mit altersbedingt vergrößertem Blick-

winkel nicht zur Gänze erfassen konnten, ohne dabei den Kopf zu drehen. Schloss Herrenhagen wirkte weitaus imposanter als das bescheidene Außentor vermuten ließ. Sie umrundeten einen nicht weniger repräsentativen Brunnen, in dessen Mitte sich eine Skulpturengruppe in die Höhe schraubte, die von einem dicken Teppich aus Moosen, Flechten und Farnen überzogen war. Dahinter führte eine weit ausladende zweischenkelige Freitreppe ein halbes Stockwerk empor. Sandstein schmirgelte unter ihren Sohlen, als sie die ausgetretenen Stufen hinaufstiegen. Irgendwo im Gemäuer knackte es. Sie fuhren entsetzt herum.

„Hast du die *Rocky Horror Picture Show* gesehen?"
„Mehr als einmal. Fürchtest du dich, Janet?"
„Ja, Brad. Gut, dass es nicht regnet. Ob in diesem einsamen Schloss grell geschminkte Freaks vom Planeten Transsexual aus der fernen Galaxie Transsylvanien eine wilde Party feiern?"
„Wollen wir weitergehen und es herausfinden, Janet?"
„Ich weiß nicht, Brad."

Oben auf dem Treppenpodest angelangt standen sie vor einem beeindruckenden, wenn auch pflegebedürftigen, Rundbogenportal aus massivem Eichenholz. Die Lackierung des Holzes war rissig und spröde, der untere Türspalt von der Feuchtigkeit angefressen, so dass der Wind hindurchpfeifen musste.

Rechts vom Türrahmen war wieder eine eiserne Platte in die Wand eingelassen. Über einem Loch war ein verschnörkeltes *P* eingraviert. Er schaute Cora, die sich an seinen Arm geklammert hatte, unentschlossen an.

„Nun mach schon! Aber mit Trinkgeld wirst du das nicht wieder gutmachen können."

Er nahm den mit *F6* markierten Golfball und ließ

ihn ins Loch kullern. Plop! Der Ball kam wieder herausgeschossen und traf ihn in die Magengrube.

„Ich wollte nur mal sehen, was passiert", presste er in sich gekrümmt heraus.

„Hoffentlich wurden keine systemrelevanten Teile getroffen", kicherte sie.

Er nahm den *P7*-Golfball, trat etwas zur Seite und führte ihn behutsam ins Loch. Plop! Der rechte Türflügel öffnete sich, wider Erwarten, vollkommen geräuschlos.

Noch wäre es Zeit gewesen, entspannt auf dem Absatz kehrtzumachen und zum Tor zurückzujoggen. Dieses hätte sich sicher mit etwas Phantasie auch ohne passenden Golfball überwinden lassen. Sie wären mit rasendem Herzschlag in den roten Polo eingestiegen und sich erleichtert in die Arme gefallen. Sie hätten den Zündschlüssel gedreht und wären davongebraust, vielleicht zu ihm, wo Cora, mit dem Ohr an seiner Brust einen aufregenden Tag Revue passieren lassend, glücklich eingeschlafen wäre. Doch eine unwiderstehliche Neugier zog sie in die dunkle Vorhalle vor ihnen, die einzig von einem Lichtschimmer erleuchtet wurde, der sich wie ein Fächer durch einen Spalt unter einer Doppelflügeltür vis-a-vis über den hellen Marmorfußboden ausbreitete. Altertümliche Musik, gespielt von Streichern und Holzbläsern mit einer dezenten Note von Tasteninstrumenten – möglicherweise waren es aber auch Zupfinstrumente – nährten die Zuversicht, dass dies, dem ersten Anschein zum Trotz, die Heimstatt fröhlicher Menschen war.

Nicht so die groß gewachsene Gestalt, deren Silhouette Ehrfurcht gebietend neben der Tür aufragte.

„Wie ging der Film noch mal aus?"

„Brad und Janet überleben es. Sie fliehen aus dem

Schloss, kurz bevor es sich in die Lüfte erhebt und davonfliegt."
„Na dann!"
Mit schlotternden Knien traten sie näher und sahen sich einem Koloss gegenüber, der in einer altmodischen Livree steckte. Wortlos formte er mit seiner Pranke eine Mulde, in der ein Hase seinen Bau hätte einrichten können, und streckte sie aus. Thorsten schaute ihn ratlos an. Dann sah er auf einem Beistelltisch einen stattlichen gläsernen Pokal stehen, der mit Golfbällen gefüllt war. Er gab dem Türsteher seinen letzten Ball. Dieser drehte ihn bedächtig zwischen Daumen und Mittelfinger. Der Domestik nickte steif und ließ ihn in den Glasbehälter plumpsen.
Plötzlich ertönte, wie auf einer Motorsäge gespielt, *Der Ritt der Walküren*. Der Riese zog ein Handy aus der Westentasche. Er horchte in das Gerät, doch seine Lippen blieben stumm.
„Stilecht war das jetzt nicht. Mich deucht, Richard Wagner harmoniert nicht so recht mit dem übrigen Ambiente", versuchte er, den finstren Gesellen kommunikativ zu entspannen.
Der Angesprochene kräuselte die Augenbrauen, öffnete feierlich beide Türflügel und gab den Weg in einen hell erleuchteten Ballsaal frei.

Sie blieben verwundert im Rahmen stehen. Etwa hundert Tänzer, Damen in langen, glitzernden Kleidern, reich mit Rüschen und Borten verziert und trichterförmig von der Taille abwärts fallend, und Herren in langem Frack, Kniebundhosen, weißen Kniestrümpfen und Männerpumps drehten sich über das glänzende Parkett. Sie trugen Perücken und waren stark geschminkt.
„Etwas steif das Völkchen, aber die Parallelen zum Film sind verblüffend", flüsterte Cora.

„Pass auf! Gleich kommt ein singender Transvestit auf Highheels in Mieder und Strapse, der uns beiden an die Wäsche will."

Die Musik verstummte. Ein Bediensteter eilte herbei und verkündete mit lauter Stimme:

„Neue Gäste sind eingetroffen!"

Die Paare lösten sich voneinander, wandten sich ihnen zu und klatschten brav Beifall. Sie musterten verdattert die Runde. Ein hochgewachsener Herr mit spitzem Schnurrbart und freundlichem Gesicht löste sich aus der applaudierenden Menge und schritt würdevoll auf sie zu, wobei er ihnen die Hand ausstreckte.

„Guten Tag, mein Name ist Rüdiger von Herrenhagen, der Gastgeber dieser kleinen Soiree."

Er nahm Coras Hand und deutete galant einen Kuss an.

„Sehr erfreut", grüßte Cora zurück und verbeugte sich artig.

Dann wandte er sich Thorsten zu, der sich und seine Begleiterin vorstellte.

„Entschuldigen Sie bitte, aber Vergesslichkeit ist eine Geißel des Alters, die auch mich mitunter plagt! Ich kann mich partout nicht an Ihre Namen auf der Gästeliste erinnern. Erlauben Sie mir, mich zu erkundigen, wie Sie zu der Einladung für unsere bescheidene Zusammenkunft gekommen sind?"

„Im Zuge eines Golfspiels", antwortete Thorsten knapp.

„Das ist ja interessant. Und die Golfbälle?"

„Sind uns um die Ohren geflogen."

„Seltsam, nur ich und ein paar wenige meiner Mitarbeiter können die Chips in den Bällen programmieren, die die Schlösser öffnen", grübelte der Gastgeber.

„Da die Vorsehung Sie nun aber zu uns geführt hat,

lassen Sie mich Ihnen erläutern, was es mit dem Ambiente, das Ihnen seltsam anmuten muss, auf sich hat."

„Wir sind begierig, mehr darüber zu erfahren", persiflierte Thorsten die steife Höflichkeit des Schnauzbärtigen.

Die Musikanten hatten wieder aufgespielt. Wie ein verarmter Adeliger, der zufällig gestrandete Touristen durch sein Schloss führt, um längst überfällige Renovierungen bezahlen zu können, erzählte Herr von Herrenhagen seine Geschichte.

„Meine Familie ist bereits seit dem Dreißigjährigen Krieg im Besitz dieses, nennen wir es mal wohlwollend, Schlosses. Seitdem wird hier schon Golf gespielt, lange bevor der Sport sonst irgendwo auf dem Kontinent Fuß fassen konnte. In den Fünfzigerjahren erkannte mein Vater das wirtschaftliche Potential dieser elitären Freizeitbeschäftigung und baute um die Anlage herum gleich noch ein Nobelhotel und ein Spa. Es reisten Gäste aus aller Welt zu uns: Schauspieler, Fußballer, Adelige, Fabrikanten, Finanzjongleure, Politiker und alle, die etwas auf sich hielten und das nötige Kleingeld dafür hatten."

„Und warum haben Sie dieses lukrative Konzept nicht weitergeführt?", unterbrach er den Redefluss des Hausherrn.

„Weil ich ein miserabler Golfer bin."

„Das ärgert Sie so, dass Sie die ganze Anlage verkommen lassen?"

„Ganz im Gegenteil. Ich habe sie auf meine Bedürfnisse zugeschnitten. Sie müssen wissen, dass ich nicht nur ein schlechter Golfer, sondern auch ein schlechter Verlierer bin. Daher habe ich die kurzgeschorenen Greens aus meinen Parcours verbannt und sie sämtlich durch unwegsamen Bewuchs ersetzt. So bin ich nicht der Einzige, der ständig aus dem Rough heraus spielen muss."

„Sie erschummeln sich Ihre Gewinnchancen?"

„Nicht ganz. Indem ich es meinen Gegnern so schwer mache, wie ich es auf gewöhnlichen Plätzen habe, poliere ich lediglich mein Handicap auf und erspare mir so die Schmach einer Spielvorgabe. Derart habe ich schon einige bescheidene Erfolge verbuchen können. Selbst namhafte Golfer haben die Herausforderungen meiner Anlage angenommen und sind schier daran verzweifelt."

„Warum haben Sie es nicht mal mit diesem Spiel, bei dem man eine hölzerne Kugel mit einem langen Holzhammer durch die Prärie klöpfelt, versucht? Das ist doch auch so was wie Golf", stichelte Thorsten.

„Sie meinen bestimmt Paille-Maille. Ein interessanter Gedanke. Es würde perfekt zu unserer Veranstaltung hier passen."

„Zu einem Maskenball?"

„Nein, zum Barock. Sie wohnen gerade der Zusammenkunft unseres Vereins *La Pleine Lune* bei, die wir zweimal pro Jahr, jeweils zur Tagundnachtgleiche, abhalten. Wir haben uns der Erforschung und Pflege der Lebensweise im siebzehnten und achtzehnten Jahrhundert verschrieben."

„Warum gerade dieser Zeit?", wollte Thorsten wissen.

„Weil sie herrlich altmodisch, aber gleichzeitig doch so modern ist", dozierte Rüdiger von Herrenhagen.

„Altmodisch, das sehe ich, aber modern?", hakte er nach.

„Denken Sie doch einmal an all die bahnbrechenden Entdeckungen: Newton und die Gesetze der Schwerkraft, der Blutkreislauf, die Elektrizität, das binäre Zahlensystem, ohne das es keine Computer gäbe. Leibniz, der wohl größte Mathematiker des siebzehnten Jahrhunderts, wenn nicht gar das größte Zahlengenie überhaupt, fand heraus, dass es sich mit Nullen und Einsen viel einfacher rechnen lässt als mit dezimalen oder anderen Zahlensystemen."

„Sie selbst forschen ja auch recht erfolgreich."

„Ich versuche, einen kleinen Beitrag zur Wissenschaft zu leisten."

„Böse Zungen behaupten allerdings, dass sie dabei schon mal über das ethisch Vertretbare hinausschießen."

„Nun, Forschung lotet immer Grenzen aus und die Bereitwilligkeit der Gesellschaft, diese neu abzustecken. Ich würde Sie später gern noch durch meine Labore führen und Sie vom Nutzen meiner wissenschaftlichen Aktivitäten überzeugen. Sie werden erstaunt über die Qualität der technischen Ausstattung sein, die sich hier hinter den bröckeligen Mauern versteckt. Aber wollen wir vorerst nicht von etwas Vergnüglicherem sprechen? Ich sehe, die überaus charmante Dame an Ihrer Seite langweilt sich schon ..."

„Was ich um alles in der Welt vermeiden möchte."

Rüdiger von Herrenhagen winkte einen Diener herbei, der mit einem Tablett kam und Champagner anbot.

„Auch eine Erfindung des siebzehnten Jahrhunderts", sprudelte es aus ihm heraus.

„Ursprünglich wollte man den Weißwein für den Export nur frisch halten. Beim Transport in Fässern nach England und sonst wo hin verlor er aber an Qualität. Also zog man den jungen Wein gleich auf Flaschen. Er gärte, bildete Kohlensäure, die nicht entweichen konnte, und daraus entstand dieser vorzüglich prickelnde und belebende Rebensaft."

Thorsten führte das hohe schlanke Glas unter die Nase. Ein flüchtiges Bouquet von Jasmin – oder war es Rose? – zupfte an seinem Geruchssinn. Er trank einen Schluck und war sich sicher, dass sich die Essenz einer Chardonnay-Traube, mit viel handwerklichem Geschick extrahiert, seinen Hals hinunterkitzelte. Cora nippte erst verstohlen und tat dann einen kräftigen Zug.

„Wie stehen Sie zu Golf? Haben Sie es schon einmal probiert?", nahm Rüdiger von Herrenhagen die Unterhaltung wieder auf.

„Aus Spaß habe ich mich ein paar Mal an der volkstümlichen Variante des Minigolfs versucht. Allerdings bin ich in jungen Jahren einem Greenkeeper als Gehilfe zur Hand gegangen und durfte dabei viel fürs Leben lernen."

„Ja, Golf ist mehr als nur ein Sport, es ist gespielte Lebensweisheit – und es offenbart die Seele des Spielers. Wenn ein Mensch eine dunkle Seite hat, tritt sie bei diesem Spiel zutage."

„Zufälle gibt's. Denselben Sinnspruch habe ich heute Nachmittag bereits in einem Notizblock, den ich auf einer Parkbank gefunden habe, gelesen. Welches ist denn Ihre dunkle Seite?", fragte Thorsten nach.

„Um die kennenzulernen, müssten Sie erst einmal Golf spielen lernen."

„Ich glaube, ich bin schon dabei."

Von Herrenhagen kniff die Augen zusammen. Er nahm den Diener beiseite und erteilte ihm ein paar Anweisungen.

Cora knuffte Thorsten fragend in die Rippen und lenkte seine Aufmerksamkeit auf einen Wandteppich hinten rechts in der Ecke des Saals, hinter dem eine Dame hervorkam und sich den Rock richtete.

„In Versailles haben sie mangels sanitärer Anlagen in jede Ecke und auch hinter die Gobelins gepinkelt", flüsterte er ihr zu.

„Ich finde, die schießen mit ihrer Verehrung des Ba-

rocks weit übers Ziel hinaus. Schau mal dort!"
Ein älterer Herr tanzte mit einer mittelalten Dame an ihnen vorüber. Sie hatte die kleinen Finger mit einem dicken Mullverband umwickelt, der vor Strass und Glitter nur so glitzerte. Sie lächelte angestrengt aus verquollenen Augen. Im Hintergrund schlich sich einer der Tänzer hinter seinem Fächer hinaus auf die unbeleuchtete Terrasse und zündete sich eine Zigarette an.
Als Herrenhagens Diener gegangen war, wandte sich der Gastgeber wieder ihnen zu.
„Wer ist denn die Dame mit den verbundenen Händen?", erkundigte sich Cora.
„Das ist Teresa Liebermann. Sie war die beste Freundin meiner verstorbenen Frau."
„Hat sie nicht mal in einem Film mitgespielt? Sie kommt mir bekannt vor."
„Ja, das hat sie. Eine Schnulze, die von den Kritikern zerrissen wurde. Ich habe ebenfalls Geld in das Projekt gesteckt: nicht meine klügste Entscheidung."
„Wissen Sie, was ihr zugestoßen ist?"
„Ein Haushaltsunfall, gerade erst heute früh. Wirklich schrecklich, was alles passieren kann. Doch das sollte unsere Laune nicht trüben. Sie möchten sich sicher für unsere Party umziehen."
„Sagen Sie bloß, Sie haben auch so ein hübsches Kleid für mich und ein paar Strumpfhosen für unseren Thorsten?", witzelte Cora.
„Selbstverständlich. Mein Mitarbeiter geleitet Sie auf Ihr Zimmer. Dort finden Sie alles Nötige."
Von Herrenhagen nahm ihnen die Champagnergläser ab und winkte einen bestrumpften Herrn in Kniebundhosen zu sich, der sie hinausführte.

Die Vorhalle war jetzt von Lüstern an der Decke und Leuchtern an den Wänden erhellt. Sie stiegen eine marmorne Treppe hinauf. An der Wand hingen Gemälde alter Meister, vermutlich keine Kopien. Auf dem ersten sah man eine junge Frau, es konnte auch ein Mädchen sein, notdürftig mit einem Laken verhüllt, mit einem Fuß in einem Wasserbecken stehend. Sie kauerte sich zusammen und schaute den Betrachter verzweifelt und flehentlich an, die Hände wie zum Gebet zusammengelegt. Hinter ihr machte sich ein älterer, reich gewandeter Mann mit lüsternem Blick an ihrer Tunika zu schaffen. Ein zweiter Mann mit langem grauen Bart, eine Hand auf einen Stock, die andere auf einen Mauervorsprung gestützt, betrat im Hintergrund die Szene. Auch er geiferte gierig zur tugendhaften Schönen rüber.

„Nur mit Hinterlist kann man sich im Alter noch mal jung fühlen", fuhr es Thorsten durch den Kopf, was seine ohnehin schon gedämpfte Vorfreude auf die kommenden Jahrzehnte weiter eintrübte. Deprimiert stützte er sich auf die Balustrade. Unten klackerte eine geschmackvoll dekolletierte Frau über den Marmorboden. Sie wandte sich um. Ihr Gesicht hatte sie hinter einer ausladenden, weißen Maske verborgen, die sie an einem Selfie-Stick vor sich her trug. Eine rote Strähne hatte sich unter ihrer Perücke hervorgestohlen. Durch die großen Sehlöcher blitzten ihn feurige Augen an. Sie öffnete die Tür einen Spalt weit und huschte zurück in den Ballsaal.

Cora war derweil weitergegangen und stand jetzt fasziniert vor einer nackten jungen Frau, die sich seitlich mit dem Rücken zum Betrachter auf einer Chaiselongue ausstreckte, den Kopf in die Hand gestützt. Sie war zierlich, aber mit einem Sehnsüchte schürenden Hinterteil gesegnet. Ein geflügelter Amor hielt ihr einen Spiegel hin, in dem man verschwommen ihr Gesicht sah.

„Sehr sinnlich", urteilte Thorsten.

„Ja, sehr sinnlich, doch der wahre Reiz des Werks ist weniger offensichtlich als das offensichtlich Triebweckende. Schau mal genau hin und lass dich nicht durch die runden Pobacken ablenken!"
„Ich sehe grad nichts Reizvolleres."
„So wie der Spiegel gehalten wird, würde er niemals das Gesicht der Frau zeigen, sondern eher deines. Sie würde dich sehen, du aber nicht sie."
„Ein hintersinniges Spiel mit der Perspektive", staunte er, wobei ihm Melanies Theaterplakat wieder einfiel.
Oben angelangt, wandelten sie durch eine Galerie, in der es thematisch düsterer wurde. Stillleben mit Totenköpfen und Sanduhren sollten wohl an die Vergänglichkeit alles Irdischen gemahnen. Dazwischen hing dann aber auch wieder ein Werk, das vor Lebensfreude den Rahmen sprengte. Eine lustige Gesellschaft saß an einer reich gedeckten Tafel in einem Gasthaus. Vom Baby bis zum Greis wohlgenährte, pausbäckige Bauern oder Leute aus dem einfachen Volk, die fröhlich zechten, sich begrapschten und den Bohnenkönig in ihrer Mitte hochleben ließen. Seine Königin, deren Busen aus dem Ausschnitt zu quellen drohte, wandte sich ihm zu. In einem schräg aufgestellten Spiegel erhob ein Narr seinen Krug zum Prosit. Merkwürdigerweise fand sich kein reales Gegenstück zum Spiegelbild unter den Feiernden.
„Das ist eines meiner Lieblingsgemälde", schwärmte der Diener.
Das Bohnenfest von Jordaens. Ich mag es gern derb und deftig. Die Flamen und Niederländer hatten ein sicheres Händchen für die einfachen, volksnahen Themen.
„Sehen Sie mal hier!", er zeigte in die linke untere Ecke.

„Eine Brüsseler Waffel, wie wir sie heute noch kennen. Mir läuft das Wasser im Mund zusammen."
„Lassen Sie mich raten: eine Erfindung des siebzehnten Jahrhunderts?"
„Nein, die gab es bereits weit früher. Wohl schon im Mittelalter. Aber trotzdem sehr lecker."
„Dieses Schloss ist recht geräumig", fiel ihm auf, als sie in den nächsten langen Flur einbogen.
„Einige auswärtige Gäste sind hier im alten Hoteltrakt untergebracht", informierte sie der Bestrumpfte und öffnete die Tür zu einem prunkvollen Schlafgemach.
„Die Zimmer sind antik möbliert, jedoch modern ausgestattet. Ich hoffe, Sie fühlen sich wohl bei uns. Wenn Sie noch etwas benötigen, drücken Sie einfach den Klingelknopf unter dem Lichtschalter!", verabschiedete er sich mit einer tiefen Verbeugung.

Rechts stand ein riesiges Bett. Man erklomm es wohl per Räuberleiter. Noch eine Parallele zu heute, fand Thorsten und dachte dabei an moderne Boxspringbetten. Cora hatte sich die Schuhe ausgezogen und hüpfte wie ein kleines Mädchen auf dem Bett herum, wobei sie bis zu den Kniescheiben in den Laken und Decken einsank.
„Komm her!", spornte sie ihn an.
Er sprang mit hinauf. Das Bettgestell ächzte unter ihrer beider Gewicht und drohte zu krachen. Außer Atem blieben sie einen Moment nebeneinander liegen und schauten sich die Deckenmalerei an.
Ein Mann in kurzärmeligem Hemd und rotbrauner Weste hatte seine Hand um die Taille einer Frau gelegt. Mit der anderen hatte er eine ihrer Brüste aus dem Ausschnitt hervorgeholt, die jetzt wie ein prall gefüllter Weinschlauch herunterhing. Mit dem Zeigefinger unter ihrer Zitze, die ausladend lang und ke-

gelförmig von ihrem dunkelbraun gefärbten Warzenhof abstand, hielt er ihr Gesäuge davon ab, sich wie ein Hefeteig auf der Tischplatte vor ihnen auszulegen. Grotesk in ihrer derben Geilheit überzeichnet waren auch die Gesichtszüge der beiden. Ein weiteres fratzenhaftes Paar leckte sich im Schatten des Hintergrunds wie läufige Hunde die Lefzen.

„Scharf macht mich das jetzt nicht. Komm, wir mischen uns noch ein wenig unter dieses seltsame Völkchen!", schlug er Cora vor. Vielleicht würde er erfahren, ob er die Frau hinter der weißen Maske erkannt hatte.

Cora war bereits dabei, umständlich in die schier undurchdringlichen Schichten von Unterröcken ihres historischen Gewandes zu klettern.

„Zieh den Slip aus!", riet er ihr.

„Soll ich etwa unten ohne zwischen diesen ganzen Lustgreisen herumtanzen?"

„Ist doch bequemer. Überleg mal, wenn du pinkeln musst!"

„Ich geh lieber vorher noch mal", sagte sie und verschwand im angrenzenden Badezimmer.

Durch die offene Tür sah er sie im Spiegel auf der Toilette hocken.

„Zur Sicherheit lasse ich ihn trotzdem aus. Es gibt bestimmt nicht nur alte Tattergreise dort unten", neckte sie ihn, während es unter ihr munter ins Siphon plätscherte.

Sie kam nackt zurück und wühlte sich wieder durch die Berge von Stoff.

„Und, wie sehe ich aus?"

„Einfach umwerfend, Madame. Ich könnte Ihnen die Kutte gleich wieder vom Leibe reißen."

„Aber, aber, Monsieur le Chevalier. Muss ich Angst um meine Unversehrtheit haben?"

„Unbedingt. Reichen Sie mir Ihre Hand, Madame!"

Scherzend verließen sie ihr Zimmer und folgten dem fernen Klang der Musik, die durch die endlosen Gänge und Flure des Schlosses getragen wurde.
„Moment mal!"
Er hielt vor einem Gemälde von Caravaggio.
„Da läuft es einem kalt den Rücken runter. So realistisch. Sieh mal, wie sie ihm mit dem Schwert den Hals durchsäbelt und ihn dabei am Schopf zieht! Das nenne ich emanzipiert", staunte Cora.
„Das ist Judith und der Sterbende ist Holofernes, ein Feldherr, der ihre Sippe ausrotten wollte."
„Ich hatte schon geahnt, dass es keinen Unschuldigen trifft."
„Ein echtes Meisterwerk und eine vortreffliche Interpretation des Themas, zweifelsohne. Wir sehen es allerdings zum ersten Mal, was bedeutet, dass wir uns verlaufen haben."
Sie gingen denselben Weg zurück, aber jedes Bild, an dem sie vorbeikamen, zeigte auf einmal ein anderes Motiv. Als hätte sie jemand hinter ihnen ausgetauscht.
„Welche Zimmernummer haben wir?", fragte er.
„Da standen keine dran. Ich gehe mal in diese Richtung und du in die andere. Wer zuerst was findet, ruft laut. So groß kann das Gebäude doch nicht sein."
Bevor er Einspruch einlegen konnte, hatte sie kehrtgemacht und stöckelte rauschend in ihrem Ballkleid den Gang entlang. Schmunzelnd schaute er dieser außergewöhnlichen Frau hinterher. Wie aus dem Nichts erschien plötzlich eine mächtige Gestalt, packte sie und warf sie sich über die Schulter. Zeternd trommelte Cora mit den Fäusten auf den Mann ein und trat ihm mit den spitzen Schuhen in den Rücken, als dieser sie durch eine Tür fortschleppte.

ZWERGE SIND KONZENTRIERTE RIESEN

Thorsten sprintete los. Er rüttelte an der Tür. Nichts. Die Nachbartür flog gleich auf. Da! Links eine Verbindungstür zum ersten Zimmer. Neben dem Kamin ein Durchlass in der Wandvertäfelung, dahinter ein Gang. Gedimmtes Licht fiel auf eine Treppe. Er hastete die steinernen Stufen hinab und stolperte in ein mit Wandvorhängen ausgekleidetes Gemach. Eine Frau, in ein langes, schulterfreies, weißes Kleid gehüllt, saß vor einem Schminktisch. Ihr Stolz kämpfte um eine aufrechte Körperhaltung. Eine Dienerin hielt ihr einen Spiegel hin. Eine zweite flocht ihr mit Hilfe eines Federkiels ein oranges Stoffband ins schüttere graue Haar. Der Spiegel zeigte ein faltiges Gesicht, unter dem ein weites, ausgelaugtes Dekolletee einen nicht minder traurigen Anblick bot. Eine frische, orange Rose in ihrer Hand verspottete ihre welke Erscheinung.

„Verzeihen Sie, Gnädigste! Ist hier ein Riese, der eine kreischende junge Frau über der Schulter trägt, durchgekommen?"

Die Dame blickte ihn mit müden Augen an.

„Eine junge Frau? Auch ich war einst jung und strahlend schön. Doch die Jahre haben meine Anmut schneller fortgespült als die Wellen einen Fußabdruck im Sand. Früher waren die Männer verrückt nach mir – auch der alte Schlossherr. Meinen Leib und meine Jugend habe ich ihm geschenkt. Alles vergeht, ganz besonders die Schönheit. Geblieben sind nur ein paar Erinnerungen, von denen ich zehre", seufzte sie.

„Ein Riese? Ja, der ist hier durchgelaufen. So sehr

sie auch gezetert hat, ich habe die Frau beneidet. Wer wollte mich noch entführen? Wer würde für mich noch etwas zahlen wollen? Und wer käme gar zu meiner Rettung herbeigeeilt?"

„Wissen Sie, wohin er sie gebracht hat?"

„Sehen Sie die drei Türen dort drüben? Jede von ihnen führt Sie zu ihr. Doch wählen Sie mit Bedacht. Der erste Weg ist kurz, dafür aber sehr gefährlich. Der zweite ist länger, birgt dafür weniger Gefahren und ist leichter zu finden. Der dritte schließlich ist der sicherste, wenn auch der längste Pfad. Nehmen Sie ihn, erreichen Sie Ihr Ziel vielleicht erst am Ende Ihres Lebens."

„Woher weiß ich, welche Tür mir welchen Weg öffnet?"

„Das müssen Sie nicht, denn Ihrer ist Ihnen vorherbestimmt."

„Dann ist es also egal, welche ich öffne?"

„Nicht ganz. Besinnen Sie sich auf Ihr Innerstes und erforschen Sie, was Sie am Ziel erwarten! Wie soll Ihr Leben weitergehen und welche Rolle wird diese Frau darin spielen? Die Zeit der bequemen Unverbindlichkeit ist vorbei. Wenn Sie sich entschieden haben, öffnet sich die passende Tür. Sie können auch umkehren. Dann aber sehen Sie sie nie wieder."

„Da kommt man sich ja vor wie in einer Quizshow. Selbst mein Horoskop ist informativer als die Orakelsprüche dieser alten Hutze", dachte er sich.

Beherzt griff er nach der ersten Tür: verschlossen; die zweite: ebenfalls zu. Auch die letzte rührte sich nicht.

„Noch sind Sie für keine der drei bereit, mein Herr", lächelte die Alte nachsichtig.

Genervt starrte er die Türen an, bis ihn seine Erinnerungen forttrugen. Er sah Cora vor sich, in der engen Gasse. Geschmerzt hatte es schon, dass er nicht zugegriffen hatte, als sich die Gelegenheit bot. Er spürte sie noch in seinem Arm, roch ihr Haar. Dann, ein Jahr später, als sie ihm unter Tränen von ihrer kaputten Ehe erzählte. Wie gern hätte er sie getröstet, doch das wäre nicht aufrichtig gewesen.

Häufig hatten sie sich getroffen, zufällig, beim Einkaufen im Supermarkt, beim Stadtfest, das sie mit ihrem neuen Freund besucht hatte, der auch schon wieder Geschichte war, auf Partys, wo sie ausgelassen mit ihren Freundinnen getanzt hatte, und nicht zu vergessen die vielen Male, die er sie bei der Arbeit im Café beobachtet und sich ausgemalt hatte, wie ein Leben mit ihr wohl aussähe.

Und dann der heutige Abend. Es war großartig gewesen. In dieser unverfänglichen Atmosphäre hatte er sich alles genommen, was er sich vorher bei ihr versagt hatte – und ihr mehr gegeben, als jeder anderen zuvor. Ja, er hatte Lust auf sie gehabt, sie, die ihm über die Jahre hinweg so vertraut geworden war – und hatte dabei ganz neue Gefühle entdeckt. Ihr musste er nichts vorspielen. Und sie? War es für sie nur sexuelle Befriedigung gewesen? Nachher hatte sie sich betont gelassen gegeben, so, als hätte man sich bloß einen aufregenden Kinofilm angesehen. Was hätte sie auch tun sollen, ohne dass er sich bedrängt gefühlt hätte?

Da sprang die mittlere Tür auf und er stürmte los. Erst als sie wieder hinter ihm zuschlug, fragte er sich, welchen Weg er nun genommen hatte. Er führte ihn jedenfalls in ein Labor. Keines, wie man es kennt, weiß gefliest, mit grellem Neonlicht und blankem Edelstahlmobiliar. Nein, dieses Labor war geradezu düster. Ein kleines, hoch eingelassenes Rundbogenfenster mochte tagsüber etwas Licht hereinlassen. Jetzt aber war der Raum nur spärlich mit Öllampen ausgeleuchtet. In der Mitte saß ein etwa Sechzigjähriger mit langem grauem Rauschebart inmitten eines Stapels alter Bücher und Schriften. Er hielt eine bauchige Flasche mit einer bräunlich brodelnden Brühe prüfend gegen das Licht. Mit einem metallenen Stäbchen klöpfelte er gegen das Glas, was dem harten Material kalte, hohe Töne entlockte. Ping, ping, ping – Pause – ping – Pause – ping, ping, ping – Pause – ping.

In einer Ecke saß ein Bursche, der gelbliche Brösel in einem Mörser mit einem Stößel bearbeitete. Auf einem langen Tisch an der Wand köchelten und dampften Flüssigkeiten, die ebenfalls in bauchige Flaschen abgefüllt waren, über Petroleumflammen vor sich hin.

Auf die Frage nach Cora und dem Riesen brabbelte der Gelehrte wirres Zeug von der Essenz des Lebens, die sich in den Stoffen verberge, und die er extrahieren und destillieren wolle. Riesen hätten ein verwässertes Lebenselixier. Konzentriert würde man es in kleinen Menschen finden, ganz besonders in Zwergen.

Er schenkte sich eine detailliertere Befragung des Wirrkopfes und rannte weiter: da vorn, eine Abzweigung, rechts hell erleuchtet, links tiefschwarz. Er widerstand der Versuchung des Lichts und tastete sich stattdessen den dunklen Gang entlang. Die Wände strahlten kalt und hart zurück. Seine Fingerspitzen erfühlten eine horizontale Struktur, die ihn immer tiefer in die Finsternis zog. Stopp. Eine vertikale Erhebung. Seine Finger folgten ihr nach oben. Etwas über Kopfhöhe wieder horizontale Fäden, darunter alles glatt. Einen knappen Meter weiter ging es wieder nach unten. Eine Tür?

Er tastete die glatte Fläche ab: nichts, keine Klinke,

keine Türangeln, kein versteckter Schalter. Er klopfte. Es klang dumpfer als links und rechts davon. Es musste eine Tür sein. Wie aber bekam man sie auf? Andächtig sprach er ein Sesam öffne dich, doch das Sesam blieb so fest verschlossen wie die Geldbörse eines Schwaben. Er lachte über seine Naivität, dann fiel ihm das rhythmische Klöpfeln des grauhaarigen Chemikers wieder ein. Er schlug sacht mit den Knöcheln gegen die Tür: poch, poch, poch – Pause – poch – Pause – poch, poch, poch – Pause – poch. Es knarrte und knarzte. Die Tür schob sich erst nach hinten und glitt dann rechts in die Wand.

Er tat einen zögerlichen Schritt nach vorn. Mehrere Strahler an der Decke glühten auf und warfen ihr Licht auf eine Serie von Gemälden rund um ihn herum. Verblüfft überflog er die abgebildeten Motive. Auf jedem der Bilder erkannte er Melanie.
Eines zeigte sie als Aktmodell hoch oben auf einem grob gearbeiteten Holztisch stehend, mit der linken Hand keusch die Scham verdeckend und ihr langes Haar zu einer Krone rund um den Kopf geflochten. Auf Stühlen um sie herum saßen junge Männer mit Skizzenbrettern, die sie taxierten und mit gierigen Augen verschlangen. Ein älterer Herr und eine Dame am Bildrand sorgten wohl dafür, dass es beim Starren und Malen blieb. Melanie schien ihre Rolle als Fixstern in diesem testosterongeladenen Universum zu gefallen.
Auf einem anderen Ölgemälde lag sie halbnackt und hingebungsvoll auf einer in Tüchern eingehüllten Ottomane, bereit ihren Liebhaber, einen ebenfalls fast nackten Helden zu empfangen, der sie unter seinen Bergen von Muskeln vermutlich vollständig begraben würde, hielte ihn nicht eine Heerschar von Soldaten von der Ausgestreckten zurück.

Auf dem Bild daneben saß sie auf einem Fels am Fuß des Kalvarienbergs und schaute als büßende Magdalena andachtsvoll gen Himmel. Ein Totenschädel klemmte zwischen Oberschenkel und Ellbogen. Den Kopf hatte sie in die Hand gestützt. In der anderen hielt sie ein Buch. Im Hintergrund ragte ein hölzernes Kreuz empor. Sie mochte allem Irdischen entrückt sein, doch Thorsten glaubte einen leichten Zweifel in ihrem Blick zu erkennen, ob die Schrift in ihrem Schoß tatsächlich der Schlüssel zum ewigen Glück wäre.

Aus dem *Alten Testament* stammte auch die Szene auf dem nächsten Gemälde, das den Gehorsam thematisierte. Wild entschlossen, dem Befehl des Herrn zu folgen, presst Abraham den Kopf seines Sohnes Isaac gegen einen Fels und setzt die Klinge an seinen Hals, bereit ihn zu schächten. Seltsamerweise trug der Junge, der geopfert werden sollte, eindeutig Melanies Züge.

Noch viel sonderbarer war jedoch, dass alle Bilder in dieser Galerie, sollten die altertümlichen Beschriftungen auf den Messingplaketten stimmen, zwischen 1647 und 1662 gemalt worden waren.

Verwirrt riss er sich von Melanie los und kehrte zurück in den Gang. Die ersten Meter legte er im Lichtschein der offenen Tür hinter sich zurück. Dann wurde es wieder düster und er konnte sich nur noch auf seinen Tastsinn verlassen. Er schob einen Fuß vor und sondierte mit der Sohle den Boden. So arbeitete er sich behutsam voran, wobei er mit den Fingerspitzen den waagerechten Linien an der Wand folgte. Eine gefühlte Ewigkeit später machte er ein schwaches Licht aus. Er ertastete einen schweren Vorhang, schob sich hindurch und hielt vor einer Schwingtür.

Durch ein Bullauge sah er in einen Raum, dessen Dimensionen er nicht zur Gänze erfassen konnte. In dem Saal standen Dutzende hermetisch verschlossene Bottiche aus Edelstahl, so wie er sie auf dem Foto gesehen hatte, für das er gestern Abend seinen Käsekuchen und den Whisky hatte opfern müssen.
Er schlich hinein und näherte sich einem der Behältnisse. Er spähte durch ein kleines Sichtfenster und erschrak. Drinnen schwebte liegend eine nackte Frau, von Gurten, Bändern und Schläuchen gehalten. Die Faltenbildung hatte bereits eingesetzt, war aber noch nicht allzu weit fortgeschritten. Ihr fehlten an beiden Händen die kleinen Finger. Frische Schnittwunden zeugten davon, dass sie ihrer erst kürzlich verlustig gegangen war. Im nächsten Bottich hing ein Mann.
Thorsten rannte von Tank zu Tank: Sämtlich waren sie mit regungslosen Körpern bestückt.

„Der erste Schritt in Richtung ewiges Leben."
Er fuhr zusammen. Wie aus dem Nichts war hinter ihm eine Frau in einem weißen Kittel aufgetaucht. Sie trug eine große runde Brille und war in etwa so alt wie er. Dem Namensschild nach handelte es sich um Dr. Clara Julius.
„Kaum zu glauben, aber all diese Menschen sind weit über dreihundert Jahre alt. Es sind Fürsten und reiche Kaufleute, die ihr Vermögen in ein ewiges Leben investiert haben."
„Und dafür haben sie ihre Seele dem Teufel verschrieben?", hatte er seine Fassung wiedergefunden.
„Nicht ganz. Aber meiner Familie. Mein Vorfahr, ein zu seiner Zeit hochgeschätzter Arzt, Philosoph und Alchemist fand einen Weg, wie man tausend Jahre und noch länger leben kann."
„Und warum sieht man keine Denkmäler von ihm?"

„Weil er nicht auf dem Scheiterhaufen brennen wollte und sein Wissen daher lieber geheim hielt. Er ist 1634 nach einem bewegten Leben als glücklicher Mann gestorben."

„Keine gute Werbung für den Entdecker des Heiligen Grals."

„Ewig will nur der leben, der Angst vor dem Sterben hat. Als Wissenschaftler hatte er die Unausweichlichkeit des Todes akzeptiert. Besser sich ihm zu stellen, als ihn hinauszögern, hatte er in sein Tagebuch notiert."

„Doch was hätte er nicht alles erreichen können?", merkte Thorsten schmunzelnd an.

„Dafür ist ihm eine Menge erspart geblieben. Eine nicht enden wollende Serie von Hungersnöten, Seuchen, Pestilenzen und vor allem Kriegen. Es stecken so viel Liebe, Freude, Sorge und Zeit in einem menschlichen Leben und dann verschwendet man es unnütz auf dem Schlachtfeld."

„Ja, einfach sinnlos, diese Metzeleien", bestätigte er.

„Genau das wollte sich mein Vorfahr nicht länger als nötig antun. Doch er war Wissenschaftler mit Leib und Seele. Er liebte seine Forschung, hatte aber zu wenig Geld. Dafür hatte er eine verblüffend einfache Methode entdeckt, wie man das Leben verlängern kann. Gut situierte Interessenten fanden sich schnell.

Sehen Sie hier! Das ist Baron von Bachstein, ältester Sohn eines alten preußischen Adelsgeschlechts, geboren 1618, rechtzeitig zum Ausbruch des Dreißigjährigen Kriegs. Wie alt schätzen Sie ihn?"

„Anfang vierzig vielleicht."

„Er kam zu uns mit siebenundzwanzig Jahren."

„Unfassbar!", gab er sich fasziniert.

„Mein Urahn hatte ein Medikament gefunden, mit dem man den Stoffwechsel stoppen kann. Heute

würde man wohl eher Droge sagen."
„Davon gibt es einige: Strychnin, Zyanid, Arsen, um nur ein paar zu nennen."
„Das sind Gifte. Unsere Droge tötet aber nicht. Alle Körperfunktionen werden auf Null heruntergefahren, bis auf den Hirnstamm, der noch einen schwachen, praktisch nicht messbaren Impuls sendet. Es ist eine Art sehr tiefer Winterschlaf, der bei primitiven Lebensformen als Kryobiose bekannt ist. Um die Verwesung zu unterdrücken, konservieren wir die Körper in einem Vakuum."
„Ich sehe darin keinen signifikanten Unterschied zwischen ewigem Leben und ewigem Sterben."
„Einmal im Monat, immer zum Vollmond, injizieren wir ein revitalisierendes Mittel, das unsere Klienten für einen Tag zurückholt. Frisch und entspannt amüsieren sie sich nach Herzenslust. Wir stellen ihnen ein Dossier zusammen, worin sie erfahren, was zwischenzeitlich passiert ist. So führen sie quasi ein destilliertes Leben, reduziert auf das für sie Essentielle und Angenehme – ganz ohne gähnenden Leerlauf."
„Ein faszinierender Gedanke, einmal pro Monat wie eine Eintagsfliege durchs Weltgeschehen zu surren. Trotzdem stelle ich mir das ganz schön stressig vor."
„Ist es auch. Anfangs berauschte sie das Hochgefühl, die Jahre jung und vital zu überdauern, während alles um sie herum alterte und verging. Doch schon bald verblasste die Faszination, gottgleich über dem Lauf der Dinge zu stehen, vor der Erkenntnis, dass man eigentlich auch nur auf den Tod wartet, ohne dabei richtig zu leben. Wie in Zeitlupe hangeln sie sich in kleinen Häppchen durch die Jahrhunderte. Meist baumeln sie aber hilflos in den Fässern herum. In den Ruhephasen träumen sie nicht einmal. Möchten Sie auf Ihre Träume verzich-

ten? Auf die kleinen Fluchten des Bewusstseins in alternative Welten?"

„Warum holen Sie sie nicht einfach wieder in ein normales Leben zurück?"

„Daran forschen wir unter Hochdruck, doch so leicht lässt sich der Prozess nicht umkehren."

„Ein teuflisches Geschenk."

„Sie sagen es. Von Beginn an und über die Generationen hinweg werden die Klienten von meiner Familie betreut. Mein Vater, mein Großvater, mein Urgroßvater, alle waren sie Ärzte und Wissenschaftler. Wir bringen sie von Vollmond zu Vollmond und dafür finanzieren sie unsere Studien."

„Welche Studien?"

„Nun, in den vergangenen vierhundert Jahren haben wir viele Entdeckungen gemacht: wir fanden Impfstoffe gegen Milzbrand und Cholera, synthetisierten Penicillin, wir entwickelten die ersten Röntgengeräte, die Chemotherapie, die Dialyse, wir entschlüsselten die Struktur der DNS – auch die Antibabypille geht auf unsere Arbeit hier zurück."

„Wirklich beeindruckend. Dann müssen ja so einige Geschichtsbücher umgeschrieben werden", zweifelte Thorsten.

„Genau das wollen wir nicht, denn dann könnten wir hier nicht mehr ungestört forschen. Wir bleiben lieber im Hintergrund und überlassen anderen die Lorbeeren."

„Klingt plausibel", gab er sich überzeugt.

Die dicken Mauern des Schlosses schienen den gesunden Menschenverstand auszusperren. Er musste aufpassen, dass er sich nicht allzu lang in diesem vernunftfreien Raum aufhielt.

„Trotz all unserer Erfolge haben wir selbst mit den modernsten Methoden noch nicht herausgefunden, wie wir die Wachphasen unserer Klienten verlängern können."

„Tja, das Schicksal lässt sich wohl nicht so einfach überlisten."

„In der Tat, und über unsere Fehlschläge sind unsere Kunden, wie soll ich sagen, sehr ungehalten. Irgendwann gab es dann auch keine Neuzugänge mehr und nicht wenige haben ihrem traurigen Dasein selbst ein Ende gesetzt."

„Wie viele von denen gibt es?"

„Dies ist nicht der einzige Schlafsaal. Aktuell haben wir 243 Gäste, doch von Jahr zu Jahr werden es weniger."

„Ist Herr von Herrenhagen auch darunter?"

„Selbstverständlich. Er hält den Laden hier zusammen. Ihn beunruhigt die Vorstellung, einmal der Letzte zu sein. Er glaubt noch an den großen Durchbruch. Bis dahin spielt er sich und seiner feinen Gesellschaft dieses Theater von der Lebensfreude vor. In Wahrheit langweilen sie sich allesamt zu Tode und es wird zusehends schwerer, die Illusion aufrechtzuerhalten. Der Neid auf die Sterblichen wächst von Monat zu Monat."

„Liegt Melanie ebenfalls in einem dieser Särge?"

„Nein, eine Melanie haben wir hier nicht."

„Sagen Sie, haben Sie einen Riesen gesehen, der eine zappelnde Frau fortschleppt?"

„Sie meinen bestimmt Hallgrim. Nicht der hellste Stern am Firmament der Weisheit, aber gewissenlos loyal. Niemand hier weiß ihn so recht einzuschätzen, maulfaul wie er ist. Nein, ich habe ihn heute noch nicht gesehen. Ich weiß nur, dass es ein Stück weiter einen Trakt gibt, den wir nicht betreten dürfen."

Er verabschiedete sich von der Ärztin und rannte raus aus dem Labor. Der Gang schien in die Unendlichkeit zu führen. Hatte er doch den dritten Weg eingeschlagen, der ihn jetzt bis ans Ende seines Daseins durch die Flure dieses mysteriösen Ortes irren ließ? Schließlich erreichte er eine gusseiserne Balustrade, die einen Innenhof umgab. Unten, zwei Stockwerke tiefer, brannten Fackeln, die rundherum in eisernen Halterungen an den Wänden steckten. Der Geruch von Pech, Schweiß und Kölnisch Wasser stieg wie durch einen Kamin zu ihm herauf. In der Mitte des Hofes wuchs aus einem dreistufigen Sockel ein steinerner Tisch empor. Ausgestreckt auf der harten Marmorplatte und an den Händen und Füßen gefesselt lag Cora.

Sie musste sich heftig gewehrt haben, denn selbst von oben konnte er die Abschürfungen an ihren Knöcheln und Handgelenken, unter denen das rohe Fleisch blutig schimmerte, ausmachen. Doch nun hatte sie jede Hoffnung aufgegeben und starrte mit glasigen Augen geistesabwesend in den Himmel, wissend, dass auch von dort keine Hilfe zu erwarten war. Ihr nackter Körper war von Kopf bis Fuß mit Zahlen, Formeln und Schriftzeichen übersät. Rund um den Altar herum hatte sich die kostümierte Gesellschaft versammelt. Auf dem Podest hinter Coras Kopf hatte sich Rüdiger von Herrenhagen aufgebaut.

„… Wir werden nicht länger warten. Wir bezahlen ein ganzes Heer von Ärzten, damit sie für uns einen Weg zurück ins Leben finden. Und, was ist passiert? Nichts. Selbst mit den schnellsten Computern, der neuesten Ausrüstung und den talentiertesten Wissenschaftlern sind wir nicht viel weiter als vor vierhundert Jahren. Ein Tag pro Monat ist zu wenig, um die unerträgliche Leere dazwischen zu füllen. Tausende Male sind wir bereits gestorben und mit jedem Mal wird es schlimmer. Wir fürchten das Einschlafen wie die gewöhnlichen Menschen den Tod, und müssen doch immer wieder zurück in unsere kalten

Gräber steigen. Ich sage euch, das muss ein Ende haben! Selbst, wenn wir dafür unehrenhafte Pfade beschreiten, solang sie uns nur aus unserer Hölle führen. Unser Alchemist ...", er deutete dabei auf den Mann neben sich, den Thorsten bereits in seinem Labor befragt hatte, „... hat einen Weg gefunden, die Lebenskraft eines Menschen auf einen anderen zu übertragen."
Ein Raunen ging durch den Lynchmob. Der Wirrkopf ergriff das Wort und skandierte.
„Ich habe herausgefunden, dass die Lebenskraft in Frauen am stärksten konzentriert ist. In ihrem Leib wächst neues Leben heran und sie nähren es an ihrer Brust. Dieses Lebenselixier müssen wir anzapfen. Wir haben immer geglaubt, dass mit unserem letzten Atemzug die Seele in die Ewigkeit entweicht. Dem ist nicht so! Es ist das Phlogiston, das in den alles nährenden Äther zurückkehrt! Wir müssen es nur einfangen und einem von uns übertragen."
Er zog zwei Gasmasken hervor, die über Schläuche miteinander verbunden waren. In der Mitte mündeten die Schläuche in einen Glaskolben, in dem ein trübes Gas waberte und ab und an Funken versprühte.
„Entscheidend ist aber, dass derjenige, der das Phlogiston empfängt, es dem Spender vorher selbst entreißt!"
Mit dem letzten Satz zog er einen Dolch aus seinem Umhang und reckte ihn aufwieglerisch in die Höhe.
„Der magische Obsidian dieser Klinge wird den Lebensfaden durchtrennen und das Phlogiston aus seinem Gefängnis befreien ..."
Thorsten hatte sich während der unheilvollen Predigt überlegt, wie er an den Balustraden hinunterklettern und dem wirren Zausel das Messer entreißen könnte, das er Rüdiger von Herrenhagen dann

ins Herz stoßen würde. Hätte er der Schlange erst einmal den Kopf abgeschlagen, würde sich der Mob schon auflösen. Da hörte er hinter sich ein Rascheln. Ein dumpfer Schlag auf seinen Hinterkopf blies ihm die Lichter aus.

BÜCHER HABEN IHR EIGENES PARFÜM

Thorsten öffnete die Augen. Er starrte die Decke an und blickte wieder in die grotesken Fratzen des Hemdsärmeligen und der Magd mit den aberwitzigen Zitzen. Er schaute an sich hinunter. Er trug seine Cargohose und das T-Shirt von heute Morgen. Über der Rückenlehne eines Sessels vor dem Bett lagen sauber aufgefaltet die Kniebundhose und der Frack. Coras festliches Ballkleid hing auf einem Kleiderbügel an einem Wandhaken. Er tastete neben sich. Sie war nicht da. Aus dem Bad drang Licht ins Zimmer. Er kletterte aus dem Bett und suchte dort nach ihr. Keine Spur von ihr. Er fühlte seinen Kopf. Keine Beule. Selbst im Spiegel war nichts zu erkennen. Wo war sie? Er musste sie finden, musste sie aus den Klauen dieser Wahnsinnigen befreien. Er schnappte sich seine Schuhe, schnürte sie und rannte aus dem Zimmer. Auf dem Flur bremste er seinen Elan. Wie sollte er sie in diesem Labyrinth aus Gängen, Hallen, Sälen und Kabinetten aufspüren?
Er wandte sich nach rechts. Diesmal achtete er auf jedes Gemälde an der Wand und glich es mit dem ab, was sein Gedächtnis beim Herkommen aufge-

zeichnet hatte. Er fand die Marmortreppe und stieg sie hinab. Im Foyer hinter den beiden schweren Holztüren lag der Ballsaal. Der Raum war leer und aufgeräumt.

Er erkundete zuerst den Nordflügel des Schlosses und durchquerte eine Reihe unmöblierter Zimmer und Kabinette. Manche waren mit Marmor, andere wiederum mit Parkett ausgelegt. Die Wände waren mal mit goldener, mal mit königsblauer und mal mit roter Tapete beklebt. Kein Mensch weit und breit, kein Geräusch, außer dem Knarzen des Parkettbodens.

Am Ende des Flügels betrat er eine Kapelle. Sie reichte über drei Stockwerke hinweg. Die Wände waren schneeweiß und durch Stuckaturen gegliedert. Die Kuppel war rundherum vergoldet. In der Mitte zeigte ein Deckenfresko die Auferstehung. Unten standen rechts und links je fünf Reihen mit Kirchenbänken, davor ein Rednerpult. In einer Nische an der Innenwand ein Beichtstuhl. Vor Kopf führten zwei Marmorstufen hinauf zu einem Altar, auf dem ein Tabernakel und ein goldenes Kreuz standen. Oben drüber wachten zwei goldene Engel mit Flügeln über die Inbrunst der Gläubigen.

In der zweiten Reihe hockte ein klappriges, altes Mütterchen in sich versunken. Sie war in einen schwarzen Kittel gehüllt und trug das Haar zu einem klebrigen Dutt geknotet. Ihr Gesicht hatte sie in die gefalteten Hände gebettet. Offensichtlich war sie schwer mit Sünde beladen, denn sie sonderte ein nicht enden wollendes Gemurmel von Ave Marias, Vater Unser und Glaubensbekenntnissen ab. Dazwischen ein „Vergib mir, dass ich ihr meine Liebe versagt habe! Vergib ihr, dass sie diesen unseligen Weg eingeschlagen hat! Öffne ihr die Tür zu deinem himmlischen Reich!"

Auf ein behutsam geflüstertes *Verzeihen Sie!* sprach die Alte nicht an. Auf ein sachtes Anstupsen verzichtete er aus Furcht, es könnte sie aufschrecken und noch vor Beendigung ihrer Buße vor den Thron des Allmächtigen werfen.

Er lief zurück ins Foyer und nahm sich den Südflügel vor. Hier bot sich ihm das gleiche Bild von menschenleeren Zimmern und Sälen. Am Ende, spiegelbildlich zur Kapelle im Nordflügel, öffnete er die Tür zu einer stattlichen Bibliothek. Die Bücherregale standen eng gedrungen bis hinauf zum Deckengewölbe. Dazwischen waren Wandschränke eingearbeitet, manche mit Glastüren und manche mit Holztüren verschlossen. Gleich beim Eintreten stieg Thorsten dieser warme, leicht modrige, aber ganz und gar nicht unangenehme Duft alter Bücher in die Nase. Je intensiver Bücher riechen, um so näher kommen sie ihrem Zerfall. Er nahm einen Ledereinband aus einem der Regale und öffnete ihn. Er schnüffelte an den Seiten.
Jedes Buch hat sein eigenes Parfum. Mit ein wenig Übung kann man seine Geschichte erschnuppern, das Papier zuordnen, den Leim und die Tinte. Man kann erahnen, ob ein Buch in einem Koffer um die Welt gereist ist und dabei die salzige Meeresluft oder den Ruß der Schiffsschornsteine geatmet hat; ob es gleichmäßig temperiert in einer Bibliothek gestanden oder jahrzehntelang auf einem staubigen Speicher gelegen hat. Feine Nasen filtern sogar heraus, ob der Besitzer geraucht hat, und wenn ja, ob es Pfeife, Zigarre oder Zigarette war. Er liebte diese Bouquet feiner Gerüche, die sich überlagerten, verstärkten und jedes Mal einen Sinnesrausch bei ihm auslösten, wenn er durch eine Bibliothek stöberte. Dagegen war digitale Literatur klinisch, antiseptisch und see-

lenlos.
Er schlurfte an den Regalen entlang und strich liebevoll mit den Fingern über die Buchrücken. In der Mitte des Saals standen ein alter Globus und mehrere Tischvitrinen, in denen Landkarten ausgestellt waren. Er griff sich einen Folianten mit dem Titel *Enzyklopädie der Natur- und Elementarmagie* und schlug das Kapitel *Weiße Magie* auf. Dort fand er den Eintrag *Liebeszauber-Ritual*. Es begann mit einer Zutatenliste: grüne Kerzen, grüne Äpfel, Vanilleschoten, Zimtstangen, verschiedenfarbige Wachsmalstifte und Stoffbänder, Feuersteine, rote Rosen, die unbedingt in der Stunde der Venus gekauft oder geschnitten sein mussten, Kupfermünzen, grüne Steine, vorzugsweise aus Jade – und das alles mal sieben. Hinzu kamen noch Papyrus oder Pergamentpapier, eine Karaffe klaren Wassers, zur neunten Stunde mit einer Kupferkelle aus einer Bergquelle geschöpft, sowie sieben Haare von demjenigen, den man zu betören gedachte.
Der Zauber wurde an sieben aufeinanderfolgenden Tagen, je nach Wochentag zu einer anderen Stunde, wiederholt. Das Ritual schrieb an jedem der Tage eine genau festgelegte Anordnung und Aktivierung der Zutaten fest. Darüber hinaus waren Kenntnisse zum Anlegen eines magischen Kreises, der Planetenkonstellation der jeweiligen Zeitzone sowie diverse Zaubersprüche unabdinglich.
„Einen Atomreaktor zu konstruieren ist einfacher", befand er.
„Hexenkünste würden zuverlässiger funktionieren, wenn die Rituale etwas übersichtlicher wären. Unaufdringliche Galanterie, sprudelnder Charme und beharrliches Werben wären probate Alternativen, das Herz eines begehrten Menschen zu gewinnen."
Er hörte leises Knistern und Rascheln. In einer Ni-

sche der Bibliothek saß ein Mann mit dem Rücken zu ihm gewandt an einem Schreibtisch, tief versunken in einen Stapel großformatiger Dokumente. Thorsten hüstelte höflich, um auf sich aufmerksam zu machen. Der Studiosus drehte sich behäbig auf seinem hölzernen Schemel zu ihm um.

„Welch eine freudige Überraschung!", rief er aus.

„Der Geschichtenerzähler! Wir haben uns heute im botanischen Garten getroffen."

Thorsten ging auf den Bücherwurm zu und streckte ihm die Hand hin. Dieser erhob sich, verneigte sich und stellte sich als Siegfried Dannenberg vor.

„Welche Geschichte führt Sie hierher?"

„Ich folgte einer Einladung. Und Sie?"

„Ich folge meiner Berufung. Der Hausherr hat mich im Rahmen einer geringfügigen Beschäftigung eingestellt. Allerdings bezieht sich in meinem Fall geringfügig eher auf das Salär als auf den Arbeitsumfang. Doch darauf kommt es mir nicht an."

„Sie sind der Traum eines jeden Arbeitgebers."

„Ich habe lange als Archivar und Bibliothekar für das Historische Museum gearbeitet und bin froh, dass ich mir im vorzeitigen Ruhestand hier die Zeit sinnvoll vertreiben kann."

„Entschuldigen Sie meine Neugier, aber was genau tun Sie?"

„Neugier, mein Freund, ist ein Geschenk und kein Makel, für den man sich entschuldigen muss. Ich sichte und werte alte Dokumente aus. Wenn man wie die von Herrenhagens über Jahrhunderte bewegter Zeiten hinweg fragwürdige Verträge mit teils zwielichtigen Parteien abgeschlossen hat, findet sich im Nachhinein immer jemand, der daraus resultierende Rechtsansprüche beargwöhnt. Meine Aufgabe ist es, Zweifel zu entkräften. Außerdem soll ich herausfinden, ob sich aus dem archivierten Material noch weitere Möglichkeiten zur Mehrung des Besitzes ableiten lassen."

„Sie machen die reichen von Herrenhagens also noch reicher?"

„Offiziell ja. Inoffiziell arbeite ich aber genau am Gegenteil. Ich trage Fakten und Indizien zusammen, die die ruchlosen Machenschaften des feinen Hauses aufdecken."

„Warum das?"

„Mich und meine Familie, zu der auch meine Nichte Melanie gehört, verbindet ein ganz besonderes Schicksal mit dem Geschlecht derer von Herrenhagen."

Er horchte auf.

„Melanie ist Ihre Nichte?"

„Ist sie. Sie weiß es allerdings noch nicht. Ich wollte mich ihr heute im Park vorstellen, doch sie schien so glücklich an Ihrer Seite, dass ich lieber geschwiegen habe. Ich wollte an diesem herrlichen Tag keine alten Wunden aufreißen."

„Alte Wunden? Sie sprechen in Rätseln."

„Sie müssen wissen, dass Melanie eine ganz besondere Frau ist."

„Ist das nicht jede Frau?"

„Da haben Sie natürlich recht. Melanie jedoch trägt ein finsteres Erbe in sich, das sie und die Menschen, mit denen sie sich umgibt, jederzeit ins Verderben stürzen kann. Ich fürchte, sie hat noch nicht gelernt, mit ihrem Fluch umzugehen."

„Ist sie ein Werwolf oder so was Ähnliches?"

„In weitestem Sinn könnte man es so nennen. Genau genommen beginnt ihre Geschichte im Jahr 1631."

„Sagen Sie nicht, sie ist auch eine von diesen lebenden Leichen, die einmal im Monat geweckt werden, damit sie sich kostümieren und in Champagner ba-

den können?"
„Lebende Leichen?"
„Ja, die hängen hier irgendwo in Edelstahltanks ab."
„Ich kann Ihnen gerade nicht folgen, junger Freund. Ich weiß nur, dass Melanie quicklebendig ist. Soll ich weitererzählen?"
„Ich bin ganz Ohr."
„Die Schweden hatten in den Dreißigjährigen Krieg eingegriffen. Seinerzeit hätte niemand jemals gedacht, dass sich die Kampfhandlungen so lang hinziehen würden. Sie waren weit den Rhein hinaufgekommen. Auf ihrem Weg durch Deutschland hinterließen sie ein Feld der Verwüstung. Sie plünderten, brandschatzten und vergewaltigten sich von Stadt zu Stadt und von Dorf zu Dorf.
Baron von Dornfeld, mein Vorfahr, hatte ein Vermögen zusammengetragen, um es den Schweden als Brandschatz auszuhändigen. Im Austausch dafür sollten diese sein Gut verschonen. Das war in Kriegszeiten ein üblicher Handel. Bis heute weiß niemand, warum die Befehlshaber nicht auf das Angebot eingingen."
„Jemand anderes hatte den Schweden wohl einen höheren Preis geboten. Krieg kostet viel Geld und war daher schon immer zuallererst ein Geschäft", meinte Thorsten.
„Das vermute ich auch. Statt sie zu verschonen, wurden die Besitzungen von den marodierenden Truppen überfallen. Sie schlachteten das Vieh, stahlen die Pferde, raubten die Vorräte, meuchelten oder verstümmelten die Männer und schändeten Frauen und Kinder – Mädchen wie Jungen. Ihr Kommandeur, ein schwedischer General, fiel über die Baronin her, nachdem sie mit ansehen musste, wie man ihren Gatten enthauptete. Die Soldaten johlten und klatschten dazu. Als sie weiterzogen, gab es auf dem

Gut nichts mehr, wofür es sich zu bleiben lohnte."
„Die Wahrheit ist das erste Opfer des Krieges – und wenn man nicht aufpasst, folgt ihr die Menschlichkeit auf dem Fuß."
„Fürwahr. In ihren Memoiren verarbeitete die Baronin Jahre später dieses schreckliche Trauma. Voller Abscheu erwähnte sie darin wiederholt die menschenverachtende Grausamkeit, mit der der General über sie, ihren Mann und ihre Leute hergefallen war. Als er auf ihr wütete, hätte sie bereits mit ihrem Leben abgeschlossen und seinem grenzenlosen Hass furchtlos ihre ganze Verachtung entgegengeschleudert. Ihren Körper konnte er schänden, aber ihre Seele würde sie bis zum letzten Atemzug verteidigen. So konnte er ihre Tugend weder mit Angst, noch mit Verzweiflung, noch mit Rachegelüsten vergiften. Sie war sicher nicht die erste Frau, der dieser Krieger des Bösen Gewalt angetan hatte, doch als er endlich von ihr abließ, hatte sich seine brutale Überlegenheit in verwirrte Unsicherheit verwandelt."
„Die Antilope hat sich dem Leoparden gestellt und ihn verjagt. Sie hat zwar Verletzungen davongetragen, doch ihr Kitz lebt", dachte Thorsten.
„Die Soldaten erwarteten wohl, er würde sie, nun da er sie benutzt hatte, erwürgen oder ihr die Kehle durchschneiden, doch er stand einfach nur da und blinzelte nervös in die Leere. Wortlos starrte er hinter ihr her, als sie zum Brunnen schritt, einen Eimer Wasser hinaufzog, die kümmerlichen Fetzen ihres Gewandes hochraffte, sich über den Bottich hockte und die Schande aus dem Schoß wusch."
„Den Anblick von Scham und Tränen hatte sie ihm wohl nicht gegönnt."
„Nein, dazu war sie zu stolz. Geistesabwesend ließ er aufsatteln und ritt mit seinen Truppen davon. Er hatte zwar ihre Reinheit besudelt, aber dafür hatte

sie ihm den zornigen Glanz aus den Augen gerissen. Das war im Sommer."

„Was passierte danach mit ihr?"

„Die Gräuel des Krieges hinterließen nicht nur Verlierer. Die von Herrenhagens verstanden sich ausgezeichnet aufs Taktieren. Erst kollaborierten sie mit den Schweden, und als nach deren Abzug die Bayern und Franzosen das Land mit einer neuen Welle von Überfällen überzogen auch mit ihnen. Da beide Familien über Generationen hinweg ein freundschaftliches Verhältnis gepflegt hatten, bat die Baronin die Herrenhagens um Hilfe."

„Die ihr aber nicht gewährt wurde, denke ich."

„Nein, denn Hartmut von Herrenhagen begehrte die schöne Edelfrau von dem Augenblick an, als Baron von Dornfeld sie zu sich nahm. Er wollte sie für sich und jetzt sah er seine Stunde gekommen. Er bot ihr an, sie zu heiraten, doch sie wies ihn zurück."

„Welch eine Demütigung, wo sich doch alles so schön gefügt hatte?"

„Davon können Sie ausgehen. Aus Zorn darüber speiste er sie mit einem Spottpreis für ihre Ländereien ab. Menschlich zutiefst enttäuscht akzeptierte die Baronin dennoch. Als Genugtuung für die erlittene Schmach ließ von Herrenhagen das Anwesen wieder aufbauen und machte es zum Stammsitz seiner Familie."

„Dann gehörte dieses Schloss also einst Ihren Vorfahren?"

„So ist es. Man munkelte gar, Hartmut von Herrenhagen hätte den Schweden einen höheren Preis dafür geboten, den Brandschatz der Dornfelds auszuschlagen, nur um der Baronin und ihres Besitzes habhaft zu werden."

„Konnten Sie herausfinden, ob er tatsächlich etwas mit dem Überfall zu tun hatte?"

„Noch nicht. Aber ich stehe mit der Königlichen Bibliothek in Stockholm in Verbindung und erwarte von dort weitere Informationen."

Dannenberg hüstelte und klopfte sich auf die Brust. Er holte einen Inhalator aus der Jackentasche und sprühte.

„Dieser Staub hier überall."

„Der lässt sich in Ihrem Beruf wohl nicht vermeiden."

„Nun denn. Die Baronin scharte das, was von ihrem Gesinde noch übrig war, um sich und machte sich auf die lange Reise nach Siebenbürgen. Damals siedelten sich viele Verfolgte und Verzweifelte dort an. In Kronstadt brachte sie im folgenden Frühjahr eine wunderschöne Tochter mit Augen so grün wie zwei funkelnde Smaragde zur Welt."

„Melanie?"

„In gewissem Sinne ... Kurz drauf heiratete die Baronin einen angesehenen Goldschmied mit Namen Fichtenberg. Das Mädchen wuchs zu einer jungen Frau heran, die jeden mit ihrer natürlichen Anmut in ihren Bann zog. Niemand konnte sich der hypnotischen Magie ihrer Augen widersetzen, selbst ihr Stiefvater nicht, der geradezu besessen von ihr war. Er lehrte sie die Kunst der Schmuckherstellung, kleidete sie in kostbare Gewänder, hing ihr seine schönsten Colliers um den Hals und behielt sie immer in seiner Nähe.

Als ihre Weiblichkeit erblühte, begann er, ihr nachzustellen, was der Mutter nicht verborgen blieb. Doch trotz all ihrer Wachsamkeit verging er sich eines Abends an ihr."

„Das Schicksal hat die bedauernswerte Frau eingeholt und sich an ihrem Kind wiederholt", fasste Thorsten zusammen.

„Noch während ihr Mann zuckend auf dem Mädchen

lag, stürmte die Gattin wie eine Furie in das Gemach und schnitt ihm von hinten die Gurgel durch. Diesmal ging es nicht um sie. Der erbärmliche Schuft würde ihre geliebte Tochter zeitlebens an die Schande erinnern, die er ihr angetan hatte. Mit ihm unter einem Dach würde das Mädchen die Schmach niemals vergessen können."

„Wenn sie ihre Tochter wirklich geliebt hätte, hätte sie einen günstigeren Moment gewählt und das Mädchen nicht im heißen Blut ihres Vaters baden lassen. Die Rachegelüste haben die vornehme Frau am Ende wohl doch noch übermannt."

„So gesehen haben Sie recht. Die böse Saat des schwedischen Generals war spät, aber dennoch aufgegangen.

Um ihre Tochter vor der Bloßstellung zu bewahren, schwieg die Mutter bei der Gerichtsverhandlung über die wahren Beweggründe für die Tat, woraufhin sie eingekerkert wurde und wenige Jahre darauf starb ..."

„... und das Mädchen ihrem Schicksal überließ."

„Glücklicherweise war ihre Tochter sehr stark. Da der Goldschmied Kunden in ganz Europa hatte, erregte sein gewaltsames Ableben weit über die Grenzen hinaus Aufsehen. Damals erschienen gerade die ersten Zeitungen und so gelangte die Nachricht von der Bluttat auch bis hierher.

Viele Männer standen an, um die reiche schöne Frau zu ehelichen. Hartmut von Herrenhagen reiste, vermutlich unter falschem Namen, nach Siebenbürgen, um sich die Goldschmiedin anzuschauen. Sie muss ihn überaus beeindruckt haben, denn in den Büchern tauchen beträchtliche Zahlungen auf, die für den Erwerb von Schmuck verbucht wurden."

„Und? Hat sie sich kaufen lassen?"

„Nein, denn schließlich heiratete sie einen jungen

Edelmann, der sie vergötterte und von Herrenhagens Vorfahr fuhr, ein zweites Mal gedemütigt, wieder fort."

„Hat sie ihr Trauma überwinden können?"

„So viel ich gelesen habe, sollen sie und ihr Mann sehr glücklich miteinander gewesen sein. Er ließ sogar einen angesehenen Künstler aus Italien kommen, der sie malte. Ein paar der Bilder hat Rüdiger von Herrenhagen auf einer Auktion ersteigert."

„Ja, die habe ich gesehen", merkte Thorsten an.

„Wo denn? Können Sie mich hinführen?"

„Sie hängen in einer geheimen Galerie hinter einer versteckten Tür. Ich habe sie nur durch Zufall gefunden. Ich wüsste selbst gern noch, wo das gewesen ist."

„Tja, vielleicht ist es ihm ja eine späte Genugtuung, dass er die Frau, die seinen Ahnen einst zurückgewiesen hat, nun in ein Verlies eingekerkert und ganz für sich allein hat."

„Bis sie nach so vielen Jahren in Gestalt von Melanie wieder auftaucht."

„So ist es. Etwa alle vier Generationen wird in unserem Stammbaum ein Mädchen mit smaragdgrünen Augen geboren."

„Und Melanie hat der Fluch des schwedischen Generals ebenfalls getroffen?"

„Sie wissen darüber?", staunte Dannenberg.

„Ich habe es geahnt."

„Wir haben früh gemerkt, dass sich ihr Vater, mein älterer Bruder, über die väterliche Zuneigung hinaus um seine Tochter sorgte. Doch trotz aller Vorsicht der Familie passierte eines Tages, was nicht geschehen durfte.

Ich kam zufällig dazu, als er sie bedrängte und konnte das Schlimmste gerade noch verhindern – für ihn. Er hatte sie wohl soeben unziemlich berührt, da stürzte sich die Kleine kreischend und wie von Sinnen auf ihn. Mein Bruder war starr vor blankem Entsetzen. Bevor ich überhaupt begriff, was da geschah, hatte sie ihm die Finger in die Augenhöhlen gerammt und ihm ein Stück Fleisch aus der Wange gebissen. Sie spie Gift und Galle und hätte ihn sicherlich umgebracht, wenn ich sie nicht von ihm fortgerissen hätte. Er stand wie an die Wand genagelt da und weinte blutige Tränen."

„Der Wolf in ihr war erwacht und hat sie beschützt."

„So kann man es deuten. Vielleicht war das Erbe des schwedischen Generals nicht nur ein Fluch. Als ich mit ihr das Haus verließ, war sie urplötzlich wieder lammfromm. Sie schaute an sich herunter und wunderte sich über das zerfetzte Hemd und das Blut darauf. Wir haben sie daraufhin zu Verwandten in den Harz gebracht. Seither hat sie den Vater und ihre Familie nicht mehr gesehen. Das ist jetzt mehr als zwanzig Jahre her."

„Und was wollen Sie nach so langer Zeit von ihr?"

„Ihr mitteilen, dass ihr Vater kürzlich verstorben ist ... und sie um Verzeihung bitten ..."

„Dass Sie statt des kriminellen Vaters die unschuldige Tochter verbannt haben?"

„Nicht nur das. Ich habe sie eine Zeitlang beobachtet. Dabei wurde mir klar, dass sie diese Last noch immer mit sich herumschleppt. Ihre Zerrissenheit lässt sie nicht glücklich werden."

„Ziemlich spät für Reue, finden Sie nicht?"

„Das ist mir bewusst. Dennoch will ich ihr helfen, die Bestie, die in ihr schlummert, zu bändigen, damit sie endlich ein unbeschwertes Leben führen kann."

„Wie wollen Sie das anstellen?"

„Zunächst einmal habe ich ihr einen keltischen Sonnenanhänger geschickt. Ich glaube zwar nicht an

diesen Hokuspokus, doch es reicht, wenn sie es tut."
„Meinen Sie diesen hier?"
„Genau den. Warum trägt sie ihn nicht?"
„Sie ist verschwunden, ohne ein Wort zu sagen, und hat ihn mir dagelassen. Die Suche nach ihr hat mich und meine Begleiterin bis hierher geführt."
„Ihre Begleiterin?"
„Die jetzt auch nicht mehr auffindbar ist."
„Respekt! Sie können mit Frauen umgehen!"
„Schenken Sie sich Ihren Sarkasmus und verraten Sie mir lieber, wo man hier eine Frau gefangen halten würde!"
„Außer der Bibliothek habe ich nicht viel vom Schloss gesehen. Aber der bevorzugte Aufbewahrungsort für Geiseln ist, glaubt man der einschlägigen Kriminalliteratur, zweifellos der Keller. Wenn System dahintersteckt und nicht nur ein dramaturgischer Kniff zur Steigerung der Spannung, sollten wir es dort als erstes versuchen."

Sie gingen zurück ins Vestibül und suchten nach einem Zugang zu den Katakomben des Schlosses. Das Eingangsportal wurde geöffnet. Thorsten riss seinen neuen Mitstreiter hinter eine Rundsäule und bedeutete ihm, still zu sein. Der Riese kam hereingestapft. Er schleppte eine bewusstlose Frau auf seiner Schulter, mit der er unter der Marmortreppe, die nach oben führte, verschwand. Sie folgten ihm auf samtenen Sohlen dorthin und stießen auf eine Wand aus edelstem toskanischen Carrara-Marmor, vor der sich der Koloss in Luft aufgelöst haben musste.
„Mir gehen die feinen Leute mit ihren Geheimnissen und verborgenen Türen so langsam auf die Nerven!", entfuhr es Thorsten.
Er tastete den makellos weißen Stein ab. Makellos?

Nicht ganz! Da war ein kleiner hellgrauer Einschluss: ein Knopf. Eine der Bodenplatten glitt geräuschlos zur Seite und legte eine schmale Stiege frei, die direkt in die Unterwelt von Schloss Herrenhagen führte.

Sie kletterten hinab in die schummrigen, feucht modernden Eingeweide des Gebäudes. Unten wurde der Gang breiter und sie konnten jetzt wieder aufrecht stehen. Hinter der ersten Tür lag gleich die Schatzkammer des Hauses: der Weinkeller. Vor zwei der drei Wände waren Tonröhren gemauert, in denen angestaubte Flaschen lagerten. An der gegenüberliegenden Wand führte eine Treppe hinauf. In der Mitte des Raums standen halbhohe Regale, die ebenfalls reichlich bestückt waren. Neben dem Weinkeller öffneten sie die Tür zu einem Gerümpelkeller, der vollgestopft war mit Kisten, Truhen, Kartons, Rollern, Dreirädern, heruntergespielten Puppen, Teddybären mit schütter geschmustem Fell und anderem Krempel, den man aufhebt, um ihn zu vergessen.

Der nächste Kellerraum war größer, komplett weiß gefliest, sachlich, der Traum eines jeden Raumpflegers. Mittig dominierte ein Seziertisch die Ausstattung, obenauf eine flache Wanne aus verchromtem Stahl. Am Fußende war ein Abfluss eingelassen. Ein Rohr mündete direkt über einem Abflussloch im Boden. Es war mit einem kleinen Metallgitter abgedeckt, so dass sich keine größeren Bröckchen von was auch immer in der Bodeninstallation festsetzen und dort vor sich hin verwesen konnten. In einem Schrank mit Vitrinen wurden Chemikalien und andere Substanzen in Glas- und Plastikflaschen aufbewahrt. In einem Sideboard mit Schubladen waren Sägen, Skalpelle, Meißel, Stahlschnüre, Zangen und andere Werkzeuge für die Bewältigung verschiedener Aufgaben, die er sich nicht vorstellen mochte, aufge-

räumt. Alles war sauber. Glücklicherweise deuteten keine Wasserlachen auf den Bodenfliesen darauf hin, dass hier erst kürzlich gereinigt werden musste. Ganz hinten im Gang hörten sie lautes Rumpeln und gegen Holz schlagen. Sie liefen hin. Jemand oder etwas warf sich wie von Sinnen gegen die verschlossene Tür. Er legte sein Ohr an die Bohlen und rief nach Cora. Keine Antwort. Stattdessen erreichte das wilde Rasen und Wüten im Innern Orkanstärke. Die stabilen Eichenbretter drohten zu bersten. Feiner Steinstaub rieselte von den Türangeln zu Boden. Er griff nach dem Riegel. Dannenberg legte mahnend die Hand auf seinen Unterarm.
„Was ist, wenn es nicht Cora ist? Wer weiß, welch ein Monster sich in dieser Kammer des Grauens verbirgt? Wer weiß, was die hier alles treiben in ihren geheimen Gängen hinter verriegelten Pforten?"
„Grausamer als diejenigen, die es eingesperrt haben, kann es nicht sein."
Er schob den Riegel auf die Seite. Drinnen wurde es mit einem Mal totenstill. Er fühlte das kalte, raue Eisen der rostigen Türklinke in seiner angstverschwitzten Handfläche und hielt den Atem an. Er hörte seinen Herzschlag, spürte, wie das Blut durch seine Halsschlagadern pulsierte und der Druck in seinen Ohren anstieg. Mit einem heftigen Ruck riss er die Tür auf. Zwei grüne Augen ätzten ihn aus dem Dunkeln heraus giftig an.

TAXIFAHRER MÜSSEN NICHT JEDEN MITNEHMEN

„Aufwachen, du Schlafmütze!"
Thorstens Augenlider pappten wie von einem eitrigen Gerstenkorn verklebt.
„Hey, willst du wohl aufstehen!"
Irgendjemand rüttelte ihn durch als kauerte er in einer Lore, die ungebremst den Stollen einer Erzmine hinunterrumpelt. Seine Wimpern hatten sich ineinander verhakt und ratschten beim Öffnen wie ein Klettverschluss. Nur langsam erlangte er sein Augenlicht zurück. Verschwommen formte sich der Umriss einen Kopfes über ihm, der sich nach erfolgreicher Schärfenjustierung als der von Cora erwies. Jetzt riss er die Augen ganz auf.
„Wo bist du gewesen? Ich habe dich überall gesucht. Ich war ganz krank vor Angst um dich!"
„Gesucht hast du mich? Geschnarcht hast du! Man hätte dich zu deiner eigenen Beerdigung tragen können, ohne dass du was gemerkt hättest."
„Wie? Was? Das ist doch nicht möglich!"
„Ist ja auch egal. Schön, dass du mich selbst im Schlaf vermisst. Ich habe mich derweil umgesehen und glaube, hier geht es nicht mit rechten Dingen zu. Lass uns besser verschwinden!"
„Was hast du denn herausgefunden?"
„Ich bin runter und durch die Gänge gelaufen. Man kommt sich vor wie in einem Museum. Überall leere Zimmer, hin und wieder mal ein einzelnes Möbel-

stück oder ein Kamin, in dem schon seit Ewigkeiten kein Feuer mehr gebrannt hat. Ganz am Ende eines Seitenflügels kniete eine alte Frau in einer Kapelle und betete. Das war vielleicht seltsam! Sie war völlig weggetreten, doch ich hätte schwören können, dass da noch jemand war, der sie angesprochen hat. Gesehen habe ich niemanden, gehört auch nicht. Kann sein, dass ich mir das auch nur eingebildet habe."
„Hast du nicht! Das war ich!", platzte es aus ihm heraus.
„Die alte Dame saß rechts in der zweiten Reihe, war ganz in Schwarz gekleidet und trug einen unappetitlich verfilzten Dutt auf dem Kopf. Sie war so fromm in ihr Gebet vertieft, dass sie nicht auf mich reagiert hat."
Cora sah ihn verdattert an.
„Ja, so sah sie tatsächlich aus ... und aus einer ihrer Kleidertaschen schaute das Ende eines orangen Bandes heraus. Möglicherweise hat sie nicht auf dich reagiert, weil du – ich weiß nicht, wie ich es besser ausdrücken soll – gar nicht richtig da warst."
„Wer garantiert dir denn, dass du da warst?"
„Ich weiß doch, was ich erlebt habe."
„Meinst du, ich nicht? Verdammt, ist das alles kompliziert! Was war denn sonst noch?"
„Als ich wieder in der Vorhalle war, wurde die Tür zum Ballsaal geöffnet. Die Kostümierten kamen nacheinander heraus, stiegen die Treppe hinauf und verschwanden in einem der Gänge. Ich hatte mich hinter einer Säule versteckt, so dass mich niemand bemerkt hat."
„Sie sind wohl zu ihren Kokons gepilgert", murmelte er vor sich hin.
„Was für Kokons?"
Er vermutete, dass die Geschichte von den mehr als dreihundert Jahre alten Adeligen das Vertrauen in

seine Urteilsfähigkeit weiter unterminiert hätte, weswegen er darauf verzichtete, das Informationsgefälle zu nivellieren. Stattdessen drängte er sie, den Rest zu berichten.

„Rüdiger von Herrenhagen und ein Mann, den er Hubert nannte, kamen als Letzte aus dem Ballsaal ..."

„Den Kerl kenne ich. Er ist im Vorstand der Kulturstiftung des Mittelstands und hat meine Reportage unter den Teppich gekehrt."

„... Sie sprachen über Gedankenscans, Dossiers, die nun genügend Informationen enthielten und über abgeschlossene Gen-Sequenzierungen bei den Probandinnen."

„Welchen Probandinnen?"

„Keine Ahnung, alles habe ich auch nicht mitbekommen. Herr Hubert bestätigte aber, dass die Testreihen bald beendet seien und man dann in die nächste Phase übergehen könne."

„Was die wohl in ihren Laboren aushecken?"

„Dann sagte Herr Hubert noch, dass er bislang nicht herausbekommen habe, wer dir die Golfbälle zugespielt hat. Jemand müsse das System gehackt und die Zugriffsprotokolle überschrieben haben. Daraufhin hat Herrenhagen ihn angewiesen, die Passwörter umgehend zu ändern. Das hätte nach einem Jahr schon längst passieren müssen."

„Wer könnte wohl ein Interesse daran haben, dass ich gerade an diesem Abend hier im Schloss aufkreuze? Und wer hätte ahnen können, dass ich mich auf so ein abgefahrenes Spiel einlasse?"

„Eine schöne Frau und ein aufregendes Abenteuer fallen einem alleinstehenden, gelangweilten Journalisten in den Schoß. Man muss kein Hellseher sein, um zu ahnen, was du daraus machst."

„Bin ich so berechenbar?"

„Was das betrifft, ja. Am Ende hat Herr Hubert noch vorgeschlagen, dass man dich vielleicht für den Orden gewinnen solle. Eine positive Presse sei für ihre Vorhaben sicher von Vorteil."
„Ha, sie glauben also, dass sie mich kaufen können!"
„Herrenhagen nicht. Er hat gleich abgewiegelt."
„Hat er das?", fühlte sich Thorsten geschmeichelt.
Cora druckste herum.
„Was ist? Gab es noch was?"
„Nun, Herrenhagen meinte, dass jemand, der sich tagtäglich brav durch die Meldungen der Nachrichtenagenturen ackere und diese dann in einem Onlinemagazin wiederkäut, sich nebenher Anerkennung und ein paar Euro dazuverdient, indem er für die Sparkassenstiftung oder sonst wen historische Unterlagen aufbereitet, viel zu geltungsbedürftig sei, als dass er sich den Notwendigkeiten einer größeren Sache unterordnen würde."
„So hat er mich beschrieben?", hakte Thorsten nach und führte sich seine grundsolide, höhepunktsneutrale berufliche Laufbahn vor Augen.
Cora lupfte fragend die Augenbraue.
„Du musst mich nicht schonen."
„Nun, es fielen noch die Worte unbelehrbar, rechthaberisch und engstirnig. Du würdest die Gelegenheit bestimmt nutzen, um wenigstens einmal aus deiner Mittelmäßigkeit auszubrechen, in der Hoffnung, dass du mit einer großen Story den bevorstehenden Ablauf deiner Mindesthaltbarkeit als ernstzunehmender Journalist etwas hinauszögerst."
„Ein bisschen einfühlsamer hättest du mir das schon beibringen können."
„Es tut mir leid. Das hätte ich dir gern erspart."
„Ist schon gut. Jetzt sind die Fronten wenigstens geklärt."
„Zum Schluss habe ich richtig Angst bekommen,

denn Herrenhagen wollte wissen, ob die Sache mit dem Andalusier endlich erledigt sei. Hubert sagte, sie hätten ihn mit einem sauberen Schuss in den Kopf ins Jenseits befördert. Er hätte sein Ende nicht kommen sehen und wäre bereits entsorgt."
„Verdammt, wo sind wir da nur hineingeraten?"
„Danach folgten die beiden den Kostümierten die Treppe hinauf. Kurz drauf erschien wie aus dem Nichts der riesige Pförtner. Er trug eine Frau längs über der Schulter. Sie hat gekreischt und um sich geschlagen. Unter der Marmortreppe hat er sich einfach in Luft aufgelöst."
„Aber das warst du, die er fortgeschleppt hat!", rief er aus.
„Ich? Wieso ich?"
„Er hat dich entführt. Ich habe gesehen, wie er dich gepackt hat."
„Mich entführt? Das hätte ich doch merken müssen."
„Los, lass uns gehen und dich aus den Klauen des Scheusals befreien!", drängte er sie.

Er streckte seine Nase durch einen Türspalt hinaus in den Gang. Alles war ruhig. Cora übernahm die Führung. Er behielt hinter ihr die Bilder an der Wand im Auge. Sie bogen nach rechts ab. Die Gemälde zeigten jetzt fremde Motive. Er wies Cora darauf hin. Sie wollte allein zurück, um nach dem richtigen Weg zu suchen, doch er bremste sie aus.
„Du bleibst besser bei mir! So habe ich dich nämlich schon einmal verloren."
Gemeinsam fanden sie den richtigen Gang. Sie stiegen die Treppe hinab. Sie wollte gleich durchs Hauptportal verschwinden, doch er fasste ihren Arm.
„Wir müssen noch jemanden mitnehmen."

Sie schaute ihn verdutzt an, ließ sich aber ohne Murren unter die Marmortreppe führen.

„Hier hat sich der Riese in nichts aufgelöst", flüsterte sie.

„Und ich zeig dir jetzt, wie."

Er suchte nach der Verfärbung im Marmor und drückte drauf. Der geheime Gang im Boden öffnete sich geräuschlos. Ebenso lautlos klappte Coras Unterkiefer herunter.

„Ich hab dir doch gesagt, dass ich dich überall gesucht habe."

Sie kletterten die Stiege hinab. Zielstrebig marschierte er den Korridor entlang. Vom Ende her hörten sie ein jähzorniges Rumpeln und Schlagen, das mit jedem Schritt, den sie näher kamen, bedrohlicher wurde. Ohne zu zögern griff er nach dem Eisenriegel, der sie von der tobenden Bestie im Innern der Zelle trennte.

„Sollten wir nicht besser einen Tierfänger rufen? Oder zumindest das Technische Hilfswerk? Auch Taxifahrer müssen nicht jeden mitnehmen", gab sie besorgt zu bedenken.

Unbeeindruckt von ihrem Veto rüttelte er das angerostete Eisen nach rechts aus dem Bügel und drückte die Klinke nach unten. Innen wurde es schlagartig totenstill.

„Ich hoffe, du weißt, was du da tust", mahnte sie ein letztes Mal.

Behutsam zog er die Tür auf. Die Angeln bettelten quietschend um einen Tropfen Öl. Aus dem Dunkeln des Kerkers heraus fauchten ihn grüne Augen giftig an.

„Bleib du bitte hier draußen!"

„Worauf du dich verlassen kannst!"

Er arbeitete sich Zentimeter für Zentimeter in die Dunkelheit vor und streckte dabei seine Handfläche aus, als wollte er ein ängstliches Fohlen füttern. Dann verharrte er regungslos und murmelte mit einer sanften, einschmeichelnden Stimme auf die Kreatur in der Kammer ein.

„Ruhig, ganz ruhig! Fürchte dich nicht! Es wird alles wieder gut. Wir bringen dich in Sicherheit. Komm her zu mir! Du musst keine Angst mehr haben."

Plötzlich sprang ihn das Wesen aus der Finsternis des kargen Raums heraus an und schlug auf ihn ein. Cora zuckte zusammen und konnte nur mit Mühe einen hysterischen Schrei unterdrücken. Er riss die Arme und Hände hoch bis neben seine Ohren und ließ die Kanonade von Schlägen auf sich einprasseln. Nur langsam ebbte die Kraft der zierlichen Fäuste ab, bis sich das Geschöpf schließlich schluchzend an ihn klammerte. Er breitete seine Arme aus und legte sie schützend um es herum. Er streichelte besänftigend sein langes, verfilztes Haar. Als er es aus der finstren Zelle führte, sah Cora, dass er eine etwa fünfzehn Jahre junge Frau im Arm hielt. Sie glich Melanie bis aufs Haar. Von der Beleuchtung im Gang geblendet, kniff sie die Augen zusammen.

„Keine Angst, das ist Cora! Sie tut dir nichts."

Sie drückte sich noch enger an ihn und musterte seine Freundin ängstlich von Kopf bis Fuß.

„Komm, wir bringen dich hier raus!", ermutigte er sie.

Zu dritt stiegen sie zurück ins Foyer hinauf und stahlen sich aus dem Portal nach draußen.

Auf der Sandsteintreppe hielt er inne und fasste Cora an der Schulter.

„Geht ihr schon mal vor und versteckt euch in der Nähe des Tors! Ich muss noch einmal rein. In einer Viertelstunde bin ich wieder bei euch. Dann hauen wir ab", wies er sie an.

Nur widerwillig gab ihn das Mädchen frei. Cora nahm es bei der Hand und lief mit ihr die Zufahrt hinab. Als sie außer Sichtweite waren, schlich er sich zurück ins Schloss. Er wandte sich zum Südflügel, an dessen Ende er die schwere Tür zur Bibliothek öffnete. Ohne die prachtvollen Einbände in den Regalen auch nur eines Blickes zu würdigen, steuerte er eine Nische an, in der sich ein Herr durch einen Wust von Dokumenten arbeitete.
„Guten Tag Herr Dannenberg."
Der Mann schreckte auf und drehte den Kopf. Verblüfft hob er zu reden an, doch Thorsten schnitt ihm das Wort ab.
„Wir haben nur wenig Zeit. Sie heißen Dannenberg, sind der Onkel von Melanie, was Sie ihr aber noch nicht erzählen konnten, und Sie arbeiten gerade daran, die ruchlosen Machenschaften des Geschlechts derer von Herrenhagen aufzudecken. Fragen Sie mich nicht, woher ich das weiß, denn ich verstehe es selbst nicht! Ich habe eine Bitte an Sie."
„Wie kann ich Ihnen helfen?"
Er stockte irritiert.
„Ein erstaunlich unkomplizierter Herr", schoss es ihm durch den Kopf. Konnte er einem Mann trauen, den er im Traum oder weiß der Himmel wie kennengelernt hatte? Was war, wenn dieser schnurstracks zu seinem Chef lief, um sich für ein paar Informationen ein Handgeld abzuholen? Nein, eine solche Arglist traute er dem sympathischen Opa nicht zu.
„Ich habe eine junge Frau aus einer düsteren Zelle im Keller befreit. Sie sieht exakt so aus wie Melanie. Sie ist etwa fünfzehn Jahre alt. Sie wissen nicht zufällig, wer sie ist und warum man sie hier im Schloss festhält?"
„Eine junge Frau? Nein, darüber ist mir nichts be-

kannt. Doch in diesem Gemäuer gehen eine Menge seltsamer Dinge vor sich. Ich werde mich mal umhören. Wie kann ich Sie erreichen?"

„Ich schreibe Ihnen hier meine Telefonnummer und die Mailadresse auf."

„Vielleicht finde ich auch Hinweise in den Dokumenten. Ich melde mich, sobald ich etwas habe."

Thorsten bedankte sich, grüßte und eilte wieder hinaus.

Am Tor angelangt, sah er Cora und das Mädchen im roten Polo sitzen. Sie hatte den Motor bereits gestartet. Er nahm Anlauf und schnappte nach dem oberen Rand des Tores. Ein Klimmzug und schon war er hinübergehechtet. Er ließ sich in den Beifahrersitz fallen und sie gab Gas. Er schnaufte tief durch. Mit den Fingerspitzen strich er über die Umrisse des Sonnenanhängers in seiner Hand. Im Außenspiegel bemerkte er, wie zwei Scheinwerfer sie aus dem Nebeldunst heraus einholten und sich ein schwarzer Kastenwagen hinter ihrem Auto aufbaute.

DAS LAMM HINTER DER ZENTRALHEIZUNG

Starr vor Schreck riss Melanie die Lider auf. Ein Berg von Mann hatte sich vor ihr aufgetürmt mit Augen so feurig schwarz wie brodelndes Pech. Sein nackter Körper war mit Dreck und Tätowierungen überzogen. Grimmige Gesichter nordischer Götter mit langen Rauschebärten unter gehörnten Helmen feindeten sie an. Schwerter und Streitäxte, in ein

kunstvolles Gewebe aus geometrischen Figuren eingelassen, zuckten bedrohlich auf den überbordenden Muskeln. Er lachte unheilvoll und ein stinkender Atem entwich durch die Löcher in den angefaulten Zähnen. Seine riesige Pranke schloss sich um ihre Gurgel, die andere riss ihr den Slip vom Leib. Sie röchelte halb erstickt, als er sie anfasste. Dann spreizte das Ungetüm ihre Schenkel und legte sich auf sie. Doch statt von unappetitlichen Fleischmassen zerquetscht zu werden, spürte sie einen zierlichen Körper und weiche, duftende Haut auf sich.
„Ich bin froh, dass dir keine Haare auf dem Rücken wachsen", atmete sie auf.

Sie kannte dieses Verlies. Mehr als einmal hatte sie, wie jetzt, gefesselt auf dem grob gehauenen Holzbett gelegen. Sie mochte das Liebesnest im Keller viel lieber als das kalte Designer-Schlafzimmer im ersten Stock.
„Bindest du mich los?"
„Erst, wenn wir alles geklärt haben."
„Für mich ist alles klar."
„Und trotzdem kannst du nicht an dich halten, wenn du mit mir zusammen bist."
„Das eine hat mit dem anderen nichts zu tun", presste Melanie hervor, wobei sie einen Seufzer verschluckte.
Es war was dran, jeden Moment hatte sie ausgekostet, aber letztlich fand sie bei ihr nur Befriedigung und keine Erfüllung.
„Wir können nur miteinander glücklich werden. Das Schicksal hat uns zusammengeführt", schmachtete Sybylle sie an.
„Deine Eifersucht war es und nicht die Vorsehung. Du kannst es nicht ertragen, dass sich dein Papa für mich interessiert."

„Weißt du überhaupt, wie schwer das ist, einen Vater zu verlieren? Nicht mehr geliebt zu werden, ohne dass du auch nur die geringste Schuld daran trägst?"

„Besser, als du denkst. Meiner hat mich in dem Moment verstoßen, als er über meine kleine Schwester hergefallen ist."

„Ich wünschte, meiner hätte mir seine Liebe gezeigt – selbst so."

„Das war keine Liebe."

„Und deswegen gehören wir beide zusammen. Seit er sich von mir abgewandt hat, hatte ich nie wieder etwas mit einem Mann, und du wirst auch nicht glücklich mit ihnen. Besonders nicht mit ihm, denn er spielt nur mit dir."

„Heute habe ich erst mal mit ihm gespielt."

„Was sollte das denn mit den albernen Rollstühlen?"

„Die hab ich mir vom Verein ausgeliehen. War doch lustig."

„Ich hab vor deiner Wohnung gewartet und bin ihm gefolgt."

„Er hat das Rätsel gelöst!"

Melanie freute sich, dass sie seinen Jagdinstinkt geweckt und er sie nicht gleich wieder abgeschrieben hatte.

„Er ist mit einer anderen essen gegangen. Später sind sie zu einem Swingerclub gefahren."

„Er sucht nach mir!"

„Danach sah es nicht unbedingt aus. Ich bin auch hineingegangen. Sie waren die Stars des Abends."

„Ich weiß, dass er kein Asket ist ... Man darf ein wildes Tier nicht in die Enge treiben, man muss warten, bis es von allein kommt und sich an dir reibt", dachte sie.

Erst jetzt fiel Melanie auf, dass es in dem Zimmer

der Jahreszeit unangemessen weihnachtlich roch. Sie hob den Kopf und schaute sich um. Auf dem Parkett waren ein Kreidekreis und etliche magische Zeichen aufgemalt. Grüne Äpfel, Vanilleschoten und Zimtstangen waren neben den seltsamen Symbolen platziert.
„Willst du einen Kuchen backen?", scherzte sie.
Oben auf dem Fenstersims bemerkte sie noch rote Rosen, grüne Kerzen, einen Kupferkessel und Jadesteine.
„Das sind die Zutaten für einen uralten Liebeszauber."
„Glaubst du etwa an solch einen Unsinn?"
„Glaubst du an die Kraft deines keltischen Sonnenanhängers? Wo ist er überhaupt?"
„Er hat ihn und wenn er ihn mir zurückgebracht hat, werde ich ihn nicht länger brauchen."
Mit einem flüchtigen Kuss am Froschteich hatte sie sich an Thorsten herangetastet, wollte herausfinden, ob die Bestie wütend mit den Zähnen fletscht. Doch sie war ruhig geblieben, hatte sich sogar auf den Rücken gerollt und wollte gekrault werden. Endlich hatte sie ihn gefunden, mit ihm würde alles anders werden! Nein, sie glaubte nicht an Amulette, Magie oder Besessenheit, aber was sonst lauerte da in ihr und rüttelte an der Käfigtür, immer dann, wenn sie sich einem Mann öffnete?
„Warum gerade er, wo er doch um so viel älter ist? Hast du darüber schon mal nachgedacht?", holte die Blondine Melanie aus ihren Gedanken zurück.
Ja, das hatte sie, doch hatte sie nicht einen Moment den Vater in ihm gesehen. Thorsten war nicht wie er, er eroberte und er schändete nicht.
„Er versteht mich."
„Er wird dich in Gefahr bringen. Bei mir bist du sicher."

Ihre Kerkermeisterin hatte die Decke vom Bett gezogen und begann, ihren entblößten Körper mit einem Schwamm zu waschen. Das Wasser roch nach Rosenöl.

„Wenn ich vielleicht auch nicht sicher bei dir bin, dann doch wenigstens sauber."

Sybylle tauchte einen Hühnerflügel in einen Mörser mit Asche und schrieb mit dem Knochen ihrer beider Namen auf ihren Bauch.

„Oder auch nicht ... Hör auf damit! Ich bin Vegetarierin ...", protestierte Melanie vergeblich.

„Ein bisschen ekelig ist das schon. Ist der wenigstens Bio?"

Die Hexenanwärterin ignorierte die Sticheleien. Aus einer ledernen Scheide zog sie einen Dolch mit elfenbeinernem Griff und einer Klinge aus scharfem Obsidian. Sie setzte die Spitze auf Melanies Brust und zeichnete ein Pentagramm. Der schwarze Stein hinterließ feine rote Linien auf ihrer nackten Haut. Sie murmelte ein paar lateinische Wörter und ritzte sich die Hand. Blut tropfte auf Melanies Bauch, dreimal auf ihren Namen, dreimal auf den der Hexe. Mit einem Streichholz zündete sie die Kerze an und ließ das heiße Wachs unter Absonderung seltsamer Formeln, die ein ums andere Mal wiederholt wurden, auf sie träufeln.

Melanie schloss die Augen und kostete den Schmerz aus.

Sie hatte die kurzhaarige Blondine in einer Bar kennengelernt. Diese hatte sie angesprochen, nachdem sie ein Date vorzeitig beendet hatte.

„Feuer ist eines der Elemente, das die Pforte zur spirituellen Welt öffnet."

Die Hexe hatte ihre Muttersprache wiedergefunden.

„Die Erde ebenfalls. Ich hoffe, du buddelst mich

nicht ein."
„Das kommt noch."
Sie zog die Flatschen gehärteten Wachses, die das Blut und die aufgemalten Namen gebunden hatten, von Melanies Haut und wickelte sie zusammen mit dem Flügel in ein Stück Pergamentpapier, das sie mit einem silbernen Faden zusammenschnürte, ging hinaus und vergrub ihr Hexenwerk im Garten.
Dieser ganze Hokuspokus sah ihr so gar nicht ähnlich. War sie wirklich verzweifelt oder hatte sie sich einfach nur ein neues Liebesspiel ausgedacht? Sie kam mit einem Eimer frischen Wassers zurück, das diesmal nach Lavendel roch.
„Hast du das in einem Groschenroman gelesen oder in Hogwarts gelernt?"
„Mach du nur deine Witzchen! Meine Mutter kannte sich mit magischen Ritualen und den Vorstellungen vom Jenseits gut aus. Sie war sehr belesen und hat stundenlang in der Bibliothek in den alten Schriften gestöbert."
„In den alten Schriften steht auch, dass die Erde eine Scheibe ist."
„Das denken bloß die, die sie nicht gelesen haben. Die meisten Gelehrten wussten bereits, dass die Erde eine Kugel ist."
„Zaubersprüche haben deiner Mutter auch nicht geholfen. Glaubst du, dir gelingt, wo sie versagt hat?"
„Was, wenn sie gar nicht versagt hat?"
„Dann hat sie sich also aus reiner Freude umgebracht?"
„Das hat sie nicht. Die anderen haben sie auf dem Gewissen."
„Vielleicht sah sie einfach keinen anderen Ausweg."
„Du kanntest sie nicht. Sie war eine Kämpferin. Sie hätte niemals aufgegeben und sie hätte mich auch niemals mit ihm alleingelassen. Nein, er hat sie aus

dem Weg geräumt und die anderen haben ihm dabei geholfen."

„Von wem sprichst du?"

La Pleine Lune."

„Diese Sonderlinge, die in Kniebundhosen zu Cembalo-Musik tanzen? Die Theatertruppen bezahlen, damit sie Komödien in Perücken und Puffärmeln aufführen? Die Diskussions-Runden zum Schelmenroman und Sonett organisieren?", erinnerte sich Melanie an die zahlreichen Plakate, die sie im Auftrag von Herrenhagens gestaltet hatte.

„Alles nur Fassade."

„Und dahinter stecken wahrscheinlich Templer und Rosenkreuzer, die mit Korruption, Bestechung, Erpressung und Meuchelmord die Übernahme der Weltherrschaft vorbereiten?"

„So was Ähnliches. Sicher ist, dass diese Leute allesamt Schlüsselpositionen in der Wirtschaft, der Politik, bei der Polizei und sonst wo einnehmen. Sie spielen sich gegenseitig die Karten zu."

„Eine waschechte Verschwörung – und dein Vater ganz vorn mit dabei?", zweifelte Melanie.

„Ja, denkst du etwa, es ginge mit rechten Dingen zu, wenn der Oberstaatsanwalt seine Villa oben am Hang inmitten des Naturschutzgebietes bauen darf? Oder wenn der nichtsnutzige Sohn unseres Bürgermeisters in den Vorstand der Handelskammer gewählt wird?"

Sie rubbelte die Reste von Asche und Hühnerfett fort.

„Der Dreck ist runter, kommen jetzt meine Sünden dran?", witzelte Melanie wieder, nachdem sie auch die zweite rituelle Waschung duldsam über sich ergehen lassen hatte.

„Du wirst schon sehen, dass es wirkt. Wir wiederholen die Prozedur an sieben aufeinanderfolgenden Ta-

gen, dann wirst du ihn vergessen haben und wieder ganz mir gehören."
„Sieben Tage? Dann habe ich sogar meine Schuhgröße vergessen ... und gehäutet hast du mich bis dahin obendrein!", rief sie aus.
„So steht es im magischen Buch."
Sybylle küsste die Jadesteine und legte sie auf die fünf Ecken des Pentagramms auf Melanies Brust, der sechste kam in die Mitte. Irritiert schaute sie auf den verbliebenen siebten Edelstein in ihrer Hand.
„Und du bist sicher, dass du im richtigen Kapitel gelesen hast?"
Zaghaft fand er schließlich seine Bestimmung auf ihrer Stirn.
„Ich muss uns und den Raum hier reinigen, sonst wenden sich die von mir beschworenen Kräfte noch gegen uns", klärte Sybylle sie auf und zündete die Räucherstäbchen an.
„Wann hat das mit der Verschwörung angefangen?", hüstelte Melanie in den aromatisierten Kräuterqualm hinein.
„Als mein Vater herausfand, dass ich nicht seine Tochter bin."
„Wann war das?"
„Kurz nachdem ich mit dem Studium begonnen hatte."
„Ein Vaterschaftstest?"
„Der kam später. Nein, die beste Freundin meiner Mutter hat sich im Suff verplappert."
„Und danach?"
„War es nicht viel anders als zuvor – oder glaubst du, mein Vater hätte sich dazu herabgelassen, meiner Mutter eine Szene zu machen? Nein, das tut ein Herrenhagen nicht."
„Was dann?"
„Hinter jedem Lächeln, hinter jeder Umarmung, hin-

ter jeder zärtlichen Geste ließ er sie seine stille Verachtung spüren. Nach und nach brachte er auch die anderen dazu: Herr Hubert und dann die anderen Bediensteten fingen ebenfalls an, meine Mutter emotional zu schneiden – außer Hallgrim, aber der war ja immer schon griesgrämig. Als sie es nicht mehr aushielt, erzählte sie mir von ihrer verzweifelten Lage."

„Hast du mit deinem Vater geredet?"

„Ich habe ihn genau beobachtet und hab es schließlich auch bemerkt?"

„Woraufhin du mit ihm gesprochen hast?"

„Er hat alles abgestritten, hat gesagt, sie bilde sich das nur ein. Dann hat er mich auch aufs Korn genommen – bloß weil ich auf ihrer Seite war."

Die Blondine massierte eine intensiv duftenden Vanillelotion in den arg strapazierten Säureschutzmantel ihrer Haut und deckte sie wieder zu. Sie setzte sich auf die Bettkante, tauchte mit der Hand unter die Daunendecke, wo sie auf Wanderschaft ging.

„So viel Unglück wegen eines kleinen Moments der Schwäche", gluckste Melanie unter den Streicheleinheiten.

„Sie ist nicht fremdgegangen, sie wurde vergewaltigt."

„Warum hat sie ihm das nie erzählt?"

„Hat sie, aber erst, als er es schon wusste. Geglaubt hat er ihr sowieso nicht."

„Warum hat sie nicht früher etwas gesagt? Dein Vater hätte den Täter überführen können."

„Sicher, aber er hatte sich schon immer ein Kind gewünscht, doch das wollte nicht so recht klappen."

„Und dann hat sie dich als glückliche Fügung des Schicksals behalten?", schnappte Melanie nach Sauerstoff.

„Scheint so, als wärst wenigstens du froh darüber."

Ihre Finger flitzten im Endspurt der Zielgeraden entgegen.
„Aber sie musste doch damit rechnen, dass es herauskommt. Wo dein Vater so viel in die Forschung investiert."
Melanie zappelte erhitzt und strampelte die Bettdecke fort. Sie fühlte, wie ihr das Blut in den Kopf schoss.
„Erst seitdem er es weiß, arbeitet er wie besessen an einer Möglichkeit, wie er einen legitimen Erben in die Welt setzen kann."
Sybylles Hand lag jetzt warm und schwer auf ihrem zuckenden Zwerchfell.
„Dein Vater hat gesagt, er könne mir helfen. Er hätte ein Verfahren entwickelt, mit dem sich schlimme Kindheitserinnerungen aus dem Gedächtnis tilgen lassen ..."
„... und stattdessen impft er deinem Hirn seinen Willen ein. Willst du tatsächlich einen Pakt mit dem Teufel eingehen? Von ihm bekommst du nichts umsonst. Am Ende legt man immer gehörig drauf. So reich wie er wird man nicht mit Menschenfreundlichkeit."

Es klingelte an der Haustür. Sybylle zog eine Spritze auf.
„Können wir die nicht weglassen?"
„Wenn du versprichst, ruhig zu bleiben."
Melanie nickte stumm. Die Türglocke läutete erneut. Sie hörte Wortfetzen durch das Brummen der Zentralheizung. Türen wurden geöffnet und wieder zugeschlagen. Die Stimmen näherten sich. Nach und nach konnte sie ganze Sätze verstehen.
„Du hast mir alles genommen, erst meine Mutter und dann auch noch sie. Ich habe sie in deine Obhut gegeben. Ich dachte, ich könnte uns so wieder

zusammenbringen, doch was machst du? Du behandelst sie wie ein Versuchskaninchen und experimentierst an ihr herum, du widerliches Scheusal."
„Tu nicht so empört. Nicht eine Sekunde hast du dich um sie geschert."
„Was weißt du schon? Sie ist ein Teil von mir. Ich habe sie immer geliebt."
Jetzt wurde der Streit direkt vor ihrer Tür weitergeführt.
„Sie wird mir das geben, was ich von deiner Mutter niemals bekommen habe und ich hole sie mir zurück. Ich frage dich ein letztes Mal: Wo ist sie?"
„Sieh nur, hinter dem Heizungskessel hat sie sich verkrochen! Nicht? Dann vielleicht zwischen dem alten Gerümpel?"
Die Tür wurde aufgerissen.
„Oder versteckt sie sich am Ende unter der Bettdecke?"

Melanie starrte angespannt in den Flur. Eine Hand so mächtig, dass sie ihren Kopf zerquetschen könnte, fasste den Türrahmen. Wäre sie doch nur nicht gefesselt! Sie würde den Hünen anspringen, ihm die Augen ausreißen und die Schlagadern aufbeißen. Er würde ausbluten wie ein geschächtetes Lamm. Nach ein paar Sekunden wäre alles vorbei. Saurer Hass stieg ihr den Hals hinauf. Sie musste sich beruhigen, die Wehrlose spielen, den Kerl in Sicherheit wiegen. Wenn er die Fesseln erst gelöst hätte …
Seine rechte Schulter füllte den Durchgang und verdunkelte den Raum. Sie schloss die Augen, atmete tief und gleichmäßig in den Bauch und wartete darauf, dass seine Pranke ihre Gurgel umschließen würde.

HÄNDE WEG VON
STUDIENRÄTINNEN

„Was fährt der Idiot so dicht auf?", regte sich Cora auf.
„Bleib ruhig und bieg an der nächsten Einmündung rechts ab!"
Sie setzte den Blinker, das fremde Auto in ihrem Rückspiegel folgte weiter der Hauptstraße.
„Jetzt wenden und hinterher! Ich will wissen, wohin er fährt."
Cora steuerte den Polo sicher durch den Nebel, der in den vergangenen Minuten aufgezogen war. Sie hielt so viel Abstand, dass sie die roten Rücklichter des schwarzen Vans gerade noch durch die Suppe erkennen konnten. Thorsten blinzelte aus den Augenwinkeln zu ihr hinüber.
„Ich bin froh, dass du bei mir bist."
„Das ist das aufregendste Abenteuer meines Lebens."
„Ich wusste vom ersten Augenblick an, dass du Feuer hast."
„Du hast lang gewartet, bis du es entzündet hast."
„Ich hatte Angst vor einem Flächenbrand."
„Bei den vielen Tränen, die ich geweint habe?"
Sie hatte ihr verkorkstes Leben vor ihm ausgebreitet und ihm einfach alles erzählt. Zu Beginn lief es nach Plan: Traumhochzeit, ein eigenes Haus, das ihre Eltern größtenteils finanziert hatten, beide hatten gute Jobs, er beim Zoll und sie in der Spedition. Dann die Fehlgeburt, auf die der Absturz folgte. Sie schluckte Tabletten, er spielte Karten. Mal verlor er, mal gewannen die anderen. Das Haus gehörte bald der Bank. Er ging ins Bordell, sie hatte Affären. Kurz be-

vor sich die beiden gegenseitig vor einen Zug gestoßen hätten, trennten sie sich. Danach ging es für sie wieder bergauf.

„Warum hast du dich gerade mir anvertraut?", wollte er wissen.

„Weil ich keinen Trost, sondern eine ehrliche Meinung wollte."

„Du hast 'ne Menge Freunde – wir haben uns nur flüchtig gekannt."

„Meine Freunde hätten mir nur das erzählt, was ich hören wollte."

„Hätte ich auch können, um dich rumzukriegen. Ich war ziemlich scharf auf dich."

„Große Überredungskünste wären nicht nötig gewesen. Ich wollte mehr an diesem Abend", gab sie wenig überraschend zu.

„Du hattest getrunken."

„Am nächsten Tag war ich wieder nüchtern und wollte immer noch mehr."

„Du warst aufgewühlt und nicht bereit dafür. Es hätte uns beiden keinen Spaß gemacht."

„Vermutlich hast du recht."

Die Kleine auf dem Rücksitz hatte noch kein einziges Wort gesagt. Sie atmete unregelmäßig, zupfte an ihrem Haar und an ihrer verschlissenen Kleidung. Sie nagte an den Nägeln und blickte unruhig umher. Er drehte sich zu ihr und lächelte sie warm an.

„Warum nur hat man das Mädchen wie ein wildes Tier weggesperrt?"

„Ich habe keinen blassen Schimmer. Da, der Wagen hält!"

Cora schaltete die Scheinwerfer aus und ließ den Polo unter einer Pappel ausrollen. Eine rothaarige Frau in Krankenschwesternuniform verließ eines der Einfamilienhäuser und stieg in den Kastenwagen, der sich wieder in Bewegung setzte. Mit Schrittge-

schwindigkeit blubberte er im Schein der Straßenlaternen durch das Wohngebiet. Am Stadtrand angekommen, nahmen sie die Autobahn nach Westen.
„Sollen wir ihnen immer noch folgen?", fragte Cora.
„Weit werden sie um diese Uhrzeit nicht mehr fahren", mutmaßte er.

Eine Viertelstunde später bog der schwarze Van in den Hof eines Kinderwunschzentrums ein. Die Rothaarige stieg aus und betrat das Gebäude durch einen Nebeneingang, der ihr von unsichtbarer Hand geöffnet wurde. Er hatte die Tür im Schutz der Bäume ebenfalls erreicht und schlüpfte hindurch, bevor sie sich schloss. Er schlich einen Flur entlang.
Vor einem Labor beobachtete er, wie die Krankenschwester einem Laboranten einen Umschlag überreichte. Dieser öffnete ihn, schaute kurz hinein und nickte. Dann entriegelte er einen bierfassgroßen Edelstahltank, hob den Deckel an und fuhr mit einer langstieligen Zange durch Dampfschwaden hindurch ins Innere. Mehrmals zog er Reagenzgläser heraus, die er in eine gitterförmige Vorrichtung in der Kühlbox einführte.
Die Rothaarige nahm den Koffer an sich und verließ den Raum. Thorsten hatte sich in eine Nische des Gangs gedrückt. Als sie an ihm vorbeiging, presste er eine Hand auf ihren Mund und zog sie in eine Besenkammer.
„Ihr Vater hat mich gebeten, Ihnen zu helfen. Er klang sehr besorgt, als er mich anrief. Vorher müssen Sie mir aber erzählen, was hier los ist", flüsterte er ihr ins Ohr und löste den Knebel.
„Woher kennen Sie meinen Vater?"
„Ich kenne ihn nicht, doch er scheint mich zu kennen. Er hat mich heute früh angerufen und mir gesagt, dass Sie von einem Norweger bedroht werden."

„Der wartet draußen und wird hereinkommen, wenn ich ihm die Box nicht bald übergebe. Ich sollte besser gehen und Sie auch, wenn Ihnen Ihr Leben lieb ist."
„Ist da das drin, wonach es aussieht?"
Sie nickte.
„Sie wissen, dass das strafbar ist."
„Bitte, lassen Sie mich gehen! Ich muss zurück."
Sie zog einen Kugelschreiber aus der Brusttasche ihres Kittels und schrieb ihm eine Nummer auf den Handrücken.
„Rufen Sie mich an! Ich werde Ihnen alles erklären. Doch jetzt muss ich wirklich los!", bettelte sie.

* * *

Er wartete noch ein paar Minuten, nachdem die Frau gegangen war, und stieg wieder in den Polo. Auf der Rückfahrt berichtete er Cora, was er gesehen hatte.
Sie hielten vor seiner Wohnung.
„Wollen wir das Mädchen nicht besser zur Polizei bringen?", fragte sie oben angekommen.
„Das werden wir. Aber nicht hier bei uns. Ich habe den Bürgermeister auf dem Kostümball erkannt und wer weiß, wer noch zu Rüdiger von Herrenhagens exklusiver Gesellschaft gehört. Ich will erst herausfinden, wer sie ist und warum man sie in dem Kellerloch eingeschlossen hat."
Cora ließ sich überzeugen. Sie ging mit dem Mädchen ins Bad, wo es sich duschte. Sie war in einem bedauernswerten Zustand. Völlig verdreckt und die zarte Haut an vielen Stellen abgeschürft oder eingerissen. Er hatte ihr ein paar frische Sachen von sich herausgesucht, die nun an ihr herunterschlabberten, als sie aus der Nasszelle zurückkamen. Sie schmunzelten. Die Kleine sah an sich hinab und lä-

chelte schüchtern.
„Cooler Hip Hop Look", munterte er sie weiter auf.
Sie machte ein paar Moves, ließ dann aber die Schultern wieder hängen.
Er hatte Spaghetti gekocht. Sie setzten sich an den Tisch und aßen.
„Willst du uns deinen Namen verraten?", fragte er.
Sie aß stumm weiter.
„Ich bin Thorsten. Cora und ich werden dir helfen, doch dafür müssen wir mehr über dich wissen."
„Selina", sagte sie, ohne von ihrem Teller aufzuschauen.
„Ein schöner Name, Selina. Und wie weiter?"
„Weiß nicht."
„Weißt du, wo du wohnst?"
„Im Schloss."
„Schon immer?"
„Weiß nicht."
„Leben deine Eltern auch im Schloss?"
Sie zuckte mit den Schultern.
„Hast du etwas ausgefressen?"
Ihre Augen rollten rastlos in den Höhlen, plötzlich starrte sie ihn panisch an und begann zu weinen. Er wollte es fürs Erste dabei belassen.
„Du kannst heute in meinem Bett schlafen. Cora und ich machen es uns auf dem Sofa bequem."
„In der Früh besorge ich dir ein paar passende Sachen zum Anziehen von mir", ergänzte Cora.
„Damit du nicht mehr wie die Prinzessin in Rübezahls Garderobe rumlaufen musst."
„Kann ich nicht bei euch schlafen, bitte?", flehte die Kleine mit tränennassen Augen, wobei sie die beiden wie ein Hundewelpe anschaute, den man an einem Autobahnparkplatz ausgesetzt hat.
Er ging in den Keller und holte eine Luftmatratze, blies sie auf und schlug sein Schlaflager vor dem

Fußende seines Bettes auf. Cora und Selina kuschelten sich ins frische Bettzeug. Ein paar Stunden Schlaf würde ihnen allen guttun. In der Früh musste alles schnell gehen. Spätestens dann würde man im Schloss bemerken, dass das Mädchen fort war.

* * *

Am Morgen rief er in der Redaktion an und nahm sich die Woche frei. Cora war bereits mit frischen Brötchen und den Anziehsachen für die Kleine zurückgekehrt. Wer war sie? Er wusste praktisch nichts über das Mädchen. Lebten ihre Eltern im Schloss und hatte man sie lediglich als erzieherische Maßnahme weggesperrt? Weil sie zu spät von einer Party zurückgekehrt war, sich mit dem falschen Jungen traf oder es in der Schule an Enthusiasmus mangeln ließ? Das wäre sicher eine besonders harsche und nicht tolerierbare Methode der Züchtigung, aber noch lange keine Rechtfertigung dafür, dass sie sie mitgenommen hatten. Hatten andere Kinder ihr einen Streich gespielt? War es eine radikale Form der Angsttherapie? Es gab viele Szenarien für ihren Aufenthalt im Keller. Plötzlich war er sich nicht mehr sicher, ob sie das Richtige getan hatten.
Beim Frühstückskaffee versuchte er erneut, zu ihr durchzudringen.
„Guten Morgen, Selina. Hast du gut geschlafen?"
Sie nickte wortlos.
„Bist du hungrig?"
Wieder ein Nicken. Er ließ sie in Ruhe essen. Sie langte zu wie ein Bär, der gerade aus dem Winterschlaf aufgewacht war. Als sie satt war, nahm er seine Befragung wieder auf.
„Ich weiß ehrlich nicht, was ich tun soll, Selina? Möchtest du, dass ich dich irgendwo hinbringe? Zu einer Freundin? Verwandten? Oder möchtest du zu-

rück ins Schloss?"
Die zarte Röte, die der Käse und die Nuss-Nougat-Creme auf ihre Wangen gezaubert hatten, verblasste schlagartig. Fahl im Gesicht und mit weit aufgerissenen Augen sprang sie auf und verkroch sich in die Ecke neben der Tür, wo sie in sich zusammensackte und wie ein Häufchen Elend vor sich hin schluchzte.
„Nie wieder! Ich will nie wieder dorthin zurück! Bitte!", wimmerte sie zwischen Rotz und Tränen.
„Ich kann mich wirklich nicht erinnern. Ich hab doch nichts Böses getan."
Wenn Frauen weinen, ändern sie ihre Kriegsführung. Statt konventioneller Waffen kommen chemische zum Einsatz und die sind laut Chemiewaffenkonvention nicht ohne Grund verboten. Wissenschaftler wollen festgestellt haben, dass die Tränen einer Frau geruchlose Botenstoffe enthalten, die den Testosteronspiegel eines Mannes schlagartig absenken und ihn damit lammfromm und willenlos machen. So war es nicht weiter verwunderlich, dass auch Thorsten sich schließlich diesem hinterhältigen Angriff ergeben musste.
Er beschloss, Selina aus der Stadt fortzubringen, bis er mehr über sie erfahren hatte. Selbst, wenn er sich damit Schwierigkeiten einhandeln würde, wollte er ihr helfen, denn die Kleine hatte all seine Bedenken gnadenlos hinweggeheult.
Er stopfte seinen Computer, Klamotten, ein Taschenmesser, eine Taschenlampe und ein paar andere Reiseaccessoires in zwei Rucksäcke.
Vor dem Haus verabschiedeten sich die beiden von Cora. Sie stiegen in seinen Wagen und rollten durchs Wohngebiet. Im Rückspiegel sah er noch, wie ein Polizeiwagen vor seinem Haus bremste. Ein Polizist sprang heraus und sprach mit Cora. Dann bog

Thorsten in die Bundesstraße ein und sie fuhren nach Westen. Selina saß stumm und mit apathischem Blick auf dem Beifahrersitz.

* * *

Sie nahmen die Autobahn nach Norden. Im Radio beschwerte sich ein angesagter Sänger zu wehleidiger Musik über die Widrigkeiten des Lebens und seine Sehnsucht nach ein bisschen Liebe und Hoffnung in dieser ach so trüben Welt.
Die Kriegsgefangenen in Stalingrad waren besser drauf, dachte Thorsten. Vielleicht deprimierten Zwangsarbeit, Prügel, Wasser und Brot ja weniger als Pizza, Smartphone und ein Wochenendtrip nach New York.
Anschließend bemühten sich zwei Moderatoren, die Stimmung mit einem albernen Sketch herumzureißen und die Hörer doch noch mit guter Laune in einen aufreibenden Arbeitstag zu entlassen.
Auf die Werbung folgten die Nachrichten, die in die monoton-rhythmische Begleitautomatik einer Bontempi-Orgel gesprochen wurden. Musikbett wird so etwas genannt und es soll einen besseren Flow erzeugen und für die Wiedererkennbarkeit eines Formats sorgen. Er hingegen vermutete versicherungstechnische Erwägungen hinter dieser Marotte. Man verschluckt sich bestimmt nicht so leicht am Schokocroissant, wenn die Informationen zu einem Giftgasanschlag, bei dem mehr als zweihundert Menschen elendig verreckt sind, groovy als Sprechgesang übermittelt werden.
Mit ein bisschen Glück ging ja die abschließende Durchsage, dass nach ihm gefahndet werde, weil er eine junge Frau verschleppt habe, als weitere Strophe in dem munteren Jingle unter. Es sei nicht ausgeschlossen, dass er ihr Gewalt antue, wurde die

Hetzjagd auf ihn dramatisiert. Das Kennzeichen seines Wagens wurde durchgegeben, ebenso sein Steckbrief sowie eine Beschreibung von Selina. Für Hinweise auf seine Ergreifung war eine beachtliche Summe Geldes ausgelobt worden. Das Mädchen heiße Anna Adomeit.
„Die meinen uns", holte er seine Mitreisende aus ihrer Apathie.
„Jetzt wird es langsam eng. Kannst du dich wirklich an gar nichts mehr erinnern? Bist du nun Selina oder Anna?"
Selina fing an zu weinen.
„Selina ...", sagte sie schluchzend.
„Ich heiße Selina."
„Ich glaub dir ja, nur mir wird niemand glauben, wenn wir gefasst werden."
Weiter war aus der Kleinen nichts herauszubringen. Sie hatte wieder in den Standby-Modus geschaltet. Hundert Kilometer später brachte sie ein Song im Radio wieder zurück ins Hier und Jetzt.

Ich dreh und wirble durch Raum und Zeit,
Dämon, hol dir meine Seele!
Das Bald wird jetzt und das Einst zum Augenblick.
Dämon, ich beschwöre dich!
Mein Glück im Rausch der Unendlichkeit.
Komm Dämon, tanz mit mir!

Körper verschmelzen im Rhythmus der Ekstase,
Dämon, hol dir meine Seele!
Ich werde zu allen, sinnlich und voller Verlangen.
Dämon, ich beschwöre dich!
Der Glanz meiner Augen strahlt in die Ewigkeit.
Komm Dämon, tanz mit mir!

„Cooler Song, geht so richtig durch und durch", ou-

tete er sich wenig glaubwürdig als Bewunderer zeitgenössischer Teenager-Musik.
Selina summte die Melodie und schien ihn nicht zu hören. Dann taute sie auf und begleitete die Interpretin mit ihrem Singsang.

Ich dreh und wirble hmm hmmm hmm,
Dämon, hol dir meine Seele!
Das Bald hmmm hmmm hmmm zum Augenblick.
Dämon, ich beschwöre dich!
Hmmm hm im Rausch der Unendlichkeit.
Komm Dämon, tanz mit mir!

Hmm hmmm hmmmm hmmmm hmmm Ekstase,
Dämon, hol dir meine Seele!
Ich werde zu hmm hmmm hmmm hmmm.
Dämon, ich beschwöre dich!
Hmmm hmmmm hmmm hmmm die Ewigkeit.
Komm Dämon, tanz mit mir!

„Typisch Frau! Stammelst ein paar Fetzen vom Text herunter und denkst, es wäre singen."
Um ihn zu bestätigen, drehte sie die Regler ihrer Stimmbänder noch weiter auf, was der Gesamtperformance eine dissonante Wendung verlieh und ihn das Ende des Stücks innigst herbeisehnen ließ.

Angesichts seiner nur marginal ausgeprägten kriminellen Energie und seinen eher bescheidenen Erfahrungen abseits von Recht und Ordnung hätte er eigentlich jeden Grund gehabt, in Panik zu verfallen. Doch der erkleckliche Konsum von Krimis und Agentenfilmen bildete eine solide Basis, auf der er einen Plan gefasst hatte. Er nahm eine Ausfahrt, um im nächsten Ort Geld von seinen Konten am Automaten abzuheben. Das Navi führte ihn zu einer

Bankfiliale direkt an der Durchgangsstraße. Er stieg aus, entlockte der Wand ein sattes Bündel Geldscheine und wandte sich wieder seinem Wagen zu.

Die Glastür der Bäckerei, vor der er geparkt hatte, glitt auf und zwei Polizisten in blauer Uniform traten mit dampfenden karamellbraunen Kaffeebechern in der Hand heraus. Sie musterten das Mädchen, das in dem ortsfremden Auto saß, und sahen dann zu ihm herüber. Sie warteten. Unsicher trat er auf die Schutzfrau und ihren Kollegen zu. Sie grüßten ihn.

„Wohin soll's denn gehen?", fragte die Frau.

„Nach Hamburg. Gibt es ein Problem?"

„Sollte die Kleine nicht in der Schule sein?"

„Sollte sie eigentlich – aber nicht in Hamburg. Da sind jetzt Osterferien."

„Ostern ist aber erst nächsten Monat."

„Das erzählen sie doch bitte mal dem Hamburger Senat. Die haben die Osterferien auf Anfang März verlegt. Wer sich einen Urlaub im Süden oder Skifahren in den Bergen nicht leisten kann, wandert daher mit dem Papa frierend und im strömenden Regen durch die Lüneburger Heide. Schauen Sie sich das Mädchen doch mal an! Ferienfreude sieht anders aus."

„Kommst du endlich, Papa? Mama wird echt sauer, wenn wir wieder so spät dran sind."

Ganz schön abgebrüht, die Kleine – staunte er. Er nahm ihre Steilvorlage auf:

„Meine geschiedene Frau hat sie bei mir abgeladen. Sie hat sich mit ihrem Neuen auf Teneriffa vergnügt und wollte sie nicht dabeihaben."

„Dann gute Fahrt noch! Bevor es wieder auf die Autobahn geht, schauen Sie aber noch den Luftdruck in den Reifen nach!"

„Ah, deswegen ist der Wagen so rumgeeiert."

Die Beamten nickten und bogen in eine Seitengasse

ein. Er tat einen tiefen Atemzug. Offensichtlich war die Nachricht von seiner Flucht noch nicht bis nach Hoppenstädt, Dingenskirchen, Rübenwedel oder wie auch immer dieses Kaff heißen mochte, durchgedrungen. Er hoffte, er hatte sich mit seiner Redseligkeit nicht verraten.

Sie kehrten zurück zur Autobahn und folgten ihr noch eine Stunde, bis sie in Hamburg ankamen. Er parkte den Wagen in einer Wohngegend und stieg mit Selina in die U-Bahn. Beide trugen Kapuzenpullis, die sie tief ins Gesicht gezogen hatten, und dazu weite Cargohosen. Derart als Hip-Hopper getarnt, fuhren sie zum Bahnhof, wo er Tickets für den Rückweg kaufte.
Er wollte nicht fliehen, dazu hatte er auch keinen Grund. Aus der Ferne konnte er nichts unternehmen, was seine Lage hätte verbessern können. Also entschied er sich für den Angriff, denn das soll schließlich die beste Verteidigung sein. Wo man einmal gesucht hatte, würde man bestimmt nicht mehr so intensiv nachschauen, hatte er sich ausgerechnet. Bald würde man seinen Wagen in Hamburg finden und dort nach ihm fahnden. Man würde hier oben all seine Bekannten, die er mehrmals im Jahr bei seinen Sportlehrgängen traf, abklappern. Man würde in den Hotels, Pensionen und Herbergen anfragen und die Flüge, Schiffs- und Fährverbindungen prüfen. Um erst einmal in Sicherheit zu sein, mussten sie nur unbemerkt in den Zug kommen, der in neunzig Minuten abfuhr. So schnell konnten sie ihm einfach nicht auf die Schliche kommen.
Sie nutzten die Wartezeit, um braune Kontaktlinsen für Selina zu kaufen. Ihre grünen Augen waren einfach zu auffällig. Es waren genau diese Augen, mit denen Melanie ihn in ihren Bann geschlagen hatte.

Waren die Augen eines Menschen tatsächlich die Tür zu seiner Seele? Steckte in ihnen eine magische Kraft, die selbst über den Tod hinausreichte? Man schloss die Augen eines Toten aus Furcht, es könnten noch gefährliche Lebenskräfte in ihnen stecken. In manchen Kulturen wurden sie mit Münzen oder Tonscherben verschlossen, in die zum Schutz ein Kreuz eingeritzt war. Andere rissen sie gar aus. Verbrechern verband man sie auf dem Weg zur Hinrichtung, damit sie keine bösen Blicke auf die Zuschauer werfen oder sich nach einem Opfer umschauen konnten, das sie mit ins Grab nehmen würden. Ja, Augen machten Angst, deswegen wollte niemand von einem Schlafenden oder einem Toten angestarrt werden.
In einem Internetshop las er seine E-Mails. Dannenberg hatte ihm geschrieben:

Sehr geehrter Thorsten,
vielen Dank für Ihre Einladung zum Essen morgen um 13 Uhr, die ich aber leider absagen muss. Eine Tante ist gestorben und wird just zu dieser Zeit auf dem Hauptfriedhof beerdigt. Ich würde mich freuen, wenn wir den Termin irgendwann einmal nachholen könnten.
Hochachtungsvoll Ihr
Siegbert Matuschek

Sehr umsichtig, der Herr Dannenberg. Er hatte wohl mitbekommen, dass man nach ihnen suchte. Er wollte sich also mit ihm auf dem Friedhof treffen. Das passte hervorragend. Sie gingen noch in einen Baumarkt, wo er einen Akkuschrauber, Metallbohrer, einen Schlitzschraubenzieher und Schließzylinder in verschiedenen Größen besorgte. In einem Supermarkt holten sie ein paar Vorräte. Sie packten alles in ihre Rucksäcke und stiegen zwei Minuten vor der Abfahrt ein.

* * *

Der Zug rumpelte los und bald sahen sie die Brücken, Häuser, Fabriken, qualmenden Schornsteine, einzelne Baumgruppen, gepflügte Felder und schwarz-weiße Kühe, die auf Weiden grasten und die Atmosphäre mit Methan vollfurzten, an ihnen vorbeifliegen.
Er schloss den Akku des Schraubers zum Laden ans Stromnetz an und schaute sich im Abteil um. Vorn lümmelte sich eine Gruppe von sechs Jugendlichen auf den Sitzbänken. Sie trugen Kopfhörer und wischten und hackten auf ihren Smartphones herum. Bevor sich jemand von ihnen verbal äußerte, tippte er dem gewünschten Gesprächspartner an die Schulter, der daraufhin eine Seite des Hörers vom Ohr lupfte. Sobald die anderen das mitbekamen, stiegen sie in die Choreographie ein, was amüsant anzusehen war.
Hinten saßen händchenhaltend zwei Männer, die herumalberten, sich neckten, sich küssten, sich befummelten und dabei sehr verliebt aussahen.

Um den kleinen Klapptisch zwischen den beiden Sitzbänken neben ihnen hatten sich zwei Damen und ein Herr niedergelassen. Thorsten wurde unbeabsichtigt Zeuge eines bemerkenswerten Gesprächs.
Herr: „Man muss die Dinge nehmen, wie sie sind."
Erste Dame: „Doch manchmal sind die Dinge nicht so, wie sie scheinen."
Zweite Dame: „Daher sollte man immer zweimal hinsehen, denn ein falscher Schluss ist schnell gezogen."
Herr: „Weil wir nun mal die Welt nur so sehen, wie

sie sich uns zeigt."
Erste Dame: „Wenn wir die Perspektive ändern, erkennen wir meist mehr."
Zweite Dame: „Nur können die wenigsten über ihren eigenen Schatten springen."
Erste Dame: „Die Lösung brennt im Feuer des Ursprungs, doch die Wurzeln reichen tiefer."
Er schaute Selina an, die am Fenster saß und nur mit den Schultern zuckte.
„Die waren sicher zu lang in einem dunklen Keller eingesperrt."
Offensichtlich hatte die Kleine Humor.

Er wählte sich ins WLAN des Zuges ein und recherchierte nach vermissten Kindern. Die Verbindung war streckenweise holprig. Das Öffnen einer Webseite lud zum Meditieren ein. Einzelne jüngere Fälle waren dokumentiert, doch eine vollständige Liste mit Namen war für die Öffentlichkeit nicht zugänglich. Es gab Institutionen und Vereine, bei denen man sich anmelden konnte, doch dazu hätte er sich zu erkennen geben müssen.
Danach tippte er den Namen Rüdiger von Herrenhagen in die Suchmaschine. Zeitungsartikel und Firmenporträts informierten ihn, dass er sein Vermögen mit Immobilien und Beteiligungen an mittelständischen Unternehmen gemehrt hatte. Sein Name tauchte ebenfalls im Zusammenhang mit Unternehmen der Pharma- und der Biotechbranche auf, die sich mit der Reproduktionsmedizin beschäftigten. Seine Ehefrau war letzten Sommer unter mysteriösen, bisher nur unzureichend geklärten Umständen bei einem Autounfall ums Leben gekommen.
Er hielt inne. Da war er wieder, der Albtraum, der ihm seit Monaten den Schlaf raubte. Dabei war der

Tag bis zu diesem schicksalhaften Augenblick wirklich vielversprechend verlaufen. Er hatte ein Date, Deutschland schlug England im Viertelfinale und er hatte schlechten Sex, den zweiten überhaupt und den ersten, den er nicht selbst zu verantworten hatte.

Es war mit einer Studienrätin, die er in der Redaktion kennengelernt hatte, wo sie bei seinem Chef um Praktikumsplätze für ihre Schüler warb. Er hatte der Lehrerin die Räumlichkeiten gezeigt, ihr geschildert, was man von den Praktikanten erwartete, und in den folgenden Wochen beruflich E-Mails mit ihr ausgetauscht. An einem lauen Sommertag traf man sich in der Strandbar am Badesee und bewunderte, entspannt in Liegestühle ausgestreckt, die schneeweißen Schäfchen, die auf der tiefblauen Wiese im Himmel über ihnen grasten. Auf der Terrasse gegenüber hatte man eine Leinwand aufgebaut, vor der gut gelaunte Fußballfans die Nationalhymne sangen. Sie trug ein ärmelloses und mehr als luftig geschnittenes Kleid mit exotischen Blumen und bunten Papageien, das Komplimente geradezu herausforderte.
Eine leichte Brise kam auf und sie fröstelte. Als er ihr seine Jeansjacke über die Schultern legte, ließ er die Hände wie zwei Fächer unter den schmalen Trägern ihres Kleides hindurchgleiten und danach seitlich auf ihren Oberarmen ruhen. Sie sah zu ihm auf, informierte ihn, dass ihr Gatte gerade auf Klassenfahrt sei und sie nun gehen müsse. Er begleitete sie zu ihrem Auto. Beim Einsteigen drehte sie sich zu ihm und zerrte ihn beim Gürtel zu sich. Sie machte sich an seinem Reißverschluss zu schaffen, worin sie große Geschicklichkeit bewies. Im Handumdrehen hatte sie gefunden, wonach es sie gelüstete, und schmatzte gierig daran herum. Ein staubiges Cabrio,

das um die Ecke bog, trieb ihn ins Wageninnere, wo er sich kopfüber in ihren Torraum warf, den er mit virtuosem Kurzpassspiel eroberte. Sie holte ihn an den Haaren wieder hervor, zog ihn auf sich und in sich. Mit Pressing und einer Salve von Steilvorlagen in die Tiefe gelang es ihm, die gegnerische Abwehr zu zermürben. Sie grub ihre Nägel tief in seine Pobacken und feuerte ihn mal erstickt wimmernd, mal mit kurzen, spitzen Lauten der Begeisterung an. Sie schnappte nach Luft, hyperventilierte mit einem Mal und brach dann in Tränen aus.

Ritterlich stoppte er sogleich das Wüten seiner Lanze, beließ sie aber vorerst in der Wunde. Er strich ihr übers Haar und erkundigte sich besorgt nach ihrem Befinden. Es sei nichts, sie fühle sich nur so allein, selbst, wenn ihr Mann da sei. Alles würde im Moment auf sie einprasseln. Bei ihren Kollegen sei sie nicht beliebt. Ihre Schüler würden ihr das Leben schwermachen. Ihrem Terrier habe man wegen Krebs die Hoden entfernen müssen und obendrein bleibe die ganze Hausarbeit an ihr hängen. Er möge doch bitte fortfahren, denn obwohl es vielleicht nicht danach aussähe, lenke seine Gegenwart sie wohltuend ab. Er rettete seine Erektion mit der Erinnerung an erbaulichere Erlebnisse und bearbeitete den nunmehr gänzlich teilnahmslosen Körper unter sich, bis der Ball endlich zum Siegtreffer im Netz zappelte.

Sie verabschiedete sich nüchtern und fuhr davon. Er kehrte zurück zu den Fußballfans, vergaß über die nervenzerreißende Verlängerung die vermurkste erste Halbzeit abseits des Spielfelds und feierte den Einzug ins Halbfinale. Auf dem Weg nach Haus bog er um eine Kurve. Ein tiefergelegtes Auto raste ihm entgegen und krachte gegen einen Baum, ohne dass der Fahrer dies mit einem Lenk- oder Bremsmanöver zu verhindern versucht hätte. Er war gleich hinübergerannt, doch jede Hilfe kam zu spät. Der Wagen stand lichterloh in Flammen, die er selbst mit seinem Feuerlöscher nicht mehr niederringen konnte. Es roch nach Benzin, rundherum loderten kleine Brandherde auf dem Acker und das Feuer züngelte den Baumstamm hinauf. Die Kollision musste den Tank geradezu zerfetzt haben.

Er hatte getrunken, nicht viel, aber immerhin ausreichend, dass man seine Version des Unfallhergangs anzweifeln würde. Nicht gerade stolz auf sich hatte er sich hinters Steuer gesetzt und war davongefahren.

Seitdem verfolgte ihn das Bild der Fahrerin, die bis zur Unkenntlichkeit angekokelt hinter dem Sicherheitsgurt klemmte, und er fragte sich wieder und wieder, ob er das Unglück nicht doch hätte verhindern können.

Aus den Nachrichten erfuhr er, dass die Verstorbene Cornelia von Herrenhagen hieß. Er tröstete sich mit dem Gedanken, dass die Polizei eine Selbsttötung hinter dem Unfall vermutete und er ihr mit seiner Unfallflucht letztlich einen Gefallen getan hatte.

Außer einer Tochter, Sybylle, hatten die Herrenhagens keine weiteren Nachkommen. Moment mal, die Adresse einer Sybylle hatte er sich doch notiert. Es musste nämliche Dame sein, denn solch ein Name, der zweifellos bei jeder Pizzabestellung buchstabiert werden musste, kam bestimmt nicht so häufig vor.

Seine Augen waren trocken und müde geworden. Er schaltete den Computer aus und ging mit Selina in den Speisewagen, wo sie Rindergeschnetzeltes mit Waldpilzen auf einem Kartoffel-Sellerie-Pürree zu sich nahmen. Er war angenehm überrascht vom Geschmack und dem Preis des Gerichtes, das er nun

selig in sich hineinschaufelte.
„Bist du in einer Großfamilie aufgewachsen?", störte Selina sein konzentriertes Säbeln und Nachladen.
„Hä?"
„So, wie du isst ... Pass auf, dass du dir nicht versehentlich den Salzstreuer mit reinschiebst."
„Ich beeile mich, damit ich baldmöglichst wieder ungestört und konzentriert die anregende Gesellschaft von Eurer Schweigsamkeit genießen kann. Mit dir zu reisen ist nämlich genau so spannend, wie einem Huhn beim Eierlegen zuzuschauen."
„Danke, dass du mir hilfst. Ich würde dir wirklich gern mehr von mir erzählen, doch in meinem Kopf ist nichts als Brei."
„Lass mal! Das wird schon wieder. So frech wie du bist, kannst du keine bleibende Schäden davongetragen haben."
„Was arbeitest du?"
„Ich bin Redakteur."
„Sei mir nicht böse, aber bei einem Profikiller würde ich mich im Moment sicherer fühlen. Da gibt es doch diesen Film ..."
„Ich finde, auch ohne jemals jemanden ins Jenseits befördert zu haben, habe ich mich bisher wacker geschlagen."
„Schon, aber einer, der bloß schreibt ... Wenn du wenigstens Feuerwehrmann wärst ..."
„Oder Popsänger vielleicht?"
„Ja, das wäre mega cool", glänzten ihre Augen.
„Als ob ich es geahnt hätte ..."
„Was schreibst du denn?"
„Über Gesellschaft, Kultur, Literatur, Kunst und Wissenschaft. Und zur Entspannung auch mal ein Märchen."
„Ein echter Draufgänger ... Kann ich mal was lesen?"

Er rief die Webseite des Online-Magazins auf und schob ihr das Notebook hinüber. Sie scrollte durch seine Artikel. Er schloss die Augen und verdaute dösend vor sich hin, während sie ihm eine seiner Geschichten vorlas:

„Es war einmal ein gelber Regenschirm, der war der beste Freund eines kleinen Mädchens. Das Mädchen liebte den Wald und die Wiesen. Sah sie einen Hasen, hüpfte sie hinter ihm her und schlug dabei Haken. Flatterte ihr ein Schmetterling vor der Nase herum, sprang sie hinter ihm her und versuchte ihn zu fangen. Wenn es regnete, lauschte sie den Tropfen, die auf ihren gelben Schirm platschten, denn ihr Schirm begleitete sie auf Schritt und Tritt. Auf dem Stoff war ein großes grünes Auge gemalt. Darunter ein breiter Mund, an dem ein schmales rotes Fähnchen als Zunge aufgenäht war. Die Zunge flatterte fröhlich im Wind hin und her. Am Stock ganz unten war ein roter Entenfuß als Griff angebracht. Eine Tages, das Mädchen war schon älter geworden, meinte eine Freundin, ihr Schirm sehe doch wirklich albern und ganz und gar nicht cool aus. Da mochte das Mädchen ihren gelben Schirm nicht mehr und stellte ihn zu ihren alten Puppen, dem Roller, dem Kaufladen und den ganzen anderen ausrangierten Sachen in den Keller und vergaß ihn.
Jahre später war sie auf dem Weg ins Kino. Sie hatte sich mit ihrem Freund verabredet und freute sich schon riesig auf den Abend. Da überraschte sie ein heftiger Regenschauer. Sie suchte Schutz in einem Ladeneingang. Plötzlich sah sie ihren alten gelben Regenschirm neben sich stehen. Oh Gott, dachte sie. Wenn ich den jetzt nehme, lacht mich mein Freund noch aus. Wenn ich ihn aber nicht nehme, sind meine Kleider nass, meine Frisur ist hin und

das Make-Up verschmiert. Dann sehe ich noch hässlicher aus als dieser Kinderschirm.
Sie griff nach ihm, spannte ihn auf und trat ins Freie. Da schloss sich der Entenfuß um ihr Handgelenk und hielt sie fest. Sie hob ab und wurde mit dem Wind fortgetragen. Über einem Teich löste sich der Griff und die junge Frau fiel ins eiskalte Wasser. Als sie pitschnass ans Ufer kroch, lachten die Enten sie schnatternd aus. Ihren gelben Regenschirm aber sah sie nie wieder."

„Echt krass! Da brauche ich mich ja nicht mehr vor dem Rotkäppchen zu fürchten ... und vor den sieben Geißlein erst recht nicht", nahm Selina ihn hoch und schmiegte ihren Kopf vertrauensselig an seine Schulter.

* * *

Kurz vor Mitternacht hielt der Zug auf Gleis 2 im heimatlichen Bahnhof. Schon beim Aussteigen zog ihnen der Geruch von Rost in die Nasen. Wohin man auch blickte, hatte sich der braune Staub von den Gleisen gelöst und sich im Kiesbett rundherum, auf den Uhren, den Schaukästen und den Snackautomaten festgefressen. Nur ein paar Menschen stiegen aus, noch weniger warteten auf der Plattform. Die kalte Beleuchtung hieß den Reisenden, sich nicht länger als nötig aufzuhalten – ein Ort, an dem man sich zu Recht unwohl fühlen durfte.
Selina hakte sich bei ihm unter und sie verließen das Gebäude durch die Unterführung, in der ihnen der beißende Gestank von abgestandenem Urin, das sich über die Jahre hinweg durch den Putz geätzt hatte, in die Nasen stieg.
In der Nordstadt marschierten sie zum Waldrand hinauf, wo vor vielen Jahren eine Siedlung mit Feri-

enbungalows angelegt worden war. Es gab in der Region ein sehr gut ausgebautes Wegenetz für Wanderer und Mountain-Biker sowie ein reiches kulturelles Angebot. Das zog viele Besucher auch aus der Ferne an, doch jetzt in der Vorsaison war es noch ruhig. Dort oben sollte sich ein Unterschlupf finden lassen. Er baldowerte ein Grundstück mit Sichtschutzhecke aus. Sie betraten es durch ein niedriges Holztörchen. Selbst in der Stille nach Mitternacht hörte niemand das leise Surren des Metallbohrers, den er unterhalb des Schlosskerns ansetzte, um das Schloss aufzubohren, ganz so, wie er es im Internet gelesen hatte. Er führte den Schlitzschraubenzieher in den Schließmechanismus und drehte diesen auf. Selina leuchtete mit der Taschenlampe, während er anschließend das Türschloss wechselte, damit der Einbruch unentdeckt bliebe. Nun hatten sie fürs erste eine sichere Bleibe.

Sie machten kein Licht und legten sich gleich schlafen. Selina wollte nicht allein in ihrem Zimmer bleiben und quengelte sich zu ihm unter die Bettdecke.

Sie schliefen lang, denn die vergangenen beiden Tage hatten viel Kraft gekostet. Erst gegen zehn am anderen Morgen wachte er auf. Selina hatte die Wange auf seine Brust gebettet und sich an ihn geklammert. Ihm war ihr Schutzbedürfnis unangenehm. Es würde seine Lage kaum verbessern, wenn man ihn so mit der jungen Frau vorfände. Als er sich unter ihrem Arm aus dem Bett schlängelte, öffnete sie die Augen und lächelte ihn selig an.

Der Fernseher lief, während sie frühstückten. Er hatte einen Router in dem Häuschen gefunden und wählte sich ein, um ein anonymes E-Mail-Konto einzurichten. So musste er künftig nicht mehr verschlüsselt mit Dannenberg kommunizieren. Auf dem

Nachrichtenkanal sah er sein Gesicht und daneben ein recht aktuelles Foto von Selina, die für die Medien weiterhin Anna Adomeit war. Noch war man ihnen nicht auf die Spur gekommen. Er schaltete von den Nachrichten zu einem Musikkanal.

„Selina! Ich heiße Selina", kam es wie schon gestern von ihr.

„Bist du von zu Hause ausgerissen, Selina?"

Keine Antwort.

„Hat dich jemand entführt?"

Keine Antwort.

„Kommst du aus Deutschland?"

Keine Antwort.

„Ist das Schloss dein Zuhause?"

Selinas Kopf sackte nach vorn ein. Mit ein bisschen gutem Willen hätte man das auch als ein Nicken deuten können. Doch gleichzeitig schüttelte sie ihn auch heftig und begann zu weinen. Er griff nach ihrer Hand und streichelte sie. Als sie sich wieder beruhigt hatte, nahm sie sich Brot und Schokoaufstrich, mit dem sie erst die Poren zuspachtelte und danach eine daumendicke Schicht auf die Grundierung auftrug. Nachdem sie sich durch den süßen Verputz hindurchgebissen hatte, war ihr Mund halbkreisförmig bis hinauf in die Nasenlöcher verschmiert.

Er stand auf und guckte durch einen Schlitz in der Gardine in den kleinen Vorgarten. Das Gras war kurz geschnitten, also war die nächsten Tage nicht mit einem Gärtner zu rechnen. Ein Silberreiher aus Plastik stand mitten im Grün. Moment, hatte er nicht gerade mit dem Kopf gezuckt? Plötzlich erhob sich der majestätische Vogel in die Lüfte und schwebte hinfort. Ein Mann spazierte mit seinem Hund vor dem Gartentürchen in Richtung Wald. Ansonsten war, so weit er es überblicken konnte, alles

ruhig. Hinter ihm räumte die Kleine den Tisch ab und spülte das Geschirr. Im Fernsehen lief wieder das Lied, das sie bereits im Auto gehört hatten.
Selina summte den Refrain mit. Er sah über die Schulter, wie sie recht professionell dazu tanzte. Sie setzte ein Bein ruckartig zur Seite und zog es dann in kurzen, gleitenden Zügen wieder zu sich heran, wobei sie eine Vierteldrehung über den Rücken machte. Dann kam das andere Bein dran. Es sah so aus wie Hip-Hop-Dance. Es folgten noch etliche andere Schritte, Slides und Moves.
„Echt cool, wie du tanzt", lobte er sie, nachdem die letzten Takte verklungen waren.
„Wenn ich tanze, muss ich an nichts anderes mehr denken."
„Was ist deine Lieblingsfarbe?"
Er erinnerte sich daran, dass man weinende oder unleidliche Kinder mit banalen Fragen zuverlässig ablenken konnte. Er hatte den Trick während seiner Ausbildung zum Karatetrainer gelernt. Möglicherweise gelangte er so über Umwege in ihre Erinnerungen.
„Ich mag Blau sehr gern."
„Blau wie der Himmel an einem sonnigen Tag?"
„Ja, und Blau wie der See, in dem ich so gern schwimme."
„Hat er einen Sandstrand?"
„Es gibt eine große Wiese. Über einen langen Holzsteg kann man weit hineinlaufen. Man sieht die Fische tief unter sich schweben. Wenn man ins kalte Wasser springt, flitzen sie zu allen Seiten davon."
„Gehst du oft dort schwimmen."
„Jeden warmen Tag."
„Sind da Berge um deinen See herum?"
„Nein, Berge gibt's bei uns nicht. Nur Blumenwiesen, Apfelbäume, Wälder und das Meer ist auch

nicht weit."
Aus dem Norden also, dachte er. Jetzt bemerkte er auch die kaum wahrnehmbaren plattdeutschen Färbungen in ihrer Sprache.

* * *

Inzwischen war es schon nach zwölf. Sie zogen ihre Pullis über und machten sich auf den Weg zum Friedhof. Dort setzten sie sich auf eine Bank, von der aus sie das Portal im Auge hatten, und warteten. Es war so schön wie die beiden letzten Tag auch, vielleicht sogar noch ein bisschen wärmer. Immer mehr Blüten brachen an den Zweigen auf. Bald würde es allerorts kunterbunt sein. Er liebte den Frühling. Es war stets wie ein Neuanfang, das erste weiße Blatt in einem Schulheft, das darauf wartete, mit einer spannenden Geschichte beschrieben zu werden. Viele Hefte hatte er schon jungfräulich ins Regal seiner Jugendträume einsortiert, doch in diesem würde er noch als alter Tattergreis blättern.

Dannenberg kam pünktlich um eins. Er hatte eine Aktentasche unter den Arm geklemmt. Er begrüßte sie und betrachtete Selina aufmerksam.
„Entschuldige bitte, dass ich dich so anstarre, aber diese Ähnlichkeit ist einfach unglaublich!"
Selina hatte sich wieder an ihn geschmiegt und schaute Dannenberg argwöhnisch an.
Dieser zog ein Foto aus der Tasche und zeigte es ihnen.
„Das ist meine Nichte Melanie auf einer Klassenfahrt nach Südfrankreich. Da war sie vierzehn, also in etwa so alt wie du jetzt."
Selina nahm das Bild und schaute ihn und Dannenberg verwundert an.
„Lassen Sie uns ein paar Schritte gehen und ein stil-

les Plätzchen suchen!"

Sie setzten sich in den blattlosen Schatten einer mächtigen Linde und Dannenberg begann, über seine Nachforschungen zu berichten.

„Was wissen Sie über Melanies Vorfahrin, Thorsten?"

„Sie haben mir erzählt, dass sie von einer Baronin aus der Gegend hier abstammt und dass diese im Dreißigjährigen Krieg von einem schwedischen General vergewaltigt wurde."

„Faszinierend! Ich kann mich nicht daran erinnern, jemals zuvor mit Ihnen geredet zu haben, doch alles, was Sie sagen, stimmt."

Er begann mit seinem Bericht.

„Zuerst hatte ich gemutmaßt, dass die Baronin einst statt nur einer Tochter Zwillinge zur Welt gebracht hatte und sich so eine zweite Blutlinie gebildet hätte. In den Chroniken und Kirchenregistern konnte ich jedoch keinen Hinweis darauf finden. Also bin ich der Spur des schwedischen Generals gefolgt, der sich im Dreißigjährigen Krieg durch ganz Süddeutschland gemetzelt hatte. Ein Jahr bevor er der Baronin auf ihrem verwüsteten Landgut Gewalt antat, hatte er das Zisterzienserinnenkloster Heiligkreuztal bei Riedlingen überfallen. Das liegt an der Donau. Dort vergingen er und seine Soldaten sich an den Novizinnen."

„Alles im Namen des Glaubens."

„Um den ging es schon lang nicht mehr."

„Ging es in einem Krieg jemals um die Sache, für die man auszog?"

„Wie dem auch sei. Eine der Ordensschwestern war die Tochter eines reichen Ulmer Kaufmanns. Ein zeitgenössisches Familienporträt zeigt das Mädchen. Ich vermute, dass der General sie bei dem Überfall geschändet hatte. Sie gebar neun Monate darauf einen Sohn, der bei der Familie in Ulm aufwuchs. Die Mutter hatte man zurück ins Kloster geschickt. Vier Generationen später taucht in dieser Linie die Frau eines Steinmetzes auf, der am Bau des Karlsruher Schlosses beteiligt war. Sie hatte ebenfalls diese prägnanten grünen Augen wie Melanie und die junge Dame hier.

Wieder gingen vier Generationen ins Land, da nahm eine Kartografin als einziges weibliches Mitglied an einer wissenschaftlichen Weltumsegelung teil. Die Exkursion startete 1815 in der Ostsee bei Sankt Petersburg. Vom Dichter und Naturforscher Adalbert von Chamisso, der ebenfalls zur Besatzung gehörte, wird die abenteuerlustige Dame poetisch als außerordentlich kluge Frau mit strahlenden Smaragdaugen beschrieben. Sie kam geschwängert von ihrer dreijährigen Reise zurück. Wer der Vater des Jungen war, den sie gebar, hatte sie nie verraten.

Der Sohn war ebenso reiselustig wie seine Mutter. Während und nach seinem Studium erkundete er viele Länder. Er ließ sich in Koblenz nieder und schrieb Reiseführer für einen dort ansässigen Verlag, der erst ein paar Jahre zuvor gegründet worden war. Das ist, was ich bislang in Erfahrung bringen konnte."

„Das ist schon eine ganze Menge für diese kurze Zeit. Sie müssen ein gefragter Mann in ihrem Metier gewesen sein."

„Ich stecke meine Nase für mein Leben gern in staubige Papiere und Bücher. Eine Aufgabe wie diese weckt meinen Jagdinstinkt."

„Dann werden Sie die Spur sicher noch weiter verfolgen können. Vielleicht bekommen Sie ja auch raus, wie Selina zur zweifelhaften Gastfreundschaft von Herrenhagens gekommen ist."

„Ich bleibe am Ball. Gestern Mittag war übrigens der

Polizeipräsident zu Besuch im Schloss."
„Wegen mir?"
„Kann ich Ihnen nicht sagen. Mit mir spricht dort niemand. Ich bekomme nur Gerüchte mit."
„Was wird denn so gemunkelt?"
„Dass der Kostümball, der zweimal jährlich auf dem Schloss stattfindet, nicht nur der kulturhistorischen Erbauung dient."
„Sondern?"
„Dass die Gäste Mitglieder einer geheimen Organisation sind. Aber ich glaube nicht an solch einen Unsinn. Früher gab es nachweislich Geheimbünde, doch heute kann eh niemand mehr etwas für sich behalten. Irgendwann wird alles ins Internet gepostet."
„Hmm ...", grübelte Thorsten.
„Interessanter finde ich da das Gerücht, dass sich Cornelia von Herrenhagen gar nicht selbst umgebracht haben soll", meinte Dannenberg.
„Das ist nichts Neues. Darüber wurde in der Klatschpresse auch schon spekuliert."
„Ja, aber es soll ein Foto geben, das einen Mann am Unfallort zeigt, der später verschwunden ist."
„Und wer hat das Foto geschossen?"
„Das ist eine gute Frage. Aber nehmen wir einmal an, dass Cornelia tatsächlich nicht Selbstmord begangen, sondern irgendjemand nachgeholfen hat. Dann hätte sich dieser Jemand vielleicht überzeugen wollen, dass sein Plan aufgegangen ist."
„Und der Mann auf dem Foto?"
„War bloß zur falschen Zeit am falschen Ort – und würde einen idealen Sündenbock abgeben, falls es eng wird."
„Halten Sie mich bitte weiter auf dem Laufenden! Ich habe ein neues Mailkonto eingerichtet, über das wir uns künftig unverschlüsselt austauschen können."

„Ich habe Ihnen ein Smartphone mit Prepaidkarte besorgt. So können wir bei Bedarf telefonieren."
„Sie sind ein gewiefter Mann."
„Nicht alle Archivare sind weltfremd. Falls Sie noch etwas benötigen, melden Sie sich bei mir. Bis jetzt bringt mich noch niemand mit Ihnen in Verbindung."
„Sind Sie mit dem Auto hier?"
„Ja. Der silberne Toyota auf dem Parkplatz. Hier ist der Schlüssel. Falls ich einen Wagen benötige, leihe ich mir einen."
„Ich weiß gar nicht, wie ich Ihnen ...".
„Lassen Sie es gut sein! Melden Sie sich bitte, wenn Sie etwas von Melanie hören! Niemand weiß, wo sie abgeblieben ist. Sie ist zwar eine erwachsene Frau, doch langsam mache ich mir wirklich Sorgen."
Ja, Melanie. Wo steckte sie nur? Warum war sie so mir nichts, dir nichts von der Bildfläche verschwunden? Einen Hinweis hatte er noch. Dem wollte er als nächstes nachgehen.

PFADFINDER DES MONATS

Thorsten kramte die Adresse der liebeskranken Lesbe, die das Paket zu Melanies Wohnung geschickt hatte, aus der Hosentasche und stieg mit Selina in den Toyota. Sie fuhren erst ein Stück Autobahn nach Norden, dann über die Bundesstraße nach Westen. Die heruntergeklappten Blenden schützten ihre Augen vor der Nachmittagssonne und schirmten ihre Gesichter vor allzu neugierigen Blicken ab.

Hier war die Landschaft flach. Noch zeigten die Äcker ihre nackte Krume, doch bald würde sich auf dem fruchtbaren Boden einer der größten Gemüsegärten des Landes ausbreiten. Es wurden neben Obst und Gemüse Wein, Spargel, Zwetschgen, Äpfel, Kartoffeln, Zwiebeln, Erdbeeren und Tabak großflächig angebaut. Vor ihnen lag die Brücke über den Rhein. Jenseits davon ragte das alte Stadttor empor. Im Hintergrund erhob sich die ehrwürdige Silhouette des alten Kaiserdoms. Das Navigationssystem ließ sie am Stadtrand rechts abbiegen und führte sie zum Haus von Sybylle, Melanies verstoßener Geliebten.
„Nettes Häuschen, was meinst du?"
Selina hatte keine Meinung zu dem alleinstehenden Einfamilienhaus mit dem futuristischen Pultdach. Hohe Buchsbaumhecken umgaben das Grundstück mit einem Vorgarten, der etwas vernachlässigt wirkte. Eine kurze Zufahrt endete vor der Garage, die ans Wohngebäude angeflanscht war. Etwas abseits hatte man ein Holzhäuschen, in dem wohl Gartengerät gelagert wurde, aufgestellt. Ein niedriges, verzinktes Tor trennte das traute Heim vom Trottoir. Nicht weit davon stand ein Gestell mit schwarzen Kotsäckchen für Hundehalter und jeden, der eine Notdurft welcher Herkunft auch immer einzusammeln gedachte.
Sie beobachteten das Haus eine Weile lang. Alles war ruhig. Thorsten überlegte, was Außerirdische glauben mussten, wenn sie sähen, wie ein Zweibeiner einem Vierbeiner die Ausscheidungen in einem Plastiksack hinterherträgt, wer wohl die höher entwickelte Rasse ist. Da, jetzt wurde das Garagentor geöffnet und ein gelbes Sportcoupé mit einer Frau am Steuer fuhr davon. Das musste besagte Sybylle sein. Viel mehr als einen Schopf kurzer blonder Haa-

re konnte er nicht erkennen.

Er stieg aus dem Wagen und ging durchs Eingangstor die Auffahrt hinauf. Er klingelte an der Haustür: einmal; zweimal; noch einmal, diesmal etwas nachdrücklicher – keine Regung. Er ging ums Haus herum und spähte durch die Fenster im Erdgeschoss. Die Rollos waren zu drei Viertel heruntergelassen. Auf dem Küchentisch sah er eine weiße Baseballkappe mit aufgestickter Rose liegen. Es war die, die er Melanie für die Fotosession im Wald auf den Kopf gesetzt hatte.

Er fackelte nicht lang, nahm einen Stein und wartete. Ein Motorradfahrer ließ seine Maschine aufheulen und die Anwohner des verschlafenen Viertels an seiner Technikbegeisterung teilhaben. Als der Lärmemittent am Haus vorbeiröhrte, schlug Thorsten die Scheibe der Balkontür ein. Er entriegelte den Hebel und krabbelte unter dem Rollo hindurch ins Wohnzimmer. Von dort ging er in die Küche und griff sich die Kappe sowie eine Schachtel Pillen, die er daneben fand. Es waren Schlaftabletten. Anschließend durchsuchte er die anderen Räume im Erdgeschoss. Nichts, keine Menschenseele. Im ersten Stock sah es nicht anders aus. Zwei Schlafzimmer, ein Arbeitszimmer, ein Bad, menschenleer. Wie bemerkte Herr Dannenberg bei ihrer ersten Begegnung so treffend? Der beliebteste Aufbewahrungsort für Entführungsopfer ist, statistisch gesehen, der Keller.

Er stieg in selbigen hinab: ein Heizungsraum, daneben eine kleine Sauna mit der Option zur Farblichttherapie, rechts davon eine geräumige Nasszelle mit ebenerdiger Dusche und zahlreichen Düsen in den flankierenden Wandsegmenten. Paradiesvögel, bunte Blüten und grüne Blätter waren in die Wandfliesen eingearbeitet. Farbgebung und Struktur der Bodenfliesen ahmten eine saftig-grüne Almwiese mit Enzian, Edelweiß und Alpenrosenbewuchs nach. Er achtete sorgsam darauf, dass er nicht versehentlich in einen Kuhfladen trat. Er konnte sich an der bedingt geschmackvollen Alpenidylle gar nicht satt gruseln, überwand sich aber doch noch und nahm sich die nächste Tür vor: verschlossen. Er klopfte, rief Melanies Namen, bekam aber keine Antwort. Er sah sich nach Werkzeug um und fand in einem Raum mit allerlei Gerümpel ein Brecheisen, das zwar nicht notwendigerweise zur Grundausstattung eines Haushalts alleinstehender Frauen gehört, die Dramaturgie an dieser Stelle aber dankenswerter Weise strafft. Er nahm es und brach kurzerhand das Türschloss aus der hölzernen Zarge.

Dies musste der Ruheraum sein. Auf einem Doppelbett aus astreichem Kiefernholz lag Melanie, professionell sediert, mit Plüschfesseln an den Händen und Füßen ans Bett fixiert. Allem Anschein nach hatte sie hier keinen Wellnessurlaub gebucht – oder vielleicht doch? Außer ihrem weit ausgeschnittenen T-Shirt trug sie nichts am Leibe. Sie roch wie ein frischgebackenes Vanillekipferl. Nicht gerade gentlemanlike ließ er seinen Blick wesentlich länger, als es der heldenhafte Anstand gebot, auf der weggetretenen Schönheit ruhen, bevor er die Schnallen löste und sie rüttelte – erfolglos. Ein paar leichte Ohrfeigen brachten sie ebenso wenig zur Besinnung. Er griff sich ihre Kleidung, die auf einem Stuhl lag, und die schwarzen Lederstiefel. Dann rannte er ins Schlafzimmer in den ersten Stock und kramte eine Fleecedecke aus der Kommode. Er verstaute alles in einer Umhängetasche und ging ohne Eile zurück zum Auto. Er stellte die Tasche in den Kofferraum, startete den Motor und fuhr den Wagen rückwärts bis vor die Haustür. Zurück im Keller warf er sich

Melanie wie einen Sack Kohlen über die Schulter und astete sie die Treppe hinauf. Am Auto angelangt, drapierte er sie quer über den Rücksitz, hüllte sie in die Decke ein, rollte die Auffahrt hinab und fuhr los.
Selinas Blick wanderte von der praktisch entblößten Melanie im Fond des Wagens zu ihm.
„Deswegen hat das so lang gedauert."
„Es ist nicht so, wie es aussieht. Diese Sybylle hat sie entführt und in ein Verlies gesteckt."
„Pro Tag eine Frau gerettet – wenn du jetzt nicht Pfadfinder des Monats wirst, weiß ich es auch nicht", scherzte sie.
„Hey, hey, hey! Sprüche klopfen ist mein Privileg."
„Das ist dann wohl Melanie? Ist sie meine Schwester?"
„So viel wir wissen, nicht. Aber Dannenberg findet schon noch heraus, was ihr miteinander zu tun habt."
„Ein seltsames Gefühl, wenn man jetzt schon sieht, wie man in zwanzig Jahren mal ausschauen wird", befand sie nachdenklich.
„Nicht zwangsläufig. Du könntest ein Kind bekommen und nach dem Stillen vergessen, deinen Appetit zu zügeln. Oder dich für eine Karriere als Jet-Set-Girl entscheiden und dich mit aufgeblasenen Lippen und Brüsten durchs Abendprogramm eines privaten Fernsehsenders verdummbeuteln lassen. In zwanzig Jahren kann viel passieren – ich finde, sie hat das Beste draus gemacht."
„Du stehst auf sie, nicht wahr?"
Noch in der Straße kam ihnen der gelbe Sportwagen entgegengebraust. Thorsten konnte einen kurzen Blick auf die Fahrerin erhaschen: schmales Gesicht, volle Lippen, kinnlange blonde Haare hinter die Ohren gekämmt und schlicht zurückgegelt mit pinken

Partien an den Seiten; eine dunkle Sonnenbrille komplettierte das ultracoole Styling, für das sie morgens eine lässige Stunde früher aufstehen musste. Sie schenkte dem silbernen Toyota nicht einmal einen bedauernden Seitenblick.

„Die passt ja so gar nicht zu dem Brief", brabbelte er vor sich hin.

„Was für ein Brief?"

„Die sieht doch so aus, als würde sie eher Herzen brechen, als sich vor Liebeskummer den Teppich unter den Füßen wegreißen zu lassen."

„Vielleicht hat sie ja ihren Meister gefunden", spekulierte Selina.

„Das muss sie wohl."

Zurück in der Stadt warteten sie an einer roten Ampel. Eine aufgetakelte ältere Dame schritt würdevoll mit gebrochenem Stolz über die Straße. Sie trug eine orange Rose in der Hand. Mit der anderen winkte sie ihnen majestätisch zu. Drüben angekommen, ging sie zu einem Mietshaus, wo sie vergeblich an der rechten Haustür rüttelte. Sie versuchte es mit der mittleren, an der sie auch keinen Einlass fand. Die linke hingegen öffnete sich, ohne dass sie Hand anlegen musste. Sie wandte sich um und nickte ihnen auffordernd zu.

„Ich kenne die Frau ...", erinnerte er sich.

„... ich hab von ihr geträumt."

„Deine Traumfrau? Geh rüber und grab sie an! Sie ist bestimmt noch frei. Fahr aber vorher über die Kreuzung, sonst wirst du noch gelyncht! Das ist bereits die zweite Grünphase, die du verschläfst."

Erst jetzt bekam er mit, dass die Wagen hinter ihm ungeduldig hupten.

* * *

Sie fuhren hinauf zum Ferienhaus, das sie besetzt hatten. Selina half, Melanie, die immer noch weggetreten war, hineinzubugsieren. Sie legten sie aufs Bett.

Da Melanie für die nächsten Stunden wohl noch vor sich hin schlummern würde, nutzte er die Zeit, um weiter über von Herrenhagen zu recherchieren.

Der prominente Herr tauchte regelmäßig in der lokalen Presse auf. Mal war er bei der Einweihung eines neuen Kindergartens zu sehen, mal auf einer Wohltätigkeitsveranstaltung, mal bei der Eröffnung eines Volksfestes. Dann trat er als Mäzen eines jungen Künstlers bei einer Vernissage in Erscheinung oder als großzügiger Sponsor bei Tanz- und Theateraufführungen. Er hatte eine Reihe barocker Gemälde, Plastiken und Stücke des Kunsthandwerks dem örtlichen Museum als Dauerausstellung zur Verfügung gestellt. Sie dokumentierten die Geschichte der Region während der Gräuel im Dreißigjährigen Krieg.

Von Herrenhagen war einfach zu rege engagiert, um den ganzen Monat zu verschlafen. Außerdem fielen die Termine seiner Auftritte nur selten auf Vollmondtage. Er musste die Geschichte mit den dreihundert Jahre alten Zombies, die einmal monatlich aus ihren stählernen Tanks herausgekrochen kamen, um sich zu Violine, Cembalo und Fagott im Kreis zu drehen, geträumt haben. Alles andere wäre ja auch zu phantastisch gewesen.

Ein erst wenige Tage alter Artikel berichtete über einen seltsamen Vorfall im Polizeirevier, in dessen Asservatenkammer der außerordentlich hochwertige schottische Whisky lagerte, der bei dem erfrorenen holländischen Wissenschaftler Huub Peeters gefunden worden war. Dieser war kurz vor seinem Ableben zu einer Gesellschaft auf Schloss Herrenhagen eingeladen gewesen und hatte die Flasche mitgehen lassen. Der Leiter der Abteilung auf dem Revier, ein ausgewiesener Liebhaber exklusiver Malt-Whiskys und vehementer Verfechter nachhaltigen Wirtschaftens, konnte der Versuchung nicht widerstehen und hatte sich an zwei aufeinanderfolgenden Tagen zum Feierabend an dem edlen Tropfen gütlich getan. Kenner, der er war, hatte er das reiche Bouquet ausgiebig in die Nase eingesogen. Koliken, Fieber, Übelkeit und andere Unpässlichkeiten brachten ihn kurz darauf in die Notaufnahme, wo man eine Vergiftung vermutete.

Selbiger Vorfall rückte den nie vollständig aufgeklärte Tod des Holländers auch wieder ins Rampenlicht der polizeilichen Ermittlungen. Man schaute sich den halb aufgeschnittenen Golfball, den man bei ihm gefunden hatte, genauer an. Der Hautfetzen, der noch immer darin eingeschweißt war, stammte von einem toten Fötus, den die unglücklichen Eltern nicht würdevoll begraben konnten, weil er aus dem hiesigen Krankenhaus verschwunden war. Wie der Wissenschaftler an die Haut gekommen war, konnte bis dato nicht aufgedeckt werden. Die Presse wetterte über schlampige Ermittlungen. Eine erneute Obduktion des mittlerweile in seine Heimat überführten und per Feuerbestattung beigesetzten Holländers war jedoch nicht mehr möglich.

„Ich kenne den Mann."

Selina hatte sich von hinten über ihn gebeugt und betrachtete das Foto des Wissenschaftlers.

„Das ist ein Genetiker der Universität Nimwegen. Man hat ihn vor ein paar Wochen erfroren in unserer Stadt aufgefunden", erklärte er ihr.

„Dem bin ich ein paarmal im Schloss begegnet. Der war wirklich nett und lustig. Er hat mir immer Schokolade mitgebracht und das beste Lakritz der Welt."

„Ich habe ihn einmal in seiner Heimat besucht. Irgendjemand hat mir seine Forschungsunterlagen anonym in die Redaktion geschickt. Ich wollte von ihm wissen, was die zu bedeuten haben."

„Was ist denn so Besonderes daran?"

„Nun, offiziell machte er auf besonnenen Verfechter ethisch korrekten Forschens. Er warnte eindringlich davor, die Evolution in die eigenen Hände zu nehmen und damit die Büchse der Pandora zu öffnen."

„Wieso Büchse der Pandora?"

„Man kann gegenwärtig nicht absehen, welche negativen Folgen sich einmal ergeben, wenn man am menschlichen Erbgut herumschraubt, und welche Übel man damit in die Welt setzt."

„Und inoffiziell hat er das getan?"

„Zumindest ging er weit über das hinaus, was man moralisch verantworten kann. Er wollte sogar Chimären in die Welt setzen."

„Chimären? Das sind doch diese winzigen Hunde, die aussehen wie eine puschelige Ratte mit großem Kopf und Glupschaugen?"

„Du meinst sicher Chihuahuas ... Nein, Chimären sind Mischwesen aus Mensch und Tier."

„Und die gibt es?"

„Noch nicht. Aber der Holländer wollte tierischen Embryonen menschliche Stammzellen einpflanzen, so dass in diesen menschliche Organe, wie zum Beispiel ein Herz, eine Leber oder Nieren heranwachsen."

„Statt des tierischen Herzen?"

„Ja, das tierische Gen sollte so manipuliert werden, dass es das entsprechende eigene Organ nicht selbst ausbildet. Die menschlichen Stammzellen würden es ersetzen. Am Ende käme ein prinzipiell lebensfähiges Wesen dabei heraus, dem man das Organ entnehmen und einem kranken Menschen verpflanzen könnte."

„Das ist doch eine gute Sache."
„Auf den ersten Blick schon. Was aber, wenn die menschlichen Stammzellen nicht nur ein Herz wachsen lassen? Was, wenn sie noch andere Nischen auf der tierischen DNS finden und diese kapern? Was, wenn sich dieses Mischwesen plötzlich menschlicher entwickelt, als erwartet? Darf man es dann überhaupt noch töten?"
„Das ist ja gruselig."
„Ja, der reinste Horror", grübelte er und wählte auf seinem Handy eine Nummer.

„Jost?"
„Thorsten? Was ist passiert? Stimmt das, was sie in den Nachrichten bringen?"
„Erzähle ich dir später. Weißt du etwas über den Fötus, der aus eurem Krankenhaus verschwunden ist – und wie der tote Holländer an die Haut gekommen ist?"
„Nein, das war nicht in der Chirurgie."
„Könntest du es herausfinden? Als Chefarzt hast du doch sicher Zugang zu den Daten? Das würde mir vielleicht weiterhelfen. Ich stecke nämlich ganz schön in der Patsche."
„Was genau suchst du?"
„Gab es eine Besonderheit an dem Embryo? Warum ist er tot zur Welt gekommen?"
„Ich kümmere mich darum. Wie kann ich dich erreichen?"
„Komm am besten hoch zur Ferienhaus-Siedlung – oben am Waldrand. Park dort, ich hole dich ab!"

„Wer war das?", wollte Selina wissen.
„Ein guter Freund ... Ich werd mal nach deiner großen Schwester sehen. So langsam sollte sie aus ihrem Dornröschenschlaf erwachen."

Drüben im Schlafzimmer wälzte sich Melanie unruhig in den Federn hin und her als träumte sie schlecht. Er setzte sich zu ihr auf die Bettkante und nahm ihre Hand. Ihre Pupillen rotierten hinter den geschlossenen Lidern. Die Hände waren zu Pfötchen verkrampft, sie strampelte mit den Beinen und atmete schwer. Plötzlich japste sie, riss die Augen auf und blickte ängstlich um sich. Als sie ihn sah, entspannte sie sich und lächelte ihn an.

„Mein edler Ritter! Hast du mich erneut aus den Klauen einer Bestie befreit?"

„Ausgeschlafen, Schlafmütze?"

„Wo sind wir hier?"

„Auf der Flucht."

„Vor wem?"

„Vor der Polizei und wer weiß, vor wem sonst noch."

„Du machst keine halben Sachen, was? Das alles wegen mir?"

„Nicht nur. Zieh dir was über! Ich will dir jemanden vorstellen. Dort liegen deine Kleider und in der Tasche findest du was aus der Garderobe deines Liebchens."

Sie errötete leicht. Sie lupfte die Bettdecke und bemerkte ihr unschicklich exponiertes Geschlecht, was ihr noch eine Nuance mehr Farbe auf die Wangen trieb.

„Hast du mich so vorgefunden?"

„Selbstverständlich nicht. Den Slip hab ich dir ausgezogen, ein Foto von dir drangetackert und auf dem Schwarzmarkt verkauft. Du glaubst ja nicht, wie viele Männer darauf stehen – und vor allem, was die dafür zahlen."

„Spinner ... Ich hab übrigens von dir geträumt."

„Ich hoffe, irgendwas, wofür wir uns beide schämen müssen."

Melanie schaute ihn düster an und senkte ihre

sierst nackt vor der Kamera – da kann ich doch nicht erwarten, dass du dich mit einem Handschlag von mir verabschiedest. Hast du dich wenigstens auf meine Kosten amüsiert?"
„Hattest du etwa keinen Spaß?"
„Natürlich hatte ich das. Ich hätte nur gern noch etwas mehr davon gehabt."
„Ach, darum geht es also? Du bist sauer, weil ich mich nicht gleich am ersten Tag von dir flachlegen lassen habe, du selbstgefälliger Affe!"
„Seid ihr verheiratet, oder was? Werft euch gefälligst ein paar Teller an den Kopf, wie sich das gehört. So kommen wir hier nämlich nicht weiter!", meldete sich Selina zu Wort.
„Nicht so frech, du Früchtchen! Ich hab dir schon einmal gesagt, dass du mir die coolen Sprüche überlassen sollst."
„Ist ja schon gut, du Superheld."
Melanie schaute ihn verdutzt an und sie lachten los. Dann ging sie auf ihn zu, schlang ihre Arme um seinen Hals und küsste ihn. Diesmal wollte sie es leidenschaftlicher und öffnete den Mund, um seine Zunge zu empfangen. Er fasste sie beim Kopf und der Schulter, drehte sich mit ihr und drückte sie gegen den Türrahmen. Er packte ihre Handgelenke und presste sie oben gegen die Wand. Er löste seinen Griff und streichelte ihre Wangen und ihr Haar. Sie hielt die Augen geschlossen, während sich seine Zunge um ihre wand.
„Hey, ich bin auch noch da! Hallo, ihr zwei!", riss eine beleidigte Selina sie aus ihrer Leidenschaft.
Schnaufend lösten sie sich voneinander.

„Das ist es also, was die Frauen an dir finden?", keuchte Melanie noch etwas außer Atem.
„Und was finden die Frauen an dir?", fragte er,

nachdem seine Erregung wieder abgeklungen war.
„Meinst du Sybylle?"
„Fängst du schon wieder mit dieser blöden Fragerei an?"
„Sybylle und ich, wir hatten mal kurz was miteinander."
„Ich weiß, eure Romanze im Schnee."
„Woher ...? Sorry, ich soll ja nicht so viel fragen."
„Als ich in deiner Wohnung war, klingelte ein Paketbote. Ich war so frei, das Paket zu öffnen, und habe den Brief gelesen, der dabei lag."
Das Blut schoss ihr in die Ohren.
„Was stand drin?", fragte sie kleinlaut.
„Das kann ich vor Selina nicht wiederholen: viel zu detailverliebt. Liest sich wie ein blumig ausgeschmückter Artikel aus der gynäkologischen Vierteljahreszeitschrift."
„Ich hab auch schon mal ein Mädchen geknutscht!", kam es empört aus der zweiten Reihe.
„Ich will wissen, was die beiden miteinander angestellt haben!"
„Das ging weit übers Knutschen hinaus und würde dich nur verstören, glaub mir!", neckte er sie.
„Mann, das ist gemein!", schmollte sie und schaltete den Fernseher ein.
„Seit wir die Kleine völlig verwahrlost aus dem Keller im Schloss geholt haben, sucht uns die Polizei. Wer weiß, was sie mit ihr vorhatten?"
„Wie es aussieht, ist sie im Moment hier besser aufgehoben als vorher. Du musstest sie mitnehmen."
„Wer in aller Welt hat wohl die Schnitzeljagd mit den Golfbällen, die mich und Cora überhaupt erst ins Schloss geführt hat, arrangiert?"

„Da kann ich dir nicht weiterhelfen. Auf mein Konto gehen nur die Rollstühle", gab Melanie zu.

„Die Rollstühle! Das warst du?"

„Irgendwas musste ich mir doch einfallen lassen, wenn ich dein Interesse wecken wollte."

„Du bist auch so interessant genug", grinste er sie an.

„Ganz bestimmt löse ich bei dir einen Annäherungsalarm aus, der aber bloß deine Anmachroutine in Gang gesetzt hätte: kennenlernen, flirten, flachlegen und abservieren."

„Bin ich so schlimm?", fragte er nachdenklich.

Melanie sah ihm fest in die Augen.

„Trotzdem wolltest du es versuchen?"

„Weil wir beide ein Problem haben: Ich kann keinen Mann zu nah an mich heranlassen, während du die Finger nicht von den Frauen lassen kannst."

„Ehrlich gesagt, hält sich mein Leiden in Grenzen."

„Genau so wie dein Glück ... oder willst du mir erzählen, dass dir deine Bettgeschichten das Himmelreich schenken?"

„Und das willst du mir zeigen?"

„Wie denn? Ich weiß ja selbst nicht einmal, wohin mich mein Weg führt. Nein, von einem Windhund wie dir habe ich bestimmt nicht geträumt. Dennoch spüre ich ein unsichtbares Band, das uns verbindet. Vielleicht hat uns ja das Schicksal zusammengebracht, damit wir beide unseren Weg finden."

„Das Schicksal wird immer dann heraufbeschworen, wenn gerade keine logischen Erklärungen zur Hand sind. Du siehst in mir möglicherweise nur deswegen deinen edlen Ritter, weil du schon viel zu lang auf einen wartest."

„Das ist mir auch in den Sinn gekommen, daher habe ich unser kleines Abenteuer arrangiert."

„Ganz schön viel Aufwand, nur um herauszufinden, ob ich es wirklich ernst meine."

„So viel auch nun wieder nicht ... Ich transportiere

ehrenamtlich Rollstuhlfahrer in einem Verein. Dort habe ich mir die Rollstühle geborgt. Den Vorsitzenden hast du im Wald kennengelernt. Er hat den Geo-Cache mit meinen Koordinaten platziert ..."
„... mit denen ich dich finden sollte. Raffiniert! Und was ist schiefgelaufen?"
„Sybylle hat meinen Plan über den Haufen geworfen."
„Wie das?"
„Ja, erklär uns doch mal, wie du nackt und gefesselt in dem Bett gelandet bist!", mischte sich Selina wieder in ihre Unterhaltung ein.
„Als ich bei der Polizei raus war, traf ich Sybylle. Sie wollte unbedingt mit mir reden. Sie zerrte mich am Arm und ließ nicht von mir ab. Ich musste schnell weg, weil du mich nicht mehr antreffen solltest, daher bin ich in ihren Wagen gestiegen. Wir sind zu ihr gefahren, wo sie mir was in den Tee gemischt haben muss."
„Und dann hast du mehr als zwei Tage durchgeschlafen?"
„Wie man's nimmt", lächelte sie verschmitzt.
„Immer, wenn ich wach wurde, war sie bei mir. Mal lag sie neben mir und schlief, mal saß sie auf der Bettkante und streichelte mich, mal wusch sie mich, mal massierte sie mich, mal küsste sie mich. Sie gab mir zu trinken und sie fütterte mich. Die ganze Zeit über redete sie auf mich ein, sogar einen Liebeszauber hatte sie vorbereitet. Sie malte uns eine rosige Zukunft mit vielen schönen Reisen aus. Wir würden exotische Länder sehen, atemberaubende Abenteuer zusammen erleben, niveauvolle Gespräche führen und heiße Nächte miteinander verbringen. Sie las mir vor und spielte Musik für uns ab. Sie blätterte Modemagazine durch und wir sprachen über Make-Up, Frisuren und Outfits."

„Das hört sich nach Gulag an. Du musst ganz schön gelitten haben", pfiff er durch die Zähne.
„Ja, sie ist wirklich einfallsreich und hat sich ganz schön ins Zeug gelegt, um mich zum Bleiben zu bewegen.
Dann klingelte auf einmal Herrenhagen an der Tür und hat jemanden gesucht. Zuerst dachte ich, er meint mich, doch jetzt ist klar, dass er es auf Selina abgesehen hatte. Ein riesiger Kerl, den er mitgebracht hatte, hat mich auf dem Bett gefesselt entdeckt. Sybylle hat ihm nur einmal fest in die Augen geschaut, dann ist er wieder gegangen, ohne seinem Boss etwas zu erzählen."
„Das muss Hallgrim gewesen sein. Wirklich merkwürdig. Wie bist du eigentlich an diese tiefgekühlte Blondine geraten?"
„Sie ist mir praktisch in die Arme gelaufen. Später hat sie mir gestanden, dass sie sich ganz bewusst an mich rangemacht hat, um ihrem Vater eins auszuwischen. Rüdiger von Herrenhagen hatte nämlich offensichtliches Interesse an mir gezeigt."

Er hatte während Melanies Vortrag unter der Tischkante herumfingert und war dabei auf eine Substanz gestoßen, die sich einen Bruchteil ihrer Elastizität gerade noch erhalten hatte, und in der er nun leicht angeekelt herumpulte. Er machte sich keine Hoffnung, es könnte sich dabei um Knetmasse handeln, die spielende Kinderhände dort hinterlassen hatten. Danach rochen seine Fingerkuppen leicht nach Spearmint. Selina hatte derweil zum wiederholten Mal die Vollzähligkeit ihrer Finger überprüft.
„Dann gab es also Spannungen zwischen Herrenhagen und seiner Tochter?", horchte er plötzlich auf.
„Nun, genau genommen ist sie nicht seine leibliche Tochter. Sie ist ihm untergeschoben worden."

„Jetzt wird es interessant."
„Er kann keine Kinder zeugen, also hat sich ihre Mutter einen freischaffenden Samenspender gesucht, von dem sie schwanger wurde."
„Darüber war der Herr des Hauses bestimmt nicht begeistert. Aber warum nur interessiert er sich plötzlich so für dich?"
„Hör mal! Ich bin intelligent, attraktiv und bald dreißig Jahre jünger als er. Brauchst du noch mehr Gründe?"
„Das stimmt ja alles, aber reicht das auch, um sich eine geheime Galerie mit Gemälden von dir im Keller anzulegen?"
„Von mir?"
„Genauer gesagt von einer deiner Vorfahrinnen, die dir aber, so wie unsere Selina hier, aufs Haar gleicht."
„Jetzt bin ich aber neugierig."
„Hast du Fotos gemacht?", bohrte Selina.
„Hätte ich gern, aber mein Mobiltelefon kann das nicht."
„Du hast ein Mobiltelefon? Ja lebst du denn noch in der Steinzeit?", staunte sie ungläubig.
„Was waren das für Bilder?", wollte Melanie wissen.
„Allesamt barocke Schinken, auf denen du mehr oder weniger nackt zu sehen warst. Das Posieren liegt den Frauen deiner Familie wohl im Blut."
„Es ist schon mehr als seltsam – drei Frauen, die praktisch identisch aussehen ..."
„So ungewöhnlich ist das gar nicht. Man geht davon aus, dass von jedem Menschen irgendwo ein Doppelgänger rumläuft."
„Und woran liegt das?"
„Nun, es gibt sieben oder acht Milliarden Menschen auf dem Planeten. In einem Gesicht ist aber einfach zu wenig Platz, um jedem von ihnen ein individuelles

Aussehen zu verpassen. Daher sind Ähnlichkeiten gar nicht so selten, wie man annehmen möchte", erklärte er.

„Das kann ich nachvollziehen. Dass aber alle drei in Schloss Herrenhagen zusammenkommen, eine in einer Galerie, eine als Mitarbeiterin und eine im Keller – das kann doch kein Zufall sein", grübelte Melanie.

„Ja, drei auf einen Streich, das ist wirklich seltsam ...", bestätigte er.

„... und dann noch das mit den Golfbällen ... Irgendjemand wollte dich mit dieser Schnitzeljagd ins Schloss locken, doch wer?", führte Melanie seine Gedanken fort.

„... mich oder aber uns", überlegte er.

„Wieso uns?"

„Nun, ich war nur in der Stadt, weil Verena uns beide verkuppeln wollte."

„Meinst du, sie steckt dahinter?"

„Welchen Grund sollte sie haben?", verneinte er.

„Wer dann?"

„Herrenhagen war's auch nicht. Der war sichtlich überrascht, als wir dort aufgetaucht sind. Was ist mit Sybylle?"

„Glaub ich nicht. Dann hätte sie mich wohl kaum entführt und so ihren eigenen Plan vereitelt."

„Wusste noch jemand anderes, dass du mich treffen würdest?"

„Nur die Sonne."

„Die Sonne?"

„Ja, eines Tages hat mir jemand das Paket mit meinem Sonnenanhänger geschickt. Es lag noch ein keltischer Jahreskreis dabei und ein Heftchen über die keltische Mythologie. Darin war das Kapitel über die Frühlingsgleiche besonders hervorgehoben. Sie wäre ein magischer Tag. Wenn man sein Leben ändern wolle, gäbe es keinen besseren Zeitpunkt da-

für."
„Nun, dann hat wohl Merlin der Zauberer die Firewall von Herrenhagens geknackt, die Golfbälle programmiert und uns zum Tanz auf dem Maskenball aufgefordert."

Melanies Telefon klingelte. Sie schaute aufs Display.
„Das ist Sybylle."
Thorsten nickte und sie ging ran.
„... ja, ... nein, ... schon vergessen, ... okay, warte einen Moment! ..."
„Sie will sich mit mir treffen."
„Bahnhofscafé, heute Abend!", flüsterte er ihr zu.
„... alles klar, richte ich ihm aus ... bis gleich!"
„Sie sagte, es tue ihr leid, dass sie mich entführt hat. Ihr Vater glaubt, du wärst in Hamburg. Er setzt alle Hebel in Bewegung, um dich zu finden und das Mädchen wiederzubekommen. Sie hat ihm nicht verraten, dass du längst zurück bist. Du wärst aber in höchster Gefahr. Sie behauptet, sie wüsste Dinge über ihn, die dich interessieren würden. Du würdest tiefer in der Sache stecken, als dir bewusst wäre."

IM KITTCHEN GIBT'S KEIN BOXSPRINGBETT

Thorsten war gerade mit Selina aufgebrochen, da hielt eine Polizeistreife vor seinem Haus. Ohne sie darüber aufzuklären, was eigentlich los sei, nahmen sie Cora gleich vom Bürgersteig weg mit aufs Revier, wo sie von einem Beamten in Zivil verhört wurde.

„Wie sind Sie in das Schloss gelangt?"
„Mit einer Einladung in Form von Golfbällen, die Thorsten tagsüber um die Ohren geflogen sind."
„Fanden Sie das Ganze nicht sonderbar?"
„Sie meinen sonderbarer als vier elektrische Rollstühle, die geklaut werden, eine Frau im Ballkleid, die ihre kleinen Finger bei der Hausarbeit verloren hat, Kostümierte, die hinter Wandteppiche pinkeln, oder ein riesiger Kerl, der mit tiefgekühlten Embryonen dealt?"
„So gesehen ..."
„Man hat uns sogar ein Zimmer hergerichtet. Gut, es war vielleicht nicht höflich, im Schloss herumzuspionieren, aber auch nicht ungesetzlich."
„Und Sie behaupten, das Mädchen wäre in ein Kellerverlies eingesperrt gewesen?"
„Völlig heruntergekommen und dem Wahnsinn nahe. Da haben wir sie mitgenommen. Hätten Sie vorher bei Amnesty angerufen?"
„Sie hätten sie der Polizei übergeben müssen."
„Sicher. Dazu hätten wir sie nur hoch in den Ballsaal bringen müssen, denn dort tanzte die Führungsspitze in Strumpfhosen, aß Kaviar-Kanapees und prostete dem Kerkermeister mit Champagner zu."
„Wo sind Thorsten und das Mädchen jetzt?"
„Das hat er nicht gesagt, doch er wird sich schon noch melden, wenn es sicher für sie ist."

Da saß sie nun in einer deprimierend trostlosen Gefängniszelle auf einer Pritsche, die jeglichem Schlafkomfort in den Rücken fiel, und starrte kopfschüttelnd die unterkühlte Zweckeinrichtung des ungastlich schmal geschnittenen Raums an. Gestern noch hatte sie munter Tabletts mit Frühstück, Kaffee, Bier und Wein hin- und hergetragen und fröhlich mit den Gästen geschwätzt. Trotzdem wollte sie nicht eine Sekunde der vergangenen Stunden missen. Thorsten hatte sie aus ihrem Alltagstrott gerissen. Seit einer gefühlten Ewigkeit fand sie wieder einen Sinn in ihrem Leben: sie hatte sich eingemischt, hatte etwas bewegt. Egal, was noch passieren würde, sie würde nie mehr nur die reizende Serviererin sein, die jeden lächelnd bediente und von niemandem so wirklich ernst genommen wurde.

Thorsten war anders. Er hatte schon immer die Freundin in ihr gesehen und nicht die Frau, die auf ein Fingerschnippen hin unterwürfig angedackelt kam, um ihm seine Wünsche zu erfüllen. Wenn sie darüber nachdachte, hatte er stets brav gewartet, bis sie ihn ansprach. Anders als manch anderer männlicher Gast, hatte er sie nicht ein einziges Mal mit einer Anzüglichkeit bedrängt, obwohl sie solch eine Steilvorlage liebend gern aufgenommen hätte.

Er stand auf Frauen und die Frauen mochten ihn, weil er charmant, intelligent, humorvoll, selbstbewusst und vor allem respektvoll war. Ja, auch sie sehnte sich nach solch einem Mann, doch es war eine Herausforderung, dieses spezielle Exemplar zu domestizieren und ein für alle Mal vom Markt zu nehmen.

Schon lang hatte sie sich überlegt, wie sie ihn einfangen könnte, ohne dass er sie nach einem kurzen Techtelmechtel gleich wieder ablegen würde. Zuerst hatte sie auf seinen Beschützerinstinkt gesetzt, an dem Abend, als sie sich ihm anvertraut hatte. Doch damit war sie nicht weit gekommen.

Dann aber hatte sie sich eine erfolgreichere Strategie überlegt. Sie hatte ihre Wünsche zurückgestellt und war ihm eine echte Freundin geworden, denn die gibt man nicht so schnell wieder auf. Trotzdem hatte sie unterschwellige Signale gesendet und wohldo-

siert Sehnsüchte geschürt. Den Job in der Redaktion hatte sie nur deswegen ausgeschlagen, weil die ständige Nähe seine schwelenden Begehrlichkeiten womöglich abgekühlt hätte. Sie hatte die Angel ausgeworfen und gewartet, bis der Fisch am Haken zappelte.
Und ihre Geduld hatte sich ausgezahlt, denn die Sache mit dem Swingerclub war ein echter Glücksfall gewesen. In dieser für ihn unverfänglichen Atmosphäre hatte sie ihren letzten Trumpf ausgespielt und zum Frontalangriff auf seine männlichen Triebe geblasen. Sie hatte seine verborgensten Begierden bedient, auch wenn ihr nicht alles, was sie miteinander angestellt hatten, tatsächlich gefallen hatte. Danach hatte sie ihn nicht weiter bedrängt, sondern war bewusst wieder zur Tagesordnung zurückgekehrt und hatte ihr Erlebnis als beiläufige Episode einer innigen Freundschaft abgetan. Das musste ihm imponiert haben, denn sein Verhältnis zu ihr hatte sich verändert, das spürte sie. Er hatte angebissen und ganz gleich, welche Geschütze diese Melanie auch auffahren würde, käme er nicht so schnell wieder von ihr los.

Ein Schlüssel wurde im Schloss gedreht und die ausbruchssichere Metalltür geöffnet.
„Hallo, Cora! Was machst du denn hier?", begrüßte sie ein Uniformierter, der seinen gepflegten Schnauz- und Kinnbart kraulte.
„Hallo, Henning! Ich bin jetzt Innenarchitektin und soll euch bei der Umgestaltung eures Schlaftraktes beraten. Als Allererstes müssen die Möbel hier raus, und dann sprechen wir über Tapeten."
Henning kam gelegentlich am Wochenende mit seinen beiden halbwüchsigen Töchtern, die zumeist unleidlich in ihrer Torte herumstocherten, ins Café.

„Nun mal ernsthaft. Was ist los?"
„Das passiert einem, wenn man aktiv gegen Kindesmisshandlung einschreitet."
In aller Kürze erzählte sie ihrem Stammgast die Geschichte.
„Viel habe ich hier zwar nicht zu melden, aber ich werde ein gutes Wort für dich einlegen. Kann ich sonst noch was für dich tun? Brauchst du etwas? Kaffee, ein belegtes Brötchen?"
Sie überlegte kurz.
„Während der WM ist meine beste Freundin spurlos verschwunden. Kurz zuvor hatte sie mich noch aus einem Auto heraus angerufen. Könntest du feststellen, von wo aus das war?"
„Das ist zwar schon länger her, aber es wird sich bestimmt eine Akte darüber finden lassen."
Henning verriegelte die Tür.

„Und wenn Jessica doch einen netten Engländer kennengelernt und das Weite gesucht hat, gönne ich ihr das, doch dann will ich es verdammt noch mal auch wissen. Ich werde mich nicht mehr mit dem schwammigen Geschwafel von untermotivierten Polizisten abfertigen lassen. Wenn es niemand anderen interessiert, mische ich mich eben ein", gab sie sich kämpferisch.
Eine Stunde später kehrte Henning zurück und erzählte, das Handy sei zuletzt in der Nähe eines Fitnessstudios geortet gewesen. Danach habe es keine weiteren Aufzeichnungen gegeben.
„Ich bin auch noch die Meldungen über die Vorkommnisse im Umkreis von fünf Kilometern durchgegangen. Es hat dort damals eine Schlägerei gegeben, eine Kiste Bier ist am See gestohlen worden, es wurde in eine Scheune eingebrochen, in der dann eine spontane Gruppensex-Party gefeiert wurde,

zahllose Anzeigen wegen Erregung öffentlichen Ärgernisses gegen Windpinkler wurden aufgenommen sowie ein Unfall mit Todesfolge."

„Du bist ein Schatz!"

Cora stand auf und umarmte den Schutzmann, der ihr den Zettel mit den Daten zusteckte.

„Du kannst übrigens wieder gehen. Wir melden uns, wenn wir noch Fragen haben."

* * *

Sie fuhr mit ihrem roten Polo gleich rüber zum Fitnessstudio. Dort zeigte sie ein Foto von ihrer Freundin unter den Trainierenden herum. Trotz der langen Zeit erinnerte sich eine Frau an sie. Die Vermisste habe sich mit einer edel gekleideten Dame in der Umkleidekabine unterhalten. Auf einem Zeitungsfoto identifizierte sie die Unbekannte.

Zurück auf der Polizeiwache erzählte sie Henning von ihren Nachforschungen und bat ihn um weitere Informationen über das Unfallopfer. Nachdem sie die Papiere durchgearbeitet hatte, kam Cora ein Verdacht. Sie griff zum Telefon und wählte Thorstens Nummer. Es meldete sich nur der Anrufbeantworter.

* * *

Vor seiner Wohnung parkte der große, schwarze Van. Sie hielt ein Stück weiter und wartete. Der Riese stapfte aus dem Haus und fuhr los. Cora folgte ihm bis auf den Parkplatz eines Baumarkts, wo er sich wie eine Sardine in eine Konservendose von Dacia zwängte. Wenig später stieg er wieder aus und verschwand. Die Fahrertür wurde geöffnet und zwei nackte Beine, die vom Knie aufwärts mit einem Rock verhüllt waren, wurden synchron auf den Asphalt gestellt. Die dazugehörige Dame trug ein schlichtes

Kopftuch und eine große Sonnenbrille. Cora schoss ein paar Fotos von dem Treffen.

* * *

Sie öffnete seine Wohnungstür mit dem Schlüssel, den sie noch immer mit sich herumtrug. Drinnen herrschte ein Durcheinander, das das zu erwartende Maß einer Junggesellenwohnung bei weitem überstieg. Hier hatte jemand grobschlächtig nach etwas gesucht. Cora klemmte die Dokumente, die sie vorbereitet hatte, zwischen die Seiten von Band 76 seiner Goethe Gesamtausgabe, deren 143 Bände, der Bedeutung des Autors für die deutsche Literaturgeschichte unangemessen würdelos, quer über das Parkett verstreut lagen.

Unter seiner Nummer musste sie sich erneut mit der mechanischen Stimme seiner Mailbox begnügen. In knappen Worten sprach sie ihren Verdacht darauf. Kaum hatte sie aufgelegt, bereute sie es auch schon wieder. Was, wenn man seinen Anschluss abhörte? Und wenn schon! Für Vorwürfe war es jetzt zu spät. Wenn sie ihn doch nur irgendwie erreichen könnte.

Da kam ihr eine Idee. Voller Elan rannte sie die Treppen hinunter und prallte gegen die Brust des hünenhaften Menschen, dem sie eben noch gefolgt war. Der Mutant steckte in einem schwarzen Anzug und lungerte vor der Haustür herum.

„Bringen Sie mich zu Ihrem Chef, aber zügig!", befahl sie ihm.

Er öffnete ihr die Beifahrertür und ließ sie einsteigen.

* * *

Sie betraten das Schloss durch einen Seiteneingang. Bei Tageslicht sah hier alles etwas aufgeräumter und freundlicher aus als bei Nacht. Die überwucherten Flächen entpuppten sich als idyllischer Naturgarten, in den bald Heidekräuter und Prärieblumen bunte Farbtupfer einstreuen würden. Die Mauern der Gebäude waren schlicht getüncht und spielten die Werte, die man im Innern fand, bescheiden herunter. Ihr Fahrer bot ihr einen bequemen Sessel in einem Konferenzraum an und zückte sein Handy.

„Sie ist hier", sprach er mit einer für seine Größe erstaunlich hellen Stimme, mit der er problemlos in einem Knabenchor hätte mitsingen können. Dann legte er wieder auf. Kurz drauf stieß ein älterer Herr zu ihnen, der sich als der Privatsekretär Rüdiger von Herrenhagens ausgab.

„Wie können wir Ihnen helfen, wertes Fräulein?"

„Über das Fräulein bin ich schon ein paar Jährchen hinweg. Ich würde gern Herrn von Herrenhagen sprechen. Ich habe Informationen, die ihn interessieren werden."

„Was Sie ihm zu sagen haben, können Sie getrost auch mir erzählen", ermunterte er Cora.

„Warum habe ich Sie gestern nicht auf dem Ball gesehen, wo Sie doch sein Adjutant sind?", fragte sie misstrauisch.

„Ich habe schon gehört, dass Sie eine couragierte Frau sind, für meinen Geschmack allerdings etwas zu forsch und wissbegierig obendrein."

Sie rutschte unruhig in ihrem Sessel hin und her.

„Ein Grund mehr, keine Zeit zu verschwenden und mich umgehend zu ihrem Arbeitgeber zu bringen."

„Ich fürchte, das wird nicht möglich sein. Herr von Herrenhagen möchte in dieser Angelegenheit nicht weiter behelligt werden."

„In dieser Angelegenheit?", wiederholte sie entrüstet.

„Es geht um einen kaltblütigen Mord. Wenn mich hier niemand anhört, wende ich mich eben an die

Polizei."

„Das wird zu meinem Bedauern ebenfalls nicht möglich sein."

Ansatzlos sprang Cora auf und zog dem blasierten Schlipsträger die Fingernägel durchs Gesicht und unterstrich ihre Übellaunigkeit mit einem Kniestoß in sein Gemächt. Dann drehte sie sich zur Tür, doch der Riese war mit einem gewaltigen Satz hinzugehechtet und hielt sie an den Armen fest. Der Alte hatte seine aufgesetzte Haltung verloren und fluchte jaulend, während er sich, vor Schmerzen gekrümmt, mit einem Taschentuch das Blut von der Wange tupfte. Er nickte dem Muskelberg wütend zu. Dieser warf sich Cora über die Schulter. Sie schrie, boxte und trat auf ihn ein. Er drehte sich ruckartig, so dass ihr Kopf gegen den Türrahmen schlug. Dann wurde ihr schwarz vor Augen.

ICH HAB SCHON MIT JUNGS GEKNUTSCHT

Thorsten parkte den Toyota zwischen den anderen Autos, die bereits am Straßenrand gegenüber des Cafés standen. Melanie hatten sie oben an der Hauptstraße aussteigen lassen. Sie wollten nicht, dass man sie zusammen ankommen sah.

„Als ich dich in dem Keller gefunden habe, standest du richtig unter Strom", sprach er Selina an.

„Die haben mich immer wieder rausgeholt und an Schläuche und Kabel angeschlossen. Irgendwann wusste ich gar nicht mehr, was mit mir los ist. Ich

glaub, die haben mir was unters Essen gemischt."
„Das haben sie wohl."
„Ich hörte Stimmen, die flüsterten, dass sie mir den Schädel aufsägen würden. Sie wollten dünne Scheiben von meinem Gehirn abschneiden und beobachten, was dann mit mir passiert. Durch die Kellerwand hindurch konnte ich sehen, wie sie das bei einem anderen Mädchen gemacht haben, in ihren weißen Kitteln. Es war der blanke Horror. Die Ärmste war mit breiten Riemen an einen Sessel gefesselt, der Kopf nur noch ein Kelch ohne Deckel. Sie hat gefleht und gebettelt, doch die haben immer weiter an ihr herumgesäbelt. Ich hab mich in eine Ecke verkrochen, mir die Finger in die Ohren gesteckt und geweint, aber ihre verzweifelten Schreie dröhnten immer lauter hinter meiner Stirn. Ich schlug mit dem Kopf gegen den kalten Stein, doch sie wollten einfach nicht verstummen."
„Hört sich so an, als hätten sie dir Drogen verabreicht, diese niederträchtigen Hunde."
„Ich war so verdammt allein. Niemand hat mir geholfen. Jedes Mal, wenn die Tür aufging, hatte ich eine Scheißangst, dass sie kommen und das gleiche mit mir anstellen würden. Bis du mich endlich aus diesem Loch befreit hast. So was will ich nie wieder erleben."
Sie legte ihren Kopf an seine Schulter und klammerte sich mit beiden Händen an seinen Arm.
„Das musst du auch nicht. Schau, da kommt Melanie!"
Melanie ging ins Café und setzte sich ans Fenster. Zehn Minuten später fuhr das gelbe Sportcoupé vor und parkte auf dem Platz hinter dem Taxistand. Eine zierliche Frau stieg aus und betrat mit energischem Schritt den Laden. Die beiden Freundinnen umarmten sich. Erst gab es Tränen und zärtliches

Händchenhalten. Dann wurde die Unterhaltung heftiger. Die Hände fuhren auf und ab, vor und zurück, an die Stirn, an die Brust. Die anderen Gäste starrten bereits zu ihnen herüber. So plötzlich wie der Streit aufgezogen war, ebbte er auch wieder ab. Tränen kullerten, wieder Händchenhalten, ins Taschentuch schniefen – zum Schluss wurden Handspiegel hervorgezogen und das Make-Up auf seine Wasserfestigkeit hin überprüft.
„Frauen!", mokierte er sich.
„Du bist doch auch eine, Selina. Kannst du mir verraten, was da gerade abläuft?"

„Sybylle entschuldigt sich, dass sie Melanie entführt hat. Melanie sagt, dass sie sie versteht, aber nicht mit ihr zusammen sein kann. Sybylle fragt, warum denn nicht, es wär doch alles so schön gewesen. Melanie bestätigt, dass es sehr schön war, doch dass sie keine Beziehung mit ihr möchte, ihr ihre Freundschaft aber wichtig ist. Sybylle wird wütend. Warum denn nicht? Nur wegen dieses Idioten? – Damit bist offensichtlich du gemeint. Du würdest sie doch gar nicht lieben. Sprich nicht so von ihm – also von dir. Du wärst gar nicht so ein Arsch wie sie – also Melanie – zuerst angenommen hatte. Wir können doch weiter Freundinnen bleiben, schlägt Melanie vor. Wie soll das gehen? Jedes Mal, wenn ich dich sehe, würde ich dich begehren. Weißt du, wie weh das tut, erklärt Sybylle ... Ich glaube, das wird heute nichts mehr mit den beiden Zicken da drinnen", endete Selina.
„Wow! Ich bin beeindruckt. Das alles spürt man als Frau so einfach?"
„Nee, ich kann Lippen lesen."
„Ehrlich? Abgefahren! Was kannst du noch außer tanzen und Lippen lesen?"

„Weiß nicht. Da, ich glaub, jetzt wird es doch noch spannend."

„Melanie fragt Sybylle nach dem verschwundenen Fötus und dem toten Holländer. Sybylle meint, das hängt alles mit den Experimenten zusammen, die in den Laboren im Schloss laufen. Ihr Stiefvater hätte eine Möglichkeit gefunden, wie er doch noch einen legitimen Erben zeugen kann, und dazu bräuchte er aber noch jede Menge Zellmaterial. Denn er will nicht einfach nur einen Nachkommen, sondern ein optimiertes Kind ohne irgendeinen Makel."

„Er will sich einen Rocky zusammenschrauben. Da haben Cora und ich also gar nicht so falschgelegen, als wir im Schloss ankamen."

„Was für einen Rocky?"

„Der Film. Eine Gruppe außerirdischer Transvestiten in einem einsamen Schloss. Der Chef der Bande erschafft den perfekten Mann als Liebhaber für sich. Kennst du das Musical denn nicht?"

„Hört sich ziemlich albern an."

„Das ist Kult."

„Wann soll das gewesen sein? Als man noch im Mammutfell am Lagerfeuer saß und sein Steak mit einer Holzkeule verteidigen musste?", meinte Selina und widmete sich dann wieder der Unterhaltung drüben im Café.

„Jetzt will Melanie wissen, was in den Stahltanks ist, die du im Schloss gesehen hast. Sybylle sagt, ihr Vater und sein geheimer Bund *La Pleine Lune* wären besessen von der Idee, ewig zu leben. Für jeden von ihnen gäbe es einen solchen Bottich, in dem sie ruhen. Der Schlaf würde von Ärzten überwacht, so dass immer die optimale Temperatur herrscht. Sie wären hermetisch dicht, damit keine Außengeräusche hineingelangen. Die Sauerstoffzufuhr in der Atemluft würde geregelt und das Blut während des

Schlafs wie bei einer Dialyse gereinigt und mit irgendwelchen Stoffen und Hormonen angereichert. Den Leuten würden Cocktails mit Naturkräutern und chemischen Zutaten eingeflößt. Jeder einzelne würde erst dann wieder geweckt, wenn er die für ihn perfekte Dosis an Schlaf in allen Phasen durchlaufen hat. Das soll die Zellregeneration stimulieren und das Leben um bis zu fünfundzwanzig Jahre verlängern."

„Zombies, aber aus dem Schlaflabor; ganz so wirr hab ich also doch nicht geträumt", nuschelte er in seinen glatt rasierten Bart.

„Melanie fragt nun nach den Wissenschaftlern, die für ihren Vater arbeiten. Sybylle sagt, es wären allesamt Leute, die es mit dem Berufsethos nicht so genau nähmen: Ärzte, denen man die Approbation entzogen hat, Forscher, die vom akademischen Lehrbetrieb ausgeschlossen wurden und so weiter. Sie würden über verdeckte Firmen bezahlt, damit man sie nicht direkt mit ihrem Stiefvater in Verbindung bringen kann.

Melanie will wissen, wer seine engsten Vertrauten sind. Ihr Stiefvater würde Herrn Hubert mit allen delikaten Aufträgen betrauen, bei denen Fingerspitzengefühl und Raffinesse nötig wären."

„Ja, der Name taucht immer wieder auf, wenn es unangenehm wird."

„Sybylle sagt, er hätte auch geholfen, ihre Mutter umzubringen."

„Das passt. Dem Andalusier hat er auch die Lichter ausgeblasen."

„Der Polizeipräsident und der Staatsanwalt hätten die ganze Sache später vertuscht. Jetzt aber, wo du solch einen Wirbel veranstaltest, hätten sie Angst, die ganze Sache könnte auffliegen. Doch es gibt wohl ein Foto, auf dem ein Fremder am Unfallauto zu sehen ist, und den suchen sie nun, um ihn zum Sündenbock zu machen."

Ein dunkelhäutiger Herr trat mit einem unterwürfigen Grinsen an den Tisch und unterbrach die Unterhaltung. Sybylle reichte ihm ein paar Geldstücke im Austausch für eine rote Rose und wischte ihn dann genervt fort.
„Melanie fragt, wie es denn möglich ist, dass Herrenhagen so viel Einfluss hat und sogar Gesetze ungeschoren brechen kann? Sybylle vermutet, dass ihr Stiefvater die Gedanken der Leute liest, während sie in den Schlaftanks herumbaumeln. Er scheint einen Weg gefunden zu haben, wie er die Gehirnaktivität eines Menschen aufzeichnen und sie mit Video- und Fotodaten aus den sozialen Netzwerken vergleichen kann. Bei Ähnlichkeiten oder Übereinstimmungen der Muster kann er so Rückschlüsse darauf ziehen, was den Leuten durch den Kopf geht. Es wäre gut möglich, dass er sie damit erpresst."
„Vielleicht hat er aber auch nur genügend schmutzige Wäsche von ihnen zusammengetragen, mit der er sie in der Hand hat", verwarf Thorsten die absurde Vorstellung.

Unvermittelt beugte sich Selina zu ihm herüber und küsste ihn, wobei sie ungelenk mit ihrer Zunge gegen seine Schneidezähne klopfte. Aus den Augenwinkeln heraus sah er, dass ein Polizeiwagen im Schritttempo an der Reihe der Autos entlangrollte. Er schloss sie in seine Arme, kämpfte aber erfolgreich gegen die Versuchung, ihrer Zunge Einlass zu gewähren. Als die Ordnungshüter vorbei waren, löste er die Umarmung.
„Gut reagiert ...", lobte er sie.
„... etwas weniger Realismus hätte aber denselben

Effekt gehabt."
„Hat es dir nicht gefallen?"
„Hat es, darf es aber nicht."
„Ich hab schon mit Jungs geknutscht."
„Ich bin kein Junge, ich könnte dein Opa sein."
Nachdenklich schaute er wieder zum Café hinüber.
Sybylle reichte Melanie noch etwas über den Tisch.
„Da sind weitere Informationen drauf, die sie über ihren Vater gesammelt hat", erklärte Selina.
„Melanie bedankt sich nun, dass Sybylle ihr all das erzählt hat. Nein, Melanie ist ihr wirklich nicht mehr böse. Im Großen und Ganzen wäre es sehr aufregend gewesen. Ganz besonders als sie ihr mit dem ..."
Selina stockte.
„Als sie was?", bohrte er ungeduldig.
„Nun, das wird jetzt schon sehr privat und ich glaube auch nicht, dass du das wirklich wissen willst ..."
„Erzähl schon!"
„Das fragst du sie lieber selbst. Wie du schon richtig festgestellt hast, bin ich noch viel zu jung, um an so was auch nur zu denken – und sei es noch so heiß."
„Kleines Biest!"
„Jetzt kommt sie richtig in Fahrt. Wow, auf so was muss man erst einmal kommen! Dafür wird anderswo der Ausweis verlangt. Wenn du lieb zu den beiden bist, lassen sie dich vielleicht mal dabei zusehen."
Er knurrte sie an.
Gegenüber winkte Sybylle dem Kellner und bezahlte. Vor der Tür nahm Melanie sie in den Arm und küsste sie mehr als nur freundschaftlich. Beim Abschied klebten ihre Hände aneinander. Keine wollte die andere gehen lassen.
„Ihr seid vielleicht doch nicht die richtige Gesellschaft für ein anständiges Mädchen wie mich", läs-

terte Selina.

„Das ist ja wie in Sodom und Gomorra", bestätigte er ihr.

„Sieh einfach nicht hin, sonst erstarrst du noch zur Salzsäule!"

Zwei Männer verließen das Café und zündeten sich vor der Tür eine Zigarette an. Sybylle stöckelte zu ihrem Wagen und fuhr davon. Melanie drehte sich um und spazierte unter der Straßenbeleuchtung die Bahnhofstraße hinauf. Die beiden Raucher warteten einen Moment und nahmen dieselbe Richtung. Er ließ den Motor an und rollte parkplatzsuchend hinterher. An einer Apotheke stoppte Melanie und sah sich die Schaufenster an. Die Raucher hielten ebenfalls und heuchelten Interesse für die Kranz- und Blumengebinde eines Floristikateliers. Jetzt war klar, dass sie ihr folgten. Sie marschierte weiter. Die beiden Schatten klebten an ihren Fersen. Als er an der Apotheke vorbeirollte, las er, dass eine Zeckeninvasion bevorstehe. Sich ungeschützt im Freien aufzuhalten, sei mindestens genau so fahrlässig wie Flaschendrehen auf der Tuberkulosestation.

„Mit der Angst verdient man am leichtesten Geld", fuhr es ihm durch den Kopf.

Selina hatte das Fenster der Beifahrertür geöffnet. Die Luft war warm und trocken. Er beschleunigte. Am Ende der Bahnhofstraße bog er rechts in die Talstraße, wo er wartete. Melanie wusste, was sie zu tun hatte, wenn er nicht neben ihr hielt. Sie sollte ins Kino gehen und gleich wieder durch den Notausgang im Saal verschwinden. Die Eintrittskarte hatten sie vorher schon besorgt. Es dauerte nicht lang und sie kam angerannt. Sie sprang auf den Rücksitz und duckte sich, bis die Dunkelheit den Toyota verschluckt hatte.

„Ich hab die beiden Typen gesehen. Sie sind drau-

ßen geblieben. Die werden wohl da rumstehen, bis die Vorstellung zu Ende ist", kicherte sie.
„Ihr glaubt ja nicht, was mir Sybylle alles erzählt hat!", sprudelte es aus ihr heraus.
„Glauben ist was für die Kirche. Wir wissen es bereits", grätschte er mitten in ihr Mitteilungsbedürfnis.
Ungläubig schaute Melanie in die zwei grinsenden Gesichter vor ihr.
„Unsere Selina kann Lippen lesen", klärte er sie auf.
„Und ihr habt alles mitbekommen, was wir geredet haben?", fragte Melanie unsicher.
„Ich schon, er nicht", antwortete Selina konspirativ.
„Wie es aussieht, hat mir die kleine Kröte das Spannendste vorenthalten. Willst du meine Wissenslücken nicht füllen?"
„Das bleibt ein Geheimnis unter Frauen, nicht wahr, Selina?"

Sie hielten an einem Supermarkt, wo Melanie ein paar Lebensmittel holen sollte. Um diese Uhrzeit ging es dort zu wie in einer Kontaktbörse. Einige berufstätige Single-Frauen und -Männer kauften auf die Schnelle noch etwas fürs Nachtmahl oder den Serienabend ein. Zwischen den Regalen und an den Kassen wurde müde geflirtet. Der Rest der Kunden waren Jugendliche oder glasig dreinschauende Berufsuntätige, die sich frühmorgens bei der Bemessung der Tagesration Alkohol verschätzt hatten.
Fast alle Einkaufswagen waren ineinandergeschoben unter dem Regendach geparkt. Zwei gelangweilte, dunkelblau gekleidete Herren von der Security bewachten den Eingangsbereich. Eine ältere Dame mit einem orangen Haarband im schlohweißen Haar und in einen, der Jahreszeit nicht mehr angemessenen, Nerzmantel gehüllt, verließ den Markt. Sie

schaute sich um, hielt witternd ihre Nase in den Wind und steuerte geradewegs auf den Toyota zu, würdelos einen Einkaufsrolli hinter sich herziehend. Sie klopfte mit ihrem Brillanten beringten Finger an die Fensterscheibe. Er ließ sie heruntersurren.
Die rätselhafte Frau schob ihren Kopf wie ein Truthahn durch die Luke.
„Zögern Sie nicht! Die Tür schließt sich schon bald. Von den Vieren schenkt Ihnen eine die Zukunft, eine ihr Leben, eine ihre Seele, und eine ihre Vergangenheit. Aber hüten Sie sich vor der Letzten! Sie steht ihnen näher als alle anderen und spielt doch mit gezinkten Karten. Meiden Sie weiße und rote Rosen und verfallen Sie nicht den Versuchungen der Jugend!"
Ohne ein weiteres Wort zog sie wieder ab.
„Was war das denn?"
„Ich glaube, die hält sich für eine Seherin. Ich hatte es schon mal mit ihren mysteriösen Anspielungen zu tun. Wenn du die nach dem Weg fragst, irrst du vierzig Jahre durch die Wüste, wenn du überhaupt irgendwo ankommst."
Nach einer halben Stunde schleppte Melanie zwei große Einkaufstaschen aus ungebleichtem Recyclingpapier an. Unter dem Arm klemmten noch ein paar Kleidungsstücke, die weniger umweltfreundlich in transparente Folie eingeschweißt waren.

* * *

Während Selina und Melanie etwas zum Essen vorbereiteten, überprüfte er sein neues E-Mail-Konto. Obwohl niemand außer ihm und Dannenberg die Mailadresse kannte, lagen bereits fünf Nachrichten im Postkasten. Eine versprach üppige Verdienstmöglichkeiten für das Anschauen eines Videos, eine bot ihm ein Stipendium für die Ausbildung zum Fußpfleger an einer Fernhochschule an, eine englischsprachige hatte Medikamente gegen Haarausfall, Inkontinenz sowie erektile Dysfunktionen im Angebot und eine vierte wollte ihm einreden, er brauche dringendst Schwerlastregale, in denen er bis zu vier Tonnen Autoreifen lagern könne. Dannenberg hatte ihm ebenfalls geschrieben:

Lieber Thorsten,
ich hoffe, Sie haben den Tag gut überstanden. Folgendes habe ich über den Fortgang von Selinas Stammbaum herausgefunden:
Vier weitere Generationen nach der Kartografin haben wir eine Frau mit smaragdgrünen Augen, die an der Dresdner Hofoper im Chor als Sopranistin auftrat. Von dort wechselte sie an die Hofoper nach München. Dort heiratete sie 1919 einen Schauspieler der Münchner Kammerspiele. Aus der Ehe gingen eine Tochter und ein Sohn hervor. Der Sohn kam später im Zweiten Weltkrieg an der Ostfront um. Die Tochter wurde Ballerina und ist in einer Filmsequenz von Leni Riefenstahls Olympia als nackte Turnerin zu sehen. Die Ballerina brachte zwei Töchter zur Welt, wovon die erste im Kindsbett starb. Die zweite heiratete 1964 einen Tischlermeister. Mit ihm hatte sie vier Kinder: drei Söhne und eine Tochter.
Ich melde mich morgen wieder bei Ihnen. Dann kann ich Ihnen hoffentlich berichten, wer die kleine Selina ist.
Im Schloss herrscht übrigens ein ganz schöner Aufruhr. Als ich am Abend dort ankam, wurde ein LKW mit technischen Geräten verladen. Es sah aus wie Laborausrüstung.
Viele Grüße und viel Glück
Siegfried Dannenberg

Thorsten schrieb folgende Antwort:

Lieber Herr Dannenberg,
vielen Dank für Ihre professionelle Unterstützung bei der Rekonstruktion von Selinas Stammbaum.
Am Nachmittag haben wir Melanie gefunden. Sie war von ihrer verstoßenen Geliebten Sybylle verschleppt und in deren Haus gefangengehalten worden. Diese Sybylle ist die untergeschobene Tochter Rüdiger von Herrenhagens. Ihre Mutter ist unter nicht geklärten Umständen ums Leben gekommen. In einem Gespräch mit Melanie deutete Sybylle an, dass im Schloss illegale genetische Experimente durchgeführt werden würden. Ich fahre heute spät noch mal hinaus und versuche, Beweise zu sammeln, bevor dort alles leergeräumt ist.
Viele Grüße
Thorsten

Kaum hatte er die Mail geschrieben, klingelte es an der Haustür. Er schickte Melanie vor. Aus der Küche heraus bekam er mit, wie sich ein Polizist vorstellte.
„Sind Sie allein hier?"
„Nein ... doch ... ja."
„Was denn nun?"
„Hm, das ist mir jetzt etwas peinlich ... Ich hatte Besuch, der aber wieder weg ist ... Sie verstehen?"
„Nein, tue ich nicht."
„Ich bin verheiratet und der Mann, mit dem ich mich hier getroffen habe, ist es auch ... Verstehen Sie jetzt?"
„Ein Seitensprung? Sie treffen sich hier heimlich mit ihrem Liebhaber und betrügen Ihren Gatten, der nichtsahnend daheim die Kinder hütet, nachdem er völlig erschöpft von der Schicht nach Haus gekommen ist? Nein, das verstehe ich nicht."

„Wir haben keine Kinder", entschuldigte sich Melanie kleinlaut.
„Frauen wie Sie sollten auch keine in die Welt setzen ... Ist Ihnen hier oben irgendwas aufgefallen?"
„Wie meinen Sie das?"
„Wir suchen einen Mann und ein Mädchen."
„Im Nachbarhaus hat ein Mann mit seiner Tochter gewohnt. Sie sind vor einer halben Stunde fortgefahren. Die machten aber einen ganz harmlosen Eindruck."
„Man sieht den Leuten ihre Niedertracht nicht immer gleich an. Was war das für ein Auto?"
„So ein sportliches Coupé, blau."
„Haben Sie sich das Kennzeichen gemerkt?"
„Nein ... Warten Sie! Ich glaube, es fing mit HH an."
„Hamburg also? Vielen Dank ... Wenn ich Ihnen einen Rat geben darf, dann beenden Sie das hier! Diese Lügen hat Ihr Mann nicht verdient. Guten Abend noch!"
„Na, der hat dich aber abgewatscht", amüsierte sich Thorsten, als sie die Tür geschlossen hatte.
„Ich dachte, ihr Männer wärt beim Thema Fremdgehen verständnisvoller."
„Nicht, wenn man selbst mal der Gehörnte war. ... Wir müssen so schnell wie möglich weg von hier ... für den Fall, dass die Polizisten zurückkommen und die Ehebrecherin teeren, federn und aus dem Dorf jagen wollen", feixte er.

* * *

Als die Streife fortgefahren war, stiegen sie mit ihren Habseligkeiten in den Toyota. Niemand wusste von ihrem Versteck oben am Waldrand, niemand außer Jost. Nein, ausgeschlossen. Jost war sein Freund und Freunde vertrauen einander.
Sie hielten an einem Burger-Drive-In, um das ver-

passte Dinner nachzuholen. Thorsten knetschelte mit den Fingern auf einem Bulettenbrötchen herum.

„Wenn man da Ohren drankleben und zwei Kulleraugen aufmalen würde, könnte man das Teil fast schon als Plüschburger zum Schmusen verkaufen, so weich ist die Semmel."

Seine Schneidezähne tauchten widerstandslos durch die Sesamkrümel in die gummiartig zusammengebackene Fleischmasse. Er kaute ein-, zweimal darauf herum und schluckte den Speisebrei, den man gut und gern auch zum Abdichten eines Wasserrohrs hätte benutzen können, hinunter. Dann fuhr er mit seinen kulinarischen Betrachtungen fort:

„Es kaut sich wie Babynahrung: latschig und lauwarm – das bringt man selbst ohne Zähne runter. Das süß-saure Ketchup regt die Speichelbildung an und macht Gier auf mehr. Obwohl das hier nun wirklich kein Hochgenuss ist, könnte ich fünf Stück davon verschlingen."

Als sich der letzte Bissen wie eine Nacktschnecke seinen Hals hinuntergeschleimt hatte, berichtete er seinen Begleiterinnen von Dannenbergs Nachforschungen.

„Ich muss noch mal hinaus zum Schloss fahren", teilte er den beiden mit.

„Ich will nie wieder dahin zurück!", bibberte Selina.

„Was glaubst du, findest du dort?", wollte Melanie wissen.

„Beweise, die belegen, dass man Selina gegen ihren Willen gefangengehalten hat und wir sie nicht entführt, sondern befreit haben. Rüdiger von Herrenhagen lässt mich wie einen Verbrecher verfolgen, dabei ist er es, der jede Menge Dreck am Stecken hat."

„Wir haben doch den USB-Stick von Sybylle."

„Da sind Bilanzen, Forschungsergebnisse, Fotos, Schriftverkehr und Namenslisten drauf. Ich kenne

zwar jemanden, der seine Finanzgeschäfte durchleuchten kann, doch das wird zu wenig sein. Vielleicht bekommen wir ja auch etwas über den ermordeten Andalusier heraus."
„Ein toter Andalusier?"
„Cora hat Herrn Hubert sagen hören, dass sie einem Andalusier in den Kopf geschossen haben ..."
„Ein Grund mehr, sich von dort fernzuhalten", mahnte Melanie.
„Mit Herrenhagen habe ich mir unbeabsichtigt einen mächtigen Feind geschaffen. Wenn ich den wieder loswerden will, muss ich mehr gegen ihn in die Hand bekommen als Korruption und ein paar Steuertricksereien."
„Und es gibt keinen anderen Weg?"
„Er hat mich doch zum Golf eingeladen. Also spielen wir ein paar Löcher!"

DIE KAMPFKUNST DER ALTEN LEUTE

Trotz ihrer Bedenken wollten die beiden Frauen ihren Helden nicht allein in den Kampf ziehen lassen. Die Lichter der Stadt spiegelten sich in den Scheiben des Toyotas. All die Straßenlaternen, beleuchteten Fenster und Autoscheinwerfer vertrieben die Nacht auf immer.
Vorbei waren die Zeiten, als man sich nach Einbruch der Dunkelheit zu Hause einschloss, bang zur Ruhe bettete und betete, Meuchelmörder, wilde Bestien und böse Gespenster mögen vorüberziehen.

Hinter jedem Knacken der Holzdielen, jedem Klappern der Fensterläden und jedem Knarzen im Gebälk lauerte ein böser Geist oder Dämon, der eine brave Seele in das Feuer ewiger Verdammnis verschleppen würde.

Doch das war lang her. Jetzt wurde in den hellen Büros und Werkshallen das Tagwerk auch nachts vollbracht. Düsternis und Aberglaube waren fast gänzlich aus den Köpfen vertrieben worden. Und trotzdem passierte in der Dunkelheit immer noch das, was vor den Augen des Tages verborgen bleiben sollte, denn das allgegenwärtige Licht fiel nicht in jeden Winkel. In die dunklen Ecken drückten sich Liebende und Lüsterne. Hier wechselten Drogen vom Dealer zum Abhängigen und zwielichtige Gestalten trieben ihre fragwürdigen Geschäfte.

Weiter draußen jedoch, hinter den letzten Häusern, hatte sich die Nacht wie ein schwarzes Tuch über die Landschaft gelegt. Formen, die bei Tage klar definiert waren, zerflossen außerhalb der Lichtkegel der Scheinwerfer im stillen Ozean der Finsternis. Nur einzelne Schatten, vom fahlen Licht des Mondes modelliert, malten Schemen auf die Leinwand des Sternenhimmels. Man durfte nicht zu viel Phantasie mitbringen, wollte man die Furcht vor dem Unbestimmten überwinden.

Das wusste Thorsten. Im Rückspiegel sah er in ein starres Gesicht. Es gehörte Selina. Sie summte schweigend ihr Lied vor sich hin. Auf dem Beifahrersitz suchte Melanie Halt an den Leitpfosten, die das Scheinwerferlicht zurückwarfen.

Wortlos erreichten sie eine geschotterte Bucht am Waldrand nahe des Schlosses. Der Kies knerbelte verhalten unter den Reifen, als sie anhielten. Sie stiegen aus. Selina sollte sich hinter einem umgestürzten Baum in der Nähe verstecken und das Auto im Auge behalten.

Das Eingangstor würde nach ihrer Befreiungsaktion jetzt sicher bewacht sein. Golfbälle für den freien Eintritt hatten sie ebenfalls nicht dabei. Also schlichen er und Melanie die Schlossmauer entlang und suchten nach einem anderen Weg aufs Grundstück.

Da vorn stand ein Baum, dessen Äste noch über den Stacheldraht hoch oben auf der Mauer reichten. So gelangte man vielleicht hinein, aber wie kam man wieder heraus? Sie hörten das ruhige Plätschern eines Baches, der unter der Mauer hindurchfloss. Der Kanal war mit einem massiven Eisengitter abgesichert. Glücklicherweise lagen die Befestigungen außerhalb. Entweder sollte das Gitter nur Zweige und groben Unrat draußen abfangen oder der Sicherheitsbeauftragte war nicht die hellste Leuchte am Baum der Erkenntnis.

Er lief zurück zum Auto und fand im Kofferraum einen Kreuzschlüssel für den Reifenwechsel. Ein Ende des Schlüssels passte auf die Muttern. Bei zwei der angerosteten Schrauben musste er auf das Werkzeug treten, um sie zu lösen. Sie hievten das Gitter aus dem Graben und lehnten es gegen die Mauer. Sie zogen die Schuhe aus. Melanie hob ihren Rock weit hoch, er raffte die Beine seiner Cargohose. Ihre Füße versanken im glitschigen Schlick am Grund des eiskalten Wassers, als sie tief gebückt durch den engen Tunnel watschelten. Im Park angekommen trockneten sie ihre Füße notdürftig im staubigen Kies eines Weges und stiegen wieder in ihre Schuhe.

Anders als beim ersten Mal war das Hauptgebäude heute hell erleuchtet. Im Schutz der Bäume einer schmalen Allee pirschten sie sich ans Geschehen heran. Männer und Frauen in dunkelblauer Arbeitskleidung und weißen Kitteln beluden einen Laster mit Gerätschaften und Kartons. Melanie dokumentierte das Kommen und Gehen mit ihrer Kamera. Als das geschäftige Treiben nachließ, schlichen sie zum LKW. Sie fotografierten das Kennzeichen und die Ladung. Ein Fluch hinter ihnen schreckte sie auf. Ein Träger hatte sich beim Rückwärtslaufen die Hand am Rahmen des Eingangsportals angestoßen. Sie krochen unter die Ladefläche. Die beiden Männer setzten eine schwere Kiste ab und zündeten sich danach eine Zigarette an.

„Wohin soll der ganze Krempel gehen?"

„Nach Belgrad, so viel ich weiß. Eine Ladung ist schon unterwegs. Dies ist die letzte."

„Wann geht's los?"

„Morgen, gleich in der Früh."

„Fährst du auch mit?"

„Ja, ich und Herr Hubert. Wir lösen uns am Steuer ab."

„Na, los! Beeilen wir uns, damit du vorher noch ein bisschen Schlaf bekommst!"

Die beiden verschwanden wieder durchs Portal. Melanie und er schlichen zur Rückseite des Gebäudes.

Die schrägen Klapptüren eines Kellers standen offen. Eine Treppe führte in eine dunkle Gruft hinunter. Er leuchtete mit der Taschenlampe ein mit Ziegelsteinen ausgemauertes Kreuzgratgewölbe an. Statt modernden Leichen in einer Krypta lagerten hier jedoch staubige Flaschen in tönernen Vorrichtungen rundherum und in Regalen in der Mitte des Raums. Er schaute sich die Schätze näher an und konnte seine Lust auf eine spontane Weinverkostung nur mühsam niederringen.

Hier reiften die besten Weine der Welt zu einer Vollkommenheit, die niemand würde genießen können,

denn edle Weine sind wie ein Fluch für ihren Besitzer: Er weiß nie, wann der ideale Zeitpunkt zum Öffnen einer Flasche gekommen ist. So bleibt ihm nur, sich Jahr für Jahr durch den Bestand eines Jahrgangs zu trinken und sich so dem ultimativen Genuss zu nähern, den sein Gaumen jedoch niemals kosten wird. Denn wartet er zu lang, kippt der Rebensaft und ist unwiederbringlich verdorben.
Hier waren sie nun versammelt, all die großen Namen, die jeden Liebhaber vor Ehrfurcht erstarren ließen: Chateau Lafite Rothschild, Petrus, Domaine Leroy Musigny und all die anderen großen französischen Tropfen – schutzlos, verletzlich, bei geöffneten Pforten jedem vorbeivagabundierenden Vandalen hilflos ausgeliefert. Der Preis für eine Flasche lag im fünfstelligen Bereich, der gustatorische Verlust wäre praktisch unersetzlich.

Sie gingen hinaus auf den Gang. Am linken Ende lag die Zelle, in die man Selina eingesperrt hatte. Sie hielten sich rechts. Eine enge Wendeltreppe führte übers Erdgeschoss hinauf zu einem langen Flur im ersten Stock. Sie nahmen einen Abzweig und traten hinter einem schweren Wandvorhang in einen weiteren Gang. Thorsten erinnerte sich an den Weg, den er bereits in seinem Traum gegangen war. Eine Schwingtür führte zu einem Labor. An einer Garderobe fanden sie weiße Kittel, die sie sich überwarfen. Sie setzten sich weiße Hauben auf den Kopf und er schnappte sich ein Klemmbrett. Das Labor war vollgestopft mit silbernen Tanks, in denen die Klienten von Herrenhagens unter wissenschaftlicher Aufsicht schliefen. Einen fachlichen Austausch simulierend schritten sie, in nichtssagende Listen vertieft, durch den Raum. Niemand nahm weiter Notiz von ihnen.

Ein kleineres Labor schloss sich ans erste an. Hier standen auf Werktischen Mikroskope, Zentrifugen, Messgeräte und andere Apparaturen. Auf Regalen lagerten Chemikalien, Medikamente, Dosen, Phiolen und dunkle Flaschen. An einer Wand waren gläsernen Kästen, die wie Brutkammern aussahen, aufgereiht. Als sie nähertraten, machten sie eine grausige Entdeckung.

In einer der Boxen liefen Ratten mit schütterem weißem Fell umher, denen mal ein menschliches Ohr, mal ein Auge und mal eine Nase auf dem Rücken wuchsen.

Ein hellbrauner Gibbon-Affe griff durchs Gitter seines Käfigs nach ihren Kitteln – seine Hände waren die eines Menschen, ebenso die Füße. Er schaute sie stumm aus flehend-feuchten Augen an.

In einem transparenten PVC-Zylinder schwamm ein menschlicher Fötus in einer Nährflüssigkeit. Er war über eine Nabelschnur mit einem Rhesusaffen verbunden, der, fest in einer Stellage angegurtet, apathisch ins Leere starrte. Eine Pumpe zog einen zähflüssigen Brei aus einem Plastiktank und presste diesen durch Gummischläuche, die man dem armen Tier in den Hals gesteckt hatte, direkt in seinen Magen.

In einem Aquarium schwammen Karpfen, denen statt einer Schwanzflosse die Tentakel eines Kraken wie Baumwurzeln aus dem Körper sprossen.

„Die sind hier schon viel weiter als ich es befürchtet habe", stellte Thorsten fest.

„Es ist wohl bloß noch eine Frage der Zeit, bis man solch bedauernswerte Kreaturen ganz legal erschaffen darf", schüttelte sich Melanie.

„Ja, und wir werden es zulassen, denn als Krone der Schöpfung nehmen wir uns das Recht heraus, auch die tierischen Ressourcen des Planeten für unseren

Fortschritt auszubeuten. Tiere wählen nicht, sie zahlen keine Steuern und vor allem keine Schmiergelder."

Während Melanie fotografierte, steckte er einen USB-Stick in einen der laufenden Computer und überspielte Daten. Man fühlte sich hinter den dicken Mauern wohl sicher, denn das Passwort klebte auf dem Rand des Monitors. Nach einer Viertelstunde zog er den Datenstick aus dem Rechner und schob ihn Melanie zu.

Sie verließen die wissenschaftliche Hexenküche und irrten verloren durch das Labyrinth von langen Gängen mit ihren zahllosen Abzweigungen. Der Verputz der Wände hier folgte einer seltsamen horizontalen Struktur. Er tastete mit den Fingern darüber. Vor einem glatten, rechteckigen Bereich blieb er stehen.

„Lust auf etwas Kultur?", flüsterte er Melanie zu.

Sacht und rhythmisch klopfte Thorsten mit den Knöcheln gegen die Fläche: poch, poch, poch – Pause – poch – Pause – poch, poch, poch – Pause – poch. Es knarrte und knarzte. Eine Tür tat sich erst nach hinten auf und glitt dann rechts in die Wand. Sie starrte ihn ehrfürchtig an, als er ihr mit einer tiefen Verbeugung den Vortritt ließ. Beim Eintreten schalteten sich die Deckenstrahler ein und erhellten den Raum. Er hatte ihr bereits davon erzählt, doch als sie jetzt höchstselbst inmitten ihrer eigenen Galerie stand, rang sie überwältigt nach Worten.

„Unglaublich! Das ist ja wie ein Schrein", stammelte sie.

„Sag ich doch. Hier ist jemand definitiv nicht nur an der künstlerischen Ausdruckskraft, dem raffiniertem Spiel der Farben und der ausgewogenen Komposition der Bildelemente interessiert."

„Wer ist die Frau?"

den Hals durchschneiden. Doch dieses Opfer bringt er nicht seinem Gott, sondern sich ganz allein – da kann der Herr noch so viele Engel schicken, die das Schlimmste verhindern sollen."

„Aber warum tut er das?"

„Mit dieser unerhörten Tat sagt sich Abraham vom Willen Gottes los und nimmt sein Schicksal zum ersten Mal in die eigene Hand", argumentierte Melanie weiter.

„Und was ist mit Isaak?"

„Nicht eine Spur von Furcht in seinen grünen Augen – aber nicht, weil er auf die Güte des Schöpfers baut. Nein, auch Isaak hat sich frei entschieden. Er will sich opfern, damit sein Vater der Vorsehung den Garaus machen kann."

„Wie das?"

„Indem Abraham seinem Gott die Chance zur Güte nimmt, führt er diesem seine wahre Grausamkeit vor Augen. Nein, auf diesem Gemälde stirbt nicht Isaak, sondern der Allmächtige", schloss sie.

„Dann gibt es also keinen Gott?", hakte Thorsten nach.

„Das würde ich so nicht behaupten. Aber er ist bestimmt kein weiser, alter Mann mit weißem Rauschebart, zu dem man dreimal täglich beten muss."

„Was dann?"

„Ich denke, Gott ist einfach nur eine andere Bezeichnung für ein übergeordnetes Bewusstsein, das alle persönlichen Erfahrungen einer kulturellen Gemeinschaft in sich aufnimmt. Aus diesem leiten wir dann wiederum unsere Werte ab. Was ist Recht, was ist Unrecht? Was ist Gut, was ist Böse? – All das wäre dann nicht mehr ein in Stein gemeißeltes Gesetz wie eine Religion, sondern ein dynamischer Prozess, der steten Anpassungen unterliegt."

„Eine interessante Theorie und gar nicht mal so ab-

wegig."
„Dem stimme ich zu. Bravo, Melanie!"

Sie fuhren herum. Rüdiger von Herrenhagen betrat applaudierend die Galerie.
„Ich wusste, ich habe mich nicht in Ihnen getäuscht. Seien Sie mein Isaak! Lassen Sie uns den Tempel der Vorsehung einreißen! Zusammen werden wir wahrhaft Großes vollbringen und dazu muss ich Sie nicht einmal enthalsen."
„Ein kleines Mädchen in einen Keller sperren und es dort sich selbst überlassen, gehört das auch dazu?", schaltete sich Thorsten ein.
„Wer wird denn da so kleinlich sein, wenn es um weit Größeres geht? Manchmal muss man unangenehme Dinge tun, um die Menschheit voranzubringen."
„Die Menschheit oder Sie?"
„Erst mich und im Anschluss darf die Menschheit gern davon profitieren."
„Wie selbstlos."
„Es gibt keinen Altruismus, der Egoismus war schon immer die Triebfeder des Fortschritts."
„Selbst wenn er über Leichen geht?"
„Wenn es sein muss. Opfer gibt es an jeder Front."
„Was so lange hinnehmbar ist, wie man die Truppen befehligt und nicht selbst im Kreuzfeuer steht", ergänzte Thorsten.
„Entrüsten Sie sich mal nicht so! Sicher, ich habe jede Menge Leichen in meinen Labors liegen, mit deren Ableben ich jedoch nicht das Geringste zu tun habe. Ich mache mir ihren bedauernswerten Zustand lediglich zunutze, um mein Dasein zu verlängern. Zugegeben, nicht alles, was ich tue, würde der Ethikrat guten Gewissens durchwinken. Aber wirklich schaden tue ich damit auch niemandem."

„Sah Ihre Frau das genauso?"
„Sie ist viel zu früh von mir gegangen. Sie hatte wahrlich nicht verdient, dass ich ihr das Leben so schwer gemacht habe."
„Mir kommen die Tränen. Und Selina. Hat sie es verdient, wie ein Tier in ein dunkles Loch eingesperrt zu werden?"
„Nicht immer sind die Dinge so, wie sie scheinen. Sie müssen sie mir zurückbringen! Ich möchte dem erbarmungswürdigen Geschöpf wirklich nur helfen."
„Ich denke, sie sieht das etwas anders."
„Ich verstehe. Sie haben sich auf mich als Inkarnation des Bösen eingeschossen und tun sich schwer damit, diese Vorstellung wieder aufzugeben. Dabei würde ich Sie gern für meine Ideen gewinnen und einen uralten Bund wieder aufleben lassen, der uns zwei verbindet."
Von Herrenhagen legte ihm vertraut die Hand auf den Unterarm, während er weiterredete.
„Tun wir doch für einen Moment mal so, als würde das, was ich Ihnen erzähle, stimmen ..."
Aus dem Nichts heraus wischte Thorsten seinem Widersacher über den Hals und das Gesicht, worauf dieser seufzend in sich zusammensackte.
„Was war das denn?", schreckte Melanie auf.
„*Gallenblase 20* und *Magen 5*, zwei Vitalpunkte aus der Akkupressur, die ich nacheinander aktiviert habe. Es gibt einen Erschaffungszyklus – diese Aktion war jedoch ein Zerstörungszyklus. Ich wollte schon immer mal probieren, ob das funktioniert."
„Nun, das hat es offensichtlich."
„Man nennt das Kyushu Jitsu, die Kampfkunst der alten Leute, bei der man mit wenig Kraft eine große Wirkung erzielt."
„Nicht schlecht, alter Mann!"
„Den größten Effekt erzielt man, wenn der Empfän-

ger absolut entspannt ist – und das war von Herrenhagen, als er mir seine Hand auf den Unterarm gelegt hat, um mich zu entkrampfen. Ich denke mal, er hatte etwas Ähnliches mit mir im Sinn, nur dass ich ihm zuvorgekommen bin."
„Und was machen wir jetzt mit ihm?"
„Mit dem Gürtel die Füße binden, mit der Krawatte die Hände und das Einstecktuch in den Mund – dort müsste es dieser Unhold eigentlich immer tragen!"

Die Wand schloss sich wieder hinter ihnen. Am Ende eines endlos langen Flurs betraten sie ein medizinisches Auditorium, das abgetreppt ein Stockwerk hinabreichte. Stuhlreihen mit Klapptischen waren halbkreisförmig bis nach unten aufgestellt. Vor einer großen Schiefertafel und einer weißen Projektionsfläche stand ein Tisch aus Nirostastahl. Auf ihm lag regungslos eine Frau im Krankenhemd, die über Schläuche, Drähte und Manschetten an einen Überwachungsmonitor sowie an Infusionslösungen angeschlossen war.
„Das ist Cora!", rief er und sprang die Stufen hinab.
Er löste ihre Fesseln, zog die Nadeln aus ihren Adern und die Schläuche aus Nase und Mund. Er schüttelte sie behutsam und sprach auf sie ein. Sie öffnete die Lider einen Spalt weit und ließ sie wieder sinken. Sie richteten sie auf und hakten sie unter. Cora erwachte aus ihrer Trance und glotzte sie aus leeren Augen an. Auf wackeligen Beinen ließ sie sich die Stufen hinaufzerren. Unten neben der Tafel wurde eine Tür geöffnet. Er schaute sich um und sah den Riesen hereinstapfen.
„Bring sie weg von hier und verschwinde, ganz gleich was passiert! Ich komme schon irgendwie nach", flüsterte er Melanie zu.
Dann stieg er konzentriert die Treppe hinab. Der

Hüne stellte sich ihm entgegen. Ohne Vorwarnung trat Thorsten ihm gegen das Brustbein. Der Fleischberg polterte die Stufen hinab. Am Fuß der Stuhlreihen rappelte er sich wieder auf. Da hatte er ihn aber schon erreicht. Er machte einen plötzlichen Ausfallschritt und trat ihm seitlich gegen das Knie. Der Koloss jaulte auf und knickte ein. Ein weiterer Tritt von hinten in die Nieren und ein mächtiger Schlag auf die Kinnspitze schickten ihn endgültig ins Reich der Träume.
Durch den Tumult waren weitere Schergen von Herrenhagens in den Saal gelockt worden. Ihre Angriffslust ebbte ab, als sie Hallgrim, den großen Bruder Goliaths, regungslos auf dem Parkett ausgestreckt sahen. Nur mäßig begeistert kreisten sie Thorsten ein. Gegen so viele Gegner hatte er keine Chance, doch wollte er sie so lang wie möglich beschäftigen, bis die beiden Frauen in Sicherheit waren. Er suchte sich das schwächste Glied der Kette. Nach einem präzisen Schlag gegen die Schläfe sackte der Mann lautlos in sich zusammen, was die Euphorie der Verbliebenen nicht gerade beflügelte. Es gelang Thorsten, eine Weile Katz und Maus mit ihnen zu spielen, bis sie ihn schließlich doch überwältigten. Sie packten ihn, prügelten ihn, brachten ihn zu Boden und traten auf ihn ein, bis er weggetreten war.

In einer dunklen Zelle erlangte er sein Bewusstsein zurück. Es musste dasselbe Loch gewesen sein, in das sie auch Selina gesperrt hatten. Er tastete seinen Körper ab. Die Rippen schmerzten höllisch bei jeder Bewegung. Sie waren geprellt, einige vielleicht auch angeknackst. Sein Gesicht fühlte sich wie ein wabbeliger Hefeteig an, sein Kopf als wäre eine Rinderherde darüber hinweggetrampelt. Er schaffte es, wieder auf die Beine zu kommen. Das Gehen fiel ihm schwer, aber immerhin war er noch mobil. Die Nase war gebrochen, nicht aber sein Stolz. Er fasste sie seitlich mit den Handinnenkanten und richtete sie mit einem Ruck. Blut tropfte auf den Boden und die Tränen schossen ihm in die Augen.

Abgesehen von den vielen Blessuren und dem wenig tröstlichen Ausblick in eine ungewisse, voraussichtlich aber alles andere als rosige Zukunft, fühlte er sich so lebendig wie nie zuvor. So schlecht hatte er sich gar nicht mal geschlagen. Sicher, mit finalen Techniken gegen sensible Körperpartien hätte er weitaus mehr Schaden unter seinen Angreifern anrichten können, doch er war nicht wie seine Gegner. Genugtuung machte sich in ihm breit. Er hatte ihrem Paten gehörig ins Essen gespuckt. Die Beweise würden sicher reichen, um ihn zur Strecke zu bringen. Selbst die Offiziellen, die von Herrenhagen in der Hand hatte, würden ihm nun auch nicht mehr helfen können. Hoffentlich waren Melanie und Cora entkommen. Die beiden Frauen waren stark, sie hatten ganz bestimmt eine Fluchtmöglichkeit gefunden.

Von einem uralten Bund zwischen ihnen beiden, den er wieder aufleben lassen wolle, hatte Rüdiger von Herrenhagen gesprochen. Was meinte er nur damit? Er hatte den Golfdilettanten erst vorgestern persönlich kennengelernt. Er würde Dannenberg bitten, der Sache nachzugehen. Jetzt aber musste er sich etwas einfallen lassen, wollte er das Hochgefühl noch länger genießen, denn er wusste nicht, was man mit ihm vorhatte. Vielleicht würde man ihn irgendwo hinbringen oder aber hier an Ort und Stelle ins Jenseits schicken. Auf jeden Fall wollte er nicht wie der Andalusier enden.

In seiner Zelle hatte er nichts gesehen, was er als Waffe hätte verwenden können. Die Tür ging nach

außen auf. Er konnte versuchen, sie einzutreten. Das hätte jedoch eine Menge Lärm verursacht und ob er in seinem desolaten Zustand die nötige Dynamik aufbringen konnte, war ebenfalls fraglich.
Er musste es darauf ankommen lassen. Wenn sich eine Chance ergab, konnte er diesmal keine Rücksicht mehr auf Leib und Leben der anderen nehmen. Er überlegte, wie und wo er mit Händen, Füßen, Zähnen und anderen Körperteilen angreifen konnte, da hörte er draußen ein Geräusch. Er machte sich angriffsbereit. Der Erste, der durch diese Tür kam, sollte den Raum nicht mehr aus eigener Kraft verlassen können. Der Riegel wurde leise beiseite geschoben und sein Gefängnis geöffnet. Eine Gestalt in weißem Kittel und mit einer Haube auf dem Kopf lugte um die Ecke.

„Du siehst richtig scheiße aus!", flüsterte sie in sein Gefängnis.
„Und du wie ein Engel."
„Hier, zieh das über!"
Sie warf ihm einen frischen Kittel zu, den er gegen seinen vollgebluteten tauschte. Er stülpte sich eine Haube tief ins Gesicht und sie verließen das Gebäude durch den Weinkeller, so wie sie hineingelangt waren. Draußen entledigten sie sich ihrer weißen Kleidung und verschwanden unbemerkt durch die Dunkelheit des Parks.
Das Auto war bereits fort. Melanie hatte Cora wie verabredet in Sicherheit gebracht, also machten sie sich zu einer Nachtwanderung über die Feldwege auf.
„Einfach toll, wie du mich da rausgehauen hast! Woher wusstest du, wo die mich eingelocht haben?"
Erst jetzt kam er dazu, sich mit Selina auszutauschen.

„Ich wollte nicht allein beim Auto bleiben und bin euch gefolgt. Ich bin durch den Bach gewatet, hab mich aber im Park versteckt. Ich hab dort die Kellertür im Auge behalten. Irgendwann ist Melanie mit Cora im Schlepptau herausgekommen. Melanie hatte es eilig, doch Cora stolperte nur hinter ihr her. Da war klar, dass sie euch entdeckt hatten. Ich wollte auf dich warten, aber du kamst nicht. Dafür wuselten auf einmal eine Menge Leute mit Taschenlampen durchs Gelände. Als sie sich in alle Ecken verstreut hatten, bin ich hineingeschlichen. Mann, ich hatte eine Scheißangst! Ich denke mal, jetzt sind wir quitt."
„Das war viel mutiger von dir als von mir. Ich glaube, du hast was gut bei mir."
„Warum haben die sich wohl Cora geschnappt?"
„Ich vermute, um mich zu erpressen. Doch so, wie wir sie vorgefunden haben, sah es aus, als hätten sie noch ganz andere, abscheulichere Dinge mit ihr vorgehabt."
„Was meinst du damit?"
„Sie war an Schläuche und Kabel angeschlossen. Ich mag mir gar nicht vorstellen, was die sich für sie ausgedacht hatten."
„Liebst du sie?"
„Sie ist eine tolle Frau und ich schätze ihre Freundschaft sehr."
„Aber du liebst sie nicht?"
„Ich weiß grad nicht, wie ich Liebe für mich definieren sollte."
„Gibt es Definitionen für die Liebe? Ich dachte, sie wäre plötzlich da. Man würde von ihr getroffen: Amors Pfeil und so."
„Wenn man es so betrachtet, kennen Cora und ich uns vielleicht schon zu lang. Sollte Amors Pfeil uns je getroffen haben, haben wir es beide wohl nicht be-

merkt."

„Hast du mit ihr geschlafen?"

„Wie kommst du darauf?"

„Ihr seid wirklich sehr, sehr vertraut miteinander umgegangen."

„Das sind Freundschaft und gegenseitiger Respekt."

„Und, war's schön?"

Er schwieg.

„Kann man Sex haben und trotzdem nur befreundet sein?", ließ sie nicht locker.

„Ich hoffe ja."

„Was ist mit Melanie?"

„Was soll mit ihr sein?"

„Hast du mit ihr geschlafen?"

„Du bist ganz schön neugierig. Nein, und jetzt ist Schluss."

„Du würdest aber gern."

„Ist das weibliche Intuition?"

„Die braucht man nicht, so wie du hinter ihr herhechelst."

„Nun, sie sieht gut aus und sie ist eine tolle Frau."

„Du kennst viele tolle Frauen oder sind bei dir alle gut aussehenden Frauen toll? Redest du dir das vielleicht nur ein, als Entschuldigung dafür, dass du all diesen schönen Frauen an die Wäsche willst?"

„Mit Melanie ist das was anderes. Sie sieht nicht nur gut aus, sie ist auch toll, weil sie mich aus meiner Lethargie gerissen und mein Leben komplett durcheinandergewirbelt hat."

„Willst du auch mit mir schlafen?"

„Hä? Wie kommst du jetzt darauf?"

„Ich bin auch eine tolle Frau, das hast du zumindest gesagt. Ich sehe fast genau so aus wie Melanie und ich habe dein Leben ja wohl mehr durcheinandergebracht als jede andere Frau zuvor. Wegen mir bist du auf der Flucht. Wegen mir siehst du aus wie ein

Preisboxer nach der fünfzehnten Runde. Da kann ich wohl ein bisschen Dankbarkeit erwarten. Und außerdem hab ich was gut bei dir. Du und kein anderer sollst der Erste sein!"
Er stoppte und schaute ihr entgeistert in die Augen. An so etwas sollte ein Mann in seinem Alter nicht einmal denken. Trotzdem fühlte er sich ertappt.
„Du bist ein Mädchen und keine Frau."
„Nicht mehr lang. Dies eine Jährchen kann ich warten."
Er rang nach Worten.
„Ich bin viel zu alt für dich."
„Ich will mit dir schlafen und keine Familie mit dir gründen."
Er guckte hilfesuchend zum Himmel.
„Mach den Mund zu, edler Ritter von der Kokosnuss! Ich wollte nur mal sehen, wie du reagierst. Mit den ganzen Schwellungen im Gesicht hast du noch blöder dreingeschaut, als ich es mir vorgestellt hatte."
„Mir tut der Junge, der dich mal abbekommen wird, jetzt schon leid."
„Hey, kein Grund beleidigend zu werden!"

Quälend langsam tauchten die ersten Häuser am Stadtrand vor ihnen auf. Anfangs schmerzte ihn noch jeder Schritt, den er tat, doch mittlerweile hatte sein Körper aufgegeben, sich über die respektlose Behandlung zu beklagen. Ein laues Lüftchen strich um ihre Nasen. Er schaute immer wieder mal zu Selina hinüber. Es schien ihr gut zu gehen. Fast schon fröhlich setzte sie einen Fuß vor den anderen. Wenn er Kinder gehabt hätte, hätte er sich eine Tochter wie sie gewünscht. Sie war mutig, intelligent, beherzt, humorvoll und nicht auf den Mund gefallen. Mit ihr würde es bestimmt nicht langweilig werden.
„Was magst du an mir am meisten?", fing sie wieder

an.
„Deine spitze Zunge und die Augen."
„Melanie hat die gleichen Augen."
„Deine sind unschuldig."
„Nicht mehr lang. Ob ich mich je so richtig verlieben werde?"
„Das wirst du, darauf gebe ich dir mein Wort. Du wirst einen Jungen treffen, den du unwiderstehlich finden wirst. Ihr werdet so verliebt sein, dass ihr glauben werdet, es würde bis in alle Ewigkeit so bleiben. Wird es aber nicht. Dann wirst du todunglücklich sein, heulen wie ein Schlosshund und meinen, deine ganze Welt wird untergehen. Tut sie aber nicht. Irgendwann wirst du den nächsten kennenlernen und erkennen, dass die alte Liebe doch nicht so echt war, weil diese noch viel, viel schöner ist und garantiert noch bis über den Tod hinausreichen wird. Wird sie aber auch nicht. Ein paar Jahre später, wenn du deine Erfahrungen gesammelt hast und besser weißt, was du überhaupt willst, wird dir schließlich der Richtige über den Weg laufen. Wenn eure Interessen eine hinreichend große Schnittmenge bilden, wird es, mit ein wenig Glück, sehr lange halten."
„Hört, hört! Also sprach Thorsten, der Weise aus dem Kellerloch, Hoffnungsschimmer aller Beziehungslosen. Vielleicht sollte ich gleich mit Hilfe der Mengenlehre suchen oder mich erst gar nicht verlieben und nur meinen Spaß haben, so wie du."
„Wer sagt, dass ich nur Spaß haben will?"
„Dann treibt dich also die Nächstenliebe hinter jedem Rock hinterher."
„Du bist ganz schön anstrengend."
„Was ist denn nun mit Melanie? Liebst du sie? Oder kannst du nur im Nachhinein sagen, dass du jemanden nicht wirklich geliebt hast? Möglicherweise

gehst du das Ganze ja mit einer völlig falschen Einstellung an. Wie wär's mal mit ein bisschen Optimismus? Einem, der über die hormonellen Bedürfnisse hinausgeht?"

„Was sagt denn deine weibliche Intuition? Sollte ich es mit Melanie versuchen?"

„Meine weibliche Intuition sagt mir, dass ich mich da nicht einmischen sollte."

„Eine herrliche Nacht, so klar und frisch!", schwärmte er und sog die würzige Luft der frisch gedüngten Äcker tief durch die Nase ein.

„Es riecht ein bisschen streng", fand Selina.

„Ja, vielleicht. Aber fühl doch mal den Wind auf deiner Haut, lausche dem Rascheln im Gras oder dem Plätschern des Bachs. Je weniger du siehst, um so stärker verbinden dich die anderen Sinne mit der Welt um dich herum."

„Sind wir auf der Flucht oder auf einem Achtsamkeitspfad? Wohin gehen wir eigentlich?", riss sie ihn aus seiner spirituellen Begeisterung.

„Geld besorgen. Meins haben sie mir abgenommen. Hast du welches? Oder ein Telefon?"

„Nein, ich schnorre mich schon seit ein paar Tagen so durch."

„Dann wird es Zeit, dass du mal was für deinen Unterhalt tust. Du kannst doch tanzen – und singen obendrein. Du stellst dich vor den Bahnhof und drehst ein paar Runden. Irgendwer wird schon Kohle in den Hut werfen."

„Hä?"

„Ich würd dich ungern zum Anschaffen auf den Straßenstrich schicken. So ein bisschen Kleinkunst sollte aber drin sein."

„Das ist jetzt nicht dein Ernst?!"

„Ich würd's ja selber machen, aber guck mich mal

an! So wie ich aussehe ... Außerdem kann ich nichts, was die Leute belustigen würde."
Ungläubig drehte sie sich zu ihm, wobei sie wie eine Kuh in Gummistiefeln glotzte. Da konnte er nicht mehr an sich halten. Seine Rippen schmerzten höllisch, als er sich vor Lachen krümmte.
„Jetzt hast du aber mächtig blöd dreingeschaut."
„Ha, ha, wie komisch! Was machen wir denn nun?"
„Wir suchen einen Münzfernsprecher."
„Wir suchen was?"
„Das ist ein Telefon, das an einem Kabel draußen rumhängt. Bis heute konnte ich mir auch nicht vorstellen, wer die Dinger überhaupt noch benutzt. Wir rufen Dannenberg an. Ich wüsste nicht, wo Melanie und Cora sonst sein könnten."

Vom Waldrand her durchbrach ein langgezogenes Heulen die Stille der nahen Autobahn.
„Sind das etwa Wölfe?"
„Hört sich fast so an. Aber was wollen die hier? Hier unten gibt es so gut wie kein Wild – nur Salat und Gemüse. Lass uns ruhig weitergehen. Mit ein bisschen Glück sind sie ja Vegetarier und nur zum Spargelstechen da."
Fast hatten sie den Ortsrand erreicht, da hörten sie es um sie herum hecheln. Er klatschte hektisch in die Hände. Laut Verband der *Freunde und Förderer wildlebender Wölfe e.V.* soll das die scheuen Tiere verjagen. Dieses Rudel jedoch schien das Merkblatt nicht gelesen zu haben. Stattdessen fasste es den Applaus als Aufforderung zum Näherkommen auf. Zwölf Paare metallisch-grüner Augen, deren bedrohlicher Glanz vom Mondlicht reflektiert wurde, kreisten sie ein.
Er glaubte, den Klassensprecher identifiziert zu haben, und trat einen konzentrierten Schritt auf ihn

zu. Alle anderen wichen knurrend zurück. Der mächtige Leitwolf aber näherte sich ihm lauernd. Er schnüffelte an seiner Hand, rieb den Hals an seinem Bein, leckte seine Finger und verschwand mit den anderen durch die Wiesen.
„Das hast du jetzt aber auch gesehen, Selina? Das hab ich nicht geträumt, oder?"
„Nein, das war kein Traum. Langsam wirst du mir unheimlich. Ich bin froh, dass kein Vollmond mehr ist."
Mit den Münzen, die er in den Tiefen seiner Hosentasche fand, rief er vom Bahnhof aus Dannenberg an. Weit nach Mitternacht kamen sie beim hilfsbereiten Archivar an.

„Was ist Ihnen denn Schlimmes widerfahren?", fragte Thorsten und deutete auf die Kompresse auf der Wange des Bücherwurms.
„Weißer Hautkrebs, habe ich mir heute entfernen lassen. Sie sehen aber weitaus behandlungsbedürftiger aus."
Dannenberg schwenkte ein Glas mit einem goldbraunen, alkoholischen Getränk in seiner Hand.
„Möchten Sie auch einen? Glenmorangie – der wird Ihnen wieder Leben einhauchen."
Genüsslich sog er das Bouquet des Single Highland Malts wie eine Linie unverschnittenes kolumbianisches Koks hoch zu seinen Stirnhöhlen.
„Jetzt besser nicht", lehnte Thorsten dankend ab.
„Herrje, dich haben sie ja schön durch die Mangel gedreht! Wo warst du denn? Ich hab mir schon Sorgen um dich gemacht", fiel ihm Melanie um den Hals.
„Ich bin gegen Windmühlen geritten."
Fachmännisch sah sich Melanie seine Kriegsverletzungen im Schein der Kompaktleuchtstofflampe an.

"Etwas Kühlung täte jetzt gut", meinte Thorsten.
Melanie reinigte und versorgte seine Wunden mit Pflaster. Die Prellungen wurden mit nassen Tüchern gekühlt. Wehleidig ließ er die Behandlung über sich ergehen. Am Ende krönte ein tropfender Turban seinen deformierten Schädel.

"Wo ist Cora?"
Unruhig sah er sich im Zimmer um.
"Im Schlafzimmer. Sie ruht sich aus. Sie ist völlig von der Rolle und hat noch kein Wort gesagt. Sie starrt einfach nur vor sich hin, als wäre in ihrem Kopf niemand zu Haus."
Er ging hinüber. Neben ihrem Bett brannte eine kleine Lampe. Er beugte sich über Cora, strich ihr durchs Haar und küsste erst ihre Stirn, dann ihren Mund. Sie rührte sich nicht, schaute nur teilnahmslos zur Decke.
"Sie muss in ein Krankenhaus!", flüsterte Melanie.
Er nickte niedergeschlagen.
"Aber nicht hier in der Stadt. Ich bringe sie in die Uniklinik, in die Neurologie. Dort haben sie die besten Ärzte."

* * *

Sie luden Cora in den silbernen Toyota und er machte sich mit den Frauen auf den Weg.
"Hast du dem Zoll Bescheid gegeben?", wollte er von Melanie wissen.
"Schon geschehen. Ich habe denen gesagt, auf dem LKW sollen Beweise außer Landes geschafft werden, um eine Straftat zu verschleiern. Ich habe unter dem Namen Dr. Clara Julius angerufen. Der stand auf meinem Arztkittel aus dem Schloss. Ich dachte mir, das macht die Sache glaubwürdiger."
"Ganz schön durchtrieben", lobte er sie.

In der Klinik wollte man wissen, wie Cora in diesen beklagenswerten Zustand geraten sei. Er erzählte der Ärztin in der Notaufnahme, sie wüssten nicht, welche Drogen man ihr verabreicht hätte. Er bat sie, ihn über die Verfassung seiner Freundin auf dem Laufenden zu halten.

„Wir können nicht hierbleiben! Die Klinik wird der Polizei Bescheid geben. Das müssen sie in solchen Fällen. Man wird dich einsperren und kein Mensch weiß, was dann mit Selina passiert", drängte Melanie im Warteraum.

„Ich kann nicht weg! Cora war da, als ich sie gebraucht habe, und jetzt braucht sie mich."

„Es macht sie nicht wieder gesund, wenn du hier herumsitzt und auf die Inquisition wartest. Soll denn alles umsonst gewesen sein? Willst du, dass Rüdiger von Herrenhagen damit durchkommt und am Ende gewinnt?"

„Es geht doch nicht ums Gewinnen oder Verlieren. Meine beste Freundin liegt da, weil ich sie um Hilfe gebeten habe."

„Darum geht es also, um deine Schuldgefühle? Du schmeißt alles hin, um dich selbst zu bestrafen? Da bist du ja sauber raus aus der Geschichte."

„Ich werde sie in diesem Zustand nicht allein lassen!"

„Wir können später immer noch zurückkommen und nach ihr sehen."

„Du bist eifersüchtig auf sie und nur deswegen willst du uns auseinanderbringen!"

„Natürlich bin ich eifersüchtig auf all die Momente, die sie mit dir haben durfte und die ich nie bekommen werde, weil du in einer Zelle sitzen wirst, bis du ein uralter Mann bist."

„Hau doch ab! Und nimm die Kleine gleich mit! Ihr seid mir sowieso nur ein Klotz am Bein", giftete er sie an.

"Schick uns bitte nicht fort!", beschwor sie ihn.

Er ignorierte ihre Tränen und kramte sein Smartphone aus der Tasche. Melanie fasste Selina bei der Hand, die sich aber nur widerwillig wegführen ließ. Dannenberg hatte ihm eine E-Mail geschickt.

Lieber Thorsten,
ich habe weiter recherchiert und weiß nun, wer die kleine Selina ist. Erinnern Sie sich noch an den Schreiner mit den vier Kindern? Der jüngste Sohn ist Ermittler beim Landeskriminalamt. Vor sechzehn Jahren hat er in Freiburg Jura studiert. Dort verliebte er sich in eine Kommilitonin, die er schwängerte. Jetzt halten Sie sich fest, wer diese Frau war: Sybylle von Herrenhagen.
Sie brachte eine Tochter zur Welt, die sie allerdings gleich nach der Geburt zur Adoption freigab. Das Baby wurde an ein kinderloses Lehrerehepaar, das an einer Taubstummenschule in Kiel unterrichtet, vermittelt. In ihrem Ausweis steht, dass sie Selina heißt und grüne Augen hat. Sie ist vor einem halben Jahr nicht mehr vom Tanzunterricht zurückgekehrt und seitdem spurlos verschwunden. Die Polizei sucht überall nach ihr.
Wie geht es Ihrer Freundin Cora? Ist sie wieder bei klarem Bewusstsein?
Viele Grüße
Siegfried Dannenberg

Er antwortete:

Lieber Herr Dannenberg,
das hilft mir wirklich weiter. Nun können wir die Kleine zu ihren Eltern zurückbringen, wo sie hoffentlich in Sicherheit ist.

Cora ist jetzt unter ärztlicher Aufsicht. Ich bin zuversichtlich, dass es ihr bald bessergeht.
Viele Grüße
Thorsten

„Wir haben Ihre Freundin stabilisiert."
Die Ärztin war zu ihm ins Wartezimmer gekommen.
„Sie spricht zwar noch nicht und es lässt sich auch nicht sicher absehen, ob sie wieder ganz so wird wie vorher, doch sie wird durchkommen. Sie hat eine robuste Konstitution."
Er hob den Kopf.
„Danke, Sie können sich gar nicht vorstellen, wie viel sie mir bedeutet."
Er trocknete sich die Augen an seinem T-Shirt.
„Kann ich zu ihr?"
Die Ärztin nickte.
Er trat an Coras Bett und streichelte ihren Arm.
„Es tut mir so leid, dass ich nicht bei dir war. Alles tut mir so unendlich leid. Aber jetzt musst du schnell wieder gesund werden. Ich brauche dich mehr als jemals zuvor."
Ihre Augäpfel flimmerten, ihr Mund zuckte, versuchte Worte zu formen, doch ihre Lippen blieben stumm.
„Schschsch, ruh dich erst einmal aus! Ich bleibe bei dir. Du kannst mir später alles erzählen."
Er saß noch eine Weile an ihrem Bett, hielt ihre Hand und tupfte den kalten Schweiß von ihrer Stirn, bis sie schließlich eingeschlafen war. Seine Kehle war trocken und er schlich sich hinaus. Er ging den Flur entlang zum Getränkeautomaten.

Zwei Polizisten kamen ihm mit vorgehaltener Pistole entgegen. Er machte keine Anstalten, zu fliehen, und die Uniformierten führten ihn ab. Als sie das

Gebäude verließen, bemerkte er einen schwarzen Kastenwagen, der, die Schrittgeschwindigkeit bedrohlich genau einhaltend, über den Parkplatz blubberte und dann beim Hauptportal hielt.

MASSNAHME ZUR VERBESSERUNG DER CO2-BILANZ

„Wir müssen zurück! Meine Freundin ist in Lebensgefahr! Da, sehen Sie nur! Der riesige Kerl da drüben, er wird sie umbringen! Das hat er schon einmal versucht", flehte Thorsten seine Bewacher an.
„Welcher Mann?"
Hallgrim war bereits durch das Portal verschwunden.
„Er ist schon drin. Wir haben keine Zeit! Los, nun machen Sie schon!"
„Wir werden Kollegen rufen, die sich darum kümmern."
„Bis die hier sind, ist sie tot. Bitte! Ich muss zu ihr! Sofort!"
„Sie müssen nirgendwo hin. Sie kommen jetzt erst mal mit uns, dann sehen wir weiter!"
Verzweifelt suchte er um sich herum nach einem Quäntchen Einsicht.
„Zentrale, hier Ludwig 13 vor der Uniklinik. Schicken Sie einen Kollegen zum Personenschutz hierher!"
„Das dauert zu lang, er wird zu spät kommen! Bis dahin braucht sie einen Priester! Worauf warten Sie

denn noch? Sie ist in höchster Gefahr!"
Verzweifelt zerrte er an den Handschellen. Die Polizisten schienen unsicher geworden zu sein und bei einem blitzte ein Fünkchen Vernunft auf.
„Zentrale, hier noch einmal Ludwig 13. Es ist Gefahr in Verzug, sollen wir hineingehen? ... Ja, ich warte ..."
Er fühlte sich elendig in seiner Hilflosigkeit.
„Wie lang dauert das denn, um Himmels Willen?", drängte er zur Eile.
„Einen Moment noch!"
Nein, er konnte Coras Schicksal auf keinen Fall diesen Erbsenzählern überlassen. Er drehte sich um die eigene Achse und stieß einem der Polizisten den Ellbogen gegen die Schläfe. Die kurze Metallkette der Fessel klimperte, als er ausholte und dem verdattert dreinschauenden Kollegen die Rückseite der Faust gegen das Kinn schlug, was auch ihn zu Boden streckte. Er durchsuchte die Taschen der Beamten und rührte den Schlüssel ungeduldig ins Schloss. Endlich sprangen die Bügel auf.
Alle Fahrstühle im Foyer waren unterwegs. Er riss die Tür zum Treppenhaus auf und sprintete hinauf in den vierten Stock. Er rannte den Flur entlang und rutschte auf den glatten Bodenplatten um die Ecke. Zehn Meter vor ihm trat Hallgrim in den Gang, eingezwängt in einen Arztkittel, der ihm zwei Nummern zu klein war. An den Ärmeln und der Brust perlten Blutspritzer hinab und färbten das weiße Funktionsgewebe rot. Es war Coras Blut. Im grellen Schein der Neonröhren blitzte die scharfe Klinge eines Skalpells in seiner zittrigen Hand auf.

Dreißig Jahre lang hatte ihn der Albtraum nicht losgelassen. Dreißig lange Jahre hatte sich Thorsten eingeredet, dass ihm sein Zorn die Sinne geraubt hatte, als er den Mann nach dem Fußballspiel brutal verprügelt und zusammengetreten hatte. Drei ausgewachsene Männer waren herbeigeeilt und hatten sich gegen seine aufgepeitschte Wut gestemmt. Selbst mit vereinten Kräften hatten sie ihn nur mit Mühe davon abhalten können, den am Boden Liegenden totzuschlagen.

Doch heute pochte sein Herz ruhig und gleichmäßig. Alles, was vorher geschehen war, und alles, was später passieren würde, löste sich im Ozean der Bedeutungslosigkeit auf. Seine Sinne bündelten die Energie des Hier und Jetzt auf ein einziges Ziel. Fürst Harald würde sterben und die CO_2-Bilanz des Planeten damit ein kleines Bisschen besser werden.

„Ich konnte nicht anders, ich musste es tun ...", rechtfertigte sich Hallgrim.

„... ich bin bereit zu sterben."

Furcht sah er nicht in seinen Augen, dafür aber Ehrfurcht. Überrumpeln konnte er den Muskelberg nicht, also ging er ohne Hast geradewegs auf ihn zu, drehte sich im letzten Augenblick um das schräg von oben geführte Skalpell herum und stach seinem Gegner die Finger bis zum zweiten Glied in die Augenhöhlen. Ein Schlag mit dem Handballen von unten gegen das Kinn öffnete den Kehlkopf, auf den er mit den Knöcheln einschlug. Der Schurke sackte röchelnd zu Boden.

„Ich habe sie immer geliebt ...", presste er heiser hervor, bevor Thorsten seinen Lebensfaden mit einem Handkantenschlag durchtrennte.

Er griff nach dem Skalpell und suchte nach einem Sinn in den blutigen Schlieren auf dem geschwungenen Stahl. Er setzte es außen am Schädel des Riesen an und schnitt dem leblosen Schergen von Herrenhagens das linke Ohr ab. Aus seiner Hose zog er ein kariertes Taschentuch, in das er es einwickelte.

Vom Tumult aufgeschreckt streckte eine Krankenschwester den Kopf aus dem Dienstzimmer und rannte kreischend davon.
Er trat an Coras Bett und küsste ihren Mund. Sie lag friedlich unter dem Oberbett, in das ihr Blut eingesickert war. Ihre Augenlider waren geschlossen, die Hände entspannt auf dem Bauch übereinandergelegt. Der Killer hatte saubere Arbeit geleistet, sie hatte ihr Ende wohl nicht mitbekommen. Er wischte sich eine Träne am Arm ab und verließ gemessenen Schrittes das Gebäude.

* * *

Müde ließ er sich in die gepolsterte, mit Kunstleder überzogene Sitzbank in der zweiten Klasse fallen und schaute durch das Fenster in die Abgründe seiner Seele. Er hatte sich die Lizenz zur Vergeltung erteilt und war zum kaltblütigen Mörder geworden. Er hatte sich nicht verteidigt, er hatte Hallgrim gehenkt und Coras Tod als Vorwand dafür benutzt. Sie hätte ihn zu Recht dafür verachtet, denn um sie war es dabei gar nicht gegangen, sondern einzig und allein um ihn: um seine Schuldgefühle, dass er sie in Gefahr gebracht hatte, die Kränkung, dass er sie nicht beschützen konnte, seinen Schmerz, dass er sie nie wieder in die Arme schließen konnte, und die Trauer über die Endgültigkeit des Verlustes. Keinen der vielen Gedanken, die er nie ausgesprochen hatte, würde er jemals mit ihr teilen können.
Hallgrim war trotz seiner Größe und der Muskeln ein bedauernswerter Tropf gewesen, der nur das tat, was man ihm auftrug, und daran vermutlich nicht einmal Freude hatte. Es wäre ein Leichtes gewesen, ihn der Justiz zu übergeben. Möglicherweise hätte der Killer über seinen Auftraggeber ausgesagt, den man mit seiner Hilfe hätte bestrafen können.

Vielleicht wollte Thorsten aber auch gar nicht, dass dies alles ein gesetzmäßiges Ende fand, und hatte sich deswegen über alle Regeln hinweggesetzt und das Richtschwert eigenhändig und ohne Prozess geführt.

Jahrzehntelang hatte er trainiert, sich diszipliniert, Körper und Geist beherrschen gelernt, denn Kontrolle über die Gefühle, gerade wenn es wehtut, ist ein Ausdruck der Stärke, hatte er für sich herausgefunden. An diesem Abend hatte er nicht nur Hallgrim umgebracht, sondern auch seine Selbstachtung. Für was? Es brachte Cora nicht zurück. Es hatte ihm auch keine berauschende Erfahrung von Macht geschenkt, wie damals, als er ein junger Mann war, der noch auf der Suche nach sich selbst war. Jetzt war er reifer und hatte sich gefunden – dachte er zumindest. Doch in einem verborgenen Winkel seiner Seele musste schon immer der Drang geschlummert haben, einfach nur zu zerstören, emotionslos, frei von jedem Sinn, als Rache am Leben. Jedes Verbrechen ließ sich entschuldigen, doch wie stand es mit seinem? Wenn er wieder ein Teil der Gemeinschaft werden wollte, musste er Verantwortung übernehmen und sich ihrer Rechtsprechung stellen.

„Guten Abend. Die Fahrkarte bitte!"
Ein für die späte Uhrzeit auffallend freundlicher Schaffner beendete seine Überlegungen zu Schuld und Sühne. Thorsten zeigte ihm das vom Schweiß angefeuchtete Ticket, das er die ganze Zeit über in der Hand gehalten hatte.
„Stellen Sie sich doch bitte mal einen Zug vor, der auf dem falschen Gleis in die richtige Richtung fährt! Würden Sie zum Ausgangsbahnhof zurückkehren und den Fehler korrigieren?", fragte er den Zugbegleiter.

„Und damit eine Verspätung riskieren? Niemals. Der Weg ist zweitrangig, wenn nur das Ziel zur rechten Zeit erreicht wird. Wir sind ja schließlich keine Buddhisten."
Er tippte an den Schirm seiner Kappe und verließ den Waggon.
Eine bemerkenswerte Zusammenfassung seiner Lage, dachte Thorsten. Er würde zu Ende bringen, was er begonnen hatte. So lang musste die Gerechtigkeit noch warten.

Es war richtig gewesen, bei Cora zu bleiben, falsch war nur, dass er die Frauen fortgeschickt hatte. Sie hatten nicht verdient, wie er mit ihnen umgesprungen war. Er wählte Melanies Nummer. Sie ging nicht ran. Er nahm es ihr nicht übel, dass sie nicht angerannt kam, sobald er wieder nach ihr pfiff. Sie kannten sich erst seit zwei Tagen und doch fühlte er sich ihr so nah. Ohne zu zögern war sie mit ihm in die Höhle des Löwen marschiert. Warum nur hatte er sie so unbeherrscht angefahren? Er musste die Kontrolle über sich zurückgewinnen und künftige Entgleisungen vermeiden.
Er hatte einen Plan, wie er Rüdiger von Herrenhagen aus der Deckung locken konnte. Den konnte er allerdings nicht allein umsetzen. Er kannte jedoch jemanden, der ein mindestens genauso großes Interesse wie er daran hatte, den Missetäter zur Strecke zu bringen.

* * *

„Ja, ja, ich komm ja schon! Verdammt noch mal, wer klingelt denn da mitten in der Nacht?", hörte er jemanden hinter der Haustür fluchen.
„Was wollen Sie denn hier?"
„Ich bin Thorsten."

„Ich weiß, wer Sie sind. Aber kommen Sie erst mal herein! Wir wecken sonst noch die gesamte Nachbarschaft", sagte die kühle Blondine.

Sie musterte ihn aufmerksam und reichte ihm trotzig die Hand. Er drückte sie sachlich.

„Ist das mein Vater gewesen?", deutete sie auf seine Blessuren.

Er nickte.

„Er ist ein skrupelloses Scheusal."

Sie setzten sich ins Wohnzimmer. Die zerbrochene Scheibe in der Balkontür war ersetzt worden.

„Entschuldigen Sie bitte mein gewaltsames Eindringen gestern!"

„Das habe ich mir selbst zuzuschreiben. Aber wollen wir uns nicht duzen, wo wir doch mit derselben Frau schlafen?"

„Wer sagt, dass ich mit Melanie geschlafen habe?"

„Um so besser ... Trotzdem sollten wir auf die albernen Förmlichkeiten verzichten", lächelte sie zufrieden.

„Gern, dann fällt es dir vielleicht auch leichter, mit mir über deine Mutter zu sprechen. Du glaubst, dein Stiefvater hat sie auf dem Gewissen?"

„Dessen bin ich mir sicher. Er hat sie nach und nach aus seinem Leben gedrängt und alle anderen gegen sie aufgehetzt, bis sie zum Schluss ganz allein dastand."

„Sie hatte doch dich."

„Zuerst habe ich ihr nicht geglaubt, doch dann habe ich es auch bemerkt. Mein Stiefvater wollte mich sogar gegen sie ausspielen. Ich sollte sie davon überzeugen, dass sie unter Verfolgungswahn leide und professionelle Hilfe brauche."

„Ein Psychiater hätte ihr womöglich helfen können."

„Ja, vielleicht, doch er wollte sie gleich einweisen, sie in ein Sanatorium sperren und dann in einem Loch verfaulen lassen."

„Dazu ist es dann ja nicht mehr gekommen."

„Nein. Ich habe mich geweigert, bei seinem Spiel mitzumachen. Daraufhin hat er wohl eine finale Lösung gefunden."

„Hat dir deine Mutter erzählt, wer dein leiblicher Vater ist?"

Sie nickte.

„Siegfried Dannenberg."

„Na, das ist ja ein Ding."

Dieser Schlawiner! Wenn er darüber nachdachte, ergab das durchaus Sinn. Seit zwei Tagen erst recherchierte er einen Stammbaum, der bis in den Dreißigjährigen Krieg zurückreichte, und kam damit erstaunlich fix voran. Höchstwahrscheinlich hatte er Selina aber schon früher im Schloss gesehen, wobei ihm die Ähnlichkeit mit Melanie nicht verborgen geblieben sein dürfte, und hatte sich gleich an die Arbeit gemacht. Deswegen hatte er ihm wohl auch so bereitwillig geholfen. Sein Wissen hatte er ihm dann scheibchenweise verkauft, damit Thorsten ihn im Gegenzug brav auf dem neuesten Stand hielt. Womöglich hatte er aber auch ohne Recherche bereits gewusst, wer sie war, und ihn die ganze Zeit an der Nase herumgeführt.

„Hast du ihn kontaktiert?"

„Ja, gleich nachdem meine Mutter gestorben war, habe ich ihn angerufen und ihn gebeten, mir zu helfen. Gemeinsam wollen wir meinem Stiefvater das Handwerk legen."

„Das will ich auch und vielleicht können wir uns dabei ja zuarbeiten. Dazu müssen wir uns aber vertrauen."

„Du willst mir meine große Liebe ausspannen. Das ist nicht die allerbeste Voraussetzung dafür."

„Sie liebt dich nicht. Tust du es?"

„Ja, und zwar schon lange, bevor sie in meinem Leben aufgetaucht ist."

„Wie das?"

„Einmal hat mich mein Stiefvater mit in seine geheime Galerie genommen, wo ich sie auf den Gemälden gesehen habe. Es war Liebe auf den ersten Blick. Als er sie dann eingestellt hat, wusste ich, dass uns das Schicksal endlich zusammengeführt hat."

„Du hast dich nicht in sie, sondern in ein Bild verliebt, dem sie zufällig ähnlich sieht. Und wenn du ehrlich bist, war es eine günstige Gelegenheit, deinem Stiefvater eins auszuwischen, denn der wollte offensichtlich mehr von ihr als nur Plakate."

„Aber es hat sich doch so gut angefühlt."

„Einzig weil du wolltest, dass es sich gut anfühlt."

„Du kannst mich nicht leiden, nicht wahr?"

„Dazu habe ich mir noch keine Meinung gebildet, weil ich einfach zu müde bin."

„Dann sollten wir uns weiter unterhalten, wenn du ausgeschlafen bist."

„Im Moment bin ich ein Samurai ohne Heimat. Hast du ein Bett für mich?"

„Du kannst dich im Keller hinlegen. Den Weg nach unten kennst du ja. Handtücher findest du in der Sauna. Das Bett sollte noch nach Melanie riechen."

Das tat richtig gut. Er hatte den Kopf auf die Handrücken gebettet und schaute den farbenprächtigen Papagei an, der vor ihm auf die Wandfliesen gepinselt war. Ein heißer Tropenregen plätscherte auf seine geschundenen Glieder. Doch selbst wenn er bis zum letzten Atemzug hier unter der Dusche stünde, könnte doch alles Wasser der Stadtwerke seine schuldbeladene Seele nicht reinwaschen. Wieder und wieder sah er ihn vor sich, diesen Hünen von Mann. Er hatte nicht ein einziges Mal um sein Leben gefleht. Seine traurigen Augen hatten ihn nur um Verständnis gebeten. Es schien ihm bald, als hätte er seinen tödlichen Schlag als Erlösung herbeigesehnt, weil er diesem Weg wohl schon zu lang gefolgt war. Dennoch war er kein Gott, der Seelenheil schenken durfte. Er hatte ein Leben ausgelöscht und damit musste er zurechtkommen.

Von hinten umschlangen ihn Arme und nackte Brüste schmiegten sich an seinen Rücken. Er zuckte zusammen und schnappte nach den Händen auf seinem Bauch.

„Schick mich nicht fort! Bitte! Ich fühle mich so schrecklich allein."

„Ist das ein Spiel, mit dem du Melanie etwas beweisen willst?"

„Du wolltest doch, dass ich dir vertraue. Jetzt musst du mir vertrauen!"

Ja, auch er war allein ... Ihm waren die Gründe schon immer zugeflogen, warum er seiner Libido nachgab. Doch er musste wirklich ein richtig übler Schuft sein, wenn er auch nur eine Sekunde daran dachte, es mit Sybylle zu treiben, wo seine große Liebe tot auf einer Bahre im Leichenkeller der Uniklinik lag. Ihr Körper war nicht einmal kalt.

Und was war mit Melanie? Sie fühlte sich unwiderstehlich zu ihm hingezogen und er begehrte sie. Trotzdem hatte er sie beschimpft und zum Teufel gejagt. Sie war gegangen, aber nicht für immer.

Seine Finger krampften und schlossen sich wie Schraubstöcke um die schlanken Hände. Die Frau in seinem Rücken seufzte einen unterdrückten Schmerz unter seine Haut. Er löste den Griff und drehte sich zu ihr um.

Er erwachte aus einem tiefen, erholsamen Schlaf. Der Geruch von gebratenen Eiern, getoastetem Brot und frischem Kaffee stieg ihm in die Nase. Sybylle huschte ins Zimmer, streifte ihren Bademantel ab und schlüpfte zu ihm unter die Decke. Sie presste ihren Po gegen seinen Bauch und er legte die Hand auf ihren Nabel.

Er hätte es nicht tun dürfen. Zumindest hätte er sich ihr in der Hitze der Leidenschaft entziehen müssen, als er es bemerkt hatte. Mit den Fingerkuppen streichelte er die zarte Haut an der Innenseite ihres Oberschenkels dicht neben ihrer Scham. Er war entsetzt über sich gewesen, als er es gesehen hatte. Nur ein paar Zentimeter vor ihm hob es mahnend den Zeigefinger und appellierte an den letzten Rest Anstand, der ihm noch geblieben war. Er war praktisch mit der Nase draufgestoßen, auf das Muttermal in Form einer Krone, das sie wie einen Schatz in ihrem Schritt hütete. Er hatte auch eines, an der gleichen Stelle, doch bei ihm war es besser verborgen.

Die Erinnerung an die Frau, die ihn entjungfert hatte, blitzte auf. Er hatte sie mit seinem Einsatz zwar nicht nachhaltig erfreuen können, damals im Geräteschuppen der Golfanlage, doch hatte ihre Verbindung offensichtlich Früchte getragen, die nun geschält und appetitlich angerichtet vor ihm lagen. Erregt wie noch niemals zuvor in seinem Leben hatte er aus dem Kelch geschlürft, dessen Nektar für jeden, nur nicht für ihn bestimmt war.

„Was ist das denn? Da steckt ja noch reichlich Leben in dem müden Krieger", freute sie sich.

Sie drehte sich zu ihm und glitt an ihm hinunter. Ja, der Reiz des Verbotenen elektrisierte bis in die Haarspitzen. War es ihr auch aufgefallen? Unbewusst vielleicht? War sie deswegen so erhitzt und wollte es nicht bei dem einen Mal belassen? Ihre Augen, ihr Kinn – jeder Zug, den er von sich an ihr er-

293

kannte, als sie auf ihm hockte, steigerte sein Verlangen. Er fasste sie, drehte sie und fiel wie ein wildes Tier über sie her, bis sie schließlich wie eine Gekreuzigte in seinen Armen hing. Schweißnass und befriedigt von seiner Verderbtheit streichelte er ihren ermatteten Körper und fragte sich, wie viel sie von ihm in sich trug.

Das Frühstück ist keine ernährungsphysiologische Notwendigkeit, sondern ein Lebensgefühl, fand Thorsten. Wenn es nach ihm ginge, könnte man gut und gern darauf verzichten. Kontemplativ am Kaffee nippen, genussvoll Brötchen aufschlitzen, ein Joghurt hier gelöffelt, ein Orangensaft dort geschlürft, zwei Löffel Müsli für die Darmgesundheit – das alles hatte für ihn mehr mit dem Hinauszögern des Tagwerks zu tun als es beherzt anzugehen. Gewöhnlich reichte ihm eine Banane frühmorgens, um seinen Stoffwechsel anzukurbeln, zumal er abends gern spät aß. Nicht aber gestern, denn da hatten ihm seine Kauwerkzeuge signalisiert, dass sie trotz der trostlosen Leere in seinem Bauch ihrer Bestimmung unter gar keinen Umständen nachkommen wollten, was ihn jetzt zur Nahrungszufuhr nötigte. Außerdem saß er am Tisch mit seiner Tochter, die, hungrig von ihrer leidenschaftlichen Nacht, etwas Aufmerksamkeit von ihm verdient hatte.
Dummerweise bevorratete sie praktisch alles in ihren Schränken, nur keinen Haferschleim. Also weichte er jeden Bissen seines Käsebrotes mit viel Flüssigkeit ein, bevor er es lutschend hinunterschluckte. Doch einzig das herzhafte Rührei fand den Weg zum Verdauungstrakt, ohne unterwegs unangenehm anzuecken.
„Deine Mutter hat Dannenberg nichts von dir erzählt?"

„Nein. Sie wollte ihre Ehe nicht aufs Spiel setzen, indem sie Hoffnung säte, die sie nicht erfüllen konnte. Das klingt jetzt nicht nett, aber für sie war er nur ein liebenswerter Samenspender."

„Hast du ihm das gesagt?"

„Natürlich nicht. Warum sollte ich ihn kränken? Er war so glücklich, als ich ihn das erste Mal getroffen habe."

„Und er hat alles stehen- und liegengelassen, um dir zu helfen?"

„Ehrlich gesagt, habe ich die geistige Verbindung, die meine Mutter zeitlebens zu ihm pflegte, ein wenig romantisiert", grinste sie schelmisch.

„Du hast ihn angelogen und benutzt ihn."

„Ich habe Sehnsüchte in ihm geweckt und seinem Leben damit einen Sinn verliehen. Seitdem arbeitet er wie besessen daran, meinen Stiefvater zu überführen."

„Nun, sein Enthusiasmus würde sicher erlahmen, wenn er wüsste, dass er heute wie damals nur Mittel zum Zweck war."

„Was sollte ich denn machen? Außer Siegfried ist mir niemand sonst geblieben."

„Was ist mit deiner Tochter?"

Ihre Gesichtszüge entgleisten. Sie senkte beschämt den Kopf und wiegte ihn hin und her. Um jedes einzelne Wort ringend erklärte sie sich:

„Ich war doch noch so jung und hatte gerade erst mit dem Studium begonnen, da wurde ich schwanger. Was sollte ich da mit einem Kind anfangen, ich war ja selbst noch eins?"

„Zur Mutter wird man nicht geboren."

„Trotzdem hab ich lang überlegt, ob ich es nicht doch behalten sollte, das musst du mir glauben. Irgendwann war es zu spät für einen Abbruch."

„Was hat der Vater dazu gesagt?"

„Er weiß nichts, niemand weiß etwas davon. Ich habe mit ihm Schluss gemacht und bin nach München gezogen."

„Du warst es los und dennoch durfte es leben. Klingt nach einer pragmatischen Lösung."

„Du bist keine Frau, du kannst dir nicht vorstellen, wie das ist. Es schmerzte viel mehr, als ich gedacht hatte. Ich hatte das Baby monatelang in mir gespürt, wie es wuchs, sich in mir bewegte. Zuerst ganz zart wie der Flügelschlag eines Schmetterlings und später immer heftiger. Dann kam die Geburt und ich wusste, dass ich mich sofort entscheiden musste. Wenn ich es auch nur eine Sekunde in den Armen gehalten hätte, hätte ich es nicht mehr weggeben können."

„Es hat dich niemand gezwungen. Du hast kein Opfer gebracht, sondern dich von einer Last befreit."

„Warum drehst du das Messer noch in der Wunde?"

„Weil es für dich und alle Beteiligten besser ist, wenn du zu den Konsequenzen deiner Entscheidung stehst."

„Wen meinst du damit?"

„Deine Tochter, die Menschen, die für sie die Eltern sind, ihre ganze Familie eben."

„Weißt du, wo sie ist?"

„Hat Dannenberg dir nichts erzählt? Sie ist hier bei Melanie. Sie ist das Mädchen, das wir aus dem Keller von Schloss Herrenhagen befreit haben."

„Warum hat er mir das verschwiegen?"

„Er dachte wohl, dass es das Beste für die Kleine wäre."

„Deswegen musste er die Tochter vor ihrer Mutter verstecken? Bin ich denn ein Ungeheuer?"

„Sie ist nicht mehr deine Tochter und du nicht mehr ihre Mutter. Vielleicht wollte er dir diesen Schmerz ersparen. Ein Vater beschützt sein Kind."

„Ein Vater sollte immer ehrlich zu seinem Kind sein."
„So wie du zu ihm? Gut, lassen wir das! Das kannst ihn das alles gleich selbst fragen. Wir sind mit ihm verabredet."

* * *

Sie nahmen ihren gelben Sportwagen und fuhren durch die Stadt zur Autobahn. Sybylle hielt nicht all zu viel vom Rechtsfahrgebot auf deutschen Autobahnen. Ein gelegentlicher Blick in den Außenspiegel überzeugte ihn davon, dass zumindest aus dieser Richtung keine Beschwerden zu befürchten waren. Er strich unsicher mit dem Zeigefinger über den Sicherheitsgurt, wohl wissend, dass ihn dieser bei einer Kollision eher wie ein Rosshaar die Polenta zerteilen, als dass er ihn wirbelsäulenschonend in den harten Schalensitz pressen würde.
„Bist du Ärztin? Verblutet grad irgendwo jemand?", brachte er kleinlaut hervor.
„Sorry, das ist die Gewohnheit."
Sie drosselte das Tempo, ließ es aber immer noch weit jenseits der Richtgeschwindigkeit einpendeln.
„Du bist doch jetzt Mutter!", appellierte er an ihr Verantwortungsgefühl.
Sie nahm den Fuß weiter vom Gas und ließ ihren Achtzylinder mit dem selbst von den Automobilclubs nicht beanstandeten Tempo Hundertdreißig, das einen für alle Verkehrsteilnehmer sicheren Verkehrsfluss zwar nicht garantierte, ihn aber wahrscheinlich machte, dahingleiten. Er bedankte sich für ihr Entgegenkommen. Trotz der ihrer Meinung nach für Spielstraßen geeigneten Geschwindigkeit erreichten sie das Einkaufszentrum zehn Minuten früher als geplant.

Sybylle parkte in der Tiefgarage. Sie stiegen über die Treppe zurück ans Tageslicht. Am Rand des Vorplatzes hatte sich eine Gruppe Jugendlicher zusammengerottet. Sie tranken alkoholische Mischgetränke aus Dosen, auf denen sich geflügelte Fabelwesen in die Lüfte erhoben und in andere Sphären entschwanden. Sie unterhielten sich oberhalb des für Gespräche gemeinhin üblichen Geräuschpegels. Drei Mädchen bildeten vier jungen Männern ein Podium, auf dem diese ihre philosophischen Betrachtungen zum Zeitgeist und den technischen Errungenschaften der Unterhaltungs- und Kommunikationselektronik entfalteten. Zwei der Damen waren nur notdürftig verhüllt, wie Popsängerinnen, die sich bei ihren künstlerischen Darbietungen nicht nur auf den Ausdruck ihrer Stimme verlassen wollten. Er erfreute sich am Anblick der dritten, die in ihrem Skater-Outfit im Gegensatz dazu erfrischend bieder aussah. Selbstsicher im Kreis seiner Freunde aufgehoben, pöbelte ihn einer der Halbstarken an.
„Hey Alter! Ja, du da, mit der eingeschlagenen Fresse! Was glotzt du meine Frau so an?"
Er war mit Sybylle schon fast vorbeigegangen, da machte er auf dem Absatz kehrt und steuerte direkt auf die junge Frau zu, ohne die anderen auch nur eines Blickes zu würdigen.
„Entschuldigen Sie bitte, wenn ich Sie etwas länger angesehen habe, als es schicklich gewesen wäre! Egoistisch wie ich bin, wollte ich mir dieses Bild natürlicher Anmut und herzerfrischender Schönheit ins Gedächtnis brennen, auf dass ich mich zeitlebens daran ergötzen mag. Ich hoffe, Sie sehen mir mein ungebührliches Verhalten nach."
Die Angesprochene senkte verlegen errötet den Blick und bedankte sich brav für das Kompliment. Er aber ließ die sprachlos gewordene Gruppe stehen und

ging mit Sybylle weiter. Im Hintergrund hörten sie noch allerlei Kraftmeiereien, darunter eine, die ihm fürs nächste Mal Zahnextraktionen auch ohne die dafür vorgeschriebene Approbation androhten.
„Na, hat's Spaß gemacht?", fragte sie.
„Der Kontakt zu jungen Leuten entspannt ungemein und hält den Geist auf Trab. So was sollte ich öfter machen."

Die gläsernen Türen zum Einkaufszentrum glitten zischend auseinander und der Duft von frisch Frittiertem schlug ihnen entgegen, als sie den Tempel des Überflusses betraten. Man kam nicht hierher, wenn man dringend etwas brauchte. Man kam hierher um etwas zu kaufen, von dem man noch gar nicht wusste, dass man es überhaupt benötigen könnte. Entsprechend war hier alles auf Verführung ausgelegt.
Am einfachsten noch ließen sich die Kunden mit dem Essen fangen. So wurden mal zu geometrischen Blöcken komprimierte Fischreste, mal gepresste Geflügelschnipsel in Panade gewälzt, in siedendes Öl getaucht und zusammen mit reichhaltigen Soßen serviert. Gegen das schlechte Gewissen gab es einen Salat in Plastikschalen. Frisches Gebäck, sündig präsentierte Pralinen, quietschbunte Kaltgetränke, die durch eine Melasse von Eiskristallen gedreht wurden, und dazwischen in Knoblauchöl eingelegte Antipasti und Meeresfrüchte – ganz gleich, wohin man sich auch drehte und wendete: Auge, Nase und Ohr fanden nirgends einen Ort der Entspannung.

Sie betraten das verabredete Buffet-Restaurant. Während Sybylle Kaffee für sie beide holte, beobachtete er das schlendernde Treiben jenseits der Fenster. Auf einer Bank in einer Ecke des Karrees, das

wie ein kleiner Platz unter der transparenten Kuppel der Halle angelegt war, saß eine ältere Dame. Ein Jugendlicher schlappte in modernen, schnürbandlosen Schnürturnschuhen an ihr vorbei. Als er auf ihrer Höhe war, fädelte sie mit ihrer Gehhilfe in seinen Gang ein und brachte ihn zum Straucheln. Der blasse Teenager mit der Schaumfestiger-Frisur drehte sich um und schüttelte fassungslos den Kopf, während die Alte schelmisch vor sich hin kicherte.
„Was ist aus deiner Freundin geworden?", unterbrach Sybylle seine empirische Verhaltensforschung. „Die, mit der du im Swingerclub gewesen bist. Ich war auch dort und wurde akustische Zeugin eurer außerordentlichen Darbietung."
„Sie ist tot."
„Tot?"
„Dein Stiefvater hat sie auf dem Gewissen – und ich ein Stück weit auch. Ich habe sie nicht beschützen können."
„Das tut mir leid ... ich wusste ja nicht ...", stammelte sie betreten.
„Braucht es nicht. Es ist nicht deine Schuld."
„Stand sie dir sehr nahe?"
„Ich habe ihr bedingungslos vertraut – nur ihr."
„Diesen Platz werde ich wohl nie einnehmen können. Dennoch werde ich dich nicht enttäuschen."
Siegfried Dannenberg trat mit einer dampfenden Tasse Kaffee an den Tisch und setzte sich.
„Es freut mich, Sie wohlauf zu sehen!", begrüßte er die beiden.
„Überspringen wir doch einfach die Höflichkeitsfloskeln und kommen gleich zur Sache! Wir haben doch alle dasselbe Ziel, deswegen hätte ich mir schon etwas mehr Offenheit gewünscht. Ich bin es langsam satt, an der Nase herumgeführt zu werden!", begann Thorsten.

Sybylle nickte dem Archivar aufmunternd zu.

„Also denn. Wie Sie offensichtlich herausgefunden haben, bin ich der Vater der jungen Dame dort an Ihrer Seite und damit Selinas Opa in Personalunion."

„Warum haben Sie damit hinter dem Berg gehalten?"

„Sie müssen schon entschuldigen, aber Sie waren in meinen Augen zunächst mal nur ein Mann, dem ich helfen wollte, seine Haut zu retten und niemand, dem ich meine Lebensgeschichte anvertrauen würde."

„Nun, da Sie etwas aufgeschlossener sind, erzählen Sie mal, wie Sie Sybylles Mutter kennengelernt haben!"

„In den Achtzigerjahren habe ich im Rahmen eines Praktikums an der Deutschen Nationalbibliothek in Frankfurt bei der Restrukturierung und Digitalisierung des Bestandes geholfen. An den Wochenenden ging ich ins Theater, in die Oper oder ich besuchte Kongresse. Sie müssen dazu wissen, dass ich Frauen gegenüber immer sehr zurückhaltend war, trotz der mannigfachen Versuchungen, die von den Kolleginnen ausging", schmunzelte er konspirativ.

„Ja, das kann ich mir sehr gut vorstellen – ein Leben wie im Kinofilm: schüchtern-läufige Bibliothekarinnen, die zwischen Regalen voller staubiger Bücher hinter dem kernigen Kerl herschmachten, der sie in das große Liebesabenteuer entführen soll."

„Wie dem auch sei. Ich begegnete Cornelia auf einem Symposium für karolingische Buchmalerei. Wie ich war sie fasziniert von der abstrakten Darstellung der Perspektiven und Figuren, der bis ins Bizarre gesteigerten Überzeichnung ihrer Glieder und der ganz speziellen Betonung der Gestik."

„Ich habe das Fach sechzehn Semester lang an der

Kunsthochschule Oer-Erkenschwick studiert. Beschränken Sie sich bitte aufs Wesentliche!"
„Damals wusste ich nicht, wer sie war. Sie war ein wenig reserviert, doch nahm mich ihr vornehmer Liebreiz gleich gefangen. Ich himmelte sie an, wagte aber zunächst nicht, mich ihr zu erklären."
„Sülzen eigentlich alle Mitglieder deiner Familie so aufgedunsen daher?", fragte er Sybylle.
„Irgendwann kamen wir dann doch ins Gespräch und eins führte zum anderen. Bevor daraus eine echte Beziehung werden konnte, hatte sie den Kontakt auch schon wieder abgebrochen. Ich fand mich schließlich damit ab, dass ich nur eine Episode im Leben dieser bemerkenswerten Frau war. Den Rest kennen Sie sicher bereits."
„Was haben Sie zu ihrem Unfall herausgefunden?"
„Als Erstes habe ich den Unfallwagen gekauft und ihn so vor der Schrottpresse gerettet. Viel war von dem High-Tech-Auto zwar nicht mehr übrig, aber wer weiß schon, welche Erkenntnisse man daraus gewinnen kann, wenn man intensiv danach sucht. Insbesondere die Computersteuerung wäre für Nachforschungen interessant gewesen."
„Ja, Manipulationen nimmt man heute nicht mehr ganz altmodisch an den Bremsschläuchen vor, sondern wohl eher an der Software", stimmte Thorsten zu.
„Ich habe Siegfried dann auf die Spur von Lena Hubert gebracht. Sie studiert Informatik. Ich vermutete, dass ihr Vater sie möglicherweise in die Sache hineingezogen hatte", ergänzte Sybylle.
„Dankenswerter Weise veröffentlicht sie ihre Projektarbeiten im Internet. Also habe ich sie gesammelt und einem Experten vorgelegt", erzählte Dannenberg weiter.
„Was sagt der dazu?"

„Dass sie trotz der Sicherheitshürden der Software prinzipiell in der Lage sei, ein Fahrzeug so zu manipulieren, dass es nicht mehr kontrollierbar ist."
„So schwierig kann das nicht sein, denn Einparkautomatiken, computergestützte Distanzregelung, automatische Bremsen und all der andere Schnickschnack laden gerade dazu ein. Es wäre nicht das erste Mal, dass ein derart hochgerüstetes Auto gehackt wurde", bestätigte Thorsten.
„Jetzt müssen wir nur noch beweisen, dass sie es war und dass sie im Auftrag Rüdiger von Herrenhagens gehandelt hat", meinte Dannenberg.
„Mit ein wenig Glück gibt es Zugriffsprotokolle, die der Hersteller gespeichert hat. Die überwachen und analysieren doch jede Bewegung ihrer Autos."
„Das wäre ein Ansatz."

Dannenberg schrieb etwas in sein Notizbuch.
„Stimmt es, dass Sie Hallgrim getötet haben?", fragte er unvermittelt.
Sybylle riss die Augen auf und klammerte sich an der Tischkante fest.
„Das war eine kalkulierte Entgleisung. Nichts, worauf ich stolz sein könnte."
„Ich weine ihm keine Träne nach", versuchte ihn der Archivar aufzumuntern.
„Ich habe ihn gemocht. Er hat mich früher immer von der Schule abgeholt und meine Schultasche getragen", schnäuzte Sybylle in ihr Taschentuch.
„Er hat Cora die Kehle aufgeschlitzt", verteidigte er sich.
„Ich durfte sogar auf seiner Schulter reiten."
„Er hatte wohl viele Gesichter."
Dannenberg nahm ihre Hand.
„Haben Sie Melanie und Selina gesehen? Sie geht nicht an ihr Telefon."

„Nein, nicht mehr, seitdem Sie gestern zum Krankenhaus gefahren sind."
„Wo sie wohl sind?"
„Melanie wird schon auf die Kleine aufpassen."
„Das, was ihrer kleinen Schwester damals zugestoßen ist, wird sicher nicht mehr passieren?", murmelte Thorsten.
„Welche kleine Schwester? Sie ist ein Einzelkind."
Thorsten stutze. Dannenberg stand auf und verabschiedete sich.

„Warum hast du mir nichts davon erzählt? Ich dachte, wir vertrauen uns", warf Sybylle ihm aufgebracht vor.
„Dass ich ein Mörder bin? Mit so etwas geht man nicht hausieren, selbst bei Freunden nicht", versuchte er sie zu beschwichtigen.
„Außerdem konnte ich nicht ahnen, dass er dir so nahestand."
„Hast du noch Kontakt zu Selinas Vater?", tastete er sich vorsichtig vor, als sie sich wieder gefangen hatte.
„Nein, seit der Trennung habe ich ihn nicht mehr gesehen."
„Er arbeitet beim Landeskriminalamt, sagt Dannenberg. Du solltest ihn anrufen. Er freut sich sicher, dass er der Vater einer so reizenden Tochter ist. Außerdem könnte er uns behilflich sein."
Sie erreichte den Beamten bei der Arbeit und verabredete sich mit ihm zum Mittagessen. Bis zu dem Treffen war noch Zeit, in der Sybylle ihre Niedergeschlagenheit in der Designerboutique am Ende der Passage vertreiben wollte. Ein dezentes Jucken im Schritt erinnerte ihn daran, dass er seit Tagen dieselbe Leibwäsche trug.
„Ich besorge drüben im Kaufhaus ein paar frische

Unterhosen. Für mehr Luxus reicht mein Budget nicht. Wollen wir uns später dort am Haupteingang treffen?"

Kopfschüttelnd stand er vor den Infotafeln unten an den Rolltreppen. Damen-Oberbekleidung gab es im Erdgeschoss, Damen-Unterbekleidung, Damenschuhe, Damen-Sportbekleidung, Damen-Berufsbekleidung, Damen-Badebekleidung sowie eine Ecke für Herren und Kinder im ersten Stock.
Wie er sich so durch das übersichtliche, aber ausreichende Angebot an Boxershorts und Sport-Slips wühlte, tippte ihm jemand von hinten auf die Schulter. Er drehte sich um und schaute in ein flüchtig bekanntes, fast schon wieder vergessenes Gesicht, dessen konzentrierte Durchschnittlichkeit ausgesprochen anziehend wirkte.

LÖCHER IN DER AURA
SCHADEN DEM ÄTHERKÖRPER

„Da ist ja unser Lieblingsgast!"
„Hallo!", grüßte Thorsten die junge Bedienung, die mit Cora im Altstadt-Café arbeitete.
„Heute ganz ohne weibliche Begleitung?"
„Donnerstag ist Ruhetag."
„Vielleicht kannst du mir ja trotzdem helfen?", klimperte sie ihn verheißungsvoll an.
„Ich habe mir ein paar Dessous ausgesucht und weiß nicht so recht, welche ich nehmen soll?"
„Ich wäre ein schlechter Pfadfinder, würde ich einer

schönen Maid in höchster Not nicht beistehen."
Fachmännisch sortierte er die lipstick-pinke Höschen-BH-Kombi *White Nights* und das azurblaue Ensemble *Fall in Love* aus, auf dessen Shorty winzige fliegende Drachen für ein kleines Bisschen Intimität auf dem ansonsten transparenten Netzbesatz sorgten. Übrig blieben ein tief ausgeschnittener schwarzer Body sowie ein rubinroter Spitzen BH mit schmalen Nackenträgern und passendem Brasilslip.
„Welches von den beiden würdest du mir empfehlen? Ich kann mich einfach nicht entscheiden."
„Das ist gar nicht so leicht. Beide haben ihre eigene Individualität, die sicher erst beim Tragen voll zur Geltung kommt."
„Soll ich die Sachen mal anprobieren?", nahm sie den Ball auf.
„Unbedingt! Dessous müssen wie Zahnkronen perfekt sitzen, damit sie ihre Aufgabe zuverlässig erfüllen können. Ich würde mich geehrt fühlen, wenn ich dir mit meiner Expertise weiterhelfen dürfte."

Sie gingen hinüber zu den Umkleidekabinen. Er schlenderte hinter ihr her. Sicher, er hatte einen Schlag bei Frauen, doch hier war eindeutig etwas faul. Vor ein paar Tagen noch hatte sie ihm teilnahmslos den Kaffee vor die Nase gestellt und nun warf sie sich ihm honigsüß um den Hals?
„Hüte dich vor den Versuchungen der Jugend!", hatte ihn die alte Dame gewarnt. Vielleicht war sie ja doch eine Seherin?
Die junge Bedienung öffnete einen schmalen Spalt im Vorhang und winkte ihn zu sich. Er streckte die Nase in die Kabine, in der sich ein verführerischer Duft so weich wie Zuckerwatte mit einem Hauch von Ungezogenheit breitgemacht hatte, in dessen Mitte die Studentin für Software Engineering im schwar-

zen Body posierte. Ihre Augen lächelten ihn unverhohlen an. Ihre Zehennägel hatte sie dunkelrot lackiert. Den Kopf leicht zur Seite gelegt, umspielte ihr welliges Haar die linke Schulter.
Ja, er konnte eine Frau beschreiben, ohne dabei in Wort oder mit anzüglichen Gesten auf die Gestalt ihrer Brüste einzugehen. Stichproben aus der einschlägigen lesbischen Literatur in Sybylles Hausbibliothek hatten ihn allerdings davon überzeugt, dass auch Frauen mit derselben Hingabe um Detailtreue bei der Charakterisierung ihrer Gespielinnen bemüht sind, wobei sie weder die sekundären, noch die primären Geschlechtsmerkmale vernachlässigen. Warum also seine Natur verleugnen?
Der weite, tiefe Ausschnitt betonte ihre leicht nach außen gerichteten Brüste einfach atemberaubend. Allerdings zogen die unbeirrt nach oben strebenden Brustwarzen die weiche, elastische Spitze unverhältnismäßig tief in den Schritt, was dem anregenden Gesamteindruck eine störende Eindeutigkeit verlieh. Er nahm wieder Platz und wartete auf den zweiten Akt. Dieser enthüllte zwar mehr, als dass er verhüllte, brachte aber trotz alledem ihre Vorzüge unaufdringlich zur Geltung. Der seitlich verstärkte BH richtete ihren Busen dezent zur Mitte hin aus und das Hüfthöschen brachte Plastizität in ihre androgyne Beckenpartie. Je nach Anlass würden zurückhaltende Strapsstrümpfe das Gesamtkunstwerk gewiss geschmackvoll abrunden.
Die junge Bedienung hieß ihn, die nicht mehr benötigten Artikel wieder zurückhängen.
„Lauf nicht fort! Ich bin gleich wieder da", rief er hinein und wartete neben dem Vorhang.
Drinnen wurde gekruschtelt und dann geflüstert:
„Mensch, Papa! Wo bist du denn? Meld dich, aber schnell! Es ist wichtig."

Ausdrucksform als der Stimme."
„Still, aber nicht stumm, da stimme ich Ihnen zu, doch wo wir gerade dabei sind: Ein Euphemismus bezeichnet strenggenommen eine Verschönerung der Wirklichkeit mit Hilfe sprachlicher Mittel. Im Gegensatz dazu dient der Begriff Gehörloser dazu, die Realität genauer zu beschreiben, als es der Volksmund üblicherweise tut, statt sie zu beschönigen, und damit letztlich Diskriminierungen vorzubeugen."
„Ich will jetzt bestimmt nicht kleinlich sein, doch Sie meinten sicher, dass das *Wort* Gehörloser den Bedeutungsinhalt, den uns der *Begriff* vermittelt, vorurteilsfrei wiedergibt", konkretisierte der Beamte.
„Genau so ist es."
„Da ihr das nun geklärt habt, können wir uns ja wieder den Vergehen widmen, die sich mein Stiefvater zuschulden kommen lassen hat", beendete Sybylle den sprachphilosophischen Diskurs.
„Wir können in Kürze beweisen, dass er den Unfallwagen seiner Frau manipulieren lassen hat. Bereits jetzt haben wir Daten, die belegen, dass er Forschungen fernab der Legalität betreibt, Amtsträger besticht und Steuern hinterzieht", berichtete Thorsten.
Er reichte dem Polizisten einen USB-Stick.
„Auf diesem Datenträger finden Sie das entsprechende Material."
„Warum gehen Sie damit nicht zur Polizei?"
„Ich dachte, mit der spräche ich gerade."
„Ich meine vor Ort?"
„Wenn ich mir ansehe, wer alles Zuwendungen bekommt, halte ich das für wenig hilfreich."
„Nun gut. Ich werde sehen, was ich für Sie tun kann."
„Sehen, was Sie tun können? Ich treffe mich doch nicht mit Ihnen, um einen Asylantrag zu stellen! Wir

lösen für Sie einen Entführungsfall, servieren Ihnen das Opfer pudelwohl frei Haus und obendrein noch den Täter. Wir korrigieren für Sie die Ermittlungen zu einem Unfalltod, den Sie überaus bequem als Selbstmord zu den Akten gelegt haben, und präsentieren Ihnen den Mörder mitsamt seiner Helfer. Wir spielen Ihnen eine Liste korrupter Amtspersonen zu, die sich wie Termiten durch unser Rechtssystem fressen, und Sie schauen mal, was man da machen kann?"

„Nun blasen Sie sich mal nicht so auf, Mann! Hier sitzt ein Mörder vor mir, der schwere Anschuldigungen gegen einen verdienten Wohltäter erhebt. Da werden Sie mir wohl noch zugestehen, dass ich die Sachlage genauestens untersuche, bevor ich mich für Sie aus dem Fenster lehne. Schließlich haben wir beide kein Bett im Kinderheim geteilt."

„Sie haben vollkommen recht. Warum sollten Sie mir blind vertrauen? Machen Sie Ihre Arbeit, wie Sie es für richtig halten! Für meine Tat werde ich mich verantworten, wenn die Sache hier vorüber ist."

„Damit kann ich leben. Ich melde mich bei Sybylle."

„Warum hast du ihn wegen Selina angelogen und ihm erzählt, dass sie heute abreist?", fragte Sybylle, nachdem ihr Polizist gegangen war.

„Er hat dir weiße und rote Rosen mitgebracht."

„Das war doch nett."

„Mein persönliches Orakel hat mir geraten, niemandem zu trauen, der mit weißen und rote Rosen daherkommt."

„Dein Orakel? Muss ich mir jetzt Sorgen um dich machen? Hat es dir noch etwas geweissagt?"

„Ja, ich soll den Versuchungen der Jugend widerstehen."

„Das ist dir aber nicht so ganz gelungen oder zähle

ich nicht mehr dazu?", grinste sie.
Unterdessen näherten sich drei peruanische Musiker in indigener Kleidung, die zwischen den Tischen ungarische Weisen auf ihren Violinen spielten. Ein vierter sammelte Geld von den Gästen des Cafés in einem Stahlhelm ein.
„Blasen die nicht üblicherweise *El Condor Pasa* auf der Panflöte?"
„Chinesen verkaufen ja auch Sushi. Komm, lass uns verschwinden, bevor die uns noch für ein Liebespaar halten und uns anbetteln!", forderte Sybylle ihn auf.

Sie stiegen in den Wagen.
„Was nun?"
„Wir fahren zum Hauptbahnhof und verabschieden uns von deiner Tochter."
Sybylle hatte das Radio eingeschaltet. Eine Popsängerin rotzte ihre Gefühle, die sie dabei empfand, als sie zum ersten Mal ein Mädchen geküsst hatte, ins Mikrofon.
„Besonders zärtlich klingt das nicht, eher trotzig", stellte er fest.
„Das Frauenbild hat sich halt gewandelt."
„Wieso? Stehen Frauen jetzt auf Unflätigkeit statt auf Zärtlichkeit?"

* * *

Im Kaffeeatelier nahm sich Thorsten viel Zeit, um die endlos lange Liste der Möglichkeiten zu studieren, wie man sich Koffein zuführen konnte, und bestellte schließlich einen schwarzen Kaffee bei dem ungläubig dreinschauenden Schalterangestellten, der für das Gebräu, das er in einen karamellbraunen Pappbecher zapfte, vier Euro neunzig forderte. Er gab zehn Cent Trinkgeld als Anerkennung für den Service und setzte sich zu Sybylle ans Fenster, von wo aus sie Gleis 7 im Auge behielten.

„Dein Stiefvater engagiert sich intensiv in der Genforschung."

„Ihn fuchst es, dass er selbst keine Kinder zeugen kann. Bisher hat es noch jeder Herrenhagen geschafft, einen männlichen Erben in die Welt zu setzen, und er hat nicht einmal seine Tochter zuwege gebracht."

„Was genau will er tun, um seine Ehre wiederherzustellen?"

„Er will sich künstlich fortpflanzen, aber das ist gar nicht so einfach. Daher lässt er forschen, wie er seine DNS auch ohne Samenzellen in die Eizelle einer Frau schleusen kann."

„Geht das überhaupt?"

„Theoretisch ja. Bei Mäusen ist es bereits gelungen, eine Eizelle mit einer gewöhnlichen Körperzelle zu befruchten. Beim Menschen hat das bisher noch nicht geklappt", erklärte sie.

„Doch er will nicht einfach nur einen Nachkommen zeugen, es soll das perfekte Kind sein", fuhr sie fort.

„Er entwickelt gerade Verfahren, wie er direkt in das Erbgut eingreifen und es nach seinen Wünschen umbauen kann."

„Deswegen hatte er wohl auch Kontakt mit Huub Peeters, dem Genetiker aus Nimwegen", vermutete er.

„Für den Fall, dass das alles nicht funktioniert, arbeitet er parallel an einem Plan B. Er benutzt die Klienten aus seinem Schlaflabor ohne ihr Wissen als Probanden für ein Verfahren, mit dem er sein Bewusstsein transplantieren will. Er träumt davon, all seine Gedanken und sein Wesen auf einen jüngeren Körper zu übertragen, mit dem er sich mehr Zeit für die Vollendung seiner Visionen verschaffen kann."

„Klingt nach Science-Fiction, dieser Traum vom ewigen Leben."

„Ich glaube nicht, dass er ewig leben will. Er will wohl nur beenden, was er begonnen hat."

Unterdessen warteten die Reisenden auf Gleis 7 auf die Abfahrt des Zuges, der über Hamburg nach Kiel fuhr. Eine Gruppe Uniformierter drängte sich durch die Menschen und kontrollierte ihre Ausweise.

„Siehst du? So viel zur Vertrauenswürdigkeit deines Ex. Wie es scheint, meint er, Selina wäre bei deinem Stiefvater besser aufgehoben als bei ihren Eltern. Komm, ich habe genug gesehen!"

* * *

Ein Saunagang regt die Durchblutung an und hilft bei der Regeneration von verletztem oder stark beanspruchtem Muskelgewebe. An seinem Körper gab es einiges zu reparieren. Man hatte ihn sprichwörtlich grün und blau geprügelt. Die Schwellungen im Gesicht waren zwar abgeklungen, doch zeugten zahlreiche Hämatome an den Armen, Beinen, Bauch und Rücken, deren Färbung das gesamte Spektrum der Wellenlänge sichtbarer Farben abdeckte, von seiner Auseinandersetzung im Schloss. Sybylle hatte ihm die Sauna im Keller vorgeheizt. Er stemmte sich von der Tischplatte hoch und schlurfte durch den Flur die Kellertreppe hinab. Müde und erschlagen betrat er die moderat auf achtzig Grad temperierte Kabine. Draußen war er auf eine Batterie an Fläschchen mit ätherischen Ölen gestoßen. Er hatte sich für Orangenöl entschieden und ein paar Tropfen davon in einen hölzernen Eimer voll Wasser geträufelt. Er goss ein paar Kellen der aromatischen Mischung auf die glühenden Kohlen und streckte sich vollkommen ermattet auf der oberen Holzbank aus.

Die Beleuchtung in der Kabine wechselte bedächtig von Gelb auf Blau auf Grün auf Rot auf Orange. Er

hatte mal etwas über Farblichttherapie gelesen, konnte sich jedoch nicht mehr an alle Einzelheiten erinnern, da es einfach zu viele Meinungen darüber gab, welche Farbe für welche Körperfunktionen zuständig war. Ungereimtheiten treten immer dann auf, wenn es zu viele Propheten gibt, die die Deutungshoheit für sich beanspruchen. Seine Lieblingsfarbe war Orange. Sie, das hatte er sich merken können, stärke das Immunsystem, schließe überdies Löcher in der Aura und lade obendrein den Ätherkörper auf – das behauptete zumindest einer der Experten. Na, wenn das nicht half ...
Gelb, Blau, Grün, Rot, Orange ... Es klingelte an der Tür. Er lauschte angestrengt durch das Knistern des Ofens und entspannte wieder. Melanie grüßte Sybylle und stellte ihr Selina vor. Glücklicherweise waren sie wohlauf. Er legte sich zurück aufs Handtuch, sorgsam darauf bedacht, dass kein Schweiß aufs Holz tröpfelte.

Gelb, Blau, Grün, Rot, Orange ... Das Wechselspiel der Lampen beruhigte ihn. Plötzlich schreckte ihn ein Poltern und Rumsen von oben auf. Er hörte Kreischen und einen Tumult im Erdgeschoss. Möbel wurden umgeworfen und es wurde hektisch hin- und hergerannt. Er sprang auf und hastete die Kellertreppe hinauf.
Auf dem Boden im Flur lag Sybylle in einer Blutlache. Im Wohnzimmer hatten sich Rüdiger von Herrenhagen und zwei seiner Schläger aufgebaut. Einer hielt eine Eisenstange in der Hand, von der Blut auf den Teppich tropfte. Über der Sofalehne baumelten zwei leblose Beine, die Selina gehören mussten. Hinter dem Sofa machte sich Melanie sprungbereit wie eine Raubkatze und drohte Herrenhagen:
„Ich würd dir liebend gern in die Eier treten, du

Würstchen, aber da kann man ja nichts mehr kaputt machen."
Und an seine Männer gerichtet:
„Wisst ihr eigentlich, dass bei eurem Chef nur heiße Luft kommt? Oder bekommt ihr etwa auch keinen hoch?"
Von Herrenhagen lief rot vor Zorn an. Er griff nach ihr.
„Dir zeige ich es, du undankbare Schlampe!"
Schneller als Billy the Kid zog sie einen Elektroschocker und schoss ihn auf den alten Sack ab, der jaulend zusammenbrach. Sofort richtete sie das Gerät auf einen der beiden Muskelberge.
„Was ist, wollt ihr auch eine Ladung?"
Ihre grünen Augen funkelten bedrohlich, fast schon irre. Jetzt mischte sich Thorsten von hinten in den Kampf ein. Sichtlich irritiert von der zweiten Front wirbelten die Angreifer zwischen Melanie und ihm hin und her. Sie zielte einem von ihnen direkt aufs Herz und drückte ab. Er sprang auf den anderen zu, rutschte aber mit den nackten Füßen in einer Blutlache auf dem Parkett aus und schlug hart auf dem Boden auf. Heftige Schmerzen blitzten durch seine Glieder. Verwirrt sah er um sich.

Direkt neben seinen Ohren heizte der Ofen die Saunakabine noch immer brummend ein. Mühsam rappelte er sich wieder auf. Zwei Stufen über ihm lag das Badetuch, auf dem er gelegen hatte. Er sehnte die Zeit zurück, als er noch von willigen Frauen geträumt hatte, die ihn bedrängten, wo immer er auftauchte. Er hätte die destruktiven Szenarien, die ihm seinen Schlaf verhagelten, gern aus dem Kopf verbannt.
Er duschte abwechselnd heiß und kalt und griff sich einen Bademantel, der an einem Haken hing. Er

warf sich den kurzen, rosa Frotteemantel über, der mit sonnengelben, pinken und türkisfarbenen Blumenranken gute Laune verbreitete, und stieg die Treppenstufen hinauf. Sein gewagtes Outfit sorgte für Heiterkeit, als er ins Wohnzimmer kam. Sybylle rückte auf dem Sofa zur Seite. Er ließ sich aufs weiche Polster sinken und streckte seine Beine auf einem Hocker aus.

„Hast du ein Bier für mich?", fragte er sie.
Sie ging in die Küche.
„Igitt, was ist das denn hier im Eisfach?", kreischte sie durchs Haus und kam zitternd zurück ins Wohnzimmer gerannt.
„Beruhige dich, das ist nur ein Ohr", konnte er sich das Grinsen kaum verkneifen.
„Willst du mich verarschen? Ich will so etwas nicht in meinem Kühlschrank haben!"
„Bestimmt hast du eine Plastikdose, dann packe ich es ein. Ich brauche es später noch", beschwichtigte er sie und griff nach dem Bierglas. Ein langgezogener Seufzer vermittelte den Eindruck, allein schon das Neigen des Glases verlange ihm eine unmenschliche Kraftanstrengung ab.
„Was ist, alter Mann? Zu müde für die Annehmlichkeiten des Lebens?", frotzelte sie.
Er zog sie an den Armen zu sich und biss ihr in den Nacken. Dann hob er sie hoch und trug sie in das Doppelbett aus astreichem Kiefernholz, das im Keller stand und nicht mehr nach Melanie roch.

Er hatte sie nachher noch lang gestreichelt, bis sie an seiner Seite eingeschlafen war. Liebe war es sicher nicht, die sie zu ihm hinzog, wohl eher die Angst vor dem Alleinsein. Ob sie herausgefunden hatte, dass er ihr Vater war? Woran merkte man das? Gab es eine biologisch verankerte Sicherung

gegen inzestuöse Verbindungen, um ein Verkümmern der genetischen Vielfalt zu unterbinden? Oder war das Tabu nur eine gesellschaftliche Sanktion gegen verwandtschaftliche Beziehungen? Was immer davon auch zutraf, sollte sie es ahnen, schien es sie ebenso zu erregen wie ihn.
Vielleicht wollte sie Melanie aber auch einfach nur eins auswischen, indem sie ihr bewies, dass er ein rücksichtsloser Lump war, der ihre Zuneigung nicht verdiente. Wenn er darüber nachdachte, stimmte das ja und irgendwie beabsichtigte er es wohl auch. Er war sicher nicht der Richtige, der Melanie von ihrem Kindheitstrauma befreien und ins Leben holen konnte. Es wäre besser für sie, wenn sie ihn zum Teufel jagte, so lang noch Zeit war.
Es war aber auch nicht fair, Sybylle dafür zu benutzen – und es war nicht fair, dass er sie für seinen Rachefeldzug gegen ihren Stiefvater einspannte und in Gefahr brachte, selbst wenn sie ebenfalls eine Rechnung mit ihm offen hatte. Er musste weg von ihr, weg von allen, denen er etwas bedeutete. Er, ein flüchtiger Mörder und Kindesentführer, hatte nichts mehr zu verlieren. Cora hatte er bereits auf dem Gewissen, die anderen aber sollten leben.
Er glitt aus dem Bett, griff nach seinen Sachen und schlich sich aus dem Haus. Er borgte sich den gelben Sportwagen aus und fuhr hinaus in die Nacht.

* * *

Thorsten rollte durch die Wohngebiete der Weststadt, an heruntergelassenen Rollläden und blickdichten Gardinen vorbei, hinter denen Fernseher bläulich flimmerten, und versuchte sich an das Haus zu erinnern. Gartenzäune, Mülltonnen, Körbe voll mit leeren Flaschen, ein Dreirad, im Vorgarten vergessen, ... das Leben hatte sich in die Eigenheime verkrochen.

Ein älterer Herr, der gar nicht mal so viel älter war als er, dies aber unter allen Umständen zu verleugnen bemüht war, öffnete ihm die Tür und bat ihn herein.

„Meine Steffi ist wirklich ein liebes Mädchen."
„Sie lebt bei Ihnen?"
„Sie wohnt hier und sie kümmert sich um mich."
„Ist sie verheiratet?"
„Nein. Ich sage ihr immer, sie soll an ihr eigenes Glück denken und eine Familie gründen. Ich kann auch in ein Sanatorium gehen. Lang habe ich sowieso nicht mehr zu leben. Doch mit ihrer Arbeit, den Schichtdiensten und der vielen Zeit, die sie bei mir verbringt, kommt sie kaum dazu, einen anständigen Mann kennenzulernen."
„Manche Menschen finden ihr Lebensglück in der Sorge um andere."
„Genau das ist ihr Problem, denn wenn sich mal einer für sie interessiert, sucht der gleich das Weite, sobald er merkt, welchen Klotz sie am Bein hat."

Die Haustür wurde geöffnet, im Flur wurde hin- und hergetrippelt, Sachen wurden eingeräumt, Flaschen klimperten.

„Papa, weißt du, wem das gelbe Auto gehört, das vor unserem Haus steht?"

Die rothaarige Krankenschwester betrat geschäftig das Wohnzimmer.

„Das ist Thorsten. Ich habe ihn gefragt, ob er dir helfen kann."
„Wir kennen uns bereits. Helfen, wobei?"
„Mit dem Norweger, der dir immer nachstellt."
„Papa, ich komme schon allein klar!"
„Können wir oben weiterreden?", bat sie Thorsten.

Sie stiegen die Treppe hinauf in ihr Schlafgemach.

„Sind Sie vollkommen verrückt, hier einfach so hereinzuplatzen? Meinem Vater geht es nicht gut und er verträgt keinerlei Aufregung. Sie haben doch meine Telefonnummer. Es hätte gereicht, wenn Sie angerufen hätten."
„So siech sah mir Ihr Vater gar nicht aus. Möglicherweise macht es ihn nur krank, dass Sie sich für ihn aufreiben und darüber Ihre eigene Glückseligkeit vernachlässigen."
„Was wissen Sie schon?"
„Was hat er denn?"
„Chorea Huntington."
„Noch nie davon gehört."
„Eine äußerst seltene Erbkrankheit, weswegen die Suche nach einem Heilmittel nicht lohnt. Es bleiben ihm nur noch wenige Jahre."
„In denen er sich vorwerfen soll, dass er Ihnen zur Last fällt?"
„Ich kann ihn doch nicht alleinlassen!"
„Weil Sie sich dann Ihrer eigenen Einsamkeit stellen müssten und Ihr Leben seinen Sinn verlöre?"
Sie schwieg.
„Wie äußert sich die Krankheit?"
„Zuckungen und Krämpfe, die immer häufiger auftreten. Die Muskeln versteifen zusehends, bald wird er zentrale Hirnfunktionen verlieren, dement werden sowie Depressionen und Wahnvorstellungen entwickeln."
„Das mit Ihnen und dem Norweger war aber keine Wahnvorstellung. Er hat messerscharf erkannt, dass Sie sich da Probleme einhandeln."
„Vielleicht, aber er kennt nur die halbe Wahrheit."
„Klären Sie mich auf!"
„Rüdiger von Herrenhagen hat versprochen, meinem Vater zu helfen."
„Warum sollte er das tun?"

„Weil es zwischen dem Gendefekt, der die Krankheit auslöst, und seiner Forschung Berührungspunkte gibt."

„Nicht etwa, weil Sie ihn mit frischen Embryonen versorgen?"

„Die sind doch eh schon da."

„Ja, damit Babys aus ihnen werden."

„Diejenigen, die dafür bestimmt sind, nehme ich doch gar nicht."

„Welche dann?"

„Offiziell dürfen bei der künstlichen Befruchtung keine überflüssigen Embryonen produziert werden, doch in der Praxis lässt sich das nicht vermeiden."

„Wieso?"

„Weil sich nicht jede entnommene Eizelle nachher auch in der Gebärmutter einnistet. Um die Belastung für die Mutter zu minimieren, entnimmt man ihr gleich mehrere Eier und befruchtet sie."

„Und die Überzähligen werden eingefroren?"

„Ja, so lange, bis sie benötigt werden."

„Und wenn nicht?"

„Werden sie an Paare mit Kinderwunsch weitervermittelt oder aber getötet."

„Getötet?"

„Das ist vielleicht das falsche Wort. Sie werden einfach nur aufgetaut. Da sie mit dem bloßem Auge nicht zu sehen sind, ist es so, als wäre da nie etwas gewesen."

„Also dachten Sie, es wäre nicht weiter schlimm, wenn Sie sie anderweitig verwerten?"

„Vielleicht helfen sie ja, eine schwere Krankheit zu besiegen. Daran kann doch nichts verkehrt sein."

„Dann fragen Sie die Eltern doch mal, was sie davon halten, dass Ratten mit den Ohren ihres ungeborenen Kindes herumlaufen."

Er zeigte ihr ein paar der Fotos, die sie von den Ex-

perimenten im Schloss aufgenommen hatten.
„Sieht das für Sie nach Demenzforschung aus?"
„Was erwarten Sie jetzt von mir?"
„Nur, dass Sie aussagen, was Rüdiger von Herrenhagen von Ihnen verlangt und was er Ihnen dafür versprochen hat."
„Dann geht er ins Gefängnis."
„Wo er auch hingehört."
„Was wird dann aus mir? Ich habe denselben Gendefekt wie mein Vater, deswegen bin ich auch allein. Ich möchte diese schreckliche Krankheit nicht auch noch an meine Kinder weitergeben."
„Hat er denn schon vielversprechende Ergebnisse vorzuweisen oder gar ein Heilmittel gefunden, das erprobt werden kann?"
„So schnell geht das nicht. Das ist Grundlagenforschung, die ihre Zeit braucht."
„Was ist, wenn er nur seine eigenen Interessen verfolgt und Ihre Verzweiflung dafür ausnutzt?"
Sie schaute ihn niedergeschlagen an.
„Warum sollte er sich Ihre Probleme aufhalsen, wo er doch selbst genügend hat?"
„Er hat es mir versprochen ...", schluchzte sie.
„Das mag sein, doch ich versichere Ihnen, dass Sie mit dieser Sache nicht durchkommen, womit weder Ihnen noch Ihrem Vater geholfen wäre."
Sie hatte die Stirn auf die Tischplatte gesenkt und weinte leise in ihre Armbeuge. Ja, er hatte ihr die Hoffnung genommen, doch wie naiv war sie, dass sie ein Wunder erwartete?
Nach einer Weile hob sie ihren Kopf.
„Ich muss meinem Vater jetzt das Essen zubereiten. Er wartet sicher schon. Haben Sie auch Hunger?"

Sein Magen jubilierte und selbst seine geschundenen Kiefer legten keinen Einspruch ein. Thorsten setzte sich zu dem alten Herrn ins Esszimmer, während seine Tochter in der Küche mit Töpfen und Pfannen hantierte.

„Konnten Sie sie davon überzeugen, dass sie sich nicht mit diesem Kerl einlassen soll? Ich habe ihn vom Fenster aus gesehen und er ist mir unheimlich."

„Ja, er ist in der Tat eine angsteinflößende Erscheinung. Ich verspreche Ihnen, dass er hier nicht mehr auftaucht", beruhigte er den kranken Mann.

„Ich weiß gar nicht, wie ich Ihnen danken soll."

„So lecker, wie das hier riecht, ist mein Lohn nicht weit."

Seine Tochter tischte Rühreier mit geräuchertem Bauchspeck, Zwiebeln und dazu gebratenen Lachs auf. Er langte kräftig zu.

„Die einfachen Gerichte sind doch immer noch die besten", dachte er und biss einen Halbmond in eine Scheibe frischen Bauernbrots, das er mit einem Schluck Bier hinunterspülte. Plötzlich wurde ihm schwindelig, kalter Schweiß perlte auf seiner Stirn und er schnappte nach Atem. Seine Hände zitterten. Das Zimmer und die beiden Personen ihm gegenüber verschwammen. Er stemmte sich auf die Füße und warf dabei das Bierglas um. Er stolperte zur Haustür hinaus und den Gehweg entlang. Hinter ihm hörte er die verzweifelte Stimme des Vaters:

„Kind, was in aller Welt hast du nur getan?"

DER FLOH IM BÄRENPELZ

„Das war ganz schön gemein von Thorsten", fand Selina.
Sie und Melanie hatten den silbernen Toyota genommen.
„Er ist aufgewühlt, weil er sich für Coras Zustand verantwortlich fühlt."
„Trotzdem hätte er auf dich hören und mit uns kommen sollen."
„In seinem Zustand bringen Diskussionen nichts. Er ist mit seinen Gedanken grad ganz woanders. Wir helfen ihm am ehesten, wenn wir uns etwas einfallen lassen, wie wir dem ganzen Spuk hier möglichst bald ein Ende bereiten."
„Hast du eine Idee?"
„Wir arbeiten uns durch die Daten, die wir von Sybylle bekommen und denen, die wir im Labor mitgehen lassen haben. Mit etwas Glück finden wir dort einen Ansatz."
„Cora liegt nur wegen mir im Krankenhaus."
Die Kleine hatte die Scheibe heruntergelassen und schaute traurig zum Sternenhimmel.
„Nicht wegen dir liegt sie dort. Rüdiger von Herrenhagen hat ihr das angetan."
„Hoffentlich kommt sie durch."
„Ja, hoffentlich, denn wenn nicht, wird Thorsten durchdrehen."
„Wie meinst du das?"
„Ich glaube, tief in unserem herzigen Redakteur lau-

ert schon viel zu lang ein wildes Tier darauf, endlich von der Kette gelassen zu werden, und das wäre ein willkommener Anlass dafür."

„Ist er ein Psycho?"

„So lang alles seinen geregelten Gang geht, schnurrt er friedlich wie ein vollgefressener Kater. Vielleicht weiß er das auch und lebt gerade deswegen in diesem beschaulichen Städtchen, in dem schon ein Fahrraddiebstahl für Aufsehen sorgt. Hier kann er ungestört seiner Routine folgen und seinem adrenalinarmen Job nachgehen."

„Was ist mit seinen ganzen Frauengeschichten?"

„Die sind wohl nur kleine Fluchten ins Abenteuer, mit denen er die Bestie besänftigt."

„Schon möglich ... und dann findet er auf einmal mich in einen Keller eingesperrt."

„Genau. Die Ereignisse prasseln auf ihn ein und seine heile Welt gerät aus den Fugen. Doch wie reagiert unser Bürohengst? Statt das Weite zu suchen, blüht er richtig auf, stürzt sich in die Gefahr, fordert sie geradezu heraus, als hätte er schon eine Ewigkeit auf diesen Moment gewartet."

„In unserem Thorsten verbirgt sich also ein Mr Hyde?"

„Nein, ich glaube nicht, dass er eine gespaltene Persönlichkeit hat, denn aufmüpfig ist er immer schon gewesen – allerdings nur mit Worten. Als er dich gefunden hat, war er plötzlich zum Handeln gezwungen. Er konnte sich nicht mehr herausreden und nun entlädt sich der Frust über all die Jahre, in denen er nur zugeschaut hat. Ich glaube, er will ein Exempel an der Ungerechtigkeit statuieren."

„Damit die Welt besser wird?"

„Wer weiß? Vielleicht aber auch nur, damit er sich nicht schuldig fühlen muss ... an den Dingen, so wie sie sind."

„Als ich auf unserer Flucht mit ihm in den Feldern unterwegs war, hat uns ein Wolfsrudel eingekreist. Er ist geradewegs auf das Leittier zugegangen und hat es gestreichelt. Daraufhin sind die Viecher in der Dunkelheit verschwunden. Ich wusste im Moment gar nicht, vor wem ich mich mehr gruseln sollte."
„Ja, und ich fürchte, wenn Cora jetzt noch etwas passiert, brechen die Dämme und er schert sich um gar nichts mehr."

In Dannenbergs Wohnung brannte Licht. Er rauchte am offenen Fenster eine Zigarette. Eine Frau mit Kopftuch näherte sich der Haustür. Der Türöffner summte und sie ging hinein. Sie beobachteten, wie Dannenberg oben die Besucherin umarmte und küsste.
„Ein Sexleben hätte ich ihm gar nicht zugetraut", staunte Melanie.
„Gönnen wir ihnen den romantischen Abend und suchen uns einen anderen Platz zum Arbeiten!"

* * *

Sie parkten im Schatten der Platanen unten am Bach am Rand der Altstadt und spazierten die paar Hundert Meter zum *Alten Kornmarkt*. An der Zoohandlung lugten sie um die Ecke. Alles war so, wie es um diese Uhrzeit sein sollte. Das Wasser plätscherte in den Brunnen, die meisten Fenster waren erleuchtet und in keinen der Hauseingänge drückten sich finstre Gestalten. Sie stiegen hinauf zu ihrer Wohnung. Sie ließ die Jalousien im Wohnzimmer herunter, fuhr ihr Notebook hoch und klemmte sich hinter den Bildschirm.
„Das ist ja voll abgefahren!", plärrte Selina quer durch die Wohnung.
„Was?", rief sie zurück.

„Na, das Bild über deinem Bett; das Paar, das sich küsst und gleichzeitig zerfleischen will", erklärte sie, als sie zu ihr rüberkam.

„Wenn du es so siehst. Es kann doch aber auch sein, dass die Liebe es schafft, die Bestie aus ihren Köpfen zu vertreiben. Was hältst du von dieser Interpretation?"

Selina starrte in die Leere.

„Das wäre wirklich toll, doch wie findet man diese Liebe?", grübelte sie.

„Ich glaube, es bringt nichts, danach zu suchen. Sie läuft dir einfach über den Weg."

„Und wenn nicht? Werde ich dann zu einem Monster?"

„Warum sagst du so was, Kleine?"

Sie stand am Küchenfenster und kratzte sich am Arm.

„Ach nichts weiter. Schau mal, da hält ein Auto bei der Statue!"

„Weg vom Fenster!"

Sie löschte das Licht und spähte hinaus. Der Schein der Laternen spiegelte sich auf dem polierten schwarzen Lack des Wagens. Die Beifahrertür wurde geöffnet und ein Mann kam auf das Haus zu. Kurz darauf läutete es an der Tür.

Melanie raffte ihr Notebook, ein Tablet, ein paar Kabel, Wäsche und Shirts in eine Reisetasche. Sie schlichen im Dunkeln das Treppenhaus hinunter. Unten schaute sie durch das Fenster in der Fahrradkellertür und sah gerade noch, wie sich eine Gestalt in den Schatten der Hofmauer drückte.

„Hier kommen wir nicht raus", flüsterte sie Selina zu.

„Wir müssen wieder hoch!"

Zurück in der Wohnung kramte sie eine Speisekarte aus dem geflochtenen Korb, der auf dem Couchtisch

stand, und wählte die Nummer. Eine halbe Stunde später knatterte eine Vespa auf den Platz und hielt neben dem Van.
„Los, komm!", trieb sie Selina zur Eile.
Sie rannten die Stufen zur Haustür hinunter. Melanie öffnete sie einen Spalt weit und schaute zu dem Wagen hinüber. Der Fahrer diskutierte ungehalten mit dem Pizzaboten, der mit weit ausladenden Gesten auf ihn einredete und sich nicht so leicht abwimmeln ließ. Sie zog die Kleine am Ärmel hinaus auf den Platz, wo sie sich an den Häuserwänden entlang in die nächste Gasse schoben, durch die sie in die Stille der Nacht entkamen.

* * *

Goldener Bär flackerte dem späten Gast in unvollständigen Lettern von der angeknacksten Leuchtreklame über dem Hoteleingang entgegen.
„Hoffentlich hat der Bär keine Flöhe im Pelz. Bist du dir sicher, dass wir uns hier nichts einfangen?", meldete Selina massive Zweifel an der Wahl der Herberge an.
„Mehr als ein Bett brauchen wir nicht. Das ist kein Wellnessurlaub", gab sie ihrer nörgelnden Begleiterin zu verstehen und tappte auf die angelaufene Rezeptionsklingel auf dem Empfangstresen.
„Ich will ja nichts sagen, aber es riecht nach nassem Hund."
Selina hatte sich in einen abgewetzten Sessel gesetzt und pulte mit der Fingerkuppe in einem Brandloch herum. Aus dem angrenzenden Büro kam ein älterer Herr gähnend angeschlurft.
„Die ganze Nacht?", fragte er gleichgültig und rieb sich die Augen.
„Sicher. Was denken Sie denn?"
„Zum Denken bin ich viel zu müde."

„Haben Sie WLAN?"
„WLAN und mehrere Pornokanäle. Die kosten aber extra. Bar oder mit Karte?"
„Bar."
Er verzichtete auf die Anmeldeformalitäten, erließ ihnen die Tourismusabgabe und schob ihr den Zimmerschlüssel über den Tresen.
Entgegen Selinas Befürchtungen huschten keine Untermieter hinter den Kleiderschrank, als sie das Licht im Zimmer einschalteten. Ein hauchfeines Band von Zitrusduft, das sich unter ein solides Bouquet von Allzweckreiniger gemischt hatte, zog sich durch die abgestandene Luft und nährte die Hoffnung, eine kriminaltechnische Untersuchung würde nicht allzu viele Spuren vorangegangener Gäste zutage fördern. Alles in allem machte ihre Bleibe einen gepflegt heruntergekommenen Eindruck. Melanie lupfte das Laken. Ein Latexüberzug hüllte die Matratze ein, so dass sie in ihrer vermutlich bewegten Geschichte nicht allzu viel DNS-Material eingelagert hatte. Der spontane Juckreiz, der sie mit Betreten der Lobby überfallen hatte, klang ab.

Unter den Daten auf Sybylles USB-Stick stießen sie auf Hunderte von E-Mails, das meiste davon nur Korrespondenz zum Tagesgeschäft. Doch ein Mailaustausch hatte es in sich:

Guten Tag Herr von Herrenhagen,
eben sprach ein deutscher Journalist bei mir vor, der mir Auszüge aus unseren Forschungen zum Projekt „Cut and Paste" vorlegte. Wie zum Henker kommt er an diese Unterlagen? Sie bringen mich in Teufels Küche. Ich könnte alles verlieren, was ich mir in jahrzehntelanger Arbeit mühsam aufgebaut habe.
Gruß

Huub Peeters
Guten Tag Herr Peeters,
ich werde herausfinden, wie die Daten zu ihm gelangt sind, seien Sie unbesorgt! Konnten Sie das Aggressionsgen in der Probe Sel05 entschlüsseln? Gibt es Übereinstimmungen mit der Probe Mel86? Sie kommen am besten hierher und schauen sich die Ergebnisse der Versuchsreihe Chim19MM vor Ort an. Ich glaube, wir haben einen Durchbruch erzielt und können in die nächste Phase übergehen. Wir müssen nur noch untersuchen, bei welcher der beiden Probandinnen die größten Erfolgsaussichten für die Zellverschmelzung und die anschließende Gravidität zu erwarten sind.
Mit freundlichen Grüßen
Rüdiger von Herrenhagen

„Was mag das nur bedeuten?", fragte Selina.
„Wenn wir mal davon ausgehen, dass du vierzehn oder fünfzehn bist, fürchte ich, wir sind mit den beiden Probandinnen gemeint. Ich wäre demnach Mel86, weil ich 1986 geboren bin, und du Sel05", spekulierte sie.
„Versuchskaninchen wofür?"
„Für eine anstehende Vergewaltigung, so wie es aussieht", fuhr sie fort, nachdem sie das ihr fehlende Fremdwort im Internet nachgeschlagen hatte.
„Vergewaltigung?", entrüstete sich Selina.
Melanie zwirbelte und lutschte an einer Haarsträhne herum und beruhigte die Kleine:
„Nur indirekt. Mir scheint, eine von uns soll Eizellen für das Kind liefern, das Herrenhagen auf natürlichem Weg nicht zeugen kann, und es danach austragen. Mich hat er nicht gefragt, dich etwa?"
„Das wüsste ich noch."
„Das wäre dann praktisch wie eine Vergewaltigung,

im übertragenen Sinn."
„Warum gerade wir?"
„Weil ihm unsere Gene gefallen, vielleicht aber auch als späte Genugtuung."
„Wofür?"
„Nun, ich stamme von der Baronin von Dornfeld ab, die der Urahn von Herrenhagens einst unbedingt heiraten wollte. Dafür hat er sogar ihren Mann ermorden und ihre Ländereien verwüsten lassen. Als sie ablehnte, stellte er ihrer Tochter nach, als diese erwachsen war. Wenn er mit mir ein Kind zeugen würde, wäre ihm das gelungen, woran sein großer Urahn gescheitert ist."
„Ist das nicht ein bisschen weit hergeholt?"
„Mag sein, aber stell dir mal die Komplexe vor, die er wegen seiner Impotenz mit sich herumträgt. Bis auf ihn hat jedes Familienoberhaupt einen männlichen Nachfolger zuwege gebracht. So könnte er die Schmach endlich tilgen."
„Und warum ist er dann auch hinter mir her?"
„Wer weiß, vielleicht haben wir ja denselben Stammbaum. Oder er hat etwas anderes in deinem Erbgut gefunden, das dich für ihn interessant macht."
„So sehr, dass er mich in einen dunklen Keller sperrt?"
„Wieso er das getan hat, finden wir auch noch heraus. Für heute machen wir aber Schluss! Ich bin hundemüde und falle gleich tot ins Bett."

Sie drückte Selina eine Zahnbürste in die Hand, durchlief selbst ein abgespecktes Körperpflegeprogramm und zog sich die Bettdecke bis unter die Ohren. Selina knipste das Licht aus und krabbelte zu ihr in die Federn.
„Du bist ja nackt!"
„Na und ...", meinte Selina in ihrem Rücken und

schmiegte sich noch enger an sie.
„Ich dachte, du stehst auch auf Frauen."
„Manchmal ... ja – aber wenn, dann auf Frauen, nicht auf Mädchen."
„Alle Welt behandelt mich wie ein kleines Kind. Das bin ich aber nicht mehr. Das spürt man doch."
„Nur, weil du deine Regel hast, bist du noch lange keine Frau, Kleines."
„Die habe ich schon länger. Davon rede ich auch gar nicht."
„Wovon dann?"
„Dass ich meine Puppen und Kuscheltiere schon vor langer Zeit in einem Karton auf dem Speicher eingemottet habe."
„Was haben die damit zu tun?"
„Sie erinnern mich an all die Warnungen, die man mir als Mädchen mit auf den Weg gegeben hat und die Ängste, die ich deswegen hatte."
„Welche Ängste?"
„Hässlich zu sein, oder zu hübsch ... dumm oder zu klug. Angst vor der Dunkelheit und Angst vor dem hellen Rampenlicht. Angst, nicht zu gefallen, vom Baum zu stürzen oder vor dem bösen Mann, der hinter jeder Ecke lauert ... Angst vor dem Leben, das Mädchen ständig bedroht, Jungs aber wohl nicht – die können viel unbeschwerter sein."
„Wärst du lieber ein Junge?"
„Nein. Aber ich bin nicht schwach. Ich will mich nicht ducken, nur damit andere mich nicht sehen. Ich will mich nicht kleinmachen, nur damit sich andere groß fühlen dürfen. Sind das etwa die Gefühle eines naiven Kindes?"
„Nein, sind es nicht", gab Melanie zu und schloss die Augen, während Selina sie ungelenk streichelte.

Sie wusste ganz genau, wovon die Kleine sprach. Sie

hatte sich auch nicht weggeduckt, damals, als ihre Welt zusammenbrach. Lange Zeit hatte sie weggeschaut, das Leid und die Ungerechtigkeit einfach nicht sehen wollen, bis sie es nicht mehr aushielt. Sie war dazwischengegangen und hatte ihre kleine Schwester aus den Klauen dieses Ungeheuers befreit. Doch es war zu spät gewesen. Das kleine Mädchen war an ihrem Schmerz zugrunde gegangen. Sie aber wurde an diesem Tag zu einer Frau, die all ihre Ängste über Bord geworfen hatte.

Selina war auf der Suche nach ihrem Platz im Leben und Melanie musste ihr helfen. Sie war noch nicht verloren. Wer aber weiß vorher schon, welcher Weg der kürzeste ist? Manchmal läuft man in die verkehrte Richtung und kommt trotzdem an. Kleine Verirrungen gehören zum Leben dazu.

„Bei euch kann ich so sein, wie ich bin. Bei dir und Thorsten fühle ich mich geborgen."

Sie drehte sich zu Selina um. Nein, diese junge Frau war nicht hilflos wie ihre kleine Schwester. Sie beide waren wesensverwandt. Selina würde ihren Thorsten finden, eines Tages. Bis dahin wollte sie für die Kleine da sein.

„Du wirst nie wieder mit Puppen spielen!"

Selina seufzte erleichtert in ihren Armen aus und streckte den Kopf weit in den Nacken. Melanie strich mit den Fingerspitzen über ihren schlanken Hals, umfasste ihn und küsste sie.

Am anderen Morgen rüttelte die Kleine sie aufgeregt aus dem Schlaf.

„Schau mal, was ich gefunden habe!"

„Lass mich doch erst mal wach werden!"

„Nun mach schon!"

Sie setzte sich auf die Bettkante, hob ihren Slip und das T-Shirt vom moosgrünen Teppichboden auf und schaute Selina über die Schulter. Das Display des Notebooks zeigte ein Foto, auf dem Herr Hubert an der geöffneten Fahrertür eines Sportwagens stand. Drinnen saß eine junge Frau hinter dem Lenkrad, die einen Computer auf dem Schoß hatte, der wiederum über ein Kabel mit dem Wagen verbunden war.

„Das ist Herr Hubert und die Frau muss seine Tochter sein", schloss Melanie.

„Sybylle vermutet, dass die beiden das Unfallauto, in dem ihre Mutter gestorben ist, manipuliert hätten. Wie es aussieht, hat sie damit recht."

„Wer hat das Bild denn aufgenommen?"

„Das ist eine gute Frage. Zeig mir mal die Mail! ... Kein Betreff, kein Absender, gerichtet an Rüdiger von Herrenhagen", grübelte sie.

„Wahrscheinlich hat er jemanden damit beauftragt, um gegen seinen Angestellten etwas in der Hand zu haben."

„Wie ist Sybylle nur an all die Sachen herangekommen?"

„Entweder über den Computer ihres Stiefvaters oder ..."

Sie tippte auf der Tastatur herum.

„... direkt über seine Cloud. Es sind einige Server auf ihn angemeldet. Die stehen bestimmt irgendwo im Schloss herum. Ganz gleich wie, das Bild bringt uns schon mal weiter. Los, wir packen ein!"

Der Tresen in der Lobby war unbesetzt. Sie wandten sich zur Drehtür und blieben wie angewurzelt stehen. In den abgewetzten Sesseln hatten es sich Rüdiger von Herrenhagen, flankiert von zwei breitschultrigen Herren in schwarzen Anzügen, bequem gemacht.

„Guten Morgen Melanie, guten Morgen Selina. Ich

hoffe, Sie beide hatten eine geruhsame Nacht."

„Der Morgen verspricht hektischer zu werden", antwortete sie und schaute sich nach einer Fluchtmöglichkeit um.

„Bitte, laufen Sie nicht schon wieder weg und lassen Sie mich Ihnen erklären, was ich von Ihnen möchte! An der Hintertür steht übrigens einer meiner Mitarbeiter und frönt seiner Nikotinsucht."

„Was gibt es da groß zu sagen? Sie wollen an unsere Eierstöcke und uns danach als Leihmütter halten."

„Unterm Strich trifft das die Sache ganz gut, doch würde ich es weniger drastisch ausdrücken wollen", antwortete er, sichtlich um Contenance bemüht.

„Und zwar?"

„Auf natürlichem Wege kann ich keine Kinder zeugen, doch ich habe eine Methode gefunden, wie es trotzdem möglich ist. Dafür würde ich Sie gern gewinnen, als Mutter für mein Kind."

„Warum gerade mich?"

„Weil Ihre Gene mit den meinen ausgesprochen gut harmonieren."

„Woher wollen Sie das wissen?"

„Sie haben sich in der zentralen Datenbank für Knochenmarkspender registrieren lassen."

„Und die ist öffentlich?"

„Nun, ich muss zugeben, da bin ich geringfügig vom Pfad von Recht und Gesetz abgewichen."

„Dann waren Sie also überhaupt nicht an meiner Arbeit interessiert?"

„Zunächst war es tatsächlich nur Ihr Erbgut. Doch dann haben mich Ihre Entwürfe wirklich begeistert. Sehen Sie, ich bin ganz ehrlich zu Ihnen. Geben Sie mir bitte die Chance, diesen Schlamassel, in dem wir gerade stecken, aufzuklären! Kommen Sie mit in mein Schloss, wo ich Ihnen zeige, woran wir arbeiten! Dort werde ich all ihre Fragen beantworten und

Sie entscheiden selbst, ob Sie mir helfen wollen oder nicht. Sie haben mein Wort als Ehrenmann."
„Und um mir sein Wort anzubieten, kreuzt der Ehrenmann hier mit drei Gentlemen auf, die sich ansonsten wohl um das aktive Inkasso kümmern?"
„Ich möchte wirklich nur mit Ihnen reden. Ich verspreche, dass Ihnen nichts zustößt."
„Dann werden Sie mir bestimmt auch glaubhaft versichern können, dass Sie nichts mit dem Tod Ihrer Frau zu tun haben."
„Das habe ich wirklich nicht."
„Und Cora? Die hat sich wohl selbst in Ihrem Schloss mit Drogen vollgepumpt, so dass sie sich nicht einmal mehr ohne Hilfe in der Nase bohren kann?"
Irritiert schaute von Herrenhagen zu seinen Bodyguards, die, Unkenntnis signalisierend, die Schultern hoben.
„Davon höre ich jetzt zum ersten Mal."
„Dafür, dass Sie Datenbanken hacken und das Internet nach Leuten durchpflügen lassen, wissen Sie erstaunlich wenig. Ich habe mit eigenen Augen gesehen, wie sich Ihr Fleischberg an ihr zu schaffen gemacht hat."
„Sie meinen Hallgrim? Der tafelt mit den Göttern in Walhall. Ihr Freund hat ihn dorthin geschickt."
„Er hat ihn getötet? Wieso?"
„Weil er, wie es den Anschein hat, das Leben von Fräulein Cora vorzeitig beendet hat."
„Auf Ihre Veranlassung hin!"
„Würde ich Ihnen davon erzählen, wenn ich diese scheußliche Tat beauftragt hätte, Melanie?"
„Vielleicht tun Sie es gerade deswegen, damit ich Ihnen vertraue."
Wäre sie doch nur bei Thorsten geblieben, dann hätten sie gemeinsam auf Cora achtgeben können. All

dieses unnötige Blutvergießen hätte verhindert werden können.
Und der Mann, der bereits so viel Unglück in die Welt gebracht hatte, saß mit übereinandergeschlagenen Beinen vor ihr und bat sie seelenruhig um freien Zugang zu ihren Eierstöcken.
„Sie machen es mir wirklich nicht leicht. Ich wollte sie behutsam an meine Pläne heranführen und Ihnen so die nötige Zeit verschaffen, damit sie sich vorurteilsfrei entscheiden können."
„Sie wollten mich überreden, mich so lange einlullen, bis ich keinen klaren Gedanken mehr fassen könnte."
„Überzeugen und um Ihre Gunst werben, würde es besser treffen. Dummerweise ist alles aus dem Ruder gelaufen, seit Ihr Thorsten bei mir aufgetaucht ist."
„Und deswegen lassen Sie ihn wie einen Verbrecher jagen?"
„Ich lasse ihn nicht jagen, ich will nur mit ihm sprechen."
Draußen wurde ausgelassen gejohlt und gekreischt. Die Drehtür spülte nacheinander ein Dutzend junger Frauen in pinkfarbenen T-Shirts mit der Aufschrift *Braut Security* zu ihnen ins Foyer. Auf einem der knalligen Mottoshirts war *Sorry Jungs, diese Biene sammelt keine Pollen mehr!* zu lesen. Die lautstarke Truppe stürzte sich sogleich auf die anwesenden Männer. Bevor die begriffen, was eigentlich los war, hatten sie bereits drei der, ihrem offenherzigen Benehmen nach zu urteilen, nicht mehr ganz so jungfräulichen Brautjungfern, die sie mit einem Fläschchen Feigenschnaps an ihrer guten Laune teilhaben lassen wollten, auf dem Schoß sitzen.
Melanie gab Selina ein Zeichen und die beiden entschwanden im wildvergnügten Durcheinander unbe-

helligt auf die Straße.

* * *

Es wurde eng für sie. Dieser Herrenhagen war ihnen auf den Fersen, ganz gleich, wohin sie sich auch wandten. Sie hatten bei Dannenberg geklingelt, doch der Archivar war nicht zu Haus. Also warteten sie im Auto vor seiner Wohnung.
„Das ist schon ein seltsamer Zufall, dass sich dein Onkel und du gerade hier über den Weg laufen", meinte Selina.
„Vielleicht ist es ja gar keiner und es gibt einen Zusammenhang, der uns nur noch nicht aufgefallen ist. Auf jeden Fall kann man sich auf Onkel Siegfried verlassen. Er hat mir früher schon einmal geholfen."
„Wie denn?"
„Als ich ein Mädchen in deinem Alter ..."
Selina zog die Stirn in Falten.
„Als ich eine junge Frau in deinem Alter war, hätte ich beinahe meinen Vater verstümmelt ...".
Sie erzählte die Geschichte ihres Kindheitstraumas und Selina hörte gebannt zu.
„Das ist ja voll krass! Dein Vater hat es nicht besser verdient."
„Ja, vielleicht ...", grübelte sie und wählte Thorstens Nummer. Er hatte einige Male versucht, sie zu erreichen, aber keine Nachricht hinterlassen. Jetzt war sein Handy ausgeschaltet.
„Schau, da kommt Dannenberg!"
Sie stiegen aus und gingen gemeinsam in seine Wohnung, wo er ihnen einen USB-Stick mit allen Beweisen, die er bisher zusammengetragen hatte, überließ.
„Weißt du, wo Thorsten abgeblieben ist?", fragte sie den Archivar.
„Vermutlich bei Sybylle. Ich habe eben noch mit ih-

nen gesprochen", antwortete er, während er einen Teller aufräumte, auf dem noch ein Rest eingetrockneter Kuchen lag.

„Was will er bei Sybylle? Geht es ihm gut?"

„Er machte einen überraschend entspannten Eindruck, für einen Mann, der wegen Mordes gesucht wird."

„Ich habe davon gehört. Was hat er dazu gesagt?"

„Dass es dieser Hallgrim nicht besser verdient hätte. Was habt ihr nun vor?"

„Wir überlegen, wie wir ihm helfen können."

* * *

Sie fuhr mit Selina in eines der Industriegebiete, die sich in der Ebene am Stadtrand ausgebreitet hatten. Sie stellten den Wagen auf einem weitläufigen Parkplatz ab und querten einen nicht minder großzügig angelegten Vorplatz, an dessen Ende ein zweistöckiger Gebäudekomplex stand. Jeden Morgen, den sie hierhergekommen war, hatte sie sich aufs Neue gefragt, ob sich der Architekt bei dem Entwurf von seinem Sprössling im Krippenalter inspirieren lassen hatte, denn die Stockwerke ähnelten rechteckigen Bauklötzen, die flach und mit noch nicht voll ausgebildeter Sensomotorik unregelmäßig aufeinander gestapelt waren. Die komplett verglasten Fronten strahlten eine sterile Gastlichkeit aus.

Beim Betreten des modernen Architekturobjekts schlug ihnen dieser typische Geruch von Zinkoxyd mit Nelkenöl entgegen, das häufig als Desinfektionsmittel in Arztpraxen benutzt wird und bei Insidern auch als Arzthelferinnen-Parfüm bekannt ist, weil es durch die Fasern der Kleidung bis tief in die Poren der Haut eindringt, sofern man sich zu lang in dieser antiseptischen Atmosphäre aufhält. Der Wegweiser im Vestibül bestätigte, dass die ersten beiden

Etagen von einer Zahnklinik genutzt wurden. Glücklicherweise drangen das Quietschen und Kreischen, mit denen Hochgeschwindigkeitsbohrer kariöse Stellen am Zahn entfernen, und das jeden, der es hört, an die rechtzeitige Vereinbarung eines Vorsorgetermins gemahnt, nicht nach draußen.

Ein gläserner Aufzug brachte sie ins oberste Stockwerk, wo die Grafikagentur, in der Melanie arbeite, untergebracht war. Die Büroräume waren blickoffen durch gläserne Wände voneinander getrennt. Viele von ihnen waren unbesetzt, in manchen arbeiteten Kollegen. Die großen Außenfenster öffneten eine unvergleichliche Aussicht über die Autohäuser, den Baumarkt und den Möbelmarkt rundherum sowie auf die Büro- und Laborgebäude des Automobilzulieferers, dem größten Arbeitgeber der Stadt.

Sie machte sich daran, sämtliche handschriftliche Dokumente von Herrn Hubert, die sie auf Sybylles USB-Stick gefunden hatte, umzuwandeln und mit den Daten eine Software zu füttern.

„Wie funktioniert das Programm?"

„Es lernt, wie Herr Hubert zu schreiben. Seinen Schwung, die Abstände zwischen den Zeilen und Buchstaben, wie weit sie von der Grundlinie abweichen, selbst der unterschiedliche Andruck eines Kugelschreibers wird beim Drucken als Effekt simuliert. Wenn die Textproben in der Datenbank sind, markiere ich die Buchstaben für den Computer, so dass er sie erkennt."

„Was willst du schreiben?"

„Einen Liebesbrief von ihm an Frau von Herrenhagen. Die Software sagt mir sogar, wenn ich mich stilistisch zu weit von dem entferne, was er geschrieben hätte."

„Und das fällt nicht auf?"

„Einem Experten schon, doch selbst der muss ganz

genau hinschauen. Es reicht aber völlig, dass es eine ausgezeichnete Fälschung ist. Wenn man sie Herrn Hubert vorlegt, wird er denken, dass sich jemand viel Mühe gibt, um ihn gehörig in die Pfanne zu hauen."

„Rüdiger von Herrenhagen zum Beispiel."

„Genau das soll er denken."

Als sie den Brief geschrieben hatte, sortierte und druckte sie noch die Beweise zum Unfall aus und fasste alles in einem Dossier zusammen.

Es war spät geworden. Über die Arbeit hatten sie die Zeit vergessen. In keinem der Büros rundherum brannte noch Licht. Sie schaute auf ihr Handy. Der Akku war leer. Nachdem sie das Gerät an den Strom angeschlossen hatte, blinkte ihre Mailbox. Es war nur ein undeutliches Keuchen und Röcheln zu hören.

„Krankenschwester ... Spielplatz ... Haydnstraße ... vergiftet ... hilf mir! ... schnell ..."

KRÖTENTUNNEL IM REGENWALD

Thorsten schlich geduckt durch einen modrigen Gewölbekeller und kämpfte mit seinem Würgereiz. Der Gestank von verrottendem Fisch und faulenden Eiern weit jenseits der Mindesthaltbarkeit schlug ihm brutal in die Magengrube. In einem vergitterten Verschlag krümmte sich ein Mann und erbrach seine Gedärme. Sein Rachen stieß einen nicht enden wollenden Schlauch glibberiger Pelle, die randvoll mit einer breiigen, wuselnden Farce gestopft war, wie aus dem Auslassstutzen einer Wurstpresse aus. Nicht weit davon löffelte ein Bursche eitrige Geschwüre von der pockennarbigen Haut eines buckligen Sträflings mit Hasenscharte. Das glitschige Schaben und nasse Schlutzen, jedes Mal wenn der Löffel genussvoll durch die geschlossenen Lippen gezogen wurde, öffneten die Schleusen und er drehte sich speiend auf die Seite, aber mehr als ein paar Tropfen bitterer Galle gaben seine Eingeweide nicht mehr her.

Thorsten öffnete die Lider, doch sehen konnte er nicht viel. Alles um ihn herum schwappte in einer milchigen Suppe. Seine Gurgel hatte sich verknotet und das Schlucken tat ihm weh. Schwaden von Druidenfuß, Brechwurz, Teufelsbeere, Wanzenwurz, Warzenkraut und Hexenmilch ziepten an seinen Nasenhaaren. Er hatte diese Gewächse zwar nie zuvor gesehen, doch wenn sie so rochen wie sie hießen, mussten sie es sein, die die Raumluft strapazierten.

Der Dunst vor seinen Augen verzog sich allmählich und er blickte geradewegs in Melanies perlweißes Lächeln. Sie hielt ihm eine Tasse mit einem Gebräu unter die Nase.

„Nur in kleinen Schlucken! Nicht alles auf einmal!"

„Worauf du dich verlassen kannst", versicherte er, nachdem er daran geschnuppert hatte.

„Wo bin ich? Wie in einem Lebkuchenhäuschen riecht das hier nicht."

„In einer echten Hexenküche."

„Was ist mit mir?"

„Du wurdest vergiftet. Gut für dich, dass du reichlich gegessen hattest – schlecht für uns ... Das hat eine ganz schöne Sauerei gegeben."

„Was für eine Sauerei?"

„Nun, Selina und ich haben dich delirierend bäuchlings in einer Kinderschaukel hängend gefunden und zu meiner Freundin gebracht. Sie kennt sich mit Naturheilkunde aus und hat dich mit dem Gift der Amazonasfrösche behandelt."

„War ich depressiv oder flatulent?", scherzte er und strich mit den Fingern über den Verband an seinem Arm.

„Ich werde zum Dank Geld für Krötentunnel spenden, durch die die Tierchen die Rodungsschneisen im Regenwald sicher queren können."

„Quatschkopf!"

„Das Gift habe ich also erbrochen?"

„Es ging nicht nur in diese Richtung ..."

„Dann hab ich jetzt also keine Geheimnisse mehr vor dir?", entschuldigte er sich verlegen.

„Ich mache mir Vorwürfe, denn wenn ich dich nicht alleingelassen hätte, würde Cora vielleicht noch leben und du hättest niemanden umgebracht."

„Es war allein meine Schuld. Schließlich hab ich dich in meiner Engstirnigkeit verjagt."

Er schaute sich im Raum um. Misteln, Lavendel, Rosmarin und andere Kräuter hingen an den Wänden und von der Decke herab. Rundherum standen Regale voller Flacons, Phiolen, Kessel, Mörser, alter Bücher, Einmachgläser mit getrockneten Kröten, Schlangen, Heuschrecken, Käfern, Würmern und anderem Gekreuch. Auf einem Tisch brannten nach Honig duftende Kerzen, die einen warmen Schimmer auf die kupferne Oberfläche einer Pendelwaage zauberten.

„Was trinke ich hier gerade?"

„Eine Kräutermischung aus Gänsefingerkraut, Blutwurz, Kamille und ein paar geheimen Zutaten", erklärte ihm die Frau mit der wuseligen blonden Mähne, die mit einem Teller in der Hand durch die Tür

hineinwehte, und in der er seine neue Freundin aus dem sozialen Netzwerk wiedererkannte.
„Mein Vortrag *Die Mistel in Geisteswissenschaft, Mythologie und Therapie* hat Ihnen also gefallen?"
„Gefallen wäre untertrieben, er hat mich geradezu begeistert. Die Misteltherapie als Verfahren zur Krebstherapie kommt mir zwar ein wenig zu anthroposophisch daher, doch die Geschichten, die sich in der keltischen und germanischen Mythologie um die Pflanze ranken, faszinieren mich immer wieder aufs Neue."
„Hoffentlich beziehen sich dabei nicht nur auf den Druiden Miraculix, der mit ihrer Hilfe den Zaubertrank der Gallier braute?", schmunzelte sie.
„Ertappt. Ist das auf dem Teller dort etwa ein Wildschwein?"
„Nicht ganz. Es gibt Hähnchenbrust auf Reis und Fenchelgemüse für Sie."
„Dafür, dass es hier wie in Hekates Arbeitszimmer aussieht, kommen Sie selbst doch eher unmagisch rüber."
„Nun, für meine zahlenden Kunden klebe ich mir eine Warze auf die Nase und setze mir einen langen, spitzen Hut auf den Kopf", lachte sie.
„Solche Klischees kurbeln den Umsatz bestimmt an."
„Das tun sie, doch viel wichtiger ist, dass sie den Leuten beim Glauben helfen."
„Ja, der Glaube versetzt Berge", biederte er sich weiter an.
„Wenn die Schulmedizin nicht mehr helfen kann, bleibt einem nichts anderes mehr."
„Und Sie helfen dem Glauben auf die Sprünge?"
„Nun, die alten Heilslehren versprechen Genesung aus der ursprünglichen Kraft der Schöpfung."
„Dann wird die Chemotherapie in ein paar Hundert

Jahren wohl auch zur alten Heilkunst zählen?", stichelte er.
„Da müsste man den Begriff schon arg strapazieren", lächelte sie nachsichtig.

„Wie bist du in diese missliche Lage geraten?", fragte Melanie, als die Kräuterhexe wieder gegangen war.
„Ich bin der rothaarigen Krankenschwester zu nahe getreten. Sie besorgt von Herrenhagen befruchtete Eizellen aus der Kinderwunschklinik."
Er erzählte ihr, dass von Herrenhagen ihr Leiden für seine Zwecke ausnutze und dass die verzweifelte Frau wohl keinen anderen Ausweg gesehen habe, als ihn vom Spielfeld zu nehmen.
„Sie ist sicher attraktiver als Hallgrim", vermutete Melanie.
„Ansonsten wärst du wohl nicht so nachsichtig mit ihr."
„Wo ist eigentlich Selina?", wechselte er das Thema.
„Draußen im Garten, sie tanzt Hip Hop mit den Schmetterlingen."

Selina tollte auf dem Rasen umher wie ein Hund, der seinem eigenen Schwanz hinterherjagt. Sie drehte eine Pirouette auf der Schulter, bog sich wie eine Weidenrute und katapultierte sich auf die Füße.
„Das sieht wirklich sehr professionell aus", meinte Thorsten.
Selina strahlte bis über ihre Ohrläppchen hinaus.
„Du solltest im Fernsehen auftreten. Es gibt doch diese Talentshows."
Die erhitzte Röte wich schlagartig von ihren Wangen.
„Was ist los?"
Regungslos zur Salzsäule erstarrt glotzte die Kleine durch sie hindurch. Eine dicke, grünlich schimmernde Schmeißfliege surrte um ihren Kopf herum

und setzte sich auf ihre Stirn, wo sie an einer Schweißperle leckte. Sie aber zuckte nicht einmal mit der Wimper.

„Sag doch was! Hast du einen Geist gesehen?"

„Keinen Geist, aber einen Dämon", stammelte sie hervor.

„Einen Dämon?"

„... er packt mich, dieser Dämon ... immer wieder fällt er über mich her, der Dämon ... er lodert in mir, er tanzt mit mir ... Dämon, tanz mit mir! ... So weit ich auch renne, er holt mich immer wieder ein – dieser Dämon ...". Wie ein Mantra murmelte sie dieselben unverständlichen Sprüche herunter.

„Was für ein Dämon? Wovon sprichst du?"

„So ein unerbittlicher Zorn, der ausbricht, wenn dir Unrecht geschieht. Du musst ihn rauslassen, weil er dich sonst verbrennt. Doch wenn er erst einmal entfesselt ist, zerstört er alles, was dir im Weg steht."

Selina warf ihre Arme in die Luft, sie ballte die Fäuste und zog sie kraftvoll wieder zu sich, als wollte sie sich an einer Reckstange hochziehen. Ihre grünen Augen glänzten.

„Er nimmt dir deine Furcht ... wenn er bei dir ist, kann dir niemand etwas tun ... er macht dich stark, schnell ... alles um dich herum läuft in Zeitlupe ab ... du siehst alles ganz klar, trotzdem ..."

Sie fingerte nervös an den Knöpfen ihrer Beintasche herum.

„Trotzdem?"

„... verschwimmt alles. Es gibt kein Gut und kein Böse mehr – nur noch dich und das, was sich gegen dich stellt ..."

Sie hechelte und schaute unsicher zu ihnen hinüber. Thorsten ging zu ihr und legten den Arm um sie. Sie zuckte zusammen, entspannte aber gleich wieder.

„Was ist passiert?", fragte er.

„Ich sollte der Frontact sein für den Wettbewerb. Und dann hat sich diese Bitch reingedrängt", erinnerte sie sich.

„Welche Bitch?"

„Die Neue. Alles war cool, bevor sie da war."

„Ist sie gut?"

Selina nickte.

„Ich hatte mich schon damit abgefunden. Aber dann hat sie sich aufgespielt, gestichelt, über mich gelacht und bei meinen Freundinnen gehetzt. Sie hat bei meinen Lehrern Lügen über mich erzählt. Sie hat ein Video ins Internet gestellt, auf dem ich Benny, der mich immer vom Tanzen abgeholt hat, küsse. Sie hat meine Sachen durchwühlt und allen mein Tagebuch gezeigt."

„Du bist ausgerastet?"

„Verprügelt habe ich sie, bis sie sich nicht mehr bewegt hat. Sie hat nur noch geblutet."

„Und dann?"

„... hab ich erst gesehen, was ich getan habe. Ich hab Angst bekommen und bin abgehauen."

„Wohin?"

„Ich hab mich in den Zug nach Hamburg gesetzt. Dort hat mich Herrenhagen gefunden."

„Wie gefunden? In der Bahnhofsmission?"

„Nein, aber nicht weit von dort – im Burgerrestaurant. Ich hatte nur ein bisschen Taschengeld dabei. Er hat sich mit einem Tablett voller Burger an meinen Tisch gesetzt und mich eingeladen."

„Was wollte er?"

„Er hat erzählt, dass er einen Knochenmarkspender für seinen kranken Enkel sucht. Er wäre gerade bei meinen Eltern gewesen, als das Unglück passierte."

„In Kiel?", fragte Thorsten nach.

„Ja, sie sind Lehrer an einer Schule für Gehörlose,

deswegen kann ich auch Lippenlesen."
„Hast du es gut bei ihnen?"
„Total. Sie sind wirklich lieb zu mir, obwohl sie nicht meine richtigen Eltern sind."
„Du wurdest adoptiert?", staunte Melanie.
„Ja, sie haben es mir schon sehr früh erzählt. Wir haben keine Geheimnisse voreinander."
„Trotzdem bist du von zu Haus abgehauen?"
„Ich habe mich geschämt, weil ich sie doch so fürchterlich enttäuscht habe. Herrenhagen hat mir angeboten, dass er mich zurück nach Haus fährt und mir hilft, jetzt, wo das Mädchen tot ist, doch ich konnte einfach nicht."
„Das Mädchen ist gestorben?", fragte Melanie ungläubig. Sie zog ihr Smartphone aus der Tasche und wischte darauf herum.
„Ja, und ich bin ihre Mörderin."
„Und dann hat dich Herrenhagen hierher gebracht?"
Wieder nickte Selina.
„Und dich eingesperrt?", fragte Melanie.
„Nein, es war schon toll im Schloss, anfangs. Sogar einen Kinosaal haben die da. Ein Privatlehrer hat mich unterrichtet. Ich durfte in die Stadt fahren und Tanzunterricht habe ich auch bekommen. Sie haben mich Anna Adomeit genannt, damit man mich nicht findet. Ich hatte sogar einen richtigen Ausweis."
„Du bist keine Mörderin, Selina. Ich bin die Kieler Polizeiberichte durchgegangen. Das Mädchen hatte eine leichte Gehirnerschütterung, eine gebrochene Nase und zwei ausgeschlagene Zähne", unterbrach Melanie ihre Beichte.
Die Kleine warf sich ihr an den Hals und heulte sich einen Stein vom Herzen. Dann löste sie sich wieder und ihr Blick verfinsterte sich.
„Warum nur hat mich Herrenhagen angelogen?"
„Weil er das immer tut, wenn er den Mund aufmacht

– und weil du sonst wohl nicht mit ihm gefahren wärst", meinte Melanie.

„Das mit seinem kranken Enkel hat auch nicht gestimmt. Er wollte mich bloß als Leihmutter für sein Kind."

„Und was ist dann schiefgelaufen? Wie bist du nun in diesem Loch gelandet?"

„Sie haben mich untersucht, mir Blut abgezapft, Knochenmark entnommen, Augen und Ohren gecheckt und so was. ... Dann ist es wieder passiert."

Sie schluckte, räusperte sich und erzählte weiter:

„Einer der Ärzte hat mich unten angefasst. Da bin ich über ihn hergefallen."

„Du hast dich gewehrt?"

„Ich weiß nur noch, dass ich gefesselt auf einem Krankenbett wieder zu mir gekommen bin. Sie haben gesagt, ich hätte einen epileptischen Anfall gehabt. Dann haben sie mir Spritzen gegeben und Tabletten eingeflößt, bis ich nur noch Matsch im Kopf hatte. Bin ich denn ein Monster?"

„Nein, du hast bloß ein wildes Herz, das immer dann zu toben anfängt, wenn du dich bedroht fühlst. Du musst nur lernen, es zu bändigen, dann macht es dich sehr stark", beruhigte Thorsten sie.

„Wie ist von Herrenhagen nur auf dich gestoßen?", grübelte er.

„Er muss sie über gehackte Datenbanken gefunden haben, so wie mich", meinte Melanie.

„Schon möglich. Vielleicht kennt er aber auch Selinas leibliche Mutter und ist ihr so auf die Spur gekommen."

Die beiden schauten ihn ungläubig an.

„Wer ist es?", bohrte Selina neugierig.

„Willst du das wirklich wissen?", begann Melanie unheilsschwanger.

„Dein Leben wird nachher nicht mehr dasselbe sein.

Vielleicht verlierst du deine Adoptiveltern und damit deine emotionale Heimat, ohne dass du wirklich eine Mutter gewonnen hast", warnte sie.

„Ui, für jemanden, der nicht adoptiert wurde, kennst du dich ziemlich gut aus, oder redest du nur, um etwas gesagt zu haben? Nun, los! Raus mit der Sprache!"

Selina hatte ihren herzerweichenden Charme wiedergefunden. Melanie hob ratlos die Schultern, ließ sie wieder sacken und nickte ihm zu.

„Sybylle ist deine Mutter. Du hast sie ja schon mal gesehen", verkündete er feierlich.

„Was, dein Liebchen ist meine Mutter?", schaute sie Melanie mit großen Augen an.

„Sie hat mir nie etwas von einer Tochter erzählt", druckste Melanie betreten herum.

„Was ist mit euch? Habe ich etwas verpasst? So übel ist sie nun auch wieder nicht", warf Thorsten ein.

„Warum hat sie mich dann weggegeben?"

„Das fragst du sie besser selbst, doch vorher sollten wir deine Eltern informieren, dass es dir gutgeht. Sie sind sicher krank vor Sorge um dich", schlug er vor.

„Ja, das sind sie bestimmt. Sie haben mich immer wie ihre eigene Tochter behandelt. ... Aber kann das vielleicht nicht noch ein paar Tage warten? Ich würde euch gern helfen, Herrenhagen das Handwerk zu legen. Dieser elende Lügner hat es nicht besser verdient."

„Bei uns ist sie gerade sicherer als anderswo", meinte Thorsten.

Melanie signalisierte Zustimmung.

Sie gingen ihren Plan sorgfältig durch, sortierten alle Dokumente, die sie zusammengetragen hatten und am Ende lagen zwei große Umschläge auf dem Tisch.

Sein Telefon klingelte. Es war Lena, sie wollte sich

am Nachmittag mit ihm treffen. Er nahm einen der Umschläge und machte sich auf den Weg, doch vorher stand noch ein Krankenhausbesuch an.

* * *

„Rauchen fügt Ihnen und den Menschen in Ihrer Umgebung erheblichen Schaden zu."
Ein graugrüner Windschutz grenzte die Nikotinliebhaber von den anderen Besuchern der Dachterrasse aus. Der lockige rote Schopf, der hinten zu einem buschigen Pferdeschwanz zusammengebunden war, wirbelte herum und die Gesichtszüge der Krankenschwester entgleisten. Etwas stumpfsinnig glotzte sie ihn aus großen Augen heraus an.
„Ich habe gestern erst wieder damit angefangen."
„Drücken Sie die Zigarette aus!"
Mit zitternder Hand klopfte sie den Glimmstängel gegen den Boden des Standaschenbechers. Die Kippe brach in der Mitte durch und qualmte weiter. Sie goss einen Schluck Kaffee auf die Glut, die zischend erlosch.
„Ich war immer der Meinung, Krankenschwestern wollen, dass die Menschen gesund werden und sie nicht umbringen."
„Sie müssen verstehen … Ich muss doch meiner Familie helfen … Das war nichts Persönliches …", stammelte sie nervös.
„Ihr Chef scheint große Stücke auf Sie zu halten. Ich glaube, er wird Sie vermissen."
„Mein Chef? … Vermissen? Wieso? Was meinen Sie?"
„Im Gefängnis können Sie ihm nicht mehr zur Hand gehen, wenn Sie verstehen, was ich meine. Ihren Kolleginnen werden Sie allerdings nicht sonderlich fehlen. Die sehen Ihr Engagement für die Klinik und Ihren Vorgesetzten eher kritisch bis missgünstig."

„Gefängnis ...? Meine Kolleginnen ...? Was wollen Sie von mir?"

„Ihr Vater wird sich freuen, endlich in ein Sanatorium zu kommen. Aus einem Schwiegersohn und Enkelkindern wird aber vorläufig nichts werden. Das wird seine Freude beträchtlich trüben."

„Mein Vater? Bitte, er hat doch nichts damit zu tun! Ich mache alles, was Sie von mir verlangen."

„Und was könnte das sein?"

„Ich sage gegen Rüdiger von Herrenhagen aus!", platzte es aus ihr heraus und ihre Augen glänzten.

„Ich habe mittlerweile genügend Beweise gegen ihn. Da brauche ich Ihre Aussage nicht mehr."

Sie dachte nach, sah ihn demütig unter ihrem Pony herauf an, öffnete die obersten Knöpfe ihres Arbeitskittels und legte dabei ein von nikotinbedingten Hautalterungen weitestgehend verschont gebliebenes, überaus appetitliches Dekolletee frei.

„Wie mir zugetragen wurde, erweisen Sie Ihrem Chef bereits diese Ehre. Da will ich mich nicht reindrängen."

Beschämt blickte sie zur Bodenbefestigung aus Kunststoff, in deren hexagonale Zwischenräume gelangweilte Füße etliche verblichene Kippen eingestanzt hatten, und wimmerte verzweifelt vor sich hin.

„Gibt es denn nichts, was ich tun kann?"

„Waren Sie schon einmal in Schloss Herrenhagen?"

„Ja, ich habe öfter dort gearbeitet."

„Haben Sie Zugang zu einem Computer, der an das Netzwerk angeschlossen ist?"

„Ja, im Labor stehen etliche."

Er nahm ihre Hand, legte einen USB-Stick hinein und schloss ihre Finger.

„Sie fahren jetzt hinaus, kopieren die Datei von dem Stick auf die Festplatte und klicken danach drauf.

Haben Sie das verstanden?"
Sie nickte.
„Und was dann?"
„Das braucht Sie nicht zu interessieren. Ich werde aber wissen, ob Sie Ihre Aufgabe erledigt haben."
„Was wird danach aus mir und meinem Vater?"
„Zumindest muss er nicht einsam sterben", antwortete er und ging.
Freundschaften, die im Gefängnis geschlossen wurden, reichen weit über die Haftdauer hinaus und manchmal teilt sich ein angehender Steuerberater eine Zelle mit einem kriminellen Hacker. Obwohl die Schuld jetzt beglichen war, hoffte er dennoch, er müsste künftig nicht auf den Kuchen von Frau Nolte verzichten.

* * *

„Wie kommst du in mein Büro?", erschrak der Weißkittel.
„Deine entzückende, rothaarige Kollegin hat mir geöffnet, Herr Chefarzt", grüßte Thorsten seinen Freund.
„Was willst du von mir?"
„Warum so schroff? Freust du dich nicht, mich wohlauf zu sehen?"
„Ich muss zur Visite!"
„Die kann warten. Mir scheint, deinen Posten hast du nicht nur deiner fachlichen Qualifikation zu verdanken."
„Was meinst du damit?"
„Was zahlt dir Herrenhagen dafür, dass du mich ans Messer lieferst?"
„Herrenhagen?"
„Ja, derselbe, der dich zu seinem Kostümball einlädt. Derselbe, für den du und deine Geliebte befruchtete Eizellen ergaunerst. Derselbe, dem du ge-

flüstert hast, dass ich mich gern an den Waldrand zurückziehe, wenn ich mal ungestört sein will."
„Du verstehst das nicht. Ich stecke schon viel zu tief mit drin."
„Dann wird es Zeit, dass du zumindest deinen Kopf aus der Schlinge ziehst."
„Was sonst? Bringst du mich auch um?"
„Einem Freund könnte ich niemals ein Leid antun – und erst recht nicht seiner unglücklichen Frau, die sich nach der versöhnenden Hand ihres tadellosen Mannes sehnt, weil sie immer noch glaubt, sie wäre die Einzige, die vom Weg abgekommen ist."
„Was willst du denn nun?"
„Wissen, worum ich dich schon einmal gebeten habe. Was ist an dem verschwundenen Fötus so Besonderes?"
„Er hatte einen Gendefekt und wäre nicht lebensfähig gewesen. Gleichzeitig verlangsamt diese Mutation des Erbguts aber die Zellalterung. Wenn Herrenhagen diesen Mechanismus erst einmal verstanden hat, wird das seine Forschungen ein gutes Stück weiterbringen."
„Woher wusste er davon?"
„Ihm gehört das Krankenhaus praktisch. Alle Patientendaten laufen über seine Server, wo er sie auswertet. Darüber hinaus nutzt er die Strukturen hier, um europaweit an sensible Daten heranzukommen."
„Was für Daten?"
„Organspender-Listen, Krankheitsverläufe, Testreihen, Blutbilder, Laborberichte ... er ist ein Datenkrake und sammelt einfach jede Information, die er nur bekommen kann. ... Wirst du Verena von der Affäre erzählen?"
„Wem wäre damit schon gedient?"

* * *

Beim Einkaufszentrum stieg Thorsten aus und ging hinüber ins Büffet-Restaurant.

„Hallo, Lena."

Er beugte sich zu ihr hinunter und küsste sie auf den Mund. Sie schlang ihre Arme um seinen Hals und erwiderte seine Zärtlichkeit bereitwillig.

„Schön, dass du gekommen bist. Ist dir denn kein intimerer Ort eingefallen?", gurrte sie ihm zu.

„Unsere Romanze beginnt doch gerade erst", säuselte er zurück und knetete ihre kleinen Pobacken.

Händchenhaltend setzten sie sich.

„Was ist das für ein Umschlag?"

Er bemühte sich um einen ernsten Gesichtsausdruck.

„Ich fürchte, dein Vater ist in Gefahr."

„Du weißt ..., aber ich ...?", stammelte sie.

„Du bist Lena Hubert und du hast mit deinem Vater zusammen den Sportwagen von Frau von Herrenhagen manipuliert und so ihren Tod verschuldet", legte er die Karten auf den Tisch.

„Woher ... Ich wollte das nicht ... Nein, das stimmt so nicht ... Wir haben doch nur die Software getunt ... Dass sie sich zu Tode rast, war nie geplant", suchte sie nach Worten.

„Und du bist trotzdem gekommen?", schluchzte und schniefte sie.

„Ich habe auch jemanden umgebracht und weiß, wie elend du dich fühlen musst. Ich habe deinen verzweifelten Hilferuf gespürt, als du mich gestern angesprochen hast. Ich kann doch nicht mitansehen, wie dein junges Leben vor die Hunde geht."

„Aber ich habe bestimmt niemanden getötet. Es war ein schrecklicher Unfall."

„Irgendjemand sieht das aber ganz anders."

Sie schaute ihn durch einen Schleier von Tränen fragend an.

„Ich bin ins Schloss eingebrochen und habe diese Daten hier auf Herrenhagens Rechner gefunden."

Er schob ihr den Umschlag rüber. Sie zog die Blätter eines nach dem anderen heraus und starrte sie ungläubig an. Dann schüttelte sie heftig den Kopf.

„Diese Liebesbriefe hier hat mein Vater niemals geschrieben."

„Ist das nicht seine Handschrift?"

„Schon, aber es ist völlig ausgeschlossen, dass er ein Verhältnis mit Frau von Herrenhagen hatte. Die Briefe müssen gefälscht sein."

„Das sind sie möglicherweise auch, doch wer hätte ein Interesse daran, dass die Welt glaubt, die beiden wären ein Liebespaar gewesen?"

„Onkel Rüdiger! Er will uns den Tod seiner Frau in die Schuhe schieben und sich selbst aus der Verantwortung stehlen", ließ sie einen Geistesblitz direkt ins Zentrum seiner geheuchelten Begriffsstutzigkeit krachen. Thorsten gab sich erleuchtet.

„Es sieht ganz danach aus. Warum aber Onkel Rüdiger?"

„Ich bin sein Patenkind."

„Man kann nicht immer nur Glück haben", konnte er sich nicht verkneifen.

„Mein Vater hat alles für die Herrenhagens getan und Entscheidungen niemals in Frage gestellt", gab sie ihrer aufgekeimten Wut Luft.

„Das hätte er vielleicht besser."

„Ich muss ihn warnen!", peitschte sie sich hoch und fingerte hektisch an ihrem Smartphone herum. Er mimte ein Höchstmaß an Anteilnahme.

„Er geht nicht ran."

„Herrenhagen hat ihn mit einer LKW-Ladung nach Belgrad geschickt. Der Zoll ist hinter ihm her und hat ihn wahrscheinlich schon festgesetzt."

„Und ich dummes Stück helfe Onkel Rüdiger auch

noch. Ich wusste, dass er dich sucht, und hab dich deshalb angemacht. Du bringst mit deinem Amoklauf all seine Pläne durcheinander. Ich sollte mich mit dir treffen und dich dazu bringen, mit ihm zusammenzuarbeiten. Er hat mir viel Geld dafür angeboten – alles regelt er mit Geld."

Thorsten ließ den Kopf tief in die Schultern sacken und rang mit seiner Fassung.

„Es wäre ja auch zu schön gewesen. Was für ein selbstgefälliger alter Trottel ich doch bin, dass ich ernsthaft geglaubt habe, du könntest dich für mich interessieren. Ich habe mich wieder so jung gefühlt ..."

Sie beugte sich zu ihm herüber und streichelte mit dem Daumen seinen Handrücken.

„Ich war nicht aufrichtig zu dir, das war nicht nett. Ich war in letzter Zeit zu niemandem wirklich nett, weil ich nur mich gesehen habe. Das war ein Fehler, das sehe ich jetzt ein."

„Fehler zu machen ist das Privileg der Jugend."

„Ich muss meinen Vater warnen, bevor er einen Riesenfehler begeht."

Er nickte.

„Kann ich die Dokumente und Fotos haben?"

Er stand auf, gab ihr den Umschlag und küsste sie. Sie hing sich an seinen Hals, öffnete die Lippen und schmiegte sich zum Abschied noch einmal fest an ihn. Er trat einen Schritt zurück, bat noch einmal um den Umschlag und schaute kurz hinein, bevor er ihn wieder hinüberreichte.

Zufrieden mit seiner Komödie schaute er ihr nach, wie sie durch die Glastür zur Rolltreppe eilte und verschwand. Von hinten griffen zwei Hände in seinen Nacken und drückten kräftig zu.

„Bravo, das war wirklich bühnenreif!"

DÜNGER AUF DEN GOTTESACKER

Melanie hatte die ganze Nacht hindurch über Thorsten gewacht. Sie hatten ihn in die Badewanne gelegt, was ihnen die Verklappung des Abgangs aus seinen Körperöffnungen erleichterte. Erst am frühen Morgen ebbte der Ausstoß ab und der Reinigungsprozess war abgeschlossen. Sie wusch ihn und bettete ihn auf frischen Laken. Dabei bemerkte sie den kronenförmigen Leberfleck dicht neben seinem Gemächt, den gleichen, den sie von Sybylle her kannte. Seine Bauchdecke hob und senkte sich leicht, sein Herz schlug gleichmäßig. Sie legte sich zu ihm und schmiegte sich an ihn. Ihr Herzschlag nahm sogleich den Takt des seinigen auf und ihre Atmung folgte seiner. Vollkommen entspannt schlief sie neben ihm ein. Nach all den Jahren der Suche hatte sie das Gefühl, endlich angekommen zu sein. Sie musste ihn beschützen, vor seinen Feinden, vor allem aber vor sich selbst. Sie hatte erlebt, wie das wilde Tier in ihm um sich biss, wenn es angegriffen wurde, schließlich hatte er den Riesen Hallgrim getötet, als ihn der Zorn übermannte. Sie hätte es verhindern können, wäre sie nur bei ihm geblieben. Sie waren füreinander bestimmt, das Yin und das Yang einer wilden Natur, die das Schicksal zusammengeführt hatte.
Doch würde er das auch erkennen? Würde er eines Tages akzeptieren, dass er nur mit ihr glücklich werden konnte? Würde er überhaupt glücklich sein wollen, ganz gleich mit wem? Er nahm sich, was er begehrte und das schien ihm zu gefallen – zumindest schien es ihm zu reichen. Sie glaubte an sich und

sie glaubte an ihn: Er würde seinen Platz an ihrer Seite finden.

* * *

Nur ungern hatte sie ihn allein ziehen lassen. Sie selbst machte sich mit Selina auf den Weg zu Sybylle, um Mutter und Tochter einander vorzustellen.

„Woran merkt man eigentlich, dass man lesbisch ist?", fragte die Kleine in ihr Schweigen hinein.

„Woher soll ich das wissen, ich bin keine Lesbe?"

„Aber du schläfst mit Frauen."

„Wenn mir danach ist. Du isst ja auch nicht nur Vanilleeis."

„Hat es dir mit meiner Mutter Spaß gemacht?"

„Wir hatten eine aufregende Zeit und sie hat mir sehr geholfen, doch verliebt war ich nicht."

„Ich glaube, ich liebe dich."

„Deswegen musst du noch lange nicht lesbisch sein. Du hast einfach nur mal was ausprobiert. Später wirst du es mit einem Jungen versuchen. Dann wirst du spüren, zu wem du dich mehr hingezogen fühlst. Bis dahin solltest du für alles offen sein."

„Hattest du schon viele Männer?"

„Nein."

„Was heißt das?"

„Ein paar wenige, doch so richtig hat es nie geklappt."

„Und trotzdem weißt du, dass du auf sie stehst?"

„Ja, ich habe nur noch nicht den Richtigen gefunden."

„Du bist dir sicher, dass es mit Thorsten passt?"

„Ja, das fühle ich."

Sybylles Haustür stand offen und sie gingen ins Wohnzimmer. Sie kam durch die Balkontür herein und musterte Selina unsicher.

„Du musst Selina sein."
Sie ging einen Schritt auf sie zu und zögerte.
„Ich hoffe, du erwartest jetzt nicht, dass ich dich Mama nenne."
„Nein, Sybylle reicht vollauf, denn als Mutter habe ich mich bisher nicht hervorgetan. Vielleicht darf ich ja in Zukunft für dich da sein."
„Wenn du nicht nervst, können wir darüber reden."
„Versprochen. Ist Thorsten nicht bei euch?", wunderte sich Sybylle.
„Sollte er?"
„Er ist gestern Nacht ohne ein Wort verschwunden. Als ich aufgewacht bin, war er fort."
Melanie kniff die Augen zusammen. Thorsten hatte doch wohl nicht …? Nein, der Gedanke war zu absurd. Und wenn er es gar nicht gewusst hatte? Außerdem stand Sybylle auf Frauen. Doch was, wenn sie eine Ausnahme gemacht hatte und so einen Keil zwischen sie und ihn treiben wollte? Er wäre leicht zu verführen gewesen. Was aber, wenn sie sich tatsächlich in ihn verliebt hatte? Sie war aufgekratzt und auffallend gut gelaunt. Oder freute sie sich einfach nur, dass sie ihre Tochter nach so langer Zeit wiedersehen durfte?
Und wenn er es doch gewusst hatte? Er hätte ihr Muttermal bemerken müssen. So versteckt wie bei ihm war es doch nicht. Er war aufgewühlt gewesen, hatte gerade einen Menschen umgebracht und sie hatte ihn alleingelassen. Vielleicht war er einfach nur verwirrt gewesen und hatte Trost gebraucht. Blödsinn, ganz sicher bildete sie sich das alles nur ein und es war nichts gewesen.
„Er trifft sich später noch mit Lena Hubert", sagte Melanie und ging in den Keller.

Sybylle folgte ihr. Das Bett unten war zerwühlt und

ihre Wäsche lag auf dem Boden.
„Du hast hier unten geschlafen?"
Sybylle nickte.
„Und er?"
Sie nickte wieder.
„Musste das sein?"
„Du hattest Recht, er hat etwas ganz Besonderes an sich: verloren wie ein kleiner Junge einerseits, doch wild und stark andererseits. Vielleicht ist es ein Vaterkomplex wie bei dir oder auch nicht. Ich glaube eher, ich habe mich verliebt."
„Ich sehe in ihm nicht meinen Vater und er wird niemals bei dir bleiben."
„Glaubst du, er will dich?", provozierte Sybylle sie.
„Er nimmt sich, was er will, aber Frieden findet er nur bei mir."
Sie gingen wieder hinauf und sie drückte dem egoistischen Luder den Umschlag in die Hand.
„Der hier ist für deinen Ex. Verabrede dich mit ihm und übergib ihm die Fotos und Papiere! Ich muss los. Du hast sicher noch eine Menge mit deiner Tochter zu bereden."

* * *

Sie rannte zum Auto und kämpfte mit ihren Tränen. Sie musste weg von Sybylle, sonst hätte sie ihr noch die Augen ausgestochen. Diese Heuchlerin war ihrem Stiefvater gar nicht unähnlich. Rücksichtslos verfolgte sie ihre eigenen Interessen, ganz gleich, ob dabei jemand auf der Strecke blieb.
Sie fuhr ohne Ziel durch die Gegend. Beim alten Friedhof hielt sie. Heute archivierten keine Studenten die historischen Grabsteininschriften. Nur ein paar Touristen schlenderten amüsiert zwischen den Gräbern umher. Sie setzte sich vor dem kleinen Mausoleum in den Schatten einer Lorbeerhecke und

zeichnete in Gedanken die geometrischen Figuren auf den Mosaikfliesen nach.

„Nicht mehr lang und ich liege dort neben meinem Geliebten."
Eine ältere Dame mit einem orangen Haarband im schlohweißen Haar und in einen, der Jahreszeit nicht mehr angemessenen, Nerzmantel gehüllt, hatte sich neben sie gesetzt.
„Er ist vor vielen Jahren gegangen und bald schon folge ich ihm in die Ewigkeit. Ich war noch sehr jung und unerfahren, als er mit mir gebuhlt hat. Er hat mich gepflückt und dennoch bin ich nicht verdorrt – auch wenn ich ihn nie für mich allein hatte. Ja, ich habe im Schatten gelebt, doch dort ist es im Sommer erfrischend kühl und wenn Sturm aufkommt, pfeift dir der Wind nicht um die Ohren.
Unsere Tochter wuchs ganz ohne ihn auf. Sie wollte immer in die Sonne, aber ihre Haut ist hell und sie hat sich verbrannt.
Nein, treu war er nie – nicht mir und auch nicht der Anderen. Doch er kam stets zu mir zurück. Nur weil er so war, wie er war, konnte er Glück schenken. Das wusste ich, und daher habe ich ihn nie ändern wollen. Auch ich hatte meine Fluchten, doch weiß Gott, geliebt habe ich nur ihn und ich möchte keine Sekunde mit ihm missen, die uns der Himmel geschenkt hat."
Die alte Dame erhob sich schnaufend und schlurfte zum Portal des Mausoleums hinüber. Die Angeln quietschten, als sie es öffnete und hinter sich wieder zuzog. Dann verschwand sie in der gnädigen Geborgenheit der Gruft.
Melanie las in den Wolken, die gemächlich über den Frühlingshimmel zogen. Ein Drache hatte sein Maul weit aufgerissen und schnappte nach einer Ente, die

seelenruhig vor ihm herwatschelte.

Sie waren füreinander bestimmt, das war sicher, und sie musste ihn nehmen, wie er war, sonst würde sie dereinst den Gottesacker düngen, ohne dass ihr Leben selbst Früchte getragen hatte.

Sie ging hinüber zum Mausoleum. Spinnen hatten das schmiedeeiserne Gatter eingewoben. Ausgesaugte Fliegen- und Käferkadaver zappelten trostlos im Zugwind, den die ewige Dunkelheit im Innern der Gruft schluckte. Der Staub der Jahrzehnte hatte sich im rostigen Türschloss verfangen. Sie drückte die Klinke. Die Tür war verschlossen. In den Rundbogen über dem Portal war *Herrenhagen* eingemeißelt.

Verwirrt schlenderte Melanie zurück zu ihrem Wagen und fuhr los.

* * *

In der Tiefgarage angekommen, band sie sich ein Kopftuch um und setzte eine Sonnenbrille auf. Am Rand des Vorplatzes standen drei Halbstarke und zwei Mädchen zusammen. Sie tranken alkoholische Mischgetränke aus Dosen, auf denen geflügelte Fabelwesen abgebildet waren.

„Hey, Milf, ich bin vom Reinigungsdienst und würde gern dein Becken schrubben", pöbelte sie der im Gegensatz zu den anderen beiden nur mäßig bepickelte Bursche an und lachte weit über die als angenehm empfundene Lautstärke hinaus.

Sie drehte sich zu ihm, ging auf ihn zu, fasste sein Gemächt, das in der ausladenden Jogginghose nur mäßig fixiert war, und presste die Finger herzhaft zur Faust, so dass sich der Junge jaulend krümmte. Sie hob die Sonnenbrille und durchbohrte ihn mit ihren grünen Augen.

„So lang es dir an Manieren fehlt, wirst du deinen

Dübel selber leimen müssen, du halbe Portion."
Dann ließ sie den Pubertierenden wieder vom Haken.
„Das tat richtig gut. Das sollte ich öfter machen", dachte sie und betrat beschwingt den Tempel der Kauflust, wo sie sich einen Platz auf der Galerie suchte.
Nach hinten konnte man durch Glasfenster auf den Parkplatz schauen. Dort schob ein Mann in grauem Kittel und mit einer Schiebermütze auf dem Scheitel einen Wurm von Einkaufswagen vor sich her, der sich Meter um Meter nach vorn schlängelte. Eine Shopping-Mall brauchte sicher eine Armee dienstbarer Geister, die das Kommen und Gehen der Kunden sowie den Marktbetrieb am Laufen hielten. Neugierig geworden, suchte sie im Internet nach weiteren Informationen und fand eine Stellenanzeige, mit der ein Dienstleister nach Einkaufswagenschiebern suchte. Gute Deutschkenntnisse, ein gepflegtes Erscheinungsbild, Zuverlässigkeit, Leistungsbereitschaft, Teamfähigkeit und Flexibilität waren gefordert. Dafür wurden ein angenehmes Arbeitsklima, eine regelmäßige Beschäftigung und die Chance, sich in einem schnell wachsenden Unternehmen zu entwickeln, geboten. Welche Entwicklungschancen das Schieben von Einkaufskarren im Detail eröffneten, war allerdings nicht näher ausgeführt.
Zwanzig Meter weiter ging der Vorhang auf und die Darsteller betraten die Bühne. Als die Vorstellung vorüber war, schlich sie sich von hinten an und packte Thorsten im Nacken.

„Bravo, das war wirklich bühnenreif. Hast du dich bei der Liebesszene arg überwinden müssen?"
„Zeig mir mal die Fotos! Perfekt! Das sieht so aus, als würde sie mir den Umschlag geben."

„Ich schicke sie gleich Sybylle. Glaubst du, es funktioniert?"

„Wir werden sehen. Die Hauptsache ist, dass von Herrenhagen und sein engster Mitarbeiter Herr Hubert sich gegenseitig nicht mehr trauen. Einer von ihnen wird früher oder später schon die Nerven verlieren."

„Du verstehst dich gut mit Sybylle?"

„Wir haben dasselbe Ziel."

„Teilt ihr auch dieselbe Leidenschaft?"

Thorsten schaute ihr fest in die Augen.

„Sie hat mich überrumpelt."

„Sie ist deine Tochter."

„Weiß sie es?"

Bedächtig schüttelte sie den Kopf.

„Du findest es unmoralisch?"

„Wirst du es wieder tun?"

Seine Pupillen verengten sich.

„Wirst du dich wieder an der Kleinen vergreifen?"

„Wir können wohl beide nicht aus unserer Haut."

„Müssen wir das denn?"

„Weißt du, wohin du gehörst?"

„Die Antwort kennst du doch schon."

Um sie herum war es ruhig geworden. An keinem der Tische saßen noch Leute. Auch von den Kellnern und Servicekräften hinter dem Essensbuffet war niemand mehr zu sehen. Nicht einmal das Klappern von Tellern war aus der Küche zu hören. Der kleine Innenhof vor dem Restaurant und die Geschäfte rundherum waren ebenfalls gespenstisch leer. Vier Männer in schwarzen Anzügen, die Blicke hinter dunklen Brillen verborgen, füllten die Eingangstür. Thorsten ballte die Fäuste und in seinen Augen loderte ein wildes Feuer auf.

EINE GLEICHUNG MIT ZU VIELEN UNBEKANNTEN

Die vier Anzugträger lösten ihre Frontlinie auf und ließen ehrfürchtig einen großgewachsenen Herrn passieren.
„Das muss Ihnen der Neid lassen, Sie verstehen etwas von den ganz großen Auftritten", begrüßte Thorsten Rüdiger von Herrenhagen.
„Ich wollte endlich einmal ungestört mit Ihnen reden."
„Und dafür lassen Sie den ganzen Laden evakuieren? Ich fühle mich geschmeichelt."
„So aufwändig war das dann doch nicht. Mir gehört dieser Warenumschlagsplatz."
„Und die vornehm gekleideten Herrn dort drüben protokollieren sicher unsere Unterhaltung?"
„Sie tragen einzig Sorge dafür, dass Sie mir bis zum Ende zuhören."
„Bis zum Ende? Das klingt wenig verlockend."
„Ich kann verstehen, dass Sie mir nicht trauen und dass Sie wegen des Todes Ihrer Freundin aufgebracht sind. Doch stellen Sie mich bitte nicht an den Pranger, bevor Sie mich gehört haben!"
„Nun, Ihr ehemaliger Mitarbeiter, bekannt für seine bedingungslose Loyalität, der seine Stellung gesundheitsbedingt aufgeben musste, kam mit Skalpell und blutbespritzter Kleidung aus ihrem Krankenzimmer. Sie selbst lag mit aufgeschlitzter Kehle in ihrem Bett. Was würden Sie an meiner Stelle davon halten?"
„Dass ich einen meiner engsten Mitarbeiter damit beauftragt habe, Ihre Freundin zu töten, um meine Forschungen, die zugegebenermaßen juristisch dis-

kussionswürdig sind, zu schützen."

„Zu diesem Schluss bin ich tatsächlich gekommen", bestätigte er verblüfft.

„Vielleicht lassen es Ihre Wut und Ihr gekränkter Stolz, dass Ihre Freundin auf Ihrer Mission gestorben ist, aber auch zu, für einen Moment einmal davon auszugehen, dass ich dieses abscheuliche Verbrechen nicht zu verantworten habe – zumindest nicht direkt."

„Was meinen Sie damit?"

„Nun, zweifellos musste Fräulein Cora sterben, weil sich unsere Wege gekreuzt haben. Insoweit trage ich eine Mitschuld an ihrem Tod. Und anstatt Sie nach Selinas Entführung wie einen Verbrecher zu jagen, hätte ich mit Ihnen reden sollen, um die Sache frühzeitig aufzuklären. Dann wäre es gar nicht erst zu dieser Tragödie gekommen."

„Nach ihrer Entführung?", brauste Thorsten auf.

„Sie ist freiwillig zu mir gekommen", präzisierte Herrenhagen.

„Weil Sie sie angelogen haben – und ganz bestimmt wollte sie bei Ihnen nicht in Isolationshaft."

„Sicher nicht, doch ihre Therapie machte diesen drastischen Schritt unausweichlich."

„Ihre Therapie?"

„Ihre DNS weist eine Abweichung auf, die in Stresssituationen Gewaltausbrüche auslöst. Ihre Nervenzellen verfügen über zu wenig Serotonin, dafür ist in einigen Gehirnarealen die Dopaminaktivität zu hoch."

Thorsten schaute verunsichert zu Melanie hinüber.

„Bei den Untersuchungen ist sie auf eine Ärztin losgegangen und hat sie schwer verletzt. Wir haben sie eingesperrt, um ihre temporäre Reizüberflutung mit Reizarmut herunterzufahren."

„Bäder in eiskaltem Wasser oder Elektroschocks

hätten nicht geholfen?"

„Es sieht nach einer rabiaten Behandlungsmethode aus, aber als pubertierende Frau wird sie geradezu von Hormonen überschüttet und kann sich nur schwer kontrollieren. Vielleicht bekommt sie ihr Gewaltproblem später einmal mit Meditation in den Griff, doch im Moment ist sie eine tickende Zeitbombe. Sagt Ihnen beiden das Krankheitsbild vielleicht irgendetwas?"

Melanie fasste unter dem Tisch nach seiner Hand.

„Uns hat sie erzählt, ein Arzt hätte sie angefasst", meinte sie.

„Wahrscheinlich erfindet ihr Unterbewusstsein die Geschichte, um ihr Bewusstsein zu schützen. Ich würde sie niemals unbeaufsichtigt von einem Arzt untersuchen lassen."

„Und was hat ihre Krankheit mit Melanie und mir zu tun?"

„Die letzten Tage, die Ihr routiniertes Leben aus der Bahn geworfen haben, haben gezeigt, dass auch Sie Ihre Aggressionen nur schwerlich unterdrücken können."

„Aggressionen? Selbsterhaltungstrieb würde es wohl eher treffen."

„Der hätte einem anderen zur Flucht geraten. Sie aber stürzen sich mitten ins Kampfgetümmel, wo immer sich ein neues Schlachtfeld auftut."

„Und dort treffe ich stets auf Sie."

„Deswegen sitzen wir ja jetzt hier und reden. Intelligent wie Sie sind, haben Sie sicher herausgefunden, dass Selina Ihre Enkelin ist."

„Und das ist wohl auch der Grund, warum Sie mir so zusetzen."

„Zugegeben, als ich herausfand, dass mich meine Frau betrogen hatte, war ich gekränkt. Doch dass sie dafür gerade über Sie gestolpert ist, hat mir fantastische Möglichkeiten eröffnet. Bis auf den einen Defekt passt Selinas Erbgut optimal zu meinen Anlagen. Wenn ich mit meinen Forschungen erfolgreich bin, kann ich mit ihrer Hilfe mein Wunschkind zeugen."

„Sie wird begeistert sein", merkte Melanie an.

„Bis dahin vergeht noch einige Zeit, in der sie über mein Angebot nachdenken kann."

„Und wie kamen Sie darauf, dass ich Selinas Opa bin?"

„Ich war so frei und habe Ihre DNS untersucht und bin dabei auf eine interessante Entdeckung gestoßen. Ihr Erbgut weist nicht nur Ähnlichkeiten mit dem von Selina auf, sondern auch mit dem von Melanie."

„Soll das heißen, dass wir verwandt sind?"

„Sagen wir es mal so, Sie haben möglicherweise einen gemeinsamen Vorfahren, doch das muss Jahrhunderte zurückliegen. Wenn ich mit meiner Vermutung richtigliege, stammen sie, wie Melanie auch, von einem schwedischen General ab, mit dem meine Familie bereits im Dreißigjährigen Krieg zu tun hatte ..."

„Kollaboriert hat, würde es besser treffen. Und nun soll ich Ihnen Selina ans Messer liefern so wie der General seinerzeit die Baronin von Dornfeld ausgeliefert hat?"

„Sie kennen die Geschichte?" Herrenhagen zuckte mit der Augenbraue.

„Genau wie die Anschuldigungen, Sie hätten das Ableben Ihrer Gemahlin beschleunigt."

„Ich gebe zu, dass mich Cornelias Tod in meiner damaligen Gemütsverfassung nicht so getroffen hat, wie man es hätte erwarten dürfen. Dennoch, trotz all der Schmach, die sie mir angetan hatte, habe ich nie aufgehört, sie zu lieben. Aber ich bin auch ein unverbesserlicher Sturkopf und da ich nun einmal den Weg des beleidigten Gehörnten eingeschlagen hatte, fiel es mir schwer, sie wieder in meine Arme zu schließen. Mit der Zeit entwickelte sich daraus ein Selbstläufer."

„Der mit einem Mordauftrag endete."

„Sicher, als betrogener Ehemann glaubte ich zunächst, dass ich das Recht auf Rache und Erniedrigung gepachtet hätte. Doch warum in aller Welt sollte ich sie töten und mir damit unnötige Scherereien einhandeln? Ich verfolge ganz andere Ziele ..."

„... Wobei Ihnen der Andalusier ebenfalls in die Quere gekommen ist?"

„Der Andalusier? Wie kommen Sie jetzt auf Cornelias Lieblingspferd? Wir haben das arme Tier erschießen müssen."

„Lassen wir das! Erzählen Sie mir lieber, was mit Hallgrim war!"

„Ich weiß beim besten Willen nicht, warum er Ihre Freundin umgebracht hat. Ich habe ihn jedenfalls nicht dazu ermächtigt. Das müssen Sie mir glauben!"

„Sie sind ein schlechter Mathematiker. Ihre Gleichungen enthalten einfach zu viele Unbekannte", sagte Thorsten und stemmte sich von seinem Stuhl hoch.

Von Herrenhagen hielt seine Leibwächter mit einer beschwichtigenden Geste zurück und erhob sich ebenfalls. Thorsten trat auf ihn zu, umarmte ihn und biss ihm dabei ins Ohr.

„Als Liebhaber der großen Oper wissen Sie bestimmt, was das bedeutet."

„Ich bitte Sie, beenden Sie Ihren Kreuzzug! Noch können wir alles klären. Vertrauen Sie mir doch, wenngleich ich auch in der Vergangenheit nicht gerade vertrauensselig aufgetreten bin! Ich bin unschuldig."

Er schaute dem alten Mann entschlossen in die Augen, fasste dann Melanies Hand und sie verließen unbehelligt das Restaurant.

„Was war das denn mit dem Ohr?", wollte sie wissen, als ihnen wieder frische Luft um die Nase wehte.

„Das ist ein alter sizilianischer Brauch, mit dem man einen Kampf auf Leben und Tod fordert."

„Wie pathetisch! Mit Ohren hast du es ja. In Sybylles Eisfach liegt auch eins."

„Das gehörte Fürst Harald. Ich frage mal die Kräuterhexe: Vielleicht kann man es auskochen und Krankheiten damit heilen."

„Was ist, wenn Herrenhagen doch die Wahrheit sagt?"

„So viele Zufälle findet man nur in einem Roman. Oder glaubst du ihm?"

„Ich weiß nicht. Mit einigen Dingen lag er doch richtig."

„Fake News lehnen sich immer an Wahrheiten an, um sie einfacher in die öffentliche Meinungsbildung zu integrieren."

„Willst du ihn jetzt töten?"

„Nein, sein Leben soll er behalten. Aber ich werde ihn gesellschaftlich umbringen."

In der Tiefgarage stiegen sie in ihre Autos und fuhren in verschiedenen Richtungen davon.

* * *

Es war so einiges los auf dem Parkplatz an der Autobahnraststätte Bergstraße. Er sah hinüber zum nahen Restaurantgebäude, das in einem steten Fluss Busreisende, Fernfahrer, Handelsvertreter, Biker und anderes fahrende Volk gleichermaßen verschluckte, wie es sie wieder ausspuckte. Dies war ein Ort, an dem viele Menschen zusammenkamen, ohne sich wirklich zu begegnen. Seine Blase hieß ihn aussteigen. Er warf ein paar Münzen am Drehkreuz vor den Toiletten ein und wunderte sich über die sozialistische Preisgestaltung. Hier zahlte jeder dasselbe, unabhängig von seiner Herkunft, religiösen Zugehörigkeit, Geschlecht, Alter oder Art der Notdurft: von drei Tropfen Kinderpippi bis zum eruptiven Durchfall, alles ein Preis.

Er trat an das siebte von insgesamt zehn Urinalen. Sieben war seine Glückszahl und wer wusste schon, wo das Glück auf einen lauerte. Während umweltfreundliche Chemie beinahe erfolgreich den Geruch abgestandenen Urins wasserlos niederknüppelte, wurde er auf dem kleinen Bildschirm vor ihm über die Vorteile einer Seebestattung und die Kosten für ein entsprechendes Basisarrangement in Kenntnis gesetzt. Als ein bauchiger, unrasierter und unfrisierter Neuankömmling neben ihm wohlig vor sich hin flatulierte, wurden erste Zweifel wach, dass heute sein Glückstag wäre. Er stellte die Atmung ein, beendete sein Geschäft, wusch sich die Hände, beobachtete beängstigt, wie der Jetstream des Trockners das Haut- und Muskelgewebe wie einen Handschuh von den Knochen zu ziehen drohte, und rettete sich durchs Drehkreuz wieder nach draußen. Erst dort wagte er, seine Lungen mit frischem Sauerstoff zu versorgen.

Im Verkaufsraum suchte er nach der Kaffeebar, an der er einen Cappuccino bestellte. Abzüglich des Toilettengutscheins war dieser nur noch vierzig Prozent teurer als im Altstadt-Café, wo er ihm von Cora oder einer jungen Bedienung an den Tisch gebracht wurde. Moderat temperiert verbrannte man sich wenigstens nicht die Lippen.

Wieder im Auto fuhr er seinen Computer hoch und wertete die Daten der genetischen Experimente weiter aus. Auf die Polizei konnte er bei der Aufklärung der Verbrechen nicht zählen. Also musste die vierte Gewalt einspringen.

Er mochte keine Nachrichten, viel lieber schrieb er über Sport, ganz besonders über Fußball. Doch diesmal war er selbst die Nachricht und die Geschichte drehte sich nicht um ein Spiel. Er hatte seinen Chefredakteur angerufen und ihm eine sensationelle Exklusivstory versprochen. Er würde jetzt genau das machen, wozu er ausgebildet war. Worte waren seine Waffe, nicht die Fäuste oder Schlimmeres.

Melanie und Selina hatten hervorragende Vorarbeit geleistet, einiges sortiert und zusammengefasst. Es war faszinierend und erschreckend zugleich, wie weit von Herrenhagen bereits vorangeschritten war. Die Sehnsucht nach der standesgemäßen Fortführung des hochherrschaftlichen Stammbaums und die daraus resultierenden Forschungen am menschlichen Erbgut bildeten den Kern der Story. Seine Kollegen würden animierte Programme gestalten, um das komplexe wissenschaftliche Thema visuell aufzubereiten. Die Morde an Cora und Frau von Herrenhagen waren der Anreißer. Die Leser würden sich wie die Geier auf die Geschichte stürzen und das Denkmal, das sich von Herrenhagen mühsam errichtet hatte, mit freudigem Entsetzen niederreißen.

Die Tür wurde geöffnet und sein Chef stieg ein. Thorsten präsentierte ihm das Material: die Forschungsergebnisse, die Fotos von Herrn Hubert und seiner Tochter, von Hallgrim und der Krankenschwester, Steuerunterlagen, Bestechungslisten und

all die anderen hässlichen Details, die ihre Ermittlungen zutage gefördert hatten.
Üblicherweise verabreichte man dem Leser eine derartige Geschichte häppchenweise, um die Zugriffszahlen auf das Magazin über Tage hinweg hochzuhalten. In diesem Fall wollten sie jedoch Unterlassungsklagen oder anderweitigen Interventionen zuvorkommen und die Story mit einem lauten Paukenschlag in die Nachrichten bringen. Das geballte Medieninteresse würde selbst ein korrupter Staatsanwalt oder ein Polizist vom LKA nicht mehr unter den Teppich kehren können. Die detaillierte Aufstellung von Zahlungen an diverse Amtsträger, die sie auf Sybylles USB-Stick gefunden hatten, würde noch ausreichend Stoff für Fortsetzungen liefern. Sein Chef gab grünes Licht für die Aktion und verabschiedete sich. Schon morgen sollte die Rakete zünden.

* * *

Er schlüpfte durch die offene Balkontür in Sybylles Wohnzimmer. Er hatte vergeblich geklingelt. Hier oben war alles still, und niemand, der besorgt auf ihn wartete, fiel ihm um den Hals. Dann hörte er doch noch Gekicher und Gelächter aus dem Kellergeschoss. Er stieg die Treppe hinab. Die drei Frauen schwitzten und feixten in der Sauna. Er hatte den Eindruck, sie könnten gerade gut auf ihn verzichten. Er verzog sich auf das Sofa im Wohnzimmer und döste vor sich hin.
Was, wenn von Herrenhagen doch die Wahrheit sagte? Welchen Vorteil hatte er von Coras Tod? Sie wusste nicht mehr als er selbst. Mit dieser Logik hätte er ihn auch aus dem Weg schaffen müssen. Gelegenheit dazu hätte er gehabt. Andererseits hatte er sie im Schloss gesehen, gefesselt, das Hirn mit Drogen weichgeklopft und Hallgrim neben ihr. Das

ergab alles keinen rechten Sinn.
Er setzte sich auf und schlappte schläfrig zum Kühlschrank. Er lupfte den Kronkorken einer Bierflasche mit der stumpfen Seite des Brotmessers und schaute aus dem Fenster. Vor der Garageneinfahrt parkte der silberne Toyota Dannenbergs. Demnächst würde er nach Hamburg fahren müssen, um seinen Wagen abzuholen.
Ein dunkelbrauner Dackel schnüffelte an den Gitterstäben des Tors, hob ein Bein und wackelte auf selbigem und den drei anderen kurzen, krummen Stumpen weiter. Er zog eine ältere Dame, die einen dackelfarbenen Mantel trug, hinter sich her. Sie hatte ihr silbergraues Haupthaar, das mit einem leichten violetten Stich schimmerte, zu einer kurzen, lockig-ausgedünnten Föhnfrisur modelliert – allzeit bereit für ein Kaffeekränzchen oder einen unerwarteten Herrenbesuch.

Er hatte sich vor Sybylles Hausbibliothek in einen Roman vertieft, als die Damen das Wohnzimmer wieder belebten. Dem Klappentext zufolge handelte es sich um eine Geschichte nach dem Romeo-und-Julia-Schema – allerdings exklusiv mit Julias. Der Vorname der Autorin klang wie der Name eines Stamms amerikanischer Ureinwohner. Selina hatte sich neugierig an ihn herangeschlichen und las laut mit:
„... Ich bin Irin und keine Engländerin. Meine Familie stammt aus Irland, wo es grüne Wiesen, Wolken und Klippen gibt, die unendlich sind – und die allerschönsten Frauen der Welt."
Er schraubte seine Stimme ein paar Oktaven höher und setzte den Dialog fort:
„Ich bin Daniela und komme aus Italien, wo es Essen und Wein gibt, die dich dahinschmelzen lassen. Unsere Frauen sind heiß und feurig und sie haben

eine unglaubliche Ausdauer. Du kannst mich Dani nennen."

„Mein Name ist Seli und auch, wenn ich rote Haare habe, bin ich vielleicht genau so ausdauernd wie eine echte Italienerin."

„Das können wir ja herausfinden, wenn du heute Nacht mit zu mir nach Haus kommst. Ich glaube, da werden wir viele verruchte Dinge miteinander anstellen, Seli."

„Küss mich, Dani! Gleich hier in dieser dunklen Ecke der Bar."

„Ich kann deine Hitze spüren, Seli, selbst durch den dicken Stoff deiner Jeans."

Pikiert kam Sybylle angerannt und riss ihm das Buch aus der Hand.

Selina improvisierte: „Huch, war das etwa deine Geliebte? Sie sah sehr ungehalten aus, als sie unserer Zärtlichkeiten ansichtig wurde."

Er stieg wieder mit der Stimme eines Kastraten ein.

„Gleichwohl sie ihren Zorn mit vollkommener Anmut und Grazie äußert. Beim Liebesspiel ist sie das Saltimbocca auf dem Teller der Leidenschaft, Seli."

„Das nimmt mich wunder, denn mir erschien sie eher wie eine zahnlose Gabel im Besteckkasten der Lust, Dani."

„Schon gut, ihr zwei! Habt ihr es bald? Das Buch war ein Geschenk", versuchte Sybylle ihre Ehre zu retten.

„Es wird Literaturgeschichte schreiben", spottete Selina.

„Zutiefst aufwühlend, gleichzeitig aber auch ungemein erregend", pflichtete er ihr bei.

Jetzt musste selbst Sybylle lachen.

Nach dem Abendessen wollten sie einen Film schauen. Eine Kampfabstimmung kürte eine Komödie aus dem Onlineverleih über vier betagte Damen, die ihr eingerostetes Liebesleben nach der Lektüre eines Sadomaso-Romans aufpeppen wollten, mit drei zu eins zur Siegerin. Die Rechtmäßigkeit des Ergebnisses erfolglos anfechtend, setzte er sich zu den anderen. Eigentlich fand er die Idee auch ganz lustig und die vier Hauptdarstellerinnen, durchweg gestandene Hollywood-Größen, zoteten und witzelten sich unterhaltsam in die Story hinein. Doch irgendwie wagte der Regisseur in seinem Erstlingswerk dann doch nicht den Schritt vom amüsanten Vorspiel zu einer gehörigen Portion altersgerechter Verdorbenheit, die dem Film mehr Tiefe und Würze verliehen hätte. So blieb am Ende alles nett, schick und klinisch sauber.

„Nichts für Männer. Ein Fall für den Gleichstellungsbeauftragten", merkte er beim Abspann an und schaute hilfesuchend zu Selina hinüber.

„So schlecht war er aber nicht", meinte sie.

„Was hast du denn vermisst? Teure Autos, die sich überschlagen. Hochhäuser, die in die Luft gesprengt werden, vollbusige Frauen, die vor üblen Schurken gerettet werden müssen? Und wagemutige Helden, die unverletzt Slalom durch einen Kugelhagel laufen, selbst aber mit jedem Schuss einer Fliege auf zweihundert Meter ein Auge ausschießen?", kommentierte Sybylle seine unqualifizierte Bemerkung.

„Entweder das oder aber etwas mit Niveau und ohne Tränen."

Jetzt, wo alles vorbei war und die Anspannung von ihm gefallen war, forderten Körper und Geist ihren Tribut. Mit schweren Augen starrte er auf das Glas Bier vor sich, das nach zwei Stunden Ruhezeit bei Zimmertemperatur zwar ausgiebig geatmet, dabei aber praktisch seine komplette Anziehungskraft ein-

gebüßt hatte und nun wie eine Urinprobe in der schlierigen Tulpe darauf wartete, von einer Krankenschwester ins Labor gebracht zu werden.
Es war noch nicht allzu spät und obwohl er todmüde war, musste er einfach mal raus. Zu lang schon hatte er sich in irgendwelchen Höhlen versteckt.

* * *

Er nahm den silbernen Toyota und fuhr mit heruntergelassenen Scheiben durch die milde Nacht in die Stadt. An der Alten Börse war ganz schön was los. Richtig, heute war die After-Work-Party. Er parkte und ging hinein. Die Alte Börse war ein angesagter Musikclub, in dem Newcomer, Schülerbands, regionale Größen, aber auch internationale Gruppen auftraten. Das Programm reichte von Punk über Rock bis hin zu Hip-Hop und Reggae. Das Publikum war angenehm bunt gemischt. Hier tanzte die brave Hausfrau, den Verschluss der Handtasche an ihrer Seite mit einer Hand argwöhnisch sichernd, neben der grell geschminkten Teeniemaus. Während die jüngeren Männer ihr genetisches Potential mit teils beeindruckenden Darbietungen auf dem Parkett zur Schau stellten, schnappten und traten die reiferen Semester etwas ungelenk nach den bunten Licht- und Laserstrahlen, die durch den Raum flackerten. Er stand mit einer Flasche Bier am Tresen und schaute den After-Workern zu. Von der Seite her wurde er angestupst.
„Hey, Sie kenne ich doch?"
Er musterte die Frau, die sich hier wohl die Midlifekrise von der Seele zappelte. Erst als er sie sich im Ballkleid und mit einer Perücke auf dem Kopf vorstellte, erkannte er sie wieder. Sie griff nach seiner Flasche und tat einen tiefen Zug daraus.
„Was ist mit ihren fehlenden Fingern passiert? Das

bekommt das Wort Handicap ja eine tiefere Bedeutung", konnte er sich angesichts der acht lackierten und strassbesetzten Fingernägel einen Kalauer nicht verkneifen.

„Das war dieses Monster Hallgrim. Er hat sie mir abgeschnitten."

„Sind Sie bei der Yakuza?"

„Nein, das war bestimmt aus Rache, weil ich meine beste Freundin bei ihrem Mann angeschwärzt habe."

„Frau von Herrenhagen?"

Sie nickte.

„Das ist aber Ewigkeiten her. Nachdem sie schon ein Jahr tot ist, kommt ihr Wachhund daher und verstümmelt mich. Wem nützt das jetzt noch, frage ich Sie?"

„Ja, wem nützte das wohl?", fragte auch er sich.

„Einer Ihrer Finger liegt in meinem Kühlschrank auf Eis. Er war allerdings schon etwas angegammelt, als ich ihn gefunden habe."

„Den kann man wohl nicht mehr annähen, was?", bedauerte sie.

„Den anderen Finger hat eine Katze abgenagt."

„Dieses elende Drecksvieh! Halbverhungert habe ich sie gefunden, mühsam aufgepäppelt und dann frisst sie mir das Fleisch von den Knochen. Wenn sie nicht gewesen wäre, hätte mir der Mistkerl nur einen abgehackt."

Sie griff erneut nach seiner Flasche und leerte sie.

„Haben Sie heute noch etwas vor? Ich wohne nicht weit von hier. Ich bin auch mit beschnittenen Hände sehr geschickt", zwinkerte sie ihm wenig damenhaft zu.

Er lehnte einfühlsam ab und trat den geordneten Rückzug an.

* * *

Thorsten fuhr ein Stück in die Ebene hinaus und hielt beim Baggersee. Die Strahlen der aufgehenden Sonne weckten ihn. Er blinzelte in die Wärme eines weiteren schönen Frühlingstags. Vor ihm ragten die westlichen Gipfel und Erhebungen des Mittelgebirges auf, das er so sehr liebte. Wie viele Stunden war er schon durch die Wälder gestrichen? Er kannte jedes Tal, jeden Hügel, jede Streuobstwiese und jedes Gasthaus, in dem Kochkäse, Apfelwein und andere regionale Köstlichkeiten aufgetischt wurden.

Es war erst sechs. Er stieg aus, bog sich wie eine Weide im frischen Morgenwind und vertrat sich die Beine. Die ersten Autos hielten auf dem Parkstreifen. Die Fahrer öffneten die Heckklappe ihrer geräumigen Stadtgeländewagen und Kombinationskraftwagen und ließen ihre Hunde ins Freie. Sie gingen ein paar Schritte mit ihnen, luden die Vierbeiner nach Erledigung ihres Geschäfts wieder ein und brausten davon.

Er setzte sich auf eine Bank und sah den Enten beim Schnattern zu. Ob sie wohl eine Seele hatten? Oder die Fische oder gar der ganze See? Naturvölker glaubten, dass in jedem Stein, jeder Pflanze und selbst an jedem Ort eine Lebenskraft mit eigenem Willen wohne. Wurden diese Religionen mitleidig belächelt, weil sie dem Menschen sein Monopol auf Beseeltheit absprachen? War dieses Gefühl, über allem anderen zu stehen und eine Sonderrolle im Universum zu spielen, so wichtig?

Er rief sein Onlinemagazin auf. Mord und Korruption auf Schloss Herrenhagen war der Aufmacher. Exklusive Enthüllungen zu den dubiosen Forschungen und Geschäftspraktiken Rüdiger von Herrenhagens sowie dessen Verstrickung in zwei Mordfälle wurden angekündigt. Er studierte den Artikel. Seine Kollegen hatten ganze Arbeit geleistet. Sie hatten sogar

Steuerbetrügereien aufgedeckt, die auch das Finanzamt interessieren dürften.

Ein Windhauch kräuselte zarte Wellen auf die Wasseroberfläche. Ab und an stieß ein Fisch herauf und tauchte platschend zurück in die Tiefe. Jogger und Walker zogen ihre Runden über den Kiesweg, der am Ufer entlangführte. Das Telefon klingelte. Sein Chef richtete ihm aus, er solle zu einer Aussage aufs Polizeipräsidium kommen und die beiden Frauen mitbringen. Von Herrenhagen und seine Männer hätte man festgenommen.

Neben der Gesetzgebung, den administrativen Behörden und der Rechtsprechung beeinflussen die Medien durch ihre Berichterstattung und öffentliche Diskussionen das friedliche Miteinander der Leute. Er hatte diese vierte Gewalt instrumentalisiert, um die Polizei an ihre Aufgaben zu erinnern. Das hatte funktioniert. Kaum war der Fall publik geworden, waren alle darin verstrickten Stellen emsig um Schadensbegrenzung bemüht. Niemand konnte es sich jetzt noch leisten, dass ihm oder seinen Freundinnen etwas Unvorhergesehenes ereilte.

* * *

Die Luft in seiner Wohnung roch abgestanden und wohin er auch sah, waren Schubkästen aufgezogen, Regale leergeräumt, Schränke von den Wänden geschoben oder anderweitiges Chaos angerichtet worden. Er lüftete und rückte der Unordnung zu Leibe. Danach ging er ins Bad und duschte sich den Morast, durch den er die letzten Tage gewatet war, von der Haut. Wohlig erfrischt schlurfte er zurück ins Wohnzimmer, wo er in die Mündung eines Revolvers starrte.

GUMMI, DAS VON FELGEN FAULT

In der Tiefe des Laufs schimmerte die messingfarbene Spitze einer Kugel und wartete bedrohlich auf die Freigabe durch den Schlagbolzen. Warum hießen sie eigentlich Kugeln, wenn die massiven Metallkerne einer Patrone doch ausschließlich kegelförmig in den Handel gelangten? Vielleicht, weil man die frühen Kanonen mit runden Geschossen geladen hatte? Doch irgendwie glaubte Thorsten nicht so recht, dass die Hand, die sich um den Griff des Tötungswerkzeugs schmiegte, gekommen war, um diese inhaltliche Unschärfe mit ihm zu erörtern. Die vier Kammern links und rechts des Laufs waren ebenfalls vorschriftsmäßig bestückt. In der unteren, die vom Abzugsbügel verdeckt war, vermutete er ein weiteres Projektil. Der Hahn war gespannt, was er aus einer etwas weniger beängstigenden Perspektive heraus zweifellos hätte sehen können. Er hoffte, der Schütze hinter der Waffe, der sich langsam aus dem Schleier der Angst heraus löste, würde keinen Finger für ihn krummmachen. Ein verheultes, aber deswegen nicht minder entschlossenes Gesicht gewann an Kontur. Es gehörte Lena, der jungen Bedienung, Tochter von Herrn Hubert, der vollumfänglich umsorgt in einer Gefängniszelle seiner Verurteilung entgegenfieberte.

„Das ist alles nur deine Schuld! Du hast meinen Vater hinter Gittern gebracht! Dafür wirst du bezahlen!"

„Und jetzt willst du mit aller Gewalt zu ihm? Du kannst anstellen, was du willst, ich kann dir versichern, man sperrt dich in eine eigene Zelle, wahrscheinlich sogar in ein anderes Gefängnis. Zu den regulären Besuchszeiten wirst du ihn öfter sehen dürfen, das ist mal sicher."

„Das macht dir wohl Spaß, was? Das Leben anderer Menschen zerstören und dich dann auch noch lustig machen."

„Ganz im Gegenteil. Ich will dich gerade davor bewahren, dass du dich selbst ruinierst."

„Du hast mich benutzt."

„So wie dein Vater dich benutzt hat."

„Er hat mich um Hilfe gebeten."

„Ist das jetzt Hilfe, wenn man einen Menschen tötet?"

„Frau von Herrenhagen war eine streitsüchtige Frau. An jedem hat sie ihre Launen ausgelassen. Ihren Mann hat sie drangsaliert, meinen Vater, die Bediensteten – jeden einzelnen, selbst ihrer Tochter hat sie es nicht immer leicht gemacht. Dennoch war Sybylle die Einzige, die an ihrem Grab von Herzen traurig war. Niemand anderes weint ihr auch nur eine Träne nach, diesem durchtriebenen Miststück – trotz alledem haben wir sie nicht umgebracht."

„Dann haben du und dein Vater ja auch nichts zu befürchten."

„Jetzt ist alles kaputt! Papa sitzt im Gefängnis und mich holt die Polizei auch sicher bald."

„Wenn du nichts Unrechtes getan hast, wird sich alles regeln."

„Wer wird uns jetzt noch glauben? So wie du das arrangiert hast, spricht doch alles gegen uns. Warum musstest du dich auch in unser Leben einmischen?"

„Ich? Euer Leben hat sich bei mir eingemischt, als ich ein verwahrlostes Mädchen aus einem Verlies befreit habe, in das ihr es gesteckt habt – und jetzt nimm endlich diesen Revolver runter!"

Kraftlos ließ sie ihren Arm sinken. Er nahm ihr die

Waffe aus der Hand und legte sie auf den Tisch. Sie schlug ihm ins Gesicht. Noch einmal und noch ein drittes Mal. Dann ließ sie sich aufs Sofa plumpsen, griff sich ein Kopfkissen, drückte es fest gegen ihren Bauch und kippte mutlos auf die Seite.
„Ich habe kein Mädchen eingesperrt", sprach sie abwesend vor sich hin.
„Du vielleicht nicht, aber dein Vater – und dein sauberer Patenonkel ...
Kopf hoch! Es kommen auch wieder bessere Tage."
„Alles ist verloren. Wohin soll ich jetzt nur gehen?"
„Du kannst heute hierbleiben. Wir finden schon eine Lösung, versprochen. Leg dich aufs Ohr und schlaf ein bisschen! Danach sieht die Welt ganz anders aus."
„Kommst du auch?"
„Nein, ich habe noch zu tun. Keine Angst, hier bist du sicher!"

Sie zog sich ins Schlafzimmer zurück. Er machte sich wieder an die Instandsetzungsarbeiten in seiner Wohnung und brachte sie auf den semichaotischen Stand von Sonntag. Er nahm sein altes Handy, das die ganze Zeit über ausgeschaltet im Handschuhfach des silbernen Toyotas gelegen hatte, und überflog die eingegangen Nachrichten. Es gab keine wichtigen Meldungen, außer einer von Cora, die ihm auf die Mailbox gesprochen hatte.
Noch zögerte er, denn zu schmerzhaft war es gewesen, die Erinnerung an sie in einen entlegenen Winkel am Rande seines Bewusstseins zu verdrängen, als dass er diese Wunde jetzt schon wieder aufreißen wollte. Wäre er denn nächsten Monat dazu bereit, nächstes Jahr oder in zehn Jahren? Er tippte die Taste und lauschte ihrer Stimme.
„Hallo, Thorsten, ich konnte dich die ganze Zeit über

nicht erreichen ...",
Richtig, konnte sie auch nicht. Er war die vergangenen Tage mit dem Smartphone unterwegs gewesen, dass Dannenberg ihm besorgt hatte. Wieder machte er sich Vorwürfe, dass er sich nicht früher bei ihr gemeldet hatte.
„... Wir haben die ganze Zeit falschgelegen. Herrenhagen hat seine Frau nicht umgebracht. Sie hat es gewissermaßen selbst getan ..."

Tränen schossen ihm in die Augen, sein Hals aber war trocken wie der Kuss einer Mumie, als er die Nachricht bis zu Ende gehört hatte. Niedergeschlagen schlurfte er rüber zum Bücherregal und öffnete Band 76 seiner Goethe Gesamtausgabe. Ein Zettel und zwei Fotos, die Cora dort versteckt hatte, fielen heraus. Er überflog ihre Notizen und sah sich die Bilder an. Dann ging er hinüber ins Schlafzimmer, weckte Lena und gab ihr einen Auftrag.

Besonders eilig hatte er es nicht, zur Polizei zu kommen, daher stieg er gemächlich die Stufen hinab und öffnete die Haustür. Ein Blick auf seinen Briefkasten versicherte ihn, dass die Discounter, Möbel- und Elektromärkte trotz der schwerwiegenden Anschuldigungen gegen ihn noch immer treu zu ihm hielten. Als er die Haustür öffnete, rannte sein Nachbar Hendrik beinahe in ihn hinein. Er hatte den Arm voller Papiertüten, die rücksichtslos den Duft von frischem Backwerk verströmten.
„Morgen, Thorsten!"
„Morgen, Hendrik! Du bist heute spät dran."
„Ich hab Urlaub. Wir sehen uns gleich ein paar Häuser an. Die Wohnung wird zu klein für uns."
„Oh, das ist aber schade. Ich werde Euch vermissen. Wird es ein Junge oder ein Mädchen?"

„Das wissen wir noch nicht. Du kannst uns ja mal besuchen. Bist du nicht mehr auf der Flucht?"
„Hat sich alles aufgeklärt."
„Das war ja ein Ding! Ich hab mir gleich gedacht, dass die den Falschen suchen."
„Ja, alles nur ein Missverständnis."
„Hast du gehört? Aus dem Tierpark ist ein Rudel Wölfe ausgebüxt und streift nun durch die Felder. Du sollst laut in die Hände klatschen, wenn sie dir über den Weg laufen, dann würden die scheuen Tiere verschwinden, sagen sie."
Die Papiertüten raschelten, als Hendrik sie mit seinen behaarten Armen noch enger an das karierte Flanellhemd drückte.
„Nun, darauf verlassen würde ich mich nicht. Viele Grüße an Katja und die Kinder."

Er holte Melanie und Selina ab, die ebenfalls auf dem Polizeirevier aussagen sollten.
„In Wien bin ich mal mit meinen Eltern in einer Droschke gefahren", erinnerte sich Selina.
„Da waren wir zügiger unterwegs als jetzt in diesem Auto."
„Bei dem Tempo braucht der Wagen weniger Benzin und die Reifen halten auch länger. Das schont die Umwelt und den Geldbeutel", verteidigte er seine defensive Fahrweise.
„Bei dir wird das Gummi wohl eher von den Felgen faulen, als dass du das Profil runterfährst", stichelte sie weiter.
„Du hast mehr von deiner Mutter, als du denkst."

Sybylles Ex vom LKA begrüßte sie auf der Wache.
„Ob wir hier in guten Händen sind, bezweifle ich doch sehr", beschwerte sich Thorsten.
„Sie können ganz unbesorgt sein. Ich habe Rüdiger

nur so weit geholfen, wie es die Lage zuließ."
„Rüdiger?"
„Nachdem sich Sybylle von mir getrennt hatte, sind wir weiter in Kontakt geblieben. Wir verstehen uns gut und er hat mir bei meiner Karriere sehr geholfen."
„Und was ist mit Sybylle? Neue Liebesgefühle aufgeflammt?"
„Nein, das ist lang her. Ich würde allerdings meine Tochter gern mal kennenlernen. Deswegen wollte ich sie auch am Bahnhof abfangen, bevor sie wieder von der Bildfläche verschwindet."
„Könnten Sie ein Treffen mit von Herrenhagen arrangieren?"
„Das sollte möglich sein. Im Moment hat er viel Zeit. Ich hätte nie gedacht, dass er zu all dem fähig ist."

Er unterhielt sich eine halbe Stunde lang mit Rüdiger von Herrenhagen. Dieser wirkte niedergeschlagen und doch freute er sich, als sie sich die Hände schüttelten. Er saß ihm kerzengerade am Tisch gegenüber, hatte die Hände aufeinander auf die Tischplatte gelegt, nickte, wiegte den Kopf, kraulte sich das Kinn, zwirbelte seinen Schnurrbart und lächelte verständnisvoll während ihres Gesprächs.
„Wenn wir beide doch nicht so dickköpfig gewesen wären!", verabschiedete er sich von Thorsten.
Der LKA-Beamte hatte erwirkt, dass er, nachdem er seine Aussage gemacht hatte, mit einer Fußfessel ausgestattet wieder gehen durfte. Angesichts seines Engagements bei der Aufdeckung der Missstände verzichtete man auf die Untersuchungshaft.

* * *

Der Zug aus Kiel fuhr pünktlich um 16:24 Uhr, exakt dreiundzwanzig Minuten nach der ausgewiesenen Ankunftszeit und genau zwei Minuten nach der korrigierten Verspätungszeit, mit quietschenden Bremsen im Bahnhof ein. Die Europäische Union strebte eine Angleichung der Lebensverhältnisse innerhalb ihrer Mitgliedsstaaten an. In Hinblick auf eine mögliche Süd-Erweiterung ging die Bahn über diese Bemühungen weit hinaus, indem sie sich schon jetzt den Gepflogenheiten in Zentralafrika anpasste, um so für einen möglichen Beitritt der Gebiete gerüstet zu sein.

Selina hatte ihre Eltern bereits am Abteilfenster stehen sehen und lief den Waggons winkend hinterher, bis sie zum Stillstand kamen. Als sie ausstiegen, fielen sie sich in die Arme und küssten sich. Tränen der Freude flossen und die drei überboten sich mit Glücksbekundungen, als er zu ihnen trat und sich vorstellte.

Obwohl Selina ihre Eltern vorgewarnt hatte, waren sie dennoch überrascht, wie frappierend ähnlich sich Melanie und ihr Mädchen sahen: die gleichen Züge, die gleichen Haare, das gleiche Lächeln und vor allem, die gleichen strahlend grünen Augen. Als die beiden nebeneinander standen, kam es ihnen so vor, als schauten sie im selben Moment in die Gegenwart und Zukunft ihrer Tochter.

Thorsten verabschiedete sich noch auf dem Bahnsteig.

* * *

In seiner Wohnung wartete Lena bereits auf ihn. Sie legte ihm ein paar Listen und Zettel vor, die sie an einigen Stellen markiert hatte, und die er nun aufmerksam studierte. Er kritzelte eine kurze Nachricht auf ein Stück Papier, holte Hallgrims Ohr aus dem Kühlschrank und quetschte alles zusammen in den hohlen Golfball, den er mit Cora unter der großen

Zeder gefunden hatte. Sie fuhren zu den Koordinaten, an denen sich die Bewegungsprotokolle der beiden Handys, die Lena gehackt hatte, am häufigsten kreuzten. Er stieg aus und warf den Plastikball durch das offene Fenster im ersten Stock. Danach wählte er die Nummer, die von diesen Handys aus am häufigsten angerufen worden war.

„Wenn Sie wirklich besser werden wollen beim Golf, dann gehen Sie noch einmal zurück und fangen jünger an!", empfahl er der Stimme, die abgehoben hatte, und legte auf.

PAC-MAN IM RAUSCH DER HORMONE

„Sie bohren immer weiter, selbst wenn der Zahn schon gezogen ist."

„Hatten Sie erwartet, die Marionette fällt in sich zusammen, sobald Sie die Schnüre kappen? Vorbei ist es erst, wenn alle Rechnungen ordnungsgemäß beglichen sind."

„Aus meiner Sicht sind sie es."

„Das kann ich mir gut vorstellen. Schließlich zahlen andere Ihre Zeche."

„Nennen Sie uns Ihren Preis! Wir werden uns bestimmt einigen. Sie sitzen für den Mord an Hallgrim vielleicht ein, zwei Jahre im Gefängnis ab und genießen danach ein sorgenfreies Leben."

„Wie sorgenfrei könnte das wohl sein, so lang Sie noch Ihr Unwesen treiben? Seien wir doch ehrlich: Sie können es sich doch gar nicht leisten, mich weiterhin unter sich weilen zu lassen."

„Genau genommen wäre das tatsächlich ein Luxus, den wir uns besser schenken sollten."

Dannenberg trat an den Flaggenstock, mit dem Thorsten zuvor Loch 18 markiert hatte.

„Und was ist mit dir? Hast du jetzt endlich deine Familie gefunden?", wandte er sich an Sybylle, die dem Archivar auf dem Fuß folgte.

„Wisst ihr was? Mich langweilt es langsam, dass mir aber auch wirklich jeder eine Pistole vor die Nase hält", beschwerte er sich und deutete abschätzig auf die Waffe in Dannenbergs Hand.

„Hätten Sie nicht etwas stilvoller mit einem Samuraischwert oder zumindest einem Florett aufkreuzen können?"

„So kultiviert, wie dem armen Hallgrim das Ohr abzuschneiden?"

„Nun, das hatte ich ursprünglich geplant, um die zu erwartende Strafe mit einem Schuss Unzurechnungsfähigkeit zu verdünnen."

„Sehr vorausschauend von Ihnen."

„Bei weitem nicht so elegant wie der bis ins Detail ausgetüftelte Plan, mit dem Sie mich an der Nase herumgeführt haben. Das muss Ihnen der Neid lassen! Warum haben Sie gerade mich dazu auserkoren, den Strohmann für Sie zu spielen?"

„Ihr Broterwerb und Ihre hormonelle Disposition prädestinierten Sie dafür."

„Ich ahnte schon immer, dass mich meine Schwäche für Frauen eines Tages in Schwierigkeiten bringen würde."

„Meine spröde Nichte Melanie, auf die auch Rüdiger von Herrenhagen ein Auge geworfen hatte, war eine Festung, die Sie unbedingt stürmen mussten: jung, attraktiv, geheimnisvoll und hinter ihrer Unschuld wild wie eine Raubkatze. Eigentlich sollten Sie mit ihr auf dem Ball aufkreuzen ..."

„... Und Eifersucht schüren?"

„Mehr noch, Sie sollten ihn gegen sich aufbringen, damit er Fehler macht – und da kam Ihr Beruf ins Spiel."

„Lassen Sie mich raten! Ich sollte seine Forschungen zerpflücken, sie an die Öffentlichkeit zerren und ihn so gesellschaftlich diskreditieren? Das hat ja auch wunderbar funktioniert."

„Exakt, schließlich sind Sie ihm schon einmal auf die Füße getreten."

Thorsten erinnerte sich an den Bäckermeister Franz Knobloch und seine Reportage über die Zeitzeugen von Krieg und Wirtschaftswunder, die am Ende doch nicht herausgegeben wurde.

„Ich sollte Unruhe stiften, ihm ein Bein stellen und ihn ins Straucheln bringen, so dass Sie ihn nur noch über die Klippe schubsen mussten."

„Wir hatten ja gehofft, dass Sie einigen Wirbel veranstalten würden. Dass daraus aber ein Erdrutsch werden würde, alle Achtung!"

„Dann kam Ihnen dummerweise Cora in die Quere."

„Sie war genau so unnachgiebig wie Sie."

„Sie hätte Ihnen die Augen auskratzen sollen. Ich hoffe, die Schmisse, die sie Ihnen durchs Gesicht gezogen hat, erinnern Sie auf ewig an Ihre feige Tat."

„Sie hat herumgeschnüffelt und war kurz davor, schlafende Hunde bei der Polizei zu wecken. Schließlich hat sie uns auch noch zusammen gesehen. Glauben Sie mir, sie sollte nicht sterben. Ich bin ein friedliebender Mensch."

„Mit einer Pistole in der Hand klingt das nicht gerade überzeugend."

„Eigentlich hatten wir vor, das Bewusstsein ihrer Freundin medikamentös zu verändern, was weniger endgültig gewesen wäre und keine intensiven Er-

mittlungen nach sich gezogen hätte, doch nach ihrer waghalsigen Rettungsaktion blieb uns nichts anderes übrig."
„Dann habe ich sie also auf dem Gewissen?"
„So will ich das jetzt nicht ausdrücken, doch es war eine vermeidbare Tragödie."
„Tragisch für Sie nur, dass ihr Tod völlig überflüssig war, denn das, was sie herausgefunden hatte, konnte sie mir weitergeben."
„Noch liegen die Karten nicht auf dem Tisch."
Dannenberg zuckte selbstsicher mit seiner Pistolenhand.
„Über das Handy, das Sie mir besorgt haben, wussten Sie natürlich immer genau, wo ich gerade war."
„Ja, es war streckenweise äußerst amüsant, wie Sie wie der Pac-Man über das Spielfeld gekrabbelt sind und dabei die Brotkrumen gefressen haben, die wir ausgelegt haben."
„Ich war wohl einfach zu gutgläubig, als ich Ihnen vertraut habe."
„Sie haben sicher gemeint, ein angestaubter, weltfremder Bibliothekar wäre ebenso vertrauenerweckend wie ein Priester. Bestimmt haben Sie sich wie ein Wohltäter gefühlt, als Sie mich in Ihr Abenteuer mit einbezogen und ins echte Leben geholt haben."
„In der Tat dachte ich, ich könnte der Tristesse Ihres Daseins etwas Würde verleihen. Dem holländischen Wissenschaftler haben Sie vermutlich auch über den Jordan geholfen?"
„Rizin, sehr schwer nachzuweisen. Ein paar Tropfen genügen. Eingeatmet oder geschluckt führt es bald zum gewünschten Ergebnis. Eine geschädigte Leber und übermäßiger Alkoholgenuss beschleunigen den Prozess. Es tat mir in der Seele weh, den ausgezeichneten Whisky damit zu verschneiden."
„Der in meiner Wohnung war nicht verdorben."

„Er war exzellent."

„Richtig sauer war ich aber, dass Sie den Käsekuchen gegessen haben."

„Ich konnte der Versuchung nicht widerstehen. Solch einen Kuchen bekommt man bei keinem Bäcker."

„Ihr Plan mit dem vergifteten Whisky war wohl zu perfekt, denn so konnte man von Herrenhagen den Mord nicht zuschreiben."

„Wir hatten die Unfähigkeit der hiesigen Polizei unterschätzt."

„Und was war deine Rolle bei der ganzen Sache, Sybylle?"

„Ich sollte das Eisen am Glühen halten und dich mit Informationen versorgen. Ich sollte dir immer wieder neue Gründe liefern, weiterzumachen, bis alles erledigt wäre."

„So wie die Fotos von Herrn Hubert und seiner Tochter, wie sie den Sportwagen präparieren?"

„Ja, die haben wir dir auch zugespielt. Es wirkt halt glaubwürdiger, wenn ein Außenstehender Familieninterna aufdeckt."

„Das hast du oscarreif hinbekommen oder war nicht alles nur Theater?"

„Sagen wir es mal so, ich habe mich nicht opfern müssen. Befriedigt das deine Eitelkeit?"

„Was ist mit deiner Tochter Selina?"

„Sie ist fast erwachsen und wird schon noch zu mir finden. Dafür sind die Möglichkeiten, die wir ihr bieten können, einfach zu verlockend."

„Ja, jetzt, wo dein Stiefvater und Herr Hubert im Gefängnis sitzen, könnt ihr euch all dies hier unter den Nagel reißen."

„Wir sind doch keine Raubritter! Papa und ich bekommen nur unseren angestammten Familiensitz zurück mit einer entsprechenden Entschädigung für die Jahrhunderte der Ungerechtigkeit."

„Und ihr glaubt, ihr könnt Selina kaufen? Das beweist, wie wenig ihr sie kennt und wie wenig ihr überhaupt wisst. Dabei wurdet ihr beide ebenso ins Boxhorn gejagt, wie ich."
„Von wem sollte das gewesen sein?"
„Einem äußerst raffinierten Luder."
„Sprich nicht so über meine Mutter!"
„Hat sie euch die Aussicht auf eine perfekte Familie vorgegaukelt und so zu diesem hinterhältigen Spiel überredet?"
„Wir sind jetzt endlich zusammen und du bringst uns nicht wieder auseinander."
„Eigentlich hatte ich ja sie hierher eingeladen, doch wie mir scheint, scheut sie weiterhin die Öffentlichkeit."
„Mit Randnotizen wie dir gibt sie sich nicht ab. Sie fährt gerade unsere Ernte ein, denn sie ist der Kopf unserer Mission", triumphierte Sybylle.
„Und ihr seid die Hände, die die Drecksarbeit für sie erledigen?"
„Wir sind ein Team, das perfekt funktioniert."
„Jetzt mal ehrlich? Du traust einer Frau, die einen wildfremden Menschen in den Tod schickt, nur um ihr eigenes Ableben glaubhaft vorzutäuschen? Du glaubst der Frau, die ich einst als pubertierender Teenager im Geräteschuppen eines Golfplatzes geschwängert habe?"
„Was erzählst du da für einen Schwachsinn?", empörte sich Sybylle und schaute irritiert zu Dannenberg hinüber.
„Glaubst du etwa, du hättest dein zügelloses Temperament von dieser Foliantenmumie da neben dir? Wenn du willst, lasse ich gern die Hosen runter und

zeige dir meinen Leberfleck im Schritt, der wie eine kleine Krone aussieht. Er hätte dir eigentlich auffallen müssen, so hingebungsvoll wie du dich dort ausgetobt hast."

„Dann hast du sie vergewaltigt? Du widerlicher Dreckskerl!"

„Vergewaltigt? Ich war noch Jungfrau und im Rausch der Hormone. Ich hätte ihre Hand begattet, wenn sie nicht so fest zugedrückt hätte, als sie mich ins Zielgebiet geführt hat."

„Meine Mutter hat es die ganze Zeit gewusst?"

„Worauf du deinen süßen Knackarsch verwetten kannst."

„Du hast es auch gewusst, du elender Misthaufen? Und hast trotzdem mit mir geschlafen, mit deiner eigenen Tochter?"

„Ich habe dich nicht brüsk von mir stoßen wollen, wo ich dich doch gerade erst gefunden hatte. Opfern habe ich mich nicht müssen ... wenn das deine Entrüstung besänftigt, du Heuchlerin."

Thorsten war jetzt richtig warmgelaufen. Dannenbergs Gesichtszüge waren erstarrt. Er zuckte wirr mit dem Kopf von links nach rechts wie ein falsch verdrahteter Android.

„Sie ist meine Tochter und ich bin ihr Vater. Cornelia hat es mir versichert und es passt alles", betete er wieder und wieder herunter.

„Eine unscheinbare Wurst sind Sie, der man erst einen Bären aufgebunden hat und jetzt das Fell über die Ohren ziehen wird."

Dannenberg spannte den Hahn der Waffe und richtete sie auf ihn.

„Los, Sybylle, sag dem Wicht, er soll deinen Vater erschießen! Deine Mutter hast du ja bereits verloren, denn die sitzt am Flughafen und wartet auf ihre Maschine nach Buenos Aires, wo sie schon bald Tango

tanzen wird, während ihr langsam hinter Gittern verrottet. Oder habt ihr etwa auch Tickets?"
Er hielt ein Smartphone in die Höhe.
„Kommt her und seht es euch an!", forderte er sie auf.
„Das ist nicht wahr! Er lügt!", stotterte Dannenberg.
Sybylle ging auf Thorsten zu und holte mit der Hand aus. Er fing sie ab.
„Glaubt hier eigentlich jede Frau, sie könne mich nach Herzenslust ohrfeigen?"
Resigniert schaute sie aufs Display. Dann drückte sie sich an seine Brust.
„Hilf mir, bitte! Ich bin doch deine Tochter."
Er schlang die Arme um sie und hielt sie fest, bis die Polizisten die beiden abführten.

* * *

Es klingelte an der Tür. Thorsten wusch sich schnell noch das Shampoo aus den Augen und band sich ein Duschtuch um die Hüften.
„Du brauchst dringend einen Schlüssel", begrüßte er Melanie.
„Brauche ich das?", fragte sie und stellte den Teller, den sie in der Hand hielt und unter dessen Folie ein unvergleichlich verführerischer Duft von Birnen-Mohnkuchen kleine Zöpfe in seine Nasenhaare flocht, auf den Schuhschrank. Sie löste das Handtuch von seinen Hüften und schaute an ihm herab. Sie kreuzte die Arme vor dem Bauch und zog sich ihr T-Shirt über den Kopf. Er genoss den Moment des reinen ästhetischen Genusses und wollte die Frage, warum sich Frauen ihres Pullovers auf eine derart manierierte Art entledigen, zu einem günstigeren Zeitpunkt mit ihr erörtern. Für den Moment wollte er ihren Enthusiasmus nicht mit solch belanglosen Details ausbremsen. Er lauschte dem

Schließer am Reißverschluss ihres Rockes, der Zahn für Zahn die ineinander verhakte Verbindung löste, bevor das Kleidungsstück nach einer gefühlten Ewigkeit an ihren Schenkeln hinab zu Boden glitt und seine dessousfreie Trägerin entblößte.
„Trägst du dein Amulett nicht mehr?"
„Es beschützt nun Selina, so lang, bis auch sie ihr Glück gefunden hat."
„Wollen wir die Wohnungstür nicht schließen?", schlug er unübersehbar erregt vor.
„Es wohnen auch Kinder hier im Haus."

Die Tür fiel ins Schloss und sie umarmten und küssten sich. Bereits im Flur durfte er sich davon überzeugen, dass kein Vorspiel vonnöten war. Dennoch wollte er sich keinen Gang entgehen lassen. Er drängte sie rücklings auf den Esszimmertisch und setzte sich ans Kopfende. Er zog sie zu sich heran und fiel über ihre Delikatessen her. Völlig außer Atem zuckte sie von der Tischplatte und rettete sich mit weichen Knien ins Schlafzimmer. Er rannte hinterher, schnappte nach ihr und warf sie aufs Bett, wo sie miteinander rangelten. Sie glitt auf ihn und verschränkte die Arme im Nacken. Ein Strahl des abnehmenden Mondes blitzte durchs Fenster und entflammte das giftige Feuer ihrer grünen Augen.
Er wurde mitten in das Inferno hineingerissen. Glühendes Eisen wurde geschmiedet, Funken stoben in den Himmel, der sich entzündete. Kometen prasselten herab und setzen ganze Städte in Brand. Ein Berserker ritt auf einem Schimmel über Leichen und streckte seine blutverkrustete Hand nach einer greinenden Jungfrau aus. Sie bleckte ihre Zähne und biss ihm einen Finger ab. Er, rasend vor Wut, gab dem Pferd die Sporen. Sie küsste einen Jüngling. Sie lösten ihre Umarmung und zwei Wölfe rannten aus-

einander. Melanie keuchte auf ihm, presste ihn in sich, schnappte gierig nach Luft. Er kämpfte sich durch das Flammenmeer und zog sie mit sich in die Stille eines Waldes. Ein Wolf streckte sich im feuchten Gras einer Lichtung aus. Nicht weit davon ästen ein paar Rehe. Ein Bach plätscherte behäbig durch die Dämmerung. In den Blättern raschelte der Wind. Eine Eule flog lautlos durch die Äste. Eine Maus verschwand in ihrem Loch. Zwei Mädchen auf einer Bank hielten sich an den Händen, rückten näher zusammen, noch näher, bis nur noch eines dort saß. Plötzlich krümmte sich Melanie, jaulte auf, röchelte, fauchte ihn an, zerkratzte ihm die Brust und schlug ihre Zähne in seinen Nacken, bis sie sich schließlich besinnungslos von ihm rollte. Der Wolf erwachte und verschwand in der Dunkelheit der Tannen.

„Das war heftig!"
Sie verarztete die Kratzer auf seiner Brust mit einem Wattepad und Jod, während er mit einer Gabel die saftige Spitze eines sündig duftenden Stücks Birnen-Mohnkuchen abstach.
„Passiert das jetzt jedes Mal?"
„Ich hoffe, das ist wie bei einem Wildpferd, das nur einmal richtig zugeritten werden muss, und seinen Reiter danach zuverlässig zu jedem Ort trägt", beruhigte sie ihn.
„Ich bin froh, dass ich das grad nicht gesagt habe. Nicht auszumalen, der Shitstorm, der über mir ausgekübelt werden würde."
Er stellte den Teller beiseite und blätterte aufmerksam in seinem Belegexemplar über die *Zeitzeugen von Krieg und Wirtschaftswunder,* das ihm ein Verlagsbote frisch aus der Druckerpresse zugestellt hatte.
„Glaubst du, von Herrenhagen wird sich an die Ab-

machung halten?"
„Wir sind jetzt die besten Freunde und so lang er den Trojaner, den ich in seinem Netzwerk installiert habe, nicht gefunden hat, wird das auch so bleiben."
„Wie lang musst du das Ding an deinem Fuß noch tragen?"
„Nicht mehr lang. Mein Anwalt meint, ich komme mit einer Bewährungsstrafe davon. Zu der Übersprungshandlung sei es wegen eines Blackouts aufgrund der außergewöhnlichen Stressbelastung gekommen ... Mit den richtigen Verbindungen ist Justitia schon mal auf beiden Augen blind."

BOGEY AN LOCH 19

„Bist du gekommen, um mir mein Scheitern unter die Nase zu reiben?"
„Wie könnte die Not das Elend verurteilen?"
Nachdenkliches Schweigen.
„Im Fernsehen ist da immer eine Glaswand und man unterhält sich über einen Telefonhörer mit denen, die auf der anderen Seite sitzen."
„Die haben sie abgeschafft. Kein Mensch weiß heute noch, wie man ein Telefon bedient", sagte Cornelia und setzte sich an den Tisch.
„Wie geht es dir da drinnen? Behandelt man dich gut?"
„Besser als das Leben dich behandelt hat."
Wie lächerlich die Alte doch aussah mit ihrem orangen Stoffband, welches sie sich stets in ihr schlohweißes Haar flocht, das ihr schütter und strähnig

vom Kopf hing.

„Ja, die Zeit ist nicht spurlos an mir vorübergegangen. Einst war ich jung und strahlend schön und die Männer waren verrückt nach mir ..."

Bitte nicht schon wieder diese alte Leier, dass ihr keiner widerstehen konnte und sie ihr allesamt aus der Hand gefressen haben, wie treue Hunde, die stets zurückkommen, selbst wenn man sie vom Hof geprügelt hat.

„... Doch die Überheblichkeit hat meine Anmut schneller fortgespült als die Wellen einen Fußabdruck im Sand. Aber du hast der Vergänglichkeit ein Bein gestellt. Selbst die Trostlosigkeit dieses unwürdigen Ortes kann deinen Liebreiz nicht verdorren. Sicher kommt bald ein weiterer tapferer Held zu deiner Rettung herbeigeeilt", schmeichelte ihr das Mütterchen.

Ihr weites, ausgelaugtes Dekolletee bot einen nicht minder traurigen Anblick als ihr faltiges Gesicht. Eine frische, orange Rose in ihrer Hand verspottete ihre welke Erscheinung.

„Auf Helden habe ich mich noch nie verlassen."

„Wie hätten sie auch siegreich sein können, wenn du sie ohne Schwert und Rüstung in die Schlacht schickst?"

„Die Verheißung ist die schärfste Waffe."

„Dumm nur, wenn sie sich gegen dich wendet."

„Es war ein perfekter Plan."

„Wenn ich sehe, wohin er dich geführt hat, kommen mir leise Zweifel. Hast du tatsächlich geglaubt, du könntest ihn lenken, so wie du ihn als jungen Burschen an die Hand genommen und verführt hast?"

„Als ich ihn bei dem brennenden Wagen stehen sah, dachte ich, das Schicksal gibt mir ein Zeichen. Welche Ironie, wenn gerade er, der die Ursache für das Problem war, dessen Lösung herbeiführen würde."

„Nicht er war die Ursache, dein Egoismus war es."

„Rüdiger wollte doch unbedingt ein Kind, also habe ich ihm eins geschenkt."

„So selbstlos wie du ihm das achtzehnte Loch geschenkt hast, als du ihn kennengelernt hast?"

„Er hätte niemals herausgefunden, dass sie nicht seine Tochter ist, wenn die besoffene Kuh nicht getratscht hätte. Danach hat er sie alle auf mich angesetzt."

„Mir schien, du warst es, die Ränke gegen ihn geschmiedet hat."

„Ich musste doch handeln", verteidigte sich Cornelia.

„Selbst deine Tochter hast du eingespannt."

„Ich habe sie schließlich großgezogen."

„Du warst bereit, sie zu opfern."

„Du hast mich auch geopfert, als du mir vorenthalten hast, was mir eigentlich zustand."

„Ich wollte, dass du deinen eigenen Weg gehst."

„Ich sollte meinem Vater nicht zur Last fallen, du Heuchlerin. Du wolltest dein unbeschwertes Leben als seine Mätresse weiterführen, deswegen hast du mich weggegeben."

„Zumindest habe ich dich nicht ans Messer geliefert."

„Wenn schon! Sybylle war nie wirklich meine Tochter. Sie war bloß der Stachel, den ich Rüdiger täglich ins Fleisch gestoßen habe."

„Dass er selbst keine Kinder zeugen kann?"

„Die Herrenhagens hätten mich nur anerkennen müssen."

„Einen weiblichen Bastard?"

„Dann wäre ihr Stammbaum nicht verdorrt."

„Sie wussten doch nichts von dir."

„Als ob das irgendetwas geändert hätte."

„Dein Rüdiger war kurz davor, eine Lösung zu finden und sein eigenes Kind zu zeugen."

„Dieser Traum ist geplatzt. Dafür habe ich gesorgt."
„War es das wert? Du hattest all das, was ich niemals bekommen habe – und jetzt hast du nichts", warf ihr die Alte vor.
„Ich habe noch meinen Stolz. Du hast deinen aufgegeben, als du mich verleugnet hast."
„Für Reue ist es wohl zu spät?"
„Für dich schon – ich aber habe nichts zu bereuen."
„Du hast alles in diesen einen Schlag gelegt – und das Spiel verloren. Deine Gegner waren zu stark."
„Ja, am Schluss konnten Rüdiger und Thorsten gemeinsam putten, denn dieses Spiel wurde am neunzehnten Loch entschieden. Darauf war ich nicht vorbereitet."
„Jetzt bist du allein."
„Aber ich habe ja noch dich", schaute sie müde zu dem Mütterchen hinüber.
„Mein Weg ist hier zu Ende."
„Und was wird aus mir?"
„An zwei Türen hast du bereits gerüttelt. Es bleibt dir noch eine letzte."
„Die, durch die du auch schon gegangen bist?"
„Sie öffnet sich allen verlorenen Seelen, für die es kein Zurück mehr gibt."
„Ich wollte nie so enden wie du."
„Du hast dein Schicksal selbst gewählt."
Die Alte erhob sich ächzend von ihrem hölzernen Stuhl und schleppte sich mit gebrochenem Stolz aus ihrem Leben. Cornelia aber griff zur Klinge. Hinter ihr fiel die Tür leise ins Schloss.

Lightning Source UK Ltd.
Milton Keynes UK
UKHW011308091120
373080UK00010B/1008